Meurtre à New York

DU MÊME AUTEUR CHEZ MIRA

Miami Condifential
L'Alibi
Intime conviction
Labyrinthe meurtrier
Troublantes révélations
Intention de tuer

CHRISTIANE HEGGAN

Meurtre à New York

Roman

MIRA

Titre original :
SCENT OF A KILLER
publié par MIRA®

Traduction de l'américain par BARBARA VERSINI

Photos de couverture
Objectif : © STOCKBYTE PLATINIUM / ROYALTY FREE / GETTY IMAGES
New York : © ALAN SCHEIN / CORBIS

83/85 boulevard Vincent Auriol 75646 PARIS CEDEX 13.
ISBN 978-2-2808-5610-2 — ISSN 1765-7792

1.

Manhattan, New York
Lundi 6 octobre 2003
19 h 42

Pour les habitués de Times Square, Pincho Figueras était le Brésilien de l'Insomnia, un établissement qui servait de l'excellent café. Pour d'autres — une poignée de personnes dont il préférait ne pas connaître les noms —, il était tout simplement Kravitz. Il n'aurait pas su dire pourquoi il avait choisi d'exercer ses talents sous ce pseudonyme. Ça sonnait bien, voilà tout. Et ça lui plaisait.

Pincho Figueras était un tueur professionnel. Et pas n'importe lequel… L'un des meilleurs. En dix ans, il avait gagné suffisamment d'argent pour s'acheter une villa dans le sud de la France, coucher avec toutes les femmes qui lui plaisaient et s'attabler dans les plus grands restaurants du monde. Pas mal pour un gosse qui avait grandi dans les bidonvilles de Rio de Janeiro, avec pour unique perspective une médiocre carrière de voleur à la tire.

Le salut était venu d'un *Norte Americano* très persuasif, un New-Yorkais à la voix forte et aux poches pleines, qui se faisait appeler Big Al. Il avait eu, par hasard, l'occasion d'observer les talents de pickpocket de Pincho — qui avait alors dix-huit ans —, et lui avait proposé cinq cents dollars pour voler le porte-documents d'un homme d'affaires bolivien. Pincho n'aurait jamais osé rêver d'une telle aubaine. Avec cette somme, il pouvait se louer un appartement, échapper à la misère, à sa famille, aux injures de son père, et même envisager de réaliser son désir le plus fou : émigrer aux Etats-Unis.

L'affaire paraissait simple, mais elle ne s'était pas déroulée comme prévu. Une nuit, Pincho s'était glissé sans bruit dans la chambre d'hôtel de son *client*, mais le Bolivien s'était réveillé et avait aussitôt glissé la main sous son oreiller pour en sortir un 357 Magnum. Pincho n'avait eu qu'une seconde pour réagir, mais ça lui avait suffi. Avec un sang-froid exemplaire et une prodigieuse dextérité — il faut dire qu'il s'entraînait depuis l'âge de neuf ans —, il avait sorti le couteau qu'il gardait dans la poche de son pantalon, et l'avait lancé sans la moindre hésitation.

La lame était allée se planter dans la poitrine du Bolivien et lui avait transpercé le cœur. Il était mort avant même que Pincho n'ait atteint la porte.

Loin de contester ce léger changement de programme, Big Al avait félicité son jeune ami pour la promptitude de ses réflexes, et lui avait aussitôt confié une nouvelle mission. Cette fois, il s'agissait d'éliminer un représentant de commerce. Pincho n'avait pas mis longtemps à comprendre que Big Al servait d'intermédiaire entre un puissant cartel d'Amérique du Sud et plusieurs magnats de la drogue qui sévissaient aux Etats-Unis. Les gêneurs à éliminer étaient des concurrents qui leur volaient une partie de leurs bénéfices.

Pincho s'était très vite adapté à cette nouvelle activité peu prenante et extrêmement lucrative. Al le traitait avec respect, et ça aussi, c'était appréciable. A l'usine de café, Pincho Figueras n'était qu'un ouvrier sous-payé qui travaillait à la chaîne de montage. Il méritait mieux. Il possédait les qualités nécessaires à ce nouveau métier hors du commun — le courage, l'intelligence et l'imagination —, et il s'y entendait pour laisser derrière lui de faux indices, histoire de plonger les flics dans la plus grande perplexité.

Avec le temps, il s'était également perfectionné dans le maniement des armes, et se montrait, désormais, aussi efficace avec un revolver, un poinçon à glace ou un garrot qu'avec un couteau. Il avait aussi étudié les effets de certains poisons, et appris à confectionner une bombe. Ces compétences réunies lui permettaient d'échafauder et de mener à bout des scénarios adaptés à toutes les situations. Il n'avait peur de rien, n'échouait jamais et, détail extrêmement important, il ne laissait pas de traces derrière lui.

Trois ans après sa première rencontre avec Big Al, Pincho était un homme riche — du moins pour le Brésil. Mais il n'avait pas voulu s'arrêter en si bon chemin. Un grand avenir l'attendait aux Etats-Unis où le trafic de drogue était florissant. Il avait donc demandé un visa d'immigrant. Trois mois plus tard, il abandonnait sa place à l'usine de café, et achetait un aller simple pour New York.

Dès qu'il avait posé le pied sur le territoire américain, il était tombé amoureux de « Big Apple », comme la surnommaient ses habitants : une ville bruyante et animée, dont l'agitation et les enseignes au néon lui rappelaient un peu Rio. Il avait donc décidé de s'y installer, et son premier souci avait été de chercher une activité professionnelle car il lui fallait absolument une couverture. Grâce à ses économies, il avait pu ouvrir un établissement dans Times Square.

L'Insomnia avait tout de suite attiré une large clientèle d'amateurs de bon café et, en montrant ses références impressionnantes à quelques contacts judicieusement choisis, Pincho avait aisément trouvé des gens désireux de l'engager pour le talent particulier qu'il exerçait sous le nom de Kravitz, lequel avait donc rapidement repris du service.

A vingt-neuf ans — huit ans après son arrivée aux Etats-Unis —, Kravitz parlait anglais presque sans accent, et avait développé une conception très personnelle de son art. Il n'était pas une brute épaisse qui appuyait sans réfléchir sur la détente ; il faisait marcher son cerveau et ne se trouvait jamais à court d'idées pour aiguiller la police sur de fausses pistes.

Justement, aujourd'hui, il partait en mission sous une identité qu'il n'avait pas choisie au hasard. Sa claudication, la crasse sur son visage et les guenilles qu'il avait revêtues étaient destinées à le faire passer pour un clochard de Central Park. Personne n'aurait pu se douter que, sous ce déguisement, se dissimulait un homme séduisant, soigneux de sa personne, avec des yeux marron clair et un sourire qui faisait craquer les femmes.

Pour éviter les contrôles fiscaux, il vivait modestement, à l'exception des deux mois d'été qu'il passait tous les ans dans sa luxueuse villa de Saint-Jean-Cap-Ferrat, en France. Là-bas, on le connaissait sous le nom de Rachid Moulaya, Egyptien fortuné cultivant à l'extrême la discrétion et un penchant pour les plaisirs de la vie. C'était sous ce nom d'emprunt qu'il avait payé la maison — en liquide. On s'achetait facilement une nouvelle identité quand on montrait de la monnaie sonnante et trébuchante.

Pour l'instant, il se sentait bien dans son appartement de Times Square. Bien que la police eût tenté d'assainir le quartier, ces dernières années, on y voyait encore pas mal de parias. Mais les anciens taulards et les prostituées qui arpentaient les rues ne dérangeaient pas Pincho. Il ne les fréquentait pas, voilà tout.

Debout devant le miroir de sa salle de bains, il enfonça jusqu'aux yeux son bonnet de tricot gris, et éclata de rire. Ce n'était pas sa première expérience de déguisement, mais, cette fois, il s'était surpassé. La transformation était radicale : il ne restait rien du beau jeune homme qu'il était : il avait devant lui un clochard. Cette barbe de trois jours complétait merveilleusement l'illusion. Et cette odeur... Il fronça le nez avec un air de dégoût. Comment pouvait-on porter des vêtements qui sentaient aussi mauvais ?

Il glissa la main dans son dos. Il avait enveloppé son couteau dans un linge propre pour ne pas abîmer les empreintes qui s'y trouvaient déjà, puis l'avait calé dans sa ceinture, sous sa veste en loques. L'arme était là, bien dissimulée.

Il fit quelques pas dans la pièce en laissant traîner sa jambe gauche derrière lui, pour s'assurer qu'il était bien dans la peau de son personnage. Satisfait, il hocha la tête. Après seulement deux jours d'entraînement, il imitait à merveille la démarche claudicante de Roy. Une véritable performance d'acteur pour laquelle il aurait mérité un Oscar.

Il ne lui restait plus que quelques minutes. Il vérifia une

dernière fois l'adresse — galerie d'art Siri's, sur la Cinquième Avenue, à deux pas de Central Park.

L'endroit idéal.

Il tapota sa veste pour vérifier qu'il n'avait pas oublié ses gants. Non, il avait bien pensé à tout. Il éteignit la lumière et sortit.

Sur le trottoir, il fourra les mains dans ses poches de pantalon, et rentra les épaules pour se protéger du froid. Puis il entama d'un pas décidé sa longue marche jusqu'au centre-ville.

Ce n'est qu'après avoir quitté son quartier qu'il se mit à traîner la jambe.

2.

Les paumes moites et la gorge sèche, Jenna Meyerson contemplait avec émotion les photographies en noir et blanc sur les murs de la galerie encore déserte. L'aboutissement de son travail. Sa première exposition. Elle en rêvait depuis l'âge de quinze ans… Après l'agitation fébrile des préparatifs, elle se sentait envahie par le doute. Avait-elle un réel talent ? N'allait-elle pas décevoir les habitués de Siri's, l'une des galeries les plus prestigieuses de New York ? Avait-elle choisi les clichés les plus réussis ? Une question, surtout, revenait de façon lancinante, depuis le matin : le public allait-il se déplacer pour découvrir ses œuvres ?

Deux mois plus tôt, Laetitia Vaughn, la propriétaire de Siri's, qui avait lancé plus d'un artiste, était venue frapper à la porte de son atelier d'East Village. Jenna avait d'abord eu du mal à y croire, mais Laetitia avait insisté : elle voulait exposer sa série de photos sur les visages de New York. Il n'était pas question de refuser.

Les deux femmes avaient passé près de trois heures, assises par terre dans l'atelier, à étudier les portraits. Elles en avaient sélectionné une trentaine… et ensuite, les événements s'étaient enchaînés à une vitesse folle. Il avait fallu préparer l'exposition, planifier le vernissage. Laetitia s'était chargée des articles pour la presse, des invitations et du buffet.

A présent, le moment était venu, et Jenna était envahie par le trac.

Elle jeta un coup d'œil à sa montre. Sa nervosité augmentait à chaque seconde. Déjà 20 heures, et pas un admirateur en vue. Elles avaient eu tort d'organiser ce vernissage un lundi soir : les New-Yorkais sortaient rarement en début de semaine.

— Arrête de t'inquiéter ! lui murmura à l'oreille une voix familière. Tu vas avoir un succès fou.

Jenna se tourna vers Laetitia Vaughn qui lui souriait. La propriétaire de Siri's avouait soixante-deux ans sans se faire prier, mais, avec ses cheveux bruns coupés à la garçonne, sa silhouette toujours élancée et ses vêtements à la dernière mode, elle en paraissait vingt de moins. C'était une femme pleine d'énergie et passionnée par son métier — deux qualités qui avaient fait d'elle une découvreuse de talents.

Jenna suivit distraitement du regard un traiteur qui entrait avec un plateau de hors-d'œuvre.

— Si ça marche, c'est à toi que je le devrai, répondit-elle. Tu as tout fait pour que ce soit un succès.

Laetitia désigna le buffet avec un petit haussement d'épaules.

— Oh, ça... Ce n'est pas le plus important. Les amateurs d'art ne viennent pas pour boire du champagne et se gaver de petits fours. Ce qui les intéresse, c'est de rencontrer l'artiste. Les New-Yorkais vénèrent le talent. Et ceci, ma chérie, ne va pas les décevoir, ajouta Laetitia en balayant la pièce d'un large geste.

Son enthousiasme réconforta un peu Jenna. Avec *Visages de New York*, elle avait voulu saisir sur le vif l'expression des gens ordinaires, les surprendre dans leur vie quotidienne — au travail ou pendant leurs moments de détente.

Son regard s'arrêta sur sa photo préférée, celle d'une femme pompier de New York, assise au milieu des décombres des Twin Towers, trois semaines après la tragédie du 11 septembre. Son visage noirci de fumée exprimait une lassitude et un désespoir bouleversants. Jenna avait échangé quelques mots avec cette femme... Elle se sentait encore émue par son courage et son abnégation.

Moins dramatique, le reste des œuvres exposées présentait un échantillon varié et haut en couleur des citoyens de la grande ville. On y découvrait un danseur habillé en soldat, qui écoutait d'un air pénétré les instructions de son chorégraphe, un ouvrier en sueur qui perçait un trou dans le bitume avec un marteau piqueur, un homme d'affaires qui courait après un taxi, un portier en uniforme qui se précipitait pour ouvrir la porte d'une limousine devant le Plaza Hotel, une serveuse de Carnegie Deli surmenée, qui s'activait pour satisfaire les clients à l'heure du déjeuner, un policier procédant à une arrestation. Jenna avait évité les gens riches et célèbres pour se concentrer sur ces anonymes qui faisaient l'âme de New York.

Laetitia se pencha vers elle et lui désigna un petit groupe qui venait d'entrer.

— Souris, ma chérie. Ça y est !

Jenna passa l'heure qui suivit sur un petit nuage. Elle voyait se réaliser ses espoirs les plus fous.

Près de quatre cents visiteurs défilèrent dans la galerie — du simple amateur au collectionneur averti —, et elle repéra parmi eux quelques critiques imbus d'eux-mêmes. Elle n'avait pas l'habitude d'être le centre d'intérêt, mais elle répondit avec aisance aux inconnus qui la pressaient de questions. Elle eut aussi l'agréable surprise de reconnaître d'anciennes camarades de l'université, et même Marcie Hollander, procureur général du district de Manhattan et vieille amie de sa famille, qui s'arrêta quelques instants pour la féliciter.

Enfin, l'arrivée de son père, peu après 22 heures, constitua la consécration de la soirée. Plusieurs têtes se tournèrent vers cet homme élancé et séduisant, aux yeux verts et aux tempes grisonnantes. Pour avoir rempli les fonctions de juge à la Cour suprême pendant de longues années, Samuel Mayerson était bien connu des New-Yorkais. A présent, il avait pris sa retraite, mais plusieurs personnes vinrent le saluer. Toujours aimable et très à l'aise en société, il s'arrêta pour serrer quelques mains et échanger des plaisanteries.

Il eut un peu de mal à se débarrasser d'une rousse particulièrement amicale, mais il finit tout de même par rejoindre sa fille.

— Désolé, dit-il en l'embrassant. J'étais assailli.

— J'ai remarqué, répondit Jenna.

Puis, incapable de résister au plaisir de le taquiner, elle ajouta :

— Cette rouquine au décolleté vertigineux me fusille du regard. Tu crois qu'elle me prend pour une concurrente ?

— Après tout, elle ne serait pas très loin de la vérité…

Il passa un bras autour des épaules de sa fille.

— Tu sais bien que tu es la femme de ma vie, dit-il en admirant les photographies. Je suis fier de toi, ajouta-t-il en hochant lentement la tête. Et je suis sûr que ta mère le serait aussi.

Jenna acquiesça. Elle aussi pensait à sa mère, depuis le début de la soirée.

— C'est elle qui m'a offert mon premier appareil photo, tu te souviens ?

— Comment pourrais-je l'oublier ? On ne te voyait plus que derrière ton objectif. Tu photographiais absolument tout.

— Oui, mais maman et toi, vous étiez mes sujets préférés.

Jenna se souvenait de leur bonheur, en ce temps-là. Ils habitaient une grande demeure victorienne calme et paisible, à Katomah, près de New York, où il faisait bon vivre. Le week-end, ils rendaient visite à ses grands-parents — sur la côte du New Jersey — et, pendant les vacances, ils voyageaient à travers les Etats-Unis ou en Europe.

Puis, brusquement, alors que Jenna se battait pour sauver son propre mariage, ses parents lui avaient annoncé qu'ils ne s'aimaient plus. Ou plutôt que sa mère avait cessé d'aimer son père. Elaine Meyerson avait quitté le domicile conjugal sans un mot d'explication. Encore aujourd'hui, la raison de ce départ demeurait une énigme pour Jenna…

La jeune femme décida de chasser ce triste souvenir qui risquait de gâcher sa soirée. Elle prit son père par la main.

— Suis-moi, papa. Je voudrais te présenter Laetitia.

Ils passèrent l'heure suivante à circuler d'un groupe à l'autre. Jenna accepta les compliments avec modestie, et Sam avec une fierté non dissimulée.

Les derniers invités commençaient à partir quand Jenna

eut la surprise de voir entrer son ex-mari, Adam Lear. Il vint vers elle et s'arrêta à quelques pas.

Elle ne l'avait pas revu depuis leur divorce, et elle ne s'attendait certes pas à le voir ce soir.

Il n'avait pas changé. Il était toujours séduisant, en pleine forme et sûr de lui.

Elle se demandait si elle devait l'embrasser ou lui tendre la main, mais il la tira d'embarras en la prenant dans ses bras.

— Jenna ! dit-il en la serrant contre lui.

Puis il s'écarta pour mieux la dévisager.

— Tu es superbe. Le succès te va bien.

— Merci.

Il parcourut du regard les murs de la galerie.

— Tu as réussi, à ce que je vois. Tu as réalisé ton rêve.

— J'ai eu de la chance.

— Toujours aussi modeste !

Comme les compliments la mettaient mal à l'aise, elle préféra changer de sujet.

— Comment as-tu su, pour l'exposition ?

— C'est ma secrétaire qui m'a averti. Elle s'est dit que j'aurais envie d'y faire un tour, et elle a eu raison.

— Tu es la dernière personne que je m'attendais à voir ici.

— Pourquoi donc ? dit-il d'un air sincèrement étonné. Ça me fait plaisir de partager ton succès. J'ai été l'un de tes plus fervents admirateurs. Et l'un des premiers, aussi. Tu ne t'en souviens pas ?

Elle s'en souvenait parfaitement. Même quand les choses

avaient commencé à se gâter entre eux, Adam avait continué à la soutenir, à l'encourager.

Il fourra les mains dans les poches de son pantalon.

— Tu veux bien me faire faire le tour de l'exposition ?

— Allons-y.

Pendant que Laetitia réglait les dernières formalités avec le traiteur, Jenna pilota Adam et lui présenta son travail. Elle lui expliqua comment elle avait choisi ses sujets et comment elle s'y était prise pour convaincre certains d'entre eux de se laisser photographier.

— Ton père va bien ? demanda-t-il.

— En pleine forme. Il vient juste de partir.

— Je parie qu'il est fier de toi.

— C'en est écœurant…

Les mains derrière le dos, Adam la contempla avec le plus grand sérieux.

— Tu es redoutable, Jenna. Tu as su capturer le cœur et l'âme de cette ville.

— Je dois reconnaître que c'était l'idée.

— Tu as l'air heureuse…

— Je le suis.

Une ombre passa dans le regard d'Adam. Elle ne l'avait pas remarquée, jusque-là.

— Et toi ? dit-elle. Tu es heureux ?

Il avait tout pour l'être, en tout cas. Il occupait un poste important à Global Access, une société qui exportait des ordinateurs et qui venait de fusionner avec Small Solutions, le deuxième fabricant de périphériques. Et c'était lui, Adam Lear, l'un des plus talentueux avocats de la compagnie, qui avait mené à bien les négociations de ce contrat : un pas de géant pour Global Access. Sa vie privée n'allait pas mal non plus. Il avait épousé, un an plus tôt, une ex-reine de beauté qui avait la moitié de son âge, et ils formaient un couple magnifique.

— Tu me connais, répondit-il sobrement. Je fais aller.

Jenna ne put s'empêcher de rire.

— Tu *fais aller* ? Alors que tu as une femme sublime, que tu habites la maison où vivaient les Vanderbilt et que tu es l'avocat le mieux payé de la ville ! J'ai également entendu dire que tu avais été nommé directeur du cabinet juridique de Global Access, après la fusion avec Small Solutions.

Sa réponse la surprit.

— La réussite, ce n'est pas ce que l'on croit. On s'épuise à atteindre le sommet et, une fois en haut, on s'aperçoit qu'il faut redoubler d'efforts pour y rester.

Jenna était surprise. Adam ne lui avait jamais tenu un discours aussi pessimiste. Elle ne le reconnaissait pas.

— Ecoute, dit-il brusquement, je sais qu'il est tard, mais… J'aimerais qu'on marche un peu, tous les deux. Je voudrais te parler.

— Maintenant ?

— Je suis venu pour ça, avoua-t-il avec une honnêteté désarmante. Pour te parler.

Comme elle s'apprêtait à lui demander des détails, il secoua la tête.

— Pas ici.

Elle hésita. Après cette longue et éprouvante journée, elle n'avait qu'une envie : se glisser dans son lit. Mais quelque chose dans la voix d'Adam, une sorte d'urgence, l'empêcha de refuser. Il possédait tout ce dont un homme peut rêver — la célébrité, la richesse, l'amour. Qu'est-ce qui pouvait bien le perturber à ce point ? Et pourquoi venait-il se confier à elle, son ex-femme qu'il n'avait pas revue depuis trois ans ?

Elle voulait en avoir le cœur net.

— Je préviens Laetitia, dit-elle. Laisse-moi quelques minutes pour lui dire bonsoir.

3.

Quelques instants plus tard, elle rejoignit Adam qui l'attendait près de la sortie. Il avait l'air angoissé.

— Ça y est ? demanda-t-il en lui ouvrant la porte.

Un air frais venait du fleuve Hudson, et Jenna s'arrêta sur le trottoir pour remonter le col de son manteau. Au même moment, un clochard les heurta de plein fouet.

— Vous ne pouvez pas regarder où vous mettez les pieds ? s'exclama Adam, agacé.

Sans se démonter, l'homme se mit à agiter sous son nez une boîte de conserve.

— Hé, mon frère, t'aurais pas une petite pièce ?

Il exhalait une odeur tellement nauséabonde que Jenna recula. Adam la prit par le bras et se posta devant elle, comme pour lui servir de bouclier.

— Laissez-nous tranquilles ! lança-t-il.

L'homme marmonna quelque chose entre ses dents, puis s'éloigna en boitant légèrement. Sans lâcher le bras de Jenna, Adam l'entraîna vers Madison Avenue.

Elle oublia aussitôt l'incident.

— Où allons-nous ? demanda-t-elle.

— Voyons… dit Adam en réfléchissant.

Il paraissait hésiter sur la direction à prendre.

— Tu aimes toujours le pudding ?

Rien que le mot lui faisait venir l'eau à la bouche.

— Tu plaisantes ? Tu sais bien que le pudding est ma deuxième passion, après la photo.

— Dans ce cas, tu ne regretteras pas d'être venue. Je connais un endroit, Just Desserts, où ils sont tout simplement succulents. Je crois qu'ils mettent de l'ananas grillé dedans. Le résultat est invraisemblable.

— Miam.

Il pointa un doigt vers l'est.

— C'est à quelques pâtés de maisons, dans Lexington. Ensuite, on passera chez toi. Tu habites toujours l'appartement de Columbus Circle ?

— Je ne le quitterais pour rien au monde.

Ils marchaient d'un bon pas. Après l'atmosphère surchauffée de la galerie, l'air vif du mois d'octobre leur paraissait délicieux. Adam parlait de sa vie. Il mentionna, au passage, qu'il était remarié depuis peu, sans donner davantage de détails.

— J'ai vu des photos dans le *Times*, dit Jenna. Ta femme est très belle.

— Oui, c'est vrai.

Le compliment parut le laisser indifférent, et Jenna s'en étonna. La plupart des hommes mariés à une jeune et jolie femme — une reine de beauté, qui plus est — auraient manifesté une certaine fierté, même devant leur ex-femme.

Des nuages ? Déjà ?

— Nous y sommes.

Adam poussa la porte du petit restaurant.

La salle paraissait pleine, mais la serveuse leur trouva aussitôt une table bien placée, près de la fenêtre. Adam devait être un bon client… Il commanda deux cafés et deux puddings — « avec une bonne dose de crème fouettée pour la dame », précisa-t-il en adressant un clin d'œil à Jenna.

La serveuse s'éloigna, et Adam regarda avec admiration Jenna qui enlevait son manteau.

— Mon compliment était sincère, tu sais ? lui dit-il. Tu es vraiment superbe.

Elle eut un rire timide.

— Je laisse pousser mes cheveux. C'est peut-être ça. Après notre divorce, j'avais besoin de me sentir différente.

— Je te comprends.

La serveuse apporta leur commande : deux généreuses portions de pudding, dont l'une avec une montagne de crème fouettée. Jenna sourit.

— Il va falloir que je me dépense deux fois plus, demain matin, pour éliminer.

Elle prit une pleine cuillerée de crème, et ferma les yeux.

— Mais ça vaut le coup. Ce truc est succulent.

— Tu continues à courir régulièrement ?

— Tous les matins. J'ai mon parcours. Je fais le tour du square Heckscher. Ça me rafraîchit les idées, et ça me maintient en forme.

Elle prit une nouvelle cuillerée de crème, et leurs regards se rencontrèrent.

— Le suspense a assez duré, Adam. De quoi voulais-tu me parler ?

Avant de répondre, il prit le temps de lécher la crème fouettée qu'il avait au coin des lèvres et de boire une gorgée de café.

— Tu te souviens de cette commande de Faxel, juste avant notre séparation ?

Comment aurait-elle pu l'oublier ? J.B. Collins, le directeur général de Faxel, une société concurrente de Global Access, lui avait commandé des photos pour la brochure publicitaire d'un portable de conception révolutionnaire. Elle se rappelait avoir choisi un cliché montrant des employés en train d'utiliser le nouvel appareil, baptisé Wizard. Elle avait également été conviée à la soirée de lancement du produit pour photographier les invités, et elle avait fait, à cette occasion, des portraits de plusieurs célébrités de la ville. J.B. Collins l'avait généreusement rétribuée, et l'argent lui avait permis de réaménager son atelier de Soho et de racheter du matériel de développement neuf.

— Je m'en souviens parfaitement, dit-elle en rajoutant de la crème fouettée dans son café.

— Tu as travaillé pour eux, depuis ?

— Oui. J'ai participé à l'élaboration d'une brochure qui présentait deux nouveaux membres de l'équipe de direction.

— Quand était-ce ?

— Il y a un an, environ.

— Rien d'autre, depuis ?

Jenna était de plus en plus intriguée.

— Tu as gardé les négatifs de la réception ?

— Je les ai envoyés à J.B. Collins, en même temps que les tirages.

Elle commençait à comprendre où il voulait en venir.

— Tu n'as rien gardé ? demanda-t-il sans pouvoir cacher une intense déception.

— J'avais tiré pour moi un exemplaire des meilleures photos, pour les mettre dans mon book.

Il parut soulagé.

— Tu en as beaucoup ?

Elle haussa les épaules.

— Je ne sais pas. Une quinzaine, peut-être.

— Tu peux me tirer des copies ?

— Pour quoi faire ?

— J'ai besoin de savoir qui assistait à cette réception.

Ça, elle l'avait déjà compris.

— Pourquoi ?

Il s'écarta d'elle et s'adossa à sa chaise.

— Je ne peux pas te le dire.

Elle ne dissimula pas son agacement.

— Tu me demandes de faire une chose contraire à mon éthique et qui pourrait nuire à ma carrière, et tu ne veux même pas m'en donner la raison ?

— Je ne vois pas en quoi ça pourrait nuire à ta carrière. Faxel ne le saura pas.

— Eh bien, moralement, c'est encore pire.

Elle songea aux nombreux scandales industriels qui avaient entaché le monde des affaires, au cours des dernières années : les délits d'initiés, les faux rapports, la mise en examen de plusieurs directeurs généraux.

— Faxel a fait quelque chose d'illégal ?

Adam pinça les lèvres, comme chaque fois qu'il pesait soigneusement ses mots avant de répondre.

— Peut-être.

— Dans ce cas, tu devrais t'adresser aux autorités.

— Sans preuve, personne ne voudra m'écouter.

— Marcie t'écoutera.

Adam avait travaillé plusieurs années sous les ordres de Marcie Hollander, au bureau du procureur. Ils étaient devenus amis et l'étaient restés.

— Marcie est débordée, en ce moment, dit Adam. Je ne peux pas lui mettre cette affaire sur les bras. Par contre, si j'arrive à rassembler des preuves…

Jenna répugnait à lui donner ces photos. Elle cherchait un compromis.

— Tu pourrais engager un détective privé.

Adam marqua une brève hésitation.

— Je l'ai fait.

— Et alors ?

Il n'osa pas la regarder en face.

— Il n'a encore rien trouvé.

— Tu devrais en prendre un autre.

Adam sourit.

— Il prétend être le meilleur en ville.

Jenna fit la grimace.

— Il est surtout imbu de lui-même, si tu veux mon avis.

— C'est ce que tu as toujours dit de lui.

Elle lui lança un regard interrogateur.

— Je le connais ?

Cette fois, il affronta son regard.

— C'est Frank Renaldi.

4.

Jenna se tut. Frank Renaldi. Ce nom la renvoyait à sa jeunesse, lorsqu'elle n'était encore qu'une étudiante en arts plastiques. Elle avait alors dix-neuf ans. Elle venait de rencontrer Adam et Frank qui avaient achevé un troisième cycle universitaire et poursuivaient leur cursus à l'école du barreau de New York… Elle les revit, tels qu'ils étaient alors, si différents l'un de l'autre… Frank, fantasque, imprévisible et un rien tête brûlée. Adam, sérieux, réfléchi… et ambitieux, comme elle. A l'époque, il n'avait qu'un seul et unique but : devenir sénateur. Peut-être même président.

Ils formaient un trio hétéroclite, mais ils étaient liés par une solide et profonde amitié. Et puis, brusquement, six mois avant la fin de leurs examens, les deux garçons avaient fait une déclaration d'amour à Jenna, ce qui avait énormément compliqué leurs relations.

Au début, Jenna avait été flattée. Elle prenait plaisir à flirter avec l'un, puis avec l'autre, tout en surveillant avec orgueil la rivalité grandissante qui les opposait. Ils lui plaisaient tous les deux, et elle n'arrivait pas à se décider entre Adam le raisonnable et Frank l'original.

Finalement, elle avait épousé Adam, sans doute parce qu'il

s'était montré plus insistant que Frank — qui commençait à se lasser du jeu.

Ensuite, sur un coup de tête, Frank avait quitté New York pour Richmond, et ils n'avaient plus jamais entendu parler de lui. Ils lui avaient envoyé une invitation au moment de leur mariage, mais elle leur était revenue avec la mention « Parti sans laisser d'adresse ». Inquiète, Jenna avait appelé la mère de Frank pour demander des nouvelles. Mme Renaldi avait affirmé qu'il allait bien, qu'il travaillait pour un cabinet d'avocats de Richmond. La jeune femme avait alors compris que Frank Renaldi cherchait à couper les ponts avec ses anciens amis, et elle n'avait plus cherché à le joindre.

Et voilà qu'après quinze ans de silence, il revenait s'installer à New York. Comme ça. Sans crier gare. Sans un coup de fil. Rien.

— Frank est détective privé, maintenant ? demanda-t-elle enfin. Ici, à New York ?

— Il a ouvert son agence dans Greenwich Village, peu après le 11 septembre.

— Comment l'as-tu appris ?

— Je suis tombé par hasard sur un ancien camarade de classe qui est dans le droit criminel et qui avait gardé contact avec lui.

— Mais pourquoi Frank est-il devenu détective privé ?

Adam haussa les épaules.

— Tu le connais ! Il ne faut pas s'étonner avec lui.

Jenna avait encore une foule de questions à poser, mais elle les garda pour elle. Frank n'avait pas daigné prendre de ses nouvelles ; il n'y avait aucune raison pour qu'elle s'intéresse à lui.

— Puisqu'il est si fort, dit-elle d'un ton agacé, pourquoi ne t'apporte-t-il pas les preuves dont tu as besoin ?

Une fois de plus, Adam évita son regard. Il lui cachait quelque chose.

— Ça prend beaucoup de temps de réunir des preuves, répliqua-t-il. C'est pour ça que je suis venu te voir. Tu pourrais m'aider à accélérer le processus.

Elle remarqua qu'il regardait derrière elle, et se retourna. Le clochard de tout à l'heure les observait, le visage écrasé contre la vitrine embuée. Il devait saliver devant leurs assiettes…

Elle se retourna vers Adam.

— Nous l'avons déjà vu, n'est-ce pas ?

— Je crois bien.

Il fit un signe à la serveuse, et leur désigna leurs tasses vides.

— Ne fais pas attention à lui. Il finira bien par s'en aller.

Il attendit un moment, puis revint au sujet de ses préoccupations :

— Alors, Jenna, c'est oui pour les photos ? On peut aller les chercher tout de suite ?

— Non, Adam. Pas ce soir. J'ai besoin d'y réfléchir.

— Réfléchir à quoi ? Tu acceptes de m'aider, oui ou non ?

Il semblait bouleversé.

— Je te donnerai ma réponse demain.

Il n'était pas ravi de repartir bredouille, mais il s'était probablement préparé à cette éventualité, car il acquiesça. De toute façon, elle ne lui laissait pas le choix.

— C'est bon. J'attendrai demain.

— Tant mieux. Ma journée a été longue ; je suis exténuée.

— Dans ce cas, rentrons, dit-il en posant un billet sur la table. Je te raccompagne.

Ils marchèrent jusqu'au parking sud de Central Park, où Adam avait garé sa voiture, et Jenna décida brusquement :

— Inutile de me raccompagner : j'irai plus vite à pied.

Il jeta un coup d'œil vers la statue de Christophe Colomb qui semblait monter la garde.

— Tu es sûre ?

— Absolument. Rentre chez toi, Adam.

Il déposa un baiser sur sa joue.

— Tu promets de m'appeler demain matin au bureau, à la première heure ?

— Oui. C'est promis.

Tout en se dirigeant vers le Regent, l'immeuble de vingt et un étages qu'elle habitait, Jenna songea aux années qu'elle avait passées avec Adam. Au début, elle avait été très heureuse. Elle se réjouissait que son mari prenne son travail à cœur et qu'il se passionne pour la justice. Ça lui était égal qu'il soit mal payé. Adam était un mari aimant ; il savait l'encourager, et la comblait de cadeaux dont elle n'avait nul besoin mais qu'elle appréciait tout de même, pour le geste.

Puis, au fil du temps, les priorités d'Adam avaient changé. Il était obsédé par l'argent. Il possédait déjà un bel héritage et quelques actions qu'il faisait fructifier, mais c'était loin de lui suffire. Aussi, lorsque Global Access lui avait offert une position élevée dans son service juridique, avec un salaire assorti, il avait quitté sans regret le bureau du procureur.

Cette transformation avait fragilisé leur couple, mais ce

qui l'avait irrémédiablement détruit, c'était le refus obstiné qu'Adam opposait à l'idée de fonder une famille.

« Les enfants, ça n'apporte que des complications, disait-il. Demande donc à mon frère ! »

Ils avaient commencé à s'éloigner l'un de l'autre et à rechercher dans leur travail ce qu'ils ne trouvaient plus dans leur relation. Puis, la mère de Jenna était morte dans un accident de voiture, alors qu'elle revenait du Connecticut, par une froide nuit de décembre. Elle avait perdu le contrôle de son véhicule et raté un virage. Sa Jaguar était tombée dans un ravin.

Sa disparition avait été une dure épreuve pour Jenna. Elle avait sombré dans la dépression, sous les yeux impuissants de son père et de ses proches. Seul Adam avait été capable de l'atteindre dans sa détresse et de la ramener dans le monde des vivants.

Ils avaient d'abord cru que cette tragédie les rapprocherait et sauverait, finalement, leur mariage. Mais ils ne s'aimaient plus. Six mois après le décès d'Elaine, ils divorçaient.

En arrivant près de chez elle, Jenna crut apercevoir la voiture d'Adam. Il avait toujours été un parfait gentleman, et elle se dit qu'il devait l'attendre devant sa porte pour s'assurer qu'elle rentrait sans encombre.

Mais il n'y était pas. Décidément, elle ne comprendrait jamais rien aux hommes. Elle haussa les épaules, pénétra dans le hall et se dirigea vers l'ascenseur.

En ouvrant les yeux, le lendemain matin, Jenna songea aussitôt à la visite d'Adam et aux photos qu'il lui réclamait. La nuit ne lui avait pas porté conseil, et elle n'avait rien décidé. Quoi que Faxel ait pu faire, elle trouvait immoral de divulguer ces photos sans l'approbation du directeur général qui les avait commandées et payées. D'un autre côté, Adam possédait une solide expérience en tant qu'avocat, et il n'aurait pas porté d'accusations à la légère. S'il affirmait que Faxel avait quelque chose à se reprocher, il avait sûrement raison.

Tout en réfléchissant, elle enfila son survêtement pour attaquer son footing matinal dans Central Park. Un peu d'exercice l'aiderait sûrement à y voir clair et à prendre une décision. Mais, avant, elle allait prendre un café : le premier de la journée, le meilleur et le plus utile.

La cuisine aux murs jaunes était aussi nette et propre que lorsqu'elle l'avait quittée, la veille. Pas étonnant : elle n'y entrait que pour se faire du café ou pour réchauffer les plats délicieux que son adorable voisine lui apportait régulièrement. Avant de remplir le réservoir d'eau de la cafetière, elle alluma le petit poste de télévision posé sur le comptoir, afin de connaître les prévisions météo.

Elle n'avait pas exagéré lorsqu'elle avait affirmé à Adam qu'elle n'envisageait pas de vivre ailleurs que dans ce petit deux pièces chaleureux, d'où l'on jouissait d'une vue incomparable sur la ville. Adam possédait déjà cet appartement avant de l'épouser, mais il le lui avait généreusement offert, au moment de leur divorce.

« Garde-le, avait-il dit. Je sais que tu l'adores. Tu ne me réclames pas de pension alimentaire. Je peux faire un geste. »

Elle avait décoré les lieux de photographies souvenirs dénichées aux Puces et de vieux clichés des paysages de l'Angleterre native de son père, pour donner à l'ensemble une atmosphère fin de siècle. Elle vivait ici depuis quatorze ans, et elle s'y sentait chez elle, au moins autant que dans la grande maison de son enfance.

Le café était prêt. Elle allait s'en servir une tasse quand une photo d'Adam apparut sur l'écran.

Le pot de café faillit lui échapper des mains.

Sous la photo, il y avait cette légende : *Un avocat d'affaires poignardé dans Central Park.*

5.

Elle se laissa lentement glisser sur une chaise, tandis que le présentateur faisait son commentaire :

« L'homme qu'on a retrouvé mort, ce matin, poignardé dans Central Park, serait Adam Lear, le directeur du service juridique de Global Access, société dont le siège se trouve à Manhattan. Le corps gisait près d'un manège, dans le square Heckscher. »

Jenna était incapable de détacher ses yeux de l'écran. Mais que racontait ce type ? Adam ne pouvait pas être mort ! Elle lui avait parlé, la veille au soir…

« Adam Lear a vraisemblablement été victime d'un voleur auquel il aura voulu résister. Il était le fils aîné d'un promoteur immobilier de New York, Warren Lear, et de l'ex-actrice de Broadway, Lorraine Lear, deux fois lauréate du prix Tony. D'après les policiers, le coupable serait un sans-abri surnommé "le voleur de Central Park", qui sévit dans les environs depuis plusieurs semaines… De plus amples informations dans la journée.

» Passons, maintenant, à la rubrique sportive… »

Jenna se jeta sur la télécommande, et chercha frénétiquement une autre chaîne, mais aucune ne parlait du meurtre. Oubliés, le café et le footing matinal… Elle restait immobile, pétrifiée, en se répétant inlassablement ces trois mots : *Adam est mort. Adam est mort. Adam est mort.*

Poignardé par le voleur de Central Park… Mais pourquoi Adam était-il allé dans le parc à cette heure de la nuit ? Il s'apprêtait à rentrer chez lui. Directement. Il le lui avait dit.

Elle pensa aussitôt au clochard qui sentait si mauvais, celui qui les avait bousculés devant la galerie et qui les avait ensuite observés à travers la vitrine du salon de thé. Les avait-il suivis jusqu'au parking où Adam et elle s'étaient séparés ?

Elle marcha d'un pas mal assuré jusqu'à la fenêtre de la cuisine, pour contempler la vue. D'ici, elle ne pouvait pas distinguer le manège, mais le square Heckscher était visible. Ils étaient nombreux à courir, là-bas, tous les jours, et jamais elle ne s'était sentie en danger. Mais, la nuit… Il suffisait de posséder un peu de bon sens pour savoir qu'il n'était pas prudent de s'aventurer dans le parc à partir d'une certaine heure. Et Adam ne manquait certainement pas de bon sens.

En bas, les arbres avaient revêtu les couleurs de l'automne, et elle laissa son regard glisser sur les feuilles aux tons jaunes et rouges, tandis que son esprit revenait vers sa dernière conversation avec Adam. Il croyait fermement découvrir sur les photographies la preuve qui lui manquait pour incriminer Faxel. Et si quelqu'un avait voulu le supprimer pour l'empêcher d'aller au bout de ses recherches ?

Elle avait confiance dans le flair et le talent de son ex-mari. Pourtant, elle ne put s'empêcher de secouer la tête. Ça ne collait pas. Elle connaissait personnellement J.B. Collins, citoyen respecté, brillant homme d'affaires et généreux donateur. Elle le voyait mal se compromettre dans des magouilles financières.

Elle abandonna la fenêtre et alla se doucher. Si elle voulait comprendre pourquoi Adam accordait tant d'importance à ces clichés, elle devait commencer par y jeter un coup d'œil.

Comment croire qu'elle ne reverrait plus jamais Adam ? Et comment ne pas frémir en songeant aux circonstances terribles de sa mort ? On l'avait brutalement poignardé, avant d'abandonner son cadavre dans le parc.

Assise à l'arrière d'un taxi qui roulait vers le centre de Manhattan, Jenna essuya une larme qui perlait au coin de son œil… Elle n'était plus amoureuse d'Adam, mais elle avait toujours éprouvé pour lui une profonde affection.

Elle sursauta lorsque le taxi freina devant son atelier.

Puis elle se reprit, paya le chauffeur et plongea dans le bruit et l'animation de Soho.

Jenna avait toujours adoré ce quartier qui était le plus pittoresque de Manhattan. Lorsqu'elle était encore étudiante, elle passait le plus clair de son temps libre à arpenter cette enclave de galeries, de musées et de boutiques d'artisanat. A ce moment-là, elle aurait été bien étonnée si on lui avait dit qu'elle y installerait un jour son atelier.

La maison à l'italienne de quatre étages qui faisait le coin entre Greene et Broome Streets datait de la fin du XIXe siècle. Elle avait été construite par un riche marchand de textiles qui avait fait installer un ascenseur — le premier de la ville. Un siècle plus tard, un entrepreneur avisé avait racheté le bâtiment pour le diviser en huit appartements, dont l'un abritait, désormais, le studio de la photographe Jenna Meyerson.

Même pour Manhattan, la surface était minuscule, mais

Jenna avait judicieusement tiré parti de l'espace dont elle disposait. Un trépied, deux parapluies et plusieurs réflecteurs occupaient le centre. Elle avait installé son bureau dans un coin et isolé une partie de la pièce pour y installer son laboratoire de développement.

Il ne lui fallut que quelques minutes pour mettre la main sur le portfolio contenant les photographies de Faxel. Elle en avait sélectionné quinze, en couleurs : des tirages 20 x 26. Cette soirée de lancement avait été un franc succès. Plus de trois cents personnes y assistaient, parmi lesquelles bon nombre de gourous de la finance, de directeurs de sociétés et de politiciens en vue.

Jenna détacha soigneusement les photographies et les étala sur son bureau pour mieux les étudier. Elle les passa en revue, se penchant sur chaque visage, parfois avec sa loupe.

Au bout d'un moment, elle se redressa et poussa un soupir de déception. Elle ne voyait vraiment pas ce qu'on pouvait tirer de ces clichés. Ses doigts tambourinèrent doucement sur le bureau. A moins de poser la question à J.B. lui-même, elle n'avait aucun moyen de découvrir ce que cherchait Adam.

Elle songea à Marcie. Elle avait travaillé avec Adam, ils avaient côtoyé les mêmes personnes, évolué dans le même milieu, poursuivi les mêmes criminels… Elle aurait peut-être une idée. Au bureau du procureur, on était bien renseigné sur ce qui se passait dans cette ville… Jenna décida de faire une copie des tirages pour elle, et d'apporter les photos à Marcie.

Elle alla aussitôt s'enfermer dans sa chambre noire. De nombreux confrères lui avaient vanté les possibilités techniques de la photo numérique, et elle s'y était essayée. Mais les adeptes des nouvelles technologies ne pouvaient pas comprendre. Une chambre noire était comme un sanctuaire où l'on œuvrait dans la solitude et le silence. Elle ne pouvait pas s'en passer. Elle l'avait équipée simplement, avec un évier en acier inoxydable qu'elle avait installé elle-même, des cuves de développement, un séchoir à cheveux, un agrandisseur, un ordinateur, un fil pour suspendre les photos, et une étagère pour ranger ses produits et ses accessoires. Ce n'était pas le grand luxe, mais ça suffisait pour faire du bon travail.

Elle alluma la lumière à infrarouges et se mit à la tâche.

Une heure plus tard, elle avait tiré un nouvel exemplaire des photos, dans un format plus petit. Elle les rangea aussitôt dans son sac et glissa les originaux dans une enveloppe kraft. S'il y avait une pomme pourrie dans cette belle assemblée, Marcie le verrait.

Assis dans l'arrière-boutique de l'Insomnia, Pincho feuilletait le *New York Times* du mardi. Il trouva ce qu'il cherchait à la troisième page, dans la rubrique Metro, avec une photo de la victime.

Pincho sourit. Il avait bien préparé son coup : tout s'était déroulé comme prévu : on avait trouvé Adam Lear poignardé dans Central Park. Le tueur n'avait pas encore été interpellé, mais la police possédait le signalement d'un homme aperçu par un témoin alors qu'il s'enfuyait. Son arrestation n'était qu'une question de temps.

Le travail avait été particulièrement facile. Il avait attendu que Lear se sépare de la jeune femme qui l'accompagnait, et l'avait abordé en se présentant à lui comme un employé de Faxel ayant des informations à lui communiquer. Il lui avait proposé de faire un tour dans un endroit discret pour parler — le parc, par exemple. Il avait envisagé l'éventualité d'un refus, et s'était préparé à poignarder l'avocat sur place, si besoin était. Mais, après une brève hésitation, Lear avait accepté de le suivre.

Le seul imprévu de ce plan bien orchestré avait été la femme. Personne ne lui avait dit que Lear serait accompagné et qu'il s'arrêterait dans un salon de thé. Heureusement, il avait su improviser pour tirer parti de la présence de cette importune. Si la police l'interrogeait, elle se souviendrait sûrement du clochard puant et boiteux.

— Désolé, Roy, murmura-t-il entre ses dents. Ce n'était rien de personnel, mon vieux : juste un boulot.

Un boulot pour lequel on le rétribuait très généreusement. Quoi de plus naturel ? Il exerçait une profession à haut risque qui exigeait du cran, de l'ingéniosité et un cœur assez bien accroché pour supporter toute une soirée des fringues infectes. Plus encore que la pauvreté, Pincho haïssait la saleté. Il avait été tenté de brûler ces hardes, mais, finalement, il les avait conservées. Elles pourraient lui servir pour une autre affaire.

Son téléphone sonna. Sûrement le client. Il décrocha aussitôt.

— Kravitz.

— A l'endroit habituel, fit la voix.

Pincho raccrocha calmement. Il reposa le *Times*, et prévint son employé qu'il allait faire une course. Puis il sortit en sifflotant joyeusement, et fila vers Bryant Park où l'attendait le reste de son argent.

6.

Quand Jenna entra dans son bureau, Marcie était au téléphone. Elle salua la jeune femme d'un léger signe de tête, et leva deux doigts pour lui faire comprendre qu'elle n'en avait que pour deux minutes.

Elle parlait à son interlocuteur d'une voix sèche et autoritaire. Jenna vit immédiatement que la mort d'Adam l'avait affectée. Sous un savant maquillage, son visage paraissait plus pâle que de coutume, et de larges cernes soulignaient ses yeux noisette. Marcie ne correspondait pas aux canons de la beauté, mais elle avait du charme. Depuis quelque temps, elle égayait ses cheveux d'un châtain trop terne avec des mèches rousses, et faisait des efforts vestimentaires. Ça lui allait très bien.

A quarante-huit ans, elle était l'une des personnalités les plus en vue de New York, et ne permettait à personne de l'oublier. Mariée à un professeur en cardiologie de l'hôpital Roosevelt et mère de deux charmants adolescents, elle faisait partie de ces femmes capables de mener une brillante carrière tout en assumant pleinement leur rôle de mère. Le travail qu'elle accomplissait au bureau du procureur ne pouvait que susciter l'admiration. Elle dirigeait son équipe d'une main de fer, et encourageait les avocats de la partie civile à aller droit au but, à frapper au point sensible. Adam prétendait qu'elle était méticuleuse jusqu'à l'obsession — presque autant que lui, ajoutait-il. Cela expliquait sans doute qu'ils se soient si bien entendus.

Après un laconique « C'est comme ça, Raymond. A prendre ou à laisser », elle raccrocha et se leva pour embrasser Jenna.

— Je suis vraiment désolée, ma chérie.

Jenna se laissa tomber dans l'un des fauteuils disposés devant le gigantesque bureau de Marcie.

— Depuis quand le sais-tu ? demanda-t-elle.

— L'inspecteur Stavos m'a appelée, cette nuit, à 4 heures du matin. Paul Stavos, tu le connais ?

Jenna se rappelait vaguement un homme au regard las, bougon, la quarantaine.

— Oui. Je crois qu'Adam me l'avait présenté, il y a quelques années.

Marcie s'installa près d'elle.

— J'aurais voulu te l'apprendre moi-même, mais je devais attendre que la famille d'Adam en soit informée.

Elle se tut.

— On le trouvera, Jenna, je te le promets. On coincera le salaud qui a fait ça.

— C'est pour ça que je suis là. Adam est passé à la galerie, hier soir.

Marcie fronça les sourcils.

— Je ne l'ai pas vu.

— Il est venu très tard, juste avant la fermeture.

— J'ignorais que vous étiez restés en contact.

— C'était la première fois que je le revoyais depuis notre divorce. Il voulait me parler.

Elle essaya de rapporter à Marcie leur conversation le plus fidèlement possible, sans oublier de mentionner l'incident du clochard.

Son amie l'écouta avec attention, puis elle se leva et fit le tour de son bureau pour décrocher le téléphone.

— Paul, dit-elle sans préambule, Jenna Meyerson est dans mon bureau. Elle dit que la voiture d'Adam est garée dans le parking d'Essex House. Envoie une équipe d'experts sur place, et tiens-moi au courant. C'est une Cadillac Seville noire, mais je suppose que tu le sais déjà. Sa femme t'a donné le numéro d'immatriculation ?

Elle hocha la tête.

— Très bien.

Puis elle se tourna vers Jenna.

— Tu crois que tu pourrais décrire ce clochard ?

— Assez grand. Environ un mètre quatre-vingts. Corpulence moyenne. Mais c'est difficile à dire : il portait quantité de vêtements empilés les uns sur les autres.

— Tu as vu son visage ?

— Oui. Rien de particulier non plus. Crasseux, sans signes distinctifs.

— Et ses cheveux ?

— Il portait un bonnet enfoncé jusqu'aux yeux… Ah oui ! Et il boitait.

Tandis que Marcie prenait des notes, Jenna se pencha en avant.

— Adam avait l'air de penser que Faxel…

— Jenna ! Je comprends que tu te sentes concernée. Je sais à quel point tu as été proche d'Adam, autrefois. Mais je doute que ce dont il t'a parlé à propos de Faxel ait une quelconque relation avec ce meurtre.

— Pourquoi ?

— La personne qui a découvert le corps — une femme sans-abri qui dort dans le parc — a aperçu, du côté du manège, un homme qui s'enfuyait, à peu près à l'heure où Adam a été agressé.

— Et alors ?

— Le signalement de cet homme concorde avec celui du type qui sévit dans Central Park en ce moment… et aussi avec celui de ton clochard.

L'argument était valable, évidemment, mais Jenna ne se sentait pas convaincue.

— Si ce clochard voulait agresser Adam, pourquoi ne l'a-t-il pas fait tout de suite ?

Marcie posa son stylo.

— Il a sans doute préféré attendre qu'il y ait moins de monde dans les rues.

Jenna fronça les sourcils d'un air sceptique.

— Tu penses vraiment qu'un simple voleur serait allé jusqu'à le suivre et l'attirer dans Central Park pour le poignarder ?

Elle secoua la tête avec insistance.

— Moi, je n'y crois pas.

Marcie croisa les bras sur sa poitrine.

— C'est ton droit. Et quelle est ta version des faits ?

— Je te l'ai déjà donnée. Adam savait quelque chose à propos de Faxel. Il détenait une information qui pouvait les compromettre. Ça vaudrait tout de même le coup de chercher de ce côté-là.

— Ce sera fait, dit Marcie d'une voix ferme. Crois-moi,

nous avons l'intention de soulever chaque pierre. Pour commencer, je vais jeter un coup d'œil sur ces photographies qu'Adam te réclamait.

Jenna les lui tendit. Elle les regarda attentivement, une par une, à plusieurs reprises.

— Alors ? demanda Jenna avec impatience.

— A première vue, je reconnais une bonne vingtaine de personnes dans cette assemblée. Mais ce sont des gens au-dessus de tout soupçon.

Elle leva les yeux.

— Je peux les garder ?

— Qu'est-ce que tu veux en faire ?

— Je vais les faire circuler dans mon équipe et ensuite les transmettre à la police. Mais je n'en attends pas grand-chose. Adam était un excellent avocat, mais il avait parfois tendance à tirer des conclusions hâtives.

— Son instinct ne le trompait jamais, tu le sais bien, rétorqua Jenna. Je t'ai même entendue dire qu'il avait souvent une longueur d'avance sur les autres, dans les enquêtes.

— Nous devons nous baser sur les faits, Jenna. Premièrement, commença-t-elle en touchant la pointe de son pouce, nous disposons d'un témoin oculaire. Elle s'appelle Estelle Gold, et elle vit dans le parc — si l'on peut dire. L'inspecteur Stavos l'a longuement interrogée, et il a passé le secteur au peigne fin. Cette femme n'a rien à se reprocher. Blanche comme neige.

Elle sourit.

— Façon de parler.

— Sa description de l'homme qui s'enfuyait concorde avec la mienne ?

— Tout y est. Jusqu'à la boiterie. Deuxièmement, poursuivit-elle, dans le portefeuille d'Adam, il ne restait plus que son permis de conduire. Il avait une marque rouge au poignet, et sa femme nous a assuré qu'il portait une Rolex en or. On peut raisonnablement en déduire que son agresseur a pris son argent et lui a arraché sa montre.

Elle pencha la tête de côté.

— Te souviens-tu s'il portait une montre, hier soir ?

Jenna acquiesça. Elle l'avait remarquée quand il avait regardé l'heure.

— Mais ça ne prouve rien ! affirma-t-elle. L'homme qui l'a volé n'est peut-être pas celui qui l'a tué.

— Si c'est le cas, nous le saurons bientôt. Je ne pense pas que le voleur de Central Park nous échappe encore très longtemps. Nous le recherchons activement.

Elle nota encore quelque chose sur son carnet, et le referma d'un coup sec.

— Merci d'être venue, Jenna. Je transmettrai toutes ces informations à l'inspecteur Stavos. Je pense qu'il voudra s'entretenir avec toi.

— Tu devrais interroger la secrétaire d'Adam. Il travaillait avec elle depuis longtemps, et je sais qu'il lui faisait entièrement confiance. Il l'avait peut-être mise au courant.

Marcie parut amusée.

— Tu es en train de m'expliquer comment je dois procéder ?

Jenna rougit.

— Non, bien entendu.

— Tant mieux, dit Marcie en souriant gentiment. Rien

de tel qu'un citoyen trop zélé pour mettre la pagaille dans une enquête.

Sam Meyerson trouva une place de stationnement près de Foley Square, au centre-ville, et rejoignit à pied le bureau du procureur qui se trouvait non loin de là, sur la place One Hogan.

Avant d'entrer, il contempla avec émotion l'imposant bâtiment du palais de justice. Il avait commencé sa carrière ici, comme assistant, avec l'enthousiasme qui caractérise la jeunesse, et ensuite, il avait travaillé dur pendant des années pour gravir un à un les échelons jusqu'au fauteuil tant convoité de procureur.

Avant de devenir juge de la Cour suprême, il avait occupé ce fauteuil pendant près de vingt-sept ans, et il savait à quel point la place était sensible, la tâche lourde et ardue. Avec cent trente mille dossiers à traiter tous les ans et cinquante assistants sous ses ordres, un procureur ne chômait pas. Pourtant, en dépit des semaines chargées, des criminels remis en liberté et des menaces de mort qu'il avait reçues, Sam ne regrettait pas une minute d'avoir consacré sa vie à servir la collectivité. La loi était pour lui une passion. Il lui arrivait même de regretter le temps où il travaillait sans relâche pour constituer un dossier, rassembler des preuves et préparer un réquisitoire. Heureusement, Marcie faisait parfois appel à ses lumières pour débrouiller une affaire particulièrement complexe, et ça lui donnait l'occasion de vérifier que ses facultés de raisonnement demeuraient intactes.

Aujourd'hui, son coup de fil l'avait cueilli au sortir de la douche, et il avait tout de suite senti qu'elle était bouleversée.

Elle lui avait annoncé la mauvaise nouvelle. On avait trouvé Adam dans Central Park. Mort. Adam était un ancien collègue, mais aussi l'ex-mari de sa fille. La dernière fois qu'il l'avait vu, c'était un homme plein de vie. Trois ans, déjà… Depuis son divorce d'avec Jenna.

Marcie l'accueillit avec un sourire triste.

— Sam, lui dit-elle, je suis heureuse que tu aies pu venir. Assieds-toi, je t'en prie.

— Comment est-ce arrivé, Marcie ?

Elle lui répondit par une question.

— Tu savais qu'Adam était passé à l'exposition de Jenna, hier soir ?

Il parut surpris.

— Non. J'y étais, mais je ne l'ai pas vu.

— Moi non plus. Il est arrivé après ton départ.

Elle posa les coudes sur la table et son menton sur ses poings.

— Ils sont sortis de la galerie ensemble, et se sont rendus dans un salon de thé. C'est là qu'il lui a avoué la véritable raison de sa visite.

— C'est-à-dire ?

— Il y a quelques années, lorsqu'ils vivaient encore ensemble, Jenna a fait des photos pour Faxel. Tu t'en souviens sûrement. Il s'agissait de cette réception pour le lancement de leur ordinateur portable. Nous y assistions aussi.

— Oui, je m'en souviens parfaitement. C'était pour le Wizard.

Elle hocha la tête.

— Adam désirait jeter un coup d'œil à ces photos. Il ne voulait pas lui dire pourquoi, au début, mais tu la connais…

Il sourit.

— Elle est têtue.

— Elle me rappelle un certain procureur de ma connaissance. Bref, Adam lui a expliqué qu'il détenait certaines informations concernant Faxel et son directeur général, J.B. Collins.

— Quel genre d'informations ?

— Il ne l'a pas précisé, justement. Tout ce qu'elle a pu tirer de lui, c'est que Collins était peut-être compromis dans des pratiques illégales et que la preuve pouvait se trouver sur ces photographies.

Elle prit les clichés, et les poussa vers lui.

— Tu peux jeter un œil ? Tu y trouveras peut-être quelque chose. Moi, je n'ai rien vu d'intéressant.

Sam les étudia attentivement. Il reconnut plusieurs personnalités : des gens auxquels il avait parlé, ce soir-là.

— Mais que faut-il chercher là-dedans ?

— Nous l'ignorons, justement. Et, comme il n'est plus question de le demander à Adam, je ne vois pas comment nous pourrions le savoir.

Elle soupira.

— De toute façon, même si Al Capone lui-même se trouvait sur ces clichés, ça ne prouverait rien. Il y avait tant de monde… Il n'était pas très difficile, pour un petit malin, de se glisser dans la foule sans avoir été invité.

Sam commençait à comprendre pourquoi Marcie l'avait appelé à la rescousse.

— Ma fille t'a donné du fil à retordre ?

Marcie sourit.

— Tu sais que je l'adore, Sam. C'est une femme intelligente

et loyale, mais elle se transforme en emmerdeuse quand elle a une idée en tête.

— Et que s'est-elle mis en tête, cette fois ?

— Eh bien, elle ne me l'a pas dit carrément, mais elle s'est comportée comme si elle avait la ferme intention d'enquêter sur la mort d'Adam. J'admire son courage, et je trouve louable qu'elle veuille venger son ex-mari, mais je m'inquiète pour sa sécurité. Tu sais très bien ce qui se passe quand les citoyens ordinaires se mêlent de faire régner la justice.

— Jenna ne ferait jamais rien qui puisse saboter une enquête.

— Sans doute.

Elle posa les yeux sur les clichés.

— Mais l'histoire de Faxel semblait lui tenir à cœur.

— Elle a peut-être raison de penser qu'Adam avait mis le doigt sur quelque chose de sensible.

— Ne t'inquiète pas. Je vais charger l'inspecteur Stavos de mener une enquête *discrète*.

Sam connaissait bien Stavos, un vieux routier. Il n'était sans doute pas le meilleur inspecteur, mais il menait ses enquêtes avec constance, et il avait déjà pas mal d'arrestations à son actif. Tout le monde savait qu'il n'appréciait pas beaucoup les hommes de loi, et Sam n'avait jamais sympathisé avec lui. Sans compter qu'il n'aurait sûrement aucune envie d'avoir dans les pattes l'ex-femme d'Adam Lear.

Sam se leva.

— Je me charge de faire entendre raison à Jenna.

Marcie l'imita.

— Ça me rendrait vraiment service, Sam. Je te remercie d'avance.

7.

— Merde.

La voiture de Frank Renaldi, une Thunderbird 1957 rouge modèle classique, venait de s'arrêter en plein milieu de Chinatown, après quelques soubresauts.

— Tu choisis le plus mauvais moment pour me lâcher ! grommela-t-il.

Cet incident lui apparut comme un minuscule détail dans la journée la plus pourrie de son existence. Ça avait commencé au réveil, lorsqu'il avait découvert la petite amie de son fils de quatorze ans endormie sur le canapé du salon. Comme il essayait d'obtenir une explication de la part de Danny qui ronflait tranquillement dans son lit, à l'étage, le père de la jeune fille avait fait irruption en menaçant de le poursuivre pour incitation de mineure à la débauche.

Puis, le choc de la mort d'Adam lui avait fait oublier cet intermède. La nouvelle lui avait fichu un sacré coup.

Ignorant le concert de Klaxons derrière lui, Frank tenta de faire redémarrer sa voiture. En vain… Le moteur ne tressaillit même pas. De plus en plus énervé, il frappa violemment le volant.

Un chauffeur de taxi sortit sa tête par la portière.

— Hé, vous ! cria-t-il. Vous allez vous décider à bouger votre tas de merde, ou il faut que je le fasse à votre place ?

— C'est bon... Du calme... répondit Frank en prenant son téléphone portable. Pas la peine de s'énerver comme ça !

Il composa le numéro de son cousin Martin.

— Qu'est-ce que t'as foutu, Marty ? hurla-t-il sans même lui laisser le temps de placer un mot. Je t'avais pourtant demandé de t'occuper toi-même de ma voiture. Mais non, tu l'as filée à ton incapable d'apprenti... Et devine quoi ! Elle vient de me lâcher en plein embouteillage.

— Frankie ?

— Y'a pas de Frankie qui tienne. Amène-toi tout de suite !

Marty savait qu'il était inutile de discuter.

— Où es-tu ?

— Au carrefour de Bowery et de Pell.

— Ne bouge pas ! Je suis là dans une seconde.

— Tu ferais mieux.

Lorsque son cousin arriva enfin avec une dépanneuse, Frank essayait d'amadouer le policier qui menaçait de faire embarquer la voiture à la fourrière. Vêtu de sa combinaison de travail, Marty descendit d'un pas alerte, et se mit aussitôt à amarrer la Thunderbird.

— Ne vous inquiétez pas, monsieur l'agent, dit-il en souriant de toutes ses dents. Je vais l'enlever en moins de temps qu'il ne faut pour le dire.

Sa bonne humeur ne suffit pas à dérider le policier.

— Vous avez deux minutes, rétorqua-t-il sèchement.

Frank était déjà en retard à son rendez-vous. Il lança ses clés de voiture à son cousin.

— Tu me la répares pour 17 heures. Gratuitement, bien entendu. Et tu peux rajouter un lavage !

Marty acheva tranquillement d'accrocher la voiture. La mauvaise humeur de Frank ne l'atteignait pas.

— C'est d'accord, dit-il. Tu connais ma devise : « Le client est roi. »

Sans répondre, Frank adressa un bref signe de tête à l'agent, et prit à pied la direction de Bowery, tout en sortant son portable pour appeler son assistante.

— Agence de détective privé Renaldi, lui répondit une voix de femme.

— C'est moi, Tanya. Dites à M. Sanford que j'ai eu un nouveau contretemps mais que j'arrive tout de suite. Je serai là dans…

— Il est déjà parti.

Frank profita d'une interruption dans la file des voitures pour traverser l'avenue Hester, et évita de justesse un bus.

— Comment ça *parti* ? Je vous ai appelée, tout à l'heure, de la maison, et vous m'avez dit que vous le faisiez patienter.

— C'était il y a quarante-cinq minutes. Il en a eu marre.

Frank lança un juron et raccrocha. Génial ! Ce mois-ci, il n'avait eu que trois clients : le premier avait quitté la ville sans régler sa facture, le second se faisait tirer l'oreille pour payer… Quant au troisième, il était mort et ne risquait plus de lui verser le moindre centime.

Il se demanda ce que lui réservait encore cette journée si prometteuse…

*
* *

Renaldi Investigations se trouvait dans East Village, sur la 6e Rue. Jenna ne s'était pas attendue que Frank choisisse ce quartier, mais elle se rappela qu'avec lui, il fallait s'attendre à tout. L'immeuble de deux étages abritait toutes sortes de professionnels : du kinésithérapeute à la voyante extralucide. L'agence de Frank se trouvait au premier étage, en face d'un taxidermiste sur la plaque duquel on pouvait lire : « Vous avez perdu votre compagnon, nous vous le rendons. »

Dans le hall d'accueil, meublé de façon plutôt sommaire, une jeune femme était assise derrière un bureau.

— Que puis-je faire pour vous ?

— Je m'appelle Jenna Meyerson. Je viens voir Frank Renaldi.

— Il ne va pas tarder. Vous pouvez l'attendre, dit la jeune femme en désignant du doigt les trois fauteuils alignés contre le mur.

— Merci.

Tanya se remit à taper sur son ordinateur, et Jenna jeta un coup d'œil autour d'elle. La décoration se limitait à quelques photos de joueurs de hockey dédicacées au nom de Frank. Rien d'autre. Il n'avait pas jugé utile d'afficher son diplôme de fin d'études ni la licence l'autorisant à exercer en tant que détective privé.

Jenna reconnut bientôt son pas vif et sonore dans le couloir. Une seconde plus tard, il entrait en claquant la porte derrière lui.

Elle comprit qu'il ne l'avait pas vue, car il alla droit au

bureau, y lança sa mallette et attrapa d'un geste brusque la pile de messages.

— La prochaine fois que j'ai un problème avec ma voiture, Tanya, vous me rendrez service en me rappelant que je ne dois surtout pas la confier à mon cousin.

Tanya toussota discrètement, et jeta un regard en coin vers Jenna.

— Euh… Vous avez une cliente.

Il fit volte-face d'un air surpris, et Jenna contempla l'homme qui lui avait déclaré, un jour, qu'il désirait être le père de ses enfants.

Quinze ans avaient passé, mais Frank n'avait pas changé. Ses épais cheveux noirs étaient ébouriffés, comme autrefois. Ses yeux d'un bleu profond — qui faisaient chavirer le cœur de toutes les filles du campus — étaient toujours aussi fascinants, quoique peu amicaux, à la minute présente. Mais sa silhouette avait changé : il avait forci, et ses épaules étaient plus larges. Elle le trouvait plus masculin. Pour l'instant, il la regardait sans dire un mot, mais sa présence emplissait la pièce.

— Bonjour, Frank, dit-elle.

Elle attendit un sourire, un mot de bienvenue… Elle avait hâte qu'il rompe ce silence pesant. Lui se contentait de la regarder fixement, avec un visage sans expression. Elle se rappela que c'était sa façon de dissimuler ses sentiments. Mais peut-être se méprenait-elle et ne ressentait-il rien…

Il desserra sa cravate avec une nonchalance qu'elle connaissait bien, et lança :

— Qu'est-ce que tu fais ici ?

L'accueil n'était pas vraiment chaleureux, mais elle décida de conserver son calme, et se leva.

— Je suis venue te parler d'Adam, répondit-elle.

— Pourquoi ?

— Parce qu'on l'a tué hier soir, Frank. Tu n'es pas au courant ?

— Si.

Il enleva carrément sa cravate, et traversa le hall pour pousser une porte munie d'une plaque de cuivre toute simple marquée F. Renaldi. Puis il disparut dans la pièce attenante, sans même l'inviter à le suivre.

Ça ne s'annonçait pas très bien, mais elle n'en fut pas vraiment surprise. Il avait dû beaucoup souffrir quand elle lui avait préféré Adam, et sa blessure n'était sans doute pas cicatrisée. Il lui en voulait encore. Mais ils n'étaient plus des gamins, et elle espéra que ça ne les empêcherait pas d'avoir une conversation d'adultes responsables.

Elle le suivit donc, et referma doucement la porte derrière elle. La pièce était à peine plus grande que le hall d'entrée, mais deux fois plus encombrée. Des dossiers ouverts et des photos de cadavres s'étalaient sur le bureau. Les livres de droit s'empilaient sur l'unique étagère et les journaux sur l'une des chaises.

Frank laissa tomber sa mallette sur un tas de dossiers, et se tourna vers elle.

— Je n'ai rien à te dire, Jenna. Si tu t'étais manifestée plus tôt, tu nous aurais épargné du temps et des ennuis.

Le commentaire peu amène et le ton d'une extrême froideur la piquèrent au vif.

— Ecoute, Frank, je comprends que tu m'en veuilles, mais

je suggère que tu mettes ton ego de côté trente secondes, pour que nous puissions parler comme des gens doués de raison.

Il lança sa cravate sur une chaise vide, et fit de même avec sa veste de sport. Il émanait de lui un calme puissant et un charme auxquels Jenna n'était pas insensible.

— Qu'est-ce que mon ego a à voir là-dedans ? dit-il d'un ton détaché. Et pourquoi je t'en voudrais ?

Elle se sentait de plus en plus mal à l'aise. Elle regrettait d'avoir engagé la conversation sur ce sujet délicat, mais, puisqu'elle avait commencé, mieux valait mettre les choses au clair une bonne fois pour toutes.

— Parce que j'ai choisi Adam.

Il eut l'air abasourdi, et elle ne put s'empêcher de rougir.

— Tu crois que j'ai encore un faible pour toi ?

Le visage de Jenna s'empourpra un peu plus.

— Je n'ai pas dit ça.

— Mais tu l'as laissé entendre.

Il eut un rire sec et insultant.

— Certaines choses n'ont pas changé, à ce que je vois. Tu as encore une très haute opinion de toi-même.

Elle ouvrit la bouche, mais il ne lui laissa pas le temps de placer un mot.

— Pour ta gouverne, sache que je t'ai oubliée depuis longtemps. Je ne sais même plus pourquoi j'ai été amoureux de toi. C'était sans doute pour me prouver que je pouvais faire mieux qu'Adam dans tous les domaines. C'était stupide, infantile, et ça ne m'a mené nulle part. J'aurais dû me douter que je ne pouvais pas gagner cette bataille-là. Tu ne m'as jamais trouvé assez bien pour toi. Normal : on ne venait pas du même milieu, je n'avais pas de fric…

— C'est faux. Je n'ai jamais accordé la moindre importance à l'argent.

— Mais tu ne craches pas dessus.

— Je n'arrive pas à y croire ! On ne s'est pas vus depuis des années, et tu me reçois comme un chien dans un jeu de quilles. Qu'est-ce qui te prend ?

Il parut touché.

— J'ai eu une sale matinée.

— Eh bien, oublie tes ennuis cinq minutes, le temps de répondre à mes questions.

— Je n'ai rien à te dire au sujet d'Adam.

Elle venait de gagner un peu de terrain, ce n'était pas pour reculer aussitôt.

— Pourtant, il avait fait appel à tes services.

— Comment le sais-tu ?

Il s'assit sur le coin de son bureau, et croisa les bras.

— Il me l'a dit lui-même. Hier.

Il leva les sourcils d'un air surpris.

— Hier ?

— J'expose des photos dans une galerie de Manhattan. C'était le vernissage, hier soir, et Adam est passé pour me féliciter.

— Ta première exposition. Je sais. J'ai lu quelque chose là-dessus.

Il la dévisagea d'un air calme et indifférent.

Elle s'attendait qu'il la félicite, mais comme il ne disait rien — ce genre de politesse ne devait pas figurer dans son répertoire —, elle poursuivit :

— Il m'a appris qu'il avait fait appel à toi pour une enquête.

— Et pourquoi t'a-t-il raconté tout ça ?

— Il pensait que je pouvais l'aider.

— De quelle manière ?

— Pourquoi tu ne me dis pas ce que tu sais, au lieu de me harceler de questions ?

— Je ne peux pas.

— *Tu ne peux pas ?*

— Tu sais bien que je suis tenu par le secret professionnel.

— Mais ton client est mort !

— Ça ne change rien.

— Même si les circonstances de sa mort ne sont pas aussi limpides que la police semble le croire ?

Elle espérait avoir éveillé son intérêt, mais il continuait à la contempler d'un air morne. S'il savait quelque chose, il ne semblait vraiment pas disposé à le lui dire.

— Alors, comme ça, tu t'en fiches complètement ! lança-t-elle. Ton meilleur ami — en tout cas, un homme qui a été ton meilleur ami — meurt brusquement, et tu n'as pas l'intention de lever le petit doigt.

— Je ne te permets pas de me juger, Jenna. Mes sentiments, ainsi que la façon dont je conçois mon travail, ne te regardent absolument pas.

— N'empêche que je me sens concernée par cette affaire. Adam est venu m'en parler, juste avant sa mort.

Elle fit une pause avant d'ajouter :

— Je lui dois tant !

Puis elle leva les yeux vers Frank, et suggéra :

— On pourrait s'entraider. Echanger nos informations. A deux, ce serait plus facile de…

Il éclata d'un rire franc et joyeux qui rappela à Jenna le bon vieux temps.

— Tu voudrais qu'on fasse équipe, tous les deux ?

— Qu'est-ce que ça a de si drôle ?

— C'est désopilant. Je travaille en solo, Jenna. Tu veux jouer les détectives ? A ta guise. Mais n'espère pas me mêler à ça, et ne compte pas sur moi pour venir ramasser les morceaux s'il y a de la casse.

Elle en avait assez supporté. L'arrogance de ce type dépassait les bornes. Elle attrapa son sac à main.

— Tu sais quoi, Frank ? J'ai toujours pensé que tu étais quelqu'un de bien. Autrefois, tu étais un ami drôle, attentionné, et fidèle… On pouvait compter sur toi. J'ignore pourquoi tu as changé, mais je crois bien que tu es devenu un sale con.

Elle mit son sac en bandoulière sur son épaule.

— Tu veux me faire une faveur, en souvenir de notre vieille amitié ? Oublie que je suis venue ici.

Elle s'éloigna d'un pas lourd, et traversa la réception, consciente du regard de Tanya qui la suivait. Elle lui murmura un vague au revoir, et sortit le plus dignement possible.

8.

Quand la porte se referma sur Jenna, Frank poussa un soupir de soulagement. Il avait compris qu'il l'aimait toujours à la minute où il avait posé les yeux sur elle. Il avait fui New York pour l'oublier, mais ses sentiments n'avaient pas changé, même après quinze ans d'absence.

Il marcha jusqu'à la fenêtre, et la regarda sortir de l'immeuble. Elle était encore plus belle que dans son souvenir. Elle avait toujours ses cheveux châtains, avec des touches d'or ici et là, ses grands yeux noisette — qui pouvaient vous contempler avec ardeur et vous juger froidement, la seconde d'après —, sa bouche pulpeuse, cette bouche qu'il avait embrassée une seule fois, dans un moment de folie.

Elle se dirigea à longues enjambées souples vers l'arrêt du bus… Ses hanches étroites se balançaient légèrement… Avec son jean et son blouson de cuir noir, elle pouvait encore passer pour une étudiante.

Elle avait raison. Il lui en voulait de l'avoir dédaigné, et il n'avait jamais pardonné à Adam de la lui avoir prise.

Et voilà qu'elle faisait de nouveau irruption dans sa vie. Le destin avait choisi une tragédie pour les remettre en présence l'un de l'autre. Il se demanda s'il avait réussi à donner le change, ou bien si elle s'était aperçue qu'il était encore fou d'elle.

Devant l'arrêt de bus, elle s'arrêta et consulta sa montre. Il eut brusquement envie de savoir si elle rentrait chez elle ou si elle se rendait à la galerie Siri's. Il haussa les épaules. De toute façon, peu lui importait où elle allait : il n'avait pas la moindre intention de la revoir. Il ne voulait plus entendre parler des femmes. Deux cruelles expériences l'avaient guéri. D'abord, il y avait eu Jenna… Et ensuite Denise, son ex-épouse, qui l'avait quitté pour un cycliste italien dont elle s'était amourachée. Les autres, celles qui étaient venues après, il les avait tenues à distance, même si quelques-unes avaient essayé d'obtenir davantage.

Les retrouvailles avec Adam avaient été plutôt agréables. Ils avaient discuté comme deux vieux copains que le hasard a réunis et qui se racontent ce qu'ils sont devenus, tout en évoquant des souvenirs communs. Enfin, Adam avait abordé le sujet de sa visite : il soupçonnait sa jeune et jolie femme d'avoir une liaison.

D'ordinaire, Frank s'occupait d'affaires criminelles, pas de problèmes de couples. Mais Adam avait tant insisté qu'il avait fini par céder et par accepter une avance de mille dollars en promettant de lui fournir des preuves.

Tanya s'était proposée pour le boulot de surveillance. Prendre en filature une femme infidèle n'avait rien d'excitant, mais, pour une raison obscure, ça semblait l'amuser. En tant qu'ancien officier de police, elle était dotée d'une patience d'ange et pouvait rester des heures assise dans une voiture — tout le contraire de Frank qui avait du mal à tenir en place plus de cinq minutes.

Elle avait donc pris la femme d'Adam en filature pendant une semaine, et ça ne l'avait pas menée à un joli nid d'amour mais à un snack-bar de la Sixième Avenue. Là, Amber Lear avait rencontré à deux reprises Billy Ray Shaeffer, un ex-taulard qui avait pris deux ans et demi pour homicide involontaire. Amber était sa petite amie, au moment des faits. A l'époque, elle portait encore son nom de jeune fille — Berensky —, et le prénom que lui avaient donné ses parents : Teresa. Ils revenaient ensemble d'une soirée quand Billy Ray avait renversé un piéton avec sa voiture. Le type était mort.

La plupart des femmes auraient attendu quelques semaines ou même quelques mois pour envoyer une lettre de rupture à ce pauvre Billy Ray. Pas Teresa. Après avoir raté le concours Miss New Jersey, elle avait décidé de se faire appeler Amber North, et avait chargé sa mère de porter la lettre à la prison où son ex-petit ami purgeait sa peine. Puis elle était partie pour New York, en quête de gloire et de fortune.

Elle n'avait pas trouvé la gloire, mais, du côté de la fortune, elle ne s'était pas trop mal débrouillée. Deux ans après avoir posé le pied dans Big Apple, elle avait rencontré Adam. Ils s'étaient mariés au bout d'un an.

Tanya avait observé Amber et Billy Ray au snack-bar, et elle en avait conclu qu'il n'était pas son amant. Au contraire, il semblait exister entre eux une profonde hostilité. Malheureusement, le Ruby's Café était particulièrement bruyant, et ils parlaient bas, si bien que Tanya n'avait pas pu entendre ce qu'ils se disaient. Mais, à chacune de leurs rencontres, elle avait vu Amber glisser discrètement une épaisse enveloppe à Billy Ray, et ce dernier en vérifier le contenu avant de l'empocher.

— Ça devait être de l'argent, avait-elle dit à Frank.

Frank était du même avis, mais, pour aller plus loin dans ses investigations et découvrir pourquoi la belle Mme Lear donnait de l'argent à un ancien taulard, il lui fallait le feu vert du mari. Il avait laissé un message à Adam, le lundi soir, pour l'informer de ce qu'il savait. Et, le mardi matin, il avait appris sa mort en écoutant le premier bulletin d'informations.

A présent que le moment de surprise était passé, il commençait à gamberger. C'était tout de même bizarre… Comme tous les New-Yorkais, Adam savait qu'il valait mieux éviter de se promener dans Central Park, la nuit. Pourquoi y était-il allé ? Pourquoi ne s'était-il pas défendu quand ce clochard l'avait agressé ? Il n'avait pas le physique de Schwarzenegger, mais tout de même…

Frank repensa aux paroles de Jenna.

« Même si les circonstances de sa mort ne sont pas aussi limpides que la police semble le croire. »

Qu'avait-elle voulu dire par là ?

En bas, le bus arrivait. Elle se leva et aida une vieille femme à monter. Ce geste rappela à Frank la jeune fille d'antan, gentille et prévenante. Dire qu'elle était dans son bureau, quelques minutes plus tôt, prête à oublier ses quinze ans de silence ! Et dire qu'il avait réagi comme un imbécile ! A présent, il était trop tard.

Elle monta, et le bus s'éloigna. Il se sentit envahi par un violent sentiment de nostalgie.

Il passa le reste de la journée à chercher le client qui lui devait de l'argent, et finit par le dénicher dans un bar miteux de Mac Dougal Street. Il le menaça de lui envoyer les huissiers, et le mauvais payeur lui fit bientôt un chèque couvrant la moitié de ce qu'il lui devait. Frank l'empocha en se promettant de revenir chercher le reste à la fin de la semaine.

A présent, il rentrait enfin chez lui. Il avait eu sa dose de mauvaises surprises, aujourd'hui, et il espérait que c'était terminé. Le moteur ronronna lorsqu'il s'engagea dans le tunnel. Marty lui avait rapporté lui-même la voiture, à 17 heures précises, en s'excusant platement de l'avoir confiée à son apprenti.

— N'en parle pas à mon père, Frankie, d'accord ? Il me tuerait s'il l'apprenait.

Frank n'avait jamais eu l'intention de se plaindre de Marty qui était un chic type et faisait de son mieux, même s'il ne possédait pas les dons de mécanicien de son père. De toute façon, il ne pensait plus qu'à rentrer chez lui pour s'ouvrir une cannette de bière fraîche et passer un moment avec Danny.

Deux ans plus tôt, lorsque Denise l'avait quitté pour filer le parfait amour avec son cycliste italien, il avait craint de ne pas pouvoir assumer correctement l'éducation de son fils de douze ans. Son poste au FBI exigeait une grande disponibilité, et il devait être prêt à partir en mission à tout instant. Il s'apprêtait à engager une aide à plein temps pour s'occuper de la maison et du gamin, quand le destin en avait décidé autrement.

Peu après le départ de Denise, son oncle Vinnie avait décidé d'occuper sa retraite en travaillant dans l'entreprise de débarras d'un vieil ami, Johnny Caruso. Celui-ci venait d'avoir une deuxième alerte cardiaque : il lui fallait une personne solide et à l'esprit vif pour le seconder. Vinnie possédait ces deux qualités.

La famille d'un agent fédéral est constamment sous surveillance et se doit d'être sans tache. Aussi, un collègue du FBI avait pris l'initiative de se renseigner sur Johnny et sur sa société. Au cours de cette enquête de routine, il avait découvert que l'affaire de Johnny avait démarré quarante ans plus tôt avec l'appui financier d'une figure bien connue de la mafia. Johnny avait réglé sa dette depuis longtemps, et il n'avait, apparemment, plus aucun contact avec le milieu, mais les fédéraux n'avaient pas apprécié que l'oncle d'un agent travaille pour une entreprise qui avait entretenu des liens avec la pègre. On avait menacé Frank de se passer de ses services si son oncle ne renonçait pas à travailler pour Johnny Caruso.

Frank leur avait épargné la peine de le virer : il leur avait remis sa démission le jour même.

Ne voulant pas perturber Vinnie en lui révélant la raison de cette brusque décision, il avait dû trouver une explication convaincante. Il n'avait pas eu à chercher bien loin… Il lui avait simplement annoncé qu'il désirait consacrer du temps à son fils et qu'il changeait d'activité. Vinnie avait trouvé ça tout naturel.

Frank avait donc dû songer à sa reconversion. Ouvrir une agence de détective privé à New York lui avait semblé une bonne idée. Les horaires flexibles lui permettraient de s'occuper de Danny et lui laisseraient même quelques loisirs — avec son ancien métier, il n'en avait jamais eu. Il avait trouvé aisément un local pour l'agence dans East Village, le quartier qu'il préférait à cause de sa population éclectique d'artistes, d'étudiants et d'avocats. Depuis l'attentat du 11 septembre, les grandes compagnies d'affaires avaient quitté la place, et les prix avaient fortement chuté.

La mère de Frank s'était réjouie qu'il revienne s'installer à New York avec Danny. Elle avait souffert de leur éloignement lorsqu'ils vivaient en Virginie, et ne demandait pas mieux que de rattraper le temps perdu en jouant les grand-mères gâteau. Elle avait toujours été fière de pouvoir dire que son fils appartenait au FBI, mais la famille passait avant la carrière…

Vinnie aussi les avait bien accueillis. Il leur avait proposé de s'installer chez lui, et Frank avait immédiatement accepté. Il ne s'agissait, bien sûr, que d'un hébergement provisoire, et il comptait déménager dès qu'il aurait lancé son affaire. Mais Vinnie lui avait fait remarquer très à propos que s'il prenait un appartement avec Danny, il devrait trouver quelqu'un pour s'occuper de lui, l'emmener au hockey après l'école, l'aider à faire ses devoirs. Etait-il prêt à le confier à une étrangère ?

« Ne me fais pas rigoler, avait dit Vinnie avec son franc-parler habituel. Vous êtes ici chez vous. Vous restez avec moi. »

Danny avait été ravi de cet arrangement. Frank avait d'abord craint qu'un jeune enfant turbulent ne dérange la vie calme et bien ordonnée du vieil homme, mais il s'était vite rendu compte qu'il s'inquiétait pour rien. L'imposante bâtisse victorienne de Staten Island, sur Sunset Road, était devenue trop grande pour ce veuf dont les deux grands garçons menaient depuis longtemps une vie indépendante. Bien loin de l'agacer, les courses dans l'escalier, les portes qui claquaient et les menus larcins dans le réfrigérateur l'avaient fait rajeunir de façon surprenante.

Lorsque Frank arriva, Danny était déjà rentré de son entraînement de hockey, et faisait ses devoirs sur la table de la cuisine. Vinnie avait noué un tablier autour de sa taille et préparait sa célèbre sauce tomate. Il était petit, mais encore musclé, en dépit de ses soixante-douze ans, et ses cheveux gris, son visage tanné comme du vieux cuir, le faisaient ressembler à Tony Bennett — du moins était-ce ce qu'il prétendait.

— Cesse donc de remuer comme ça : tu vas faire tourner ta sauce ! lança Frank, tout en posant sa mallette sur l'un des larges fauteuils, près de la cheminée.

Vinnie jeta un coup d'œil par-dessus son épaule.

— Depuis quand te mêles-tu de donner des conseils en matière de cuisine ?

Frank rit, et alla embrasser Danny.

— Salut, fils !

Cet enfant grandissait à une vitesse ahurissante, et il lui ressemblait tous les jours un peu plus, avec ses cheveux noirs frisés et ses fossettes.

— Salut, p'pa !

Danny posa son stylo et leva vers son père un regard inquiet.

— Tu as parlé avec le père de Janice ?

Frank avait complètement oublié cette histoire, et la question de son fils lui fit craindre que ses ennuis de la journée ne fussent pas encore tout à fait terminés.

Il alla jusqu'au réfrigérateur et en sortit une Heineken.

— Pas encore. Espérons qu'il aura changé d'avis et qu'il ne portera pas plainte.

— Janice lui a dit que tu ne savais même pas qu'elle était ici.

— Je le lui ai dit, moi aussi. Mais il n'a pas eu l'air de me croire.

— Il ne voulait pas non plus écouter Janice, mais…

Il baissa les yeux.

— Elle a menacé de fuguer s'il osait aller au commissariat.

Vinnie se tourna vers eux, et agita un doigt menaçant.

— Les enfants ne doivent pas exercer de chantage sur leurs parents. Ils doivent les respecter, un point c'est tout.

Mais Frank connaissait bien son fils.

— C'est elle qui a eu l'idée de ce joli moyen de pression ou bien tu l'as un peu aidée ? demanda-t-il en s'asseyant près de Danny.

Le gamin devint écarlate, et Frank se retint de sourire. Son fils faisait un piètre menteur. On avait presque des scrupules à le prendre en défaut, tellement c'était facile.

— Un peu, répondit prudemment Danny.

Ses yeux flamboyèrent.

— Il allait t'envoyer en prison, papa. Il fallait bien que je fasse quelque chose !

— J'apprécie ta sollicitude, mais je ne veux pas que tu incites des amis — ou qui que ce soit — à commettre des actes répréhensibles… Et si le père de Janice n'avait pas cédé ? Elle aurait réellement fugué ? Il aurait pu lui arriver n'importe quoi.

— Je m'en serais mordu les doigts, dit Danny d'un air penaud.

Mais son indignation reprit très vite le dessus.

— Papa, ce type est beaucoup trop sévère. Il ne lui laisse rien faire. On dirait qu'il ne se souvient pas de ses quatorze ans.

Frank vit les épaules de Vinnie secouées d'un rire silencieux. Lui-même avait bien du mal à conserver son sérieux.

— C'est bien possible. Mais, d'un autre côté, votre attitude est irresponsable.

Danny haussa les épaules.

— Il ne s'intéresse pas à Janice. C'est seulement ce matin qu'il s'est rendu compte qu'elle avait fichu le camp.

— Tu te trompes. Il s'intéresse à elle. C'est pour ça qu'il était en colère. Je ne veux pas que ce genre d'incident se reproduise. Tu m'as bien compris ?

— Oui.

— Bien. N'en parlons plus. Comment s'est passé ton entraînement ?

Avec l'insouciance qui caractérise les adolescents, Danny oublia aussitôt sa petite amie.

— J'ai joué comme un dieu.

Cette fois, Vinnie éclata carrément de rire.

— Je trouve que ton fils manque de confiance en lui ! lança-t-il sur un ton ironique. Nous devrions le valoriser un peu plus.

— Combien de buts as-tu marqués ? demanda Frank.

— Quatre. L'entraîneur a dit que si je jouais comme ça, samedi, on était sûrs de gagner. Tu viendras me voir, hein, p'pa ?

Frank lui ébouriffa les cheveux d'un geste tendre.

— Tu crois vraiment que je manquerais l'un de tes matchs ?

*
* *

A 21 heures, Danny alla se coucher, et Frank s'installa sous la véranda pour contempler les étoiles. Il ne cessait de penser à Jenna et à Adam. Surtout à Jenna. Plongé dans ses rêveries, il n'entendit pas son oncle arriver. Celui-ci toussota discrètement et s'assit près de lui, sa pipe dans une main et son étui à tabac dans l'autre.

— Je n'ai pas besoin de te demander à quoi tu penses, dit-il, tout en bourrant sa vieille Meerschaum. Il y a du nouveau, à propos du meurtre d'Adam ?

— Pas encore. J'ai appelé Paul Stavos avant de quitter le bureau. Ils cherchent toujours.

Vinnie pencha la pipe et l'alluma en tirant de petites bouffées.

— Ça peut durer longtemps, commenta-t-il.

— Ce n'est pas ce qu'il dit.

Ils se turent un instant, puis Vinnie reprit la parole :

— On dirait que quelque chose te tracasse, mon petit.

Vinnie possédait un sixième sens très surprenant, et parfois même inquiétant.

— Qu'est-ce qui te fait croire ça ?

— Je te connais depuis que tu es né. Ça fait de moi un expert dans l'art de décoder tes états d'âme.

Frank hésita à lui parler de Jenna. Après tout, pourquoi pas ? Depuis la mort de son père, trente-sept ans plus tôt, il s'était toujours tourné vers son oncle quand il avait eu besoin d'un conseil. Au fil des ans, Vinnie était devenu son meilleur ami, en même temps que son confident et son mentor. Il avait confiance en lui, plus qu'en n'importe qui d'autre sur cette terre.

— Je suis tombé sur une vieille connaissance, aujourd'hui, commença-t-il.

— Quelqu'un de Washington ?

— Non. Une copine de fac. Jenna : l'ex-femme d'Adam.

Vinnie tira une longue bouffée de sa pipe.

— Oui, je me souviens, dit-il. Tu en pinçais pour elle, autrefois.

— Elle est venue me voir, poursuivit Frank, comme s'il n'avait pas entendu. Elle voulait que je lui dise ce que je savais sur la mort d'Adam.

— Comment ça s'est passé ?

— Pas très bien. J'ai été très dur avec elle. Presque insultant.

— Et elle ne t'a pas rendu la monnaie de ta pièce ? Voilà qui ne ressemble pas à la Jenna que j'ai connue.

— Elle a supporté, au début. Ensuite, elle m'a envoyé paître.

Vinnie eut un petit rire.

— Ah, l'amour !

Il adressa un regard appuyé à Frank.

— Tu l'aimes toujours, bien sûr ! Sinon, tu ne te serais pas comporté aussi stupidement. Les hommes amoureux agissent comme des imbéciles, c'est bien connu.

— Désolé de te décevoir, Vinnie, mais tu te trompes ! lança Frank. Je ne suis pas du tout amoureux d'elle. Pour qui tu me prends ? Je n'ai rien d'un masochiste. Elle m'a fait comprendre clairement que je ne l'intéressais pas, il y a des années de cela.

— Hum.

— Quoi ? Tu ne me crois pas ?

— Je n'ai pas dit ça.

— Il y a suffisamment de femmes à New York ! Je n'ai pas besoin de m'accrocher à une fille comme elle.

Mais il essayait surtout de s'en convaincre lui-même.

— Tu as parfaitement raison, lui dit Vinnie avec un sourire entendu. Mais pourquoi as-tu éprouvé le besoin de te montrer odieux avec elle ?

— Je ne sais pas. Je crois que j'ai été surpris de la trouver là. Dans une ville de plus de huit millions d'habitants, on a peu de chances de retrouver quelqu'un qu'on a perdu de vue.

Vinnie leva la tête vers le ciel étoilé, et exhala un rond de fumée parfait.

— Apparemment, la ville n'est pas aussi grande que tu le pensais… Ça a dû remuer de vieux souvenirs, de la revoir.

— Je suppose, oui.

— Rallumé d'anciens volcans ?

En effet, il pouvait le dire.

— Pas du tout.

— Tu me permets de te donner un avis, mon garçon ?

— Non, répondit Frank, tout en sachant qu'il y aurait droit tout de même.

— De mon temps, lorsqu'on voulait qu'une femme vous pardonne quelque chose, on lui faisait la cour. Un bouquet de roses, un disque de Frank Sinatra, et elle vous tombait dans les bras.

— C'est avec ce genre de mièvreries que tu as gagné le cœur de tante Sylvia ?

— Non. Pour elle, j'ai dû aller jusqu'à la sérénade.

Frank se tourna vers lui.

— Pas possible ! dit-il.

— Je te le jure. Je me suis posté en face de sa fenêtre, et j'ai chanté *Enamorada* jusqu'à ce qu'elle m'ouvre. Entre-temps, bien sûr, j'avais réveillé tout le voisinage. Son père, ce gros malin, m'a lancé une pièce de dix cents en me demandant d'aller chanter ailleurs, mais je ne me suis arrêté que lorsqu'elle est descendue pour écouter ma demande en mariage.

— Je ne te savais pas aussi romantique.

— Tu devrais essayer ma technique, un de ces jours.

— Pas question. Je n'ai aucune intention de me remarier.

Ils restèrent silencieux un long moment, puis Frank se leva, si brusquement qu'il faillit renverser sa chaise.

— Où vas-tu ? lui demanda Vinnie.

— Appeler Jenna.

— Mais il est 11 heures du soir !

— Pas de problème. C'est un oiseau de nuit.

Il prit l'annuaire de Manhattan et trouva son numéro à J. Meyerson.

Elle répondit à la troisième sonnerie, d'une voix endormie.

— Allô ?

— Jenna, c'est Frank. Ecoute, je me suis comporté comme un idiot, tout à l'heure, et je voudrais…

Mais elle avait déjà raccroché.

9.

C'était l'anniversaire d'Elaine Meyerson. Comme chaque année, Jenna sortit sa vieille Audi du garage pour se rendre au cimetière de Carmel Hill, à Hartford, dans le Connecticut, où sa mère était enterrée.

En roulant sur la I-95, elle essayait de ne pas penser à Frank Renaldi, mais son image la harcelait, comme un mal de tête récalcitrant. Quel crétin ! Il lui avait parlé avec tant de mépris et de grossièreté qu'elle n'avait eu d'autre recours que de se mettre à son niveau. Elle s'en voulait terriblement d'avoir perdu patience et d'avoir quitté son agence sans le moindre renseignement. Frank était la seule personne qui aurait pu l'aider à trouver une explication à la mort d'Adam. Et, désormais, il ne fallait plus compter sur lui.

En franchissant la grille du cimetière, elle salua le gardien, et roula lentement jusqu'à l'allée G, au sommet de la colline. Elle arrêta le moteur, prit le bouquet de roses blanches sur le siège du passager, et sortit de la voiture. A cette heure matinale, il n'y avait personne, et ses pas résonnèrent sur le gravier, tandis qu'elle grimpait le chemin sinueux.

Comme chaque fois, elle sentit sa gorge se serrer en atteignant la tombe. Les larmes aux yeux, elle relut l'inscription : *A Elaine Meyerson, notre épouse et mère chérie.* Elle s'accroupit pour déposer les fleurs sur le marbre gris. Jamais elle n'avait pu oublier cette affreuse nuit au cours de laquelle on lui avait appris la mort de sa mère. Parfois, elle se demandait pourquoi elle se torturait en venant ici. Mais quelque chose de plus fort qu'elle la poussait vers Carmel Hill. Elle avait été aussi proche de sa mère que peut l'être une fille. Même lorsqu'elle avait quitté la maison pour la résidence universitaire, leurs liens ne s'étaient pas relâchés.

Cependant, elle n'avait jamais compris pourquoi Elaine avait quitté son père. Ils avaient tous deux évoqué une incompatibilité d'humeur qui les empêchait de vivre ensemble, mais Jenna n'en avait pas cru un mot. Elle les avait questionnés pour leur faire avouer la vérité. Sans doute l'un deux était-il tombé amoureux de quelqu'un d'autre ? Mais ils avaient farouchement nié toute relation extraconjugale, et s'en étaient tenus à la version qu'ils avaient mise au point ensemble.

— Tu n'aurais pas dû le quitter, maman, murmura Jenna en pleurant doucement. Tu aurais pu essayer encore. Si tu étais restée avec nous, tu serais encore en vie.

Elle resta un long moment à contempler la tombe. Elle ne pouvait s'empêcher de reprocher cette rupture à sa mère. Elle lui en voulait d'être morte et de les avoir abandonnés, son père et elle, avec leur chagrin.

Un bruit de pas lui fit lever la tête. Son père grimpait le chemin, un bouquet de fleurs des champs à la main. Ce matin, son visage était sombre ; il ne restait rien de la joie ni de la fierté dont il faisait preuve, l'avant-veille, à l'exposition. Sam n'avait jamais cessé d'aimer sa femme, et Jenna ne parvenait pas à comprendre pourquoi il ne s'était pas battu pour la garder… Mais il avait toujours refusé d'en parler.

Il vint la rejoindre, et se pencha en avant pour mettre ses fleurs des champs près du bouquet de roses.

— Je savais que je te trouverais ici, dit-il.

Jenna essuya une larme qui roulait sur sa joue.

— Je suppose que tu es au courant, pour Adam.

— Marcie m'a appelé pour me prévenir.

Il secoua la tête.

— Il va me manquer. Je n'approuvais pas toujours sa façon de faire, mais je l'aimais bien. Et je lui étais reconnaissant de t'avoir soutenue quand ta mère est morte.

Ils restèrent un moment silencieux, perdus dans leurs pensées. Sam parla le premier.

— Marcie m'a également parlé de ta visite.

— Je parie qu'elle t'a dit que j'étais une emmerdeuse.

Il gardait les yeux fixés sur la tombe.

— C'est exactement ce qu'elle a dit, oui. Et je lui donne entièrement raison. Même si tu as fait un bon bout de chemin avec Adam, ce qui vient d'arriver n'est pas de ton ressort.

— Tu n'as pas envie de savoir qui l'a tué ?

— Bien sûr que si !

— Alors, tu dois me croire quand je t'affirme qu'il ne serait jamais allé se promener dans le parc en pleine nuit. Il était beaucoup trop lucide pour faire une chose pareille !

— On l'a peut-être obligé à aller dans ce parc.

— Qui ? Un clochard à moitié handicapé ?

Elle eut un rire cassant.

— Je t'en prie, papa…

— Il avait peut-être un complice. Voire plusieurs. On a pu l'assommer, ou l'endormir au chloroforme, et l'emporter ensuite jusqu'au parc. Toutes les hypothèses sont à envisager.

— Et ses soupçons à propos de Faxel ?

Un nuage noir vint faire écran au soleil, jetant une ombre sur le cimetière.

— On pourrait, effectivement, chercher de ce côté-là, dit Sam prudemment.

— Explique-le à Marcie Hollander.

— C'est inutile. Elle a pris tes déclarations très au sérieux.

— Ce n'est pas l'impression qu'elle m'a donnée.

— Mets-toi à sa place, Jenna. Même si la police de New York est sous ses ordres, ce sont les inspecteurs qui sont, officiellement, chargés de l'enquête. Et elle ne peut pas prendre pour argent comptant les conclusions hâtives d'un témoin… Mais ne t'inquiète pas : elle tiendra tout de même compte de ce que tu lui as dit. Adam était son ami. Elle se sent personnellement impliquée dans cette affaire.

Jenna n'était pas étonnée que son père prenne la défense de Marcie. Leur amitié était vieille de vingt ans, et ils éprouvaient un profond respect l'un pour l'autre.

— Je ne prétends pas mener l'enquête, dit-elle, comme pour se défendre. J'ai agi en citoyenne responsable, rien de plus. N'est-ce pas ce que tu m'as appris ?

Sam sourit.

— Tu me trouves peut-être raseur, mais je suis ton père et je me sens concerné par ce que tu fais.

Il lui tendit la main pour l'aider à se relever et, après un dernier regard vers la tombe d'Elaine, ils redescendirent ensemble le petit chemin.

— Marcie t'a montré les photos de la réception Faxel ? demanda Jenna.

— Oui. Elle espérait que je reconnaîtrais quelqu'un, mais non, je n'ai rien remarqué de suspect sur ces clichés.

— Que sais-tu au sujet de Faxel, papa ?

Comme il lui lançait un regard aigu, elle leva les mains dans un geste d'apaisement.

— C'est la question d'une citoyenne responsable, rien de plus, affirma-t-elle.

Elle surprit l'ébauche d'un sourire sur les lèvres de son père.

— Faxel est une société solide, dit-il. Le directeur général est le même depuis seize ans. J'ai eu l'occasion de rencontrer J.B. Collins. C'est un type intelligent, honnête, et apprécié de ses employés. Dans le milieu des années quatre-vingt-dix, la société a connu quelques difficultés, à cause de la concurrence. Ils se sont retrouvés couverts de dettes, et leurs actions ont chuté. Puis, l'un de leurs ingénieurs a conçu un ordinateur portable entièrement nouveau. En quelques mois, ils ont remonté la pente.

Ils avaient rejoint le parking.

— Tu crois que Collins serait capable de fraude ?

Sam suivit des yeux un employé du cimetière qui remontait l'allée en poussant une brouette de gravier.

— Je l'ignore, Jenna. Mais ça m'étonnerait.

Jenna ouvrit la portière de son Audi.

— On disait la même chose d'Enron.

De retour chez elle, Jenna décida de ranger en lieu sûr les photos qu'elle promenait dans son sac, depuis la veille. Dans la cuisine, ses yeux tombèrent sur une boîte de recettes, posée sur le comptoir de carrelage jaune — un cadeau de Beckie, sa meilleure amie, qui caressait l'espoir de la transformer en cordon-bleu.

— Tu verras, le tout est de se lancer ! lui avait-elle dit d'un ton optimiste. Maintenant ils font même des CD-Rom. Il suffit de se laisser guider...

Jenna s'était promis d'essayer, mais, jusque-là, elle n'avait trouvé ni le temps ni le courage.

Elle consulta les différentes recettes, et choisit celle du coq au vin. A la place, elle glissa le jeu de photographies. Puis elle reposa la boîte sur le comptoir avec un rire nerveux. On se serait cru dans un film d'espionnage. Tout de même... Que craignait-elle ? Personne n'allait s'introduire chez elle en pleine nuit pour lui voler ses précieuses photos. D'ailleurs, personne ne savait qu'elle en avait gardé un jeu. A bien y réfléchir, elle en faisait peut-être un peu trop...

10.

— Décidément, vous me faites de plus en plus penser à Mike Hammer !

Frank leva les yeux. Adossée à la porte, Tanya le regardait avec un petit sourire ironique.

— Je vous préviens, dit-il, je ne suis pas d'humeur !

Elle ne se laissa pas démonter.

— Dois-je dire à la personne qui attend dans la pièce à côté d'aller se faire voir ?

Frank attrapait déjà sa veste sur le dossier de sa chaise.

— C'est malin ! Qui est-ce ?

— Une femme… Un mélange de Cindy Crawford et de Jennifer Lopez. Vous voyez le rapport avec Mike Hammer, à présent ? Deux superbes créatures en une seule journée ! Continuez comme ça, et un producteur de Hollywood va vous proposer de tourner un film sur votre vie.

— Quel est le nom de cette cliente ?

— Amber Lear.

Frank enfilait sa veste. Il interrompit son geste.

— La femme d'Adam ?

— Sa veuve, plutôt. Jeune et pas plus de vingt-cinq ans. Vêtue de noir, comme il se doit, mais pas particulièrement éplorée. Ou alors, elle est particulièrement pudique… Mais ça m'étonnerait.

— C'est tout ?

— Que voulez-vous savoir de plus ?

— Rien. Je découvrirai le reste par moi-même.

Il desserra légèrement le nœud de sa cravate.

— Faites-la entrer.

Avec sa sage robe noire et ses chaussures à talons d'une élégance discrète, Amber Lear dégageait une sensualité lourde et voluptueuse qu'elle n'aurait pas pu dissimuler, même sous un sac de toile.

Frank la trouva nerveuse et hésitante, mais il ne s'en étonna pas, compte tenu des circonstances.

— Monsieur Renaldi ? murmura-t-elle d'une voix douce comme le velours.

— Oui.

Il fit le tour de son bureau pour aller à sa rencontre, et lui serra la main.

— Je suis sincèrement désolé pour votre mari, dit-il. Veuillez accepter mes condoléances.

— Merci.

Il débarrassa une chaise de la pile de journeaux qui l'encombrait.

— Asseyez-vous, je vous en prie.

Elle s'exécuta en croisant ses longues jambes fuselées, tandis que sa robe découvrait quelques centimètres de ses cuisses. Tanya avait raison. Elle pouvait rivaliser avec les clientes de Mike Hammer.

Elle posa sur lui un regard vert et froid.

— Vous étiez très ami avec Adam, n'est-ce pas ?

— Comment le savez-vous ?

— Il parlait souvent de vous. Mais il m'avait caché que vous étiez détective privé.

— Il l'ignorait, sans doute. Il ne l'a appris que très récemment. Une semaine avant sa mort, pour être précis.

— Et il est aussitôt venu vous trouver.

Elle se tut en attendant une confirmation, mais, comme rien ne venait, elle adressa à Frank un sourire entendu.

— Je sais qu'il est venu, monsieur Renaldi. J'ai lu votre nom sur son agenda, et vous figuriez aussi dans son répertoire. A la rubrique « détectives privés ».

Jolie et fine mouche.

— Que puis-je pour vous, madame Lear ?

Il posait la question par principe : il connaissait déjà la réponse.

— Je voudrais connaître le motif de sa visite.

— Nous étions de vieux amis, comme vous l'avez fait remarquer. Pourquoi aurait-il eu besoin d'une raison pour venir me voir ?

— Il n'aurait pas pris la peine de me dissimuler qu'il rendait visite à un vieil ami. Comme il ne m'a parlé de rien, j'ai tendance à croire qu'il voulait faire appel à vos services. Je me trompe ?

— Il m'est impossible de répondre à votre question, madame.

Le sourire poli disparut des lèvres de la jeune femme.

— Je serai très honnête avec vous, monsieur Renaldi, et j'espère que vous me rendrez la pareille. Mon beau-père m'a toujours méprisée, et il me méprise encore plus, maintenant que je suis sur le point d'hériter d'une partie de la fortune d'Adam, laquelle se monte à quelques millions de dollars.

Frank savait que les millions en question provenaient d'un fonds en fidéicommis que le grand-père d'Adam avait acheté quand celui-ci n'était encore qu'un bébé. A vingt et un ans, Adam avait pris la relève pour gérer l'argent et, avec l'aide de son père, il l'avait fait fructifier en l'investissant intelligemment.

— Je n'ai vécu qu'un an avec Adam, mais j'ai eu le temps de comprendre que mon beau-père ne m'aimait pas. Il fera tout ce qu'il peut pour m'empêcher de récupérer cette somme. Il commence déjà à raconter n'importe quoi sur mon compte.

— Par exemple ?

— D'après lui, Adam me soupçonnait d'infidélité, et il s'apprêtait à entamer une procédure de divorce.

— Même si c'était vrai, il ne pourrait pas vous empêcher de toucher cet héritage.

— Ce n'est pas tout. Il prétend également que j'ai commandité le meurtre de mon mari. Notre contrat de mariage stipulait clairement que je n'aurais aucun droit sur ses biens, en cas de divorce. D'après mon beau-père, j'ai payé un tueur pour me débarrasser de mon mari avant qu'il ne s'envole avec son pécule.

— Et c'est le cas ?

Elle plissa les yeux, et toute douceur disparut de son visage. Cette femme ne se laissait pas aisément démonter.

— Essayez-vous d'être drôle, monsieur Renaldi ?

— Non. La question me semble, tout simplement, légitime.

— Dans ce cas, je vous répondrai sans détour. Je n'ai payé aucun tueur pour éliminer mon mari. Je ne sais même pas comment contacter une telle personne. D'ailleurs, pourquoi aurais-je souhaité sa mort ? Je l'aimais.

Elle se tut, tira de son sac un mouchoir blanc en dentelle, et se tamponna les yeux, tout en prenant soin de ne pas étaler son mascara.

Frank, qui l'observait en silence, admirait la performance. Elle jouait la comédie, pas de doute possible, mais il n'en concluait pas pour autant qu'elle fût coupable de meurtre, même par personne interposée.

Elle renifla.

— Je suis désolée. Je n'aime pas me laisser aller en public.

Elle paraissait de nouveau démunie, et elle leva vers Frank des yeux encore humides.

— Quelqu'un l'a tué, mais ce n'est pas moi. La vérité, c'est qu'Adam n'était plus lui-même, depuis quelques semaines. Il avait des sautes d'humeur, il semblait préoccupé.

Elle avait éveillé son intérêt, cette fois.

— Vous a-t-il dit pourquoi ?

— Non. Il me parlait rarement de son travail, mais je voyais bien que ça n'allait pas. Quand j'ai voulu aborder le sujet, il a prétendu que je me faisais des idées.

Elle rangea son mouchoir dans son sac.

— Je vous assure… Ce n'était pas moi, le problème. Il avait autre chose en tête. Ou *quelqu'un d'autre.*

Frank songea que ce soudain changement d'humeur était étrange, en effet. Surtout s'il le mettait en relation avec ce que lui avait appris Jenna…

Amber sortit un chèque de son sac, et le tendit à Frank.

— Qu'est-ce que c'est ? demanda-t-il.

— Une avance. Je veux que vous découvriez l'assassin de mon mari. Pour que Warren me laisse tranquille.

Frank saisit le chèque, prit connaissance de son montant — plus que généreux —, et le lui rendit avec regret.

Les grands yeux verts d'Amber s'élargirent un peu plus.

— Ce n'est pas assez ?

— Si, c'est largement suffisant, mais je ne peux pas accepter votre argent.

— Pourquoi ?

— Parce que j'ai déjà un client.

— Qui ?

— Moi-même, dit-il en souriant.

Elle se tut un instant, l'air dubitatif.

— Vous enquêtez sur cette affaire pour votre propre compte ?

— Et pourquoi pas ? Adam était mon ami…

Elle le dévisagea, puis rangea le chèque dans son sac.

— Accepteriez-vous, au moins, de me tenir au courant ?

— Je n'ai de comptes à rendre qu'à mes clients.

— Je vois, dit-elle en se levant.

Elle semblait avoir définitivement renoncé au jeu de la séduction.

— Au revoir, monsieur Renaldi.

Il l'accompagna jusqu'à la porte, et la regarda s'éloigner, le dos raide, sans même saluer Tanya au passage.

Celle-ci attendit que Frank eût refermé la porte pour lui demander :

— Alors ? Qu'est-ce qu'elle voulait ?

— M'engager.

Tanya se laissa aller contre le dossier de sa chaise.

— Rassurez-moi. Vous avez accepté ?

— Bien sûr que non ! Je suis déjà sur cette affaire, vous l'avez oublié ?

— Mais nous avons besoin d'argent !

— Pas du tout, dit-il en sortant d'un geste théâtral le chèque qu'il avait arraché, la veille, à son mauvais payeur.

Elle le prit, et sourit en découvrant le montant.

— Bon travail, patron. J'irai le déposer à la banque, à l'heure du déjeuner… Mais vous ne m'avez toujours pas dit ce que vous pensiez de la jolie veuve.

— Elle cache quelque chose. Elle pensait probablement que j'enquêtais sur la mort de son mari, et elle avait projeté de m'engager, sûrement pour me museler.

— Mais le secret professionnel ne s'applique qu'aux informations qu'apportent les clients, pas à celles que vous découvrez par vous-même.

— Elle devait l'ignorer.

— Alors ? Comment comptez-vous procéder ?

— Je crois que je vais commencer par faire un petit tour à Jersey City. Vous savez comment me joindre en cas de besoin.

Avant de partir, il essaya de nouveau d'appeler Jenna, qui lui avait déjà raccroché au nez à deux reprises. Cette fois, il obtint le répondeur.

« Désolée de ne pouvoir vous répondre, je suis absente,

dit une voix enjouée. Laissez-moi un message, et je vous rappellerai. »

Il doutait qu'elle le rappelât, mais il laissa quand même un message.

11.

Située sur la rive ouest du fleuve Hudson, Jersey City était une petite ville ouvrière au long passé maritime, qui avait, autrefois, revendiqué la Statue de la Liberté, et qui jouissait d'une vue magnifique sur les immeubles de Manhattan.

La mère d'Amber vivait rue Washington, dans une modeste maison dont la façade aurait eu besoin d'un coup de peinture. Frank fut surpris quand elle ouvrit la porte. Elle ne ressemblait pas du tout à la jeune femme qui lui avait rendu visite à l'agence. Elle était petite, affreusement maigre, et portait un déshabillé à fleurs sous un cardigan fauve.

— Madame Berenski ?

Des yeux méfiants le dévisagèrent à travers la porte moustiquaire.

— Je n'achète rien, dit-elle en s'apprêtant à refermer la porte.

— Je ne vends rien, rétorqua-t-il. Je viens au sujet de votre fille, Amber.

Les frêles épaules de la femme semblèrent se raidir.

— Teresa ? Elle va bien ?

— Oui, très bien, ne vous en faites pas. Je voudrais juste vous poser quelques questions.

— A quel sujet ?

— Au sujet de son mariage avec Adam Lear.

A en juger par son expression amère, elle ne pensait pas grand bien de cette union.

— Je ne sais rien du tout.

— Amber ne vous parlait jamais de son mari ?

— Elle s'appelle Teresa.

— Mais elle a changé de nom, depuis.

— Teresa est son nom de baptême.

— Dans ce cas, ce sera Teresa.

Cette capitulation parut rassurer Mme Berenski.

— Puis-je entrer ? lui demanda Frank d'une voix douce.

Elle le regarda de la tête aux pieds, puis jeta un coup d'œil vers sa Thunderbird.

— C'est à vous ?

— Oui.

Elle sortit sous la véranda.

— Il vaudrait mieux rester dehors pour garder un œil dessus. Une voiture comme ça, on a vite fait de vous la piquer, dans ce quartier.

Elle désigna deux chaises blanches en plastique sur lesquelles étaient posés de vieux coussins d'un vert fané.

— On n'a qu'à s'installer ici.

— D'accord.

Ils s'assirent l'un en face de l'autre.

— Quand avez-vous vue Amb… Teresa, pour la dernière fois ?

Elle commença à boutonner son gilet.

— Quand elle s'est installée à New York, elle avait continuellement besoin d'argent. Elle débarquait souvent à l'improviste, pour m'en réclamer. Elle ne cessait de se plaindre qu'elle n'arrivait pas à joindre les deux bouts. Je lui conseillais d'oublier cette ville et toutes ces bêtises. Mais non, elle ne voulait pas lâcher le morceau. Pas question.

Sa voix prit un ton aigre.

— Les gens n'étaient pas assez bien pour elle, dans ce patelin.

Frank jeta un coup d'œil autour de lui : murs lézardés, gouttières rouillées, jardin à l'abandon… Comment pouvait-on réclamer de l'argent à une femme qui vivait dans un tel dénuement ?

— Et vous l'aidiez financièrement ?

Elle haussa les épaules.

— Dans la mesure du possible… Je fais des ménages, alors je ne gagne pas des mille et des cents. Mais je suis économe. J'ai appris ça de ma mère : elle avait connu la Grande Dépression.

— Quand avez-vous vu votre fille pour la dernière fois ? demanda Frank pour remettre la conversation sur le sujet qui l'intéressait.

— Ça doit bien faire deux ans. C'était avant qu'elle ne rencontre ce type plein aux as.

— Adam Lear ?

— Ouais. Depuis, on est devenues comme des étrangères.

— Pourquoi ?

Mais il avait déjà compris.

— Elle avait honte de moi. Honte de cet endroit.

Elle désigna les lieux d'un geste vague.

— Ainsi, vous n'avez plus de ses nouvelles, depuis qu'elle a rencontré Adam Lear ?

Elle secoua la tête.

— Pas même par téléphone ?

— Pas de coups de fil, pas de lettres. Elle ne m'a même pas invitée à son mariage. Rien.

Elle leva un doigt.

— La dernière fois qu'elle m'a appelée, c'était pour m'annoncer qu'elle se mariait. Devinez ce qu'elle m'a dit.

Frank avait sa petite idée, mais il secoua la tête.

— Elle a prétendu que je ne me sentirais pas bien avec les gens qu'elle fréquentait.

— Alors, vous n'avez jamais vu Adam Lear ?

Elle s'appuya au dossier de sa chaise et croisa les bras sur son ventre creux.

— Jamais. Il ne sait même pas que j'existe. Elle a dû lui raconter que sa mère était morte. Ça n'aurait rien d'étonnant : elle a toujours été une fieffée menteuse.

Elle brossait là un terrible portrait de sa fille, mais elle le faisait comme à regret, avec un regard triste et las qui témoignait de sa sincérité.

— Pourriez-vous me parler de l'accident ?

Elle fronça les sourcils.

— Quel accident ?

— Avec Billy Ray.

— Oh, ça ?

Elle secoua la tête.

— Une chose affreuse. Ça s'est passé pas très loin d'ici. Ils revenaient d'une fête.

Une étincelle de fierté brilla dans ses yeux.

— Teresa était Miss Jersey City, à ce moment-là, voyez-vous.

— Je l'ai appris, oui. Ça ne m'a pas étonné, d'ailleurs. Votre fille est réellement très belle.

— Elle ressemble à son père — Dieu ait son âme !

— Vous disiez donc qu'elle rentrait d'une fête avec Billy Ray.

Elle fit claquer sa langue.

— Je n'arrive toujours pas à comprendre ce qui s'est passé. Billy Ray était un excellent conducteur. Il s'était acheté cette voiture avec de l'argent qu'il avait gagné lui-même, en vendant des boissons, l'été, et en lavant des voitures, l'hiver. Ça lui avait pris deux longues années pour économiser une somme suffisante. Et puis, il y a eu cet accident. Il a dit aux flics qu'il n'avait même pas eu le temps de voir ce pauvre type... Je pense que c'est vrai.

— Le rapport de police mentionne une dispute entre Teresa et lui, dans la voiture.

— Ils se disputaient sans arrêt.

— Pourquoi ?

Elle haussa de nouveau les épaules.

— La vieille rengaine. Teresa voulait vivre dans une grande ville. Billy préférait rester ici et travailler dans le garage de son père.

Elle soupira.

— Il est allé en prison, et elle, elle a réalisé son rêve.

— Il n'a pas dû être ravi d'apprendre qu'elle le laissait tomber.

— Il était bien accroché, mais il ne savait même pas où la chercher quand il est sorti. Moi non plus, sinon je lui aurais dit où elle se trouvait. Vous vous rendez compte : elle ne m'avait pas donné son adresse. Elle devait avoir peur que je vienne frapper à sa porte.

Son visage exprima une intense mélancolie.

— Vous élevez une enfant du mieux que vous pouvez… Vous la chérissez… Et voilà comment elle vous remercie.

— Quel genre de gars était ce Billy Ray ?

— Je reconnais qu'il était un peu coléreux, mais sérieux et bosseur.

Frank se demandait s'il était coléreux au point de tuer par amour, lorsqu'il remarqua une jolie brune en jean et pull noir à col roulé, appuyée contre sa voiture. Elle le dévisageait tranquillement, les bras croisés.

— Qui est-ce ? demanda-t-il.

Jean Berenski fit signe à la jeune fille.

— C'est Angie.

— Une amie de votre fille ?

— Vous voulez rire… Elles se haïssaient !

Elle se pencha vers Frank et baissa la voix.

— Elle sortait avec Billy avant qu'il ne craque pour Teresa.

Décidément, Amber faisait des ravages. Frank se dit que la petite amie délaissée ne se ferait sûrement pas prier pour lui faire des confidences sur son ancienne rivale. Justement, elle semblait l'attendre.

Il se leva.

— Merci de m'avoir si bien reçu, madame Berenski.

Elle resta assise.

— Pourquoi vous intéressez-vous à Teresa ?

— Son mari a été assassiné dans la nuit de lundi à mardi.

— Assassiné ? dit Jean en ouvrant la bouche d'un air stupéfait. Je l'ignorais. Seigneur…

Elle se tut.

— Et Teresa ? Comment… comment va-t-elle ?

— Je l'ai vue. Ça avait l'air d'aller. Elle va bientôt hériter d'une grosse somme d'argent.

Jean hocha la tête.

— Alors, elle se consolera vite. Elle *adore* l'argent.

Après avoir pris congé de Jean Berenski, Frank se dirigea vers sa voiture où la jolie brune l'attendait toujours. Elle avait un teint mat et sans défaut, et des yeux noirs incroyablement sombres et brillants.

Elle l'accueillit d'un sourire.

— Bienvenue chez nous. Je m'appelle Angie Delano.

— Frank Renaldi.

Elle désigna la voiture d'un petit signe du menton.

— Sacrée bagnole ! Année 57, pas vrai ?

— Je vois que j'ai affaire à une experte.

— J'ai eu un petit ami qui était dingue de voitures.

Le soleil sortit un instant de derrière les nuages, et elle plissa les yeux.

— Vous venez de New York, et vous vous arrêtez chez Jean. Ça ne peut être que pour parler de Teresa.

Elle avait l'air futé ; il ne fallait pas espérer lui faire croire n'importe quoi.

— En effet. Je suis détective privé, et j'enquête sur la mort de son mari.

Elle lui adressa un sourire glacial.

— Dans ce cas, c'est votre jour de chance.

Elle jeta un coup d'œil en direction de la maison. La mère d'Amber les observait, depuis la véranda.

— Je vous en apprendrai plus que Jean.

— Ah oui ? Vous allez peut-être me dire qui a tué Adam Lear ?

— Ce que je peux vous dire, c'est que cette pute de Teresa en serait capable. Elle est capable de tout.

Cette fille n'y allait pas par quatre chemins. Frank décida de se mettre au diapason.

— Vous ne l'aimez pas, hein ?

Elle rit.

— Mettez-vous à ma place. Elle m'a piqué mon amoureux et mon titre de Miss. Je la hais, oui, et j'aurais voulu que ce soit elle qu'on retrouve poignardée dans Central Park, à la place de son vieillard de mari.

— Vous êtes bien informée.

— Mon père est flic.

De nouveau, elle désigna la maison. La mère d'Amber n'avait pas bougé.

— Elle sait ?

— Je le lui ai dit.

— Pauvre femme ! Teresa l'a abandonnée, exactement comme elle a abandonné Billy Ray et tous ses amis. Elle n'en avait pas beaucoup, remarquez. Elle a toujours estimé qu'elle valait mieux que nous tous.

— Pourquoi dites-vous qu'elle vous a volé votre couronne ?

Angie coinça le bout de ses doigts dans les poches avant de son jean, et regarda fixement la rue.

— On était toutes les deux finalistes, au concours Miss

Jersey City. Après l'épreuve artistique, j'étais la mieux placée. Teresa le savait, alors elle a convaincu Billy de prendre des photos de moi nue, pour les envoyer au jury du concours.

Frank revit la jeune femme triste et vulnérable qui était entrée dans son bureau. Celle-là n'aurait jamais pu faire ce dont l'accusait Angie, mais la femme qui en était ressortie, une demi-heure plus tard, en était certainement capable.

— On m'a exclue du concours pour conduite licencieuse, reprit Angie. Et Teresa a gagné.

— Vous n'avez jamais essayé de le lui faire payer ?

— A votre avis ?

Frank rit.

— Vous n'avez pas l'air du genre à pardonner facilement.

— Vous avez raison. Malheureusement, pour le titre, c'était fichu. Et je n'ai pas voulu m'en prendre à Billy : il me faisait pitié. Quel imbécile ! Elle le manipulait comme un toutou.

Elle se rendit compte qu'elle se passionnait un peu trop, et respira profondément pour retrouver son calme.

— Une nuit, j'ai attendu Teresa à la sortie de son boulot — elle travaillait chez Denny's —, et je lui ai flanqué une bonne raclée. Je l'ai prévenue que si elle se plaignait, je lui bousillerais la gueule et qu'elle en serait réduite à porter un masque, comme le fantôme de l'Opéra.

Elle ricana.

— Après ça, je n'ai plus jamais entendu parler d'elle.

Frank sourit. Cette fille avait du cran. Il la trouvait sympathique.

— Je tâcherai de me souvenir qu'il ne faut pas vous chercher de noises.

Elle prit un air coquin, et lui lança un regard appréciateur.

— On voit bien que ce n'est pas dans vos habitudes.

— Pouvez-vous me parler de l'accident de Billy et Teresa ?

— Si vous le permettez, dit-elle, je commencerai par un conseil. Ne croyez pas tout ce que vous avez lu sur le sujet.

— Que voulez-vous dire ?

— Billy Ray était un as du volant. Il songeait même à devenir coureur professionnel. Et puis, il y a eu cet accident.

Elle fit claquer ses doigts.

— Et son rêve est parti en fumée.

Elle demeura silencieuse un instant, et Frank attendit patiemment qu'elle poursuive.

— J'étais invitée à cette fête, moi aussi. Teresa ne faisait que boire et parler de ce qu'elle ferait si elle décrochait le titre de Miss New Jersey. Elle voulait aller à New York et prendre des cours de théâtre, tout en gagnant sa vie comme mannequin. J'ai vu que ça agaçait Billy. Entre eux, la tension n'arrêtait pas de monter. Comme j'avais du mal à le supporter, je me suis éloignée pour rejoindre un autre groupe. Je ne les ai même pas vus partir. Ensuite, quelqu'un est arrivé complètement affolé en disant qu'ils avaient eu un accident et que Billy avait tué un piéton.

Angie se tut, l'air rêveur.

— Le lendemain, j'ai pu parler avec Billy, juste après son arrestation. Il m'a dit qu'il s'était disputé avec Teresa et qu'il avait perdu le contrôle de sa voiture. Quand il a vu le type sur le bord de la route, il était déjà trop tard.

Un léger pli apparut entre ses épais sourcils noirs.

— Mais ça, je n'arrive pas à le croire. Au volant, Billy restait toujours concentré sur la route. Il ne supportait pas les conducteurs distraits.

Elle se mordit la lèvre.

— Il a passé trente mois en prison, et cette salope n'a même pas eu la décence de le prévenir qu'elle avait rencontré quelqu'un d'autre.

— Mais il l'a retrouvée.

Elle lui adressa un de ses longs regards nonchalants.

— Comment le savez-vous ?

— C'est mon boulot, de savoir.

— Si vous le soupçonnez d'avoir tué son mari, vous vous trompez. Billy Ray n'est pas un assassin.

— Vous m'avez bien dit qu'elle faisait de lui ce qu'elle voulait ?

— Ça, c'était avant qu'elle le jette comme une merde. Depuis, il a compris la leçon.

— Dans ce cas, pourquoi a-t-il cherché à la revoir ?

— Pour lui foutre la trouille. Il a dû lire l'annonce du mariage dans les journaux. Avec son nouveau nom de famille, ça n'était pas trop difficile de dégoter son adresse.

Elle rit à gorge déployée, comme si elle venait de faire une bonne plaisanterie.

— Il l'a menacée de prendre sa bicyclette et de faire irruption à l'église au moment où le prêtre dit : « Si quelqu'un a des raisons de s'opposer à ce mariage, qu'il parle maintenant ou qu'il se taise à jamais. »

— Et il l'a fait ?

— Non. Elle a réussi à le dissuader.

— Avec quels arguments ?

Angie contempla rêveusement ses ongles courts.

— J'en sais rien. Elle a peut-être couché avec lui. Elle sait comment manipuler les hommes.

— Je croyais que Billy Ray avait compris la leçon.

— C'est quand même un homme.

— Vous êtes restés en bons termes, après votre séparation ?

— On a fait la paix, si c'est ce que vous me demandez. Il vient en ville plusieurs fois par an. On va boire une bière et on bavarde un moment.

— Il a déjà essayé de renouer avec vous ?

Elle rit.

— Il essaye chaque fois qu'on se voit.

— Et vous n'êtes pas intéressée ?

Elle haussa les épaules.

— C'est une vieille histoire, entre nous.

— Vous ne répondez pas vraiment à ma question.

Une lueur d'amusement fit briller ses yeux noirs.

— Pour un détective privé, vous êtes plutôt sympa. Et malin, aussi.

— Merci, dit-il en sortant ses clés de sa poche. Qui pourrait m'en apprendre plus sur cet accident ?

— Billy Ray. Mais il restera fidèle à sa première version.

— Et vous, vous pensez que ça s'est passé comment ?

— Ça ne vous paraît pas évident ?

— J'aimerais tout de même vous l'entendre dire.

Elle releva le menton d'un air de défi, comme si elle s'attendait qu'il ne la croie pas.

— C'est cette pute qui conduisait. Elle était furieuse

que Billy l'ait rabrouée devant tout le monde, alors elle lui a pris ses clés. Elle était complètement soûle, et elle n'a pas vu le piéton. Ensuite, elle a convaincu Billy de s'accuser à sa place.

12.

Tanya leva la tête lorsque Frank entra.

— Alors ? lui demanda-t-elle avec curiosité. Qu'est-ce que ça a donné, Jersey City ?

Frank s'assit sur un coin du bureau. Cette visite lui avait laissé une sensation désagréable.

— Amber Lear a gagné un premier prix de beauté, mais elle n'a pas gagné celui de la fille la plus attentionnée.

— Elle se conduit mal avec ses parents ?

— C'est le moins que l'on puisse dire. Cette femme ne mérite que du mépris. Je n'arrive pas à comprendre qu'Adam soit tombé amoureux d'elle.

Il lui rapporta sa conversation avec Angie Delano.

— Vous croyez vraiment qu'elle aurait pu faire assassiner son mari ? demanda Tanya.

Il se posait justement la question.

— Difficile à dire. D'après ce que j'ai entendu, elle serait capable de beaucoup de choses pour du fric. S'il est vrai qu'elle a laissé accuser Billy Ray à sa place, on peut imaginer qu'elle a aussi commandité un meurtre. Cela dit, ce n'est pas évident de trouver un tueur à gages.

— Et son petit ami ? demanda tranquillement Tanya. Je l'ai vue lui remettre de l'argent. C'était peut-être un salaire.

Frank se dirigea vers son bureau.
— On va commencer par chercher de ce côté-là, dit-il.

Jenna venait de quitter le cimetière de Carmel Hill lorsque son téléphone sonna. Un coup d'œil à l'écran lui apprit qu'il s'agissait de Marcie Hollander. Elle décrocha aussitôt.
— Allô ?
— On le tient, Jenna.
La voix du procureur, d'ordinaire si posée, vibrait d'excitation.
— Qui ?
— Le voleur de Central Park. Il s'appelle Roy Ballard. L'inspecteur Stavos l'a ramené au commissariat. Tu peux être là dans combien de temps ?
— Mais pourquoi veux-tu que je vienne ?
— Tu l'as vu. Stavos voudrait que tu l'identifies.
Cette idée n'enchantait guère Jenna, mais si cet homme était vraiment l'assassin d'Adam, on ne pouvait pas le laisser passer.
— Où sont-ils exactement ?
— Au commissariat de Central Park, au carrefour de la 86e Rue et de Transverse Road. C'est dans le parc.
Le commissariat du parc ! Elle passait régulièrement devant. Elle savait exactement comment s'y rendre.
— Je reviens du cimetière. J'y serai dans quarante-cinq minutes.

Cinq hommes entrèrent, vêtus de vieux vêtements noirs. Ils tenaient une pancarte portant un numéro. Jenna les regarda avec attention. Il n'était pas habituel qu'un procureur se déplace pour assister à une identification, mais Marcie avait tenu à la soutenir dans cette épreuve, et elle lui en était reconnaissante. Stavos se montrait aussi grincheux que d'habitude : rester seule avec lui aurait été un calvaire.

Les cinq hommes se placèrent en ligne, face au miroir sans tain, une expression solennelle sur le visage. Jenna essaya de se rappeler les traits de celui qui les avait apostrophés dans la rue, le soir du meurtre. Les hommes regardaient droit devant eux, comme absents, excepté le numéro trois, dont les yeux ne cessaient de remuer de droite à gauche. Sous la lumière crue du néon, on voyait briller une fine couche de transpiration sur son front.

— Jenna ?

— Je ne sais pas, Marcie.

Elle les contempla de nouveau, et son regard s'arrêta un peu plus longuement sur le numéro trois.

— Ça pourrait être n'importe lequel d'entre eux.

— Tu as, pourtant, aperçu son visage à plusieurs reprises.

— Oui, mais il faisait sombre, et il y avait de la buée sur la vitrine du salon de thé.

— Aucun de ces hommes ne retient ton attention plus que les autres ?

— Le numéro trois, peut-être, mais…

— Mais quoi ?

— Non, il ne lui ressemble pas vraiment.

— On peut lui demander de s'approcher pour que tu le voies mieux.

— Essayons.

L'inspecteur Stavos se pencha vers le micro.

— Numéro trois. Pouvez-vous faire deux pas en avant, s'il vous plaît ?

L'homme fit ce qu'on lui demandait. Il avait l'air de plus en plus inquiet. Il s'approcha en traînant légèrement la jambe gauche. Jenna reconnut le boitement, mais elle n'était pas absolument sûre qu'il s'agissait bien du même homme. Et puis, il était trop nerveux. Son angoisse plaidait en faveur de son innocence. Un homme qui tuait de sang-froid ne paniquait pas aussi facilement.

— Alors ? insista Marcie.

— Je n'en sais rien, dit Jenna après quelques secondes de réflexion. Il n'a pas du tout les mêmes yeux.

Stavos ne possédait pas la patience de Marcie. Il laissa échapper un soupir exaspéré.

— Qu'est-ce que vous nous chantez là ? Je croyais qu'il faisait trop sombre et que vous ne pouviez pas distinguer clairement ses traits.

— Son regard m'a frappée.

— Pourquoi ?

— Je n'en sais rien ! lança-t-elle rageusement. Je n'ai pas cherché à analyser le phénomène. Je ne me doutais pas que je devrais l'identifier deux jours plus tard.

— Tout ce qu'on vous demande…

Marcie l'arrêta d'un regard glacial, et posa une main rassurante sur le bras de Jenna.

— Essaye encore. Regarde-le bien, maintenant qu'il est tout près.

Mais Jenna secoua la tête.

— Je ne peux pas jurer que c'est lui, Marcie. Je suis désolée.

Bien sûr, il pourrait passer pour l'homme que j'ai vu. Mais les autres aussi. Je suis vraiment désolée, répéta-t-elle.

Marcie ôta sa main.

— Ce n'est pas grave. L'identification nous aurait aidés à établir la préméditation, mais ce n'est pas absolument nécessaire. Nous avons suffisamment d'éléments pour l'inculper de meurtre au premier degré.

Les yeux de Jenna allèrent de Marcie à Stavos.

— Quels éléments ?

Cette fois, ce fut au tour de Stavos de lancer un regard d'avertissement à Marcie.

— Secret de l'enquête, dit-il sur un ton qui rappela à Jenna pourquoi il ne lui avait jamais été sympathique.

Ils sortirent au moment où un agent en uniforme escortait Roy dans le couloir. L'homme s'arrêta en face d'eux et les dévisagea l'un après l'autre de ses petits yeux de fouine.

— Ce n'est pas moi, dit-il à Jenna. Vous entendez ? Peu importe ce que vous croyez avoir vu. Je sais que je n'ai tué personne. Et le voleur de Central Park, ce n'est pas moi non plus.

Jenna eut un mouvement de recul, comme l'autre soir, avec le clochard, mais il ne parut pas le remarquer.

— Je ne suis pas un assassin. Demandez à mes amis. Demandez à Estelle !

— Emmenez-le, ordonna sèchement Stavos.

— Vous ne pouvez pas m'envoyer en taule, vous m'entendez ?

L'agent l'entraîna de force, tandis qu'il continuait à clamer son innocence. Jenna le suivit des yeux, et serra le bras de Marcie.

Le procureur la dévisagea avec attention.

— Que se passe-t-il ? demanda-t-elle. Tu as changé d'avis ?

— Disons que je suis fixée, mais que ça ne va pas vous plaire, répondit Jenna en laissant échapper un soupir agacé. Ce n'est pas lui ; j'en suis certaine, à présent.

Stavos semblait sur le point d'exploser.

— Comment ça *certaine* ? Vous vous foutez de nous…

— Paul ! intervint Marcie.

— Merde, Marcie. Elle prétendait qu'elle ne l'avait pas assez bien vu.

— C'était avant…

Jenna savait que ce qu'elle s'apprêtait à dire déclencherait la colère de l'irascible inspecteur.

— Avant de sentir son odeur, conclut-elle dans un souffle.

Marcie et Stavos échangèrent un regard qui en disait long.

— *Avant de sentir son odeur*, répéta Stavos. Ainsi, vous vous basez sur l'odeur pour identifier un suspect…

— Oui. L'homme que j'ai croisé lundi soir avait une odeur particulière. Spéciale. Acide… un peu comme les poubelles. Celui-là sent plutôt le moisi.

Stavos allait ouvrir la bouche — probablement pas pour dire une gentillesse —, mais Marcie l'arrêta, encore une fois, d'un geste.

— Je vous attends dans mon bureau, lui dit-elle.

Puis elle se tourna vers Jenna.

— Merci, Jenna. Je sais que tu as fait de ton mieux. J'apprécie beaucoup.

— Tu es en colère contre moi.

Marcie lui adressa un sourire las.

— Pas contre toi. Quelquefois, mon travail me semble pesant, c'est tout.

Central Park faisait depuis toujours la fierté des New-Yorkais, et l'on y venait autant pour échapper à l'agitation et au bruit que pour profiter de ses attractions et de ses espaces de loisirs — dont un zoo, un théâtre, une patinoire, un lac et un restaurant quatre étoiles. Sans cette oasis de calme et de verdure de près de trente-trois hectares, la vie à New York eût été irrespirable.

A cette heure de l'après-midi, on y croisait surtout des cyclistes pédalant tranquillement dans les allées arborées, et d'étranges promeneurs tenant en laisse une meute de chiens qu'ils avaient probablement en garde pour la journée ou pour quelques heures. En d'autres circonstances, Jenna aurait adoré flâner au son de l'orchestre du kiosque à musique, puis s'asseoir sur un banc pour profiter des derniers rayons du soleil de ce mois d'octobre. Mais, aujourd'hui, elle avait le cœur serré. Le cri de protestation de Roy Ballard l'avait émue. Et s'il disait la vérité ? S'il s'agissait d'une erreur judiciaire ?

En sortant du commissariat, elle ne prit pas la direction du parking ouest de la 86e Rue, où l'attendait sa voiture, mais jeta un coup d'œil autour d'elle et contempla la foule. Etait-il possible de retrouver au milieu de ces gens une femme dont on ne connaissait que le nom ? Sans compter qu'Estelle Gold refuserait peut-être de se confier. Les sans-abri se méfiaient de tout. Mais, comme Roy paraissait certain que cette femme pouvait l'innocenter, ça valait la peine d'essayer.

Ne sachant par où commencer, Jenna opta pour le manège. Il lui fallait traverser presque tout le parc, mais elle n'était pas pressée et, après tout, c'était là qu'Estelle avait aperçu le meurtrier qui s'enfuyait.

Au bout de quinze minutes, comme elle passait devant Strawberry Fields — un magnifique jardin paysager dessiné en hommage à John Lennon —, Jenna remarqua un homme qui la lorgnait. Ses vêtements étaient déchirés, il portait une longue barbe grise, et ses yeux étaient injectés de sang. Il était installé sur la pelouse, près d'un chariot de supermarché contenant ce que Jenna supposa être ses affaires.

Comme elle s'approchait, les doigts osseux de l'homme se refermèrent sur l'une des roues du chariot. Elle sourit, en essayant de cacher son appréhension.

— Salut ! lança-t-elle.

Il ne répondit pas.

Elle alla s'asseoir sur l'herbe, à quelques pas de lui.

— Je cherche une femme du nom d'Estelle Gold. Vous la connaissez peut-être…

A sa grande déception, l'homme se borna à la contempler d'un air neutre. Le nom n'avait pas l'air de lui évoquer quoi que ce soit. Jenna sortit quand même cinq billets de un dollar de son sac, et les lui montra.

— Je suis prête à payer l'information.

A présent, c'était les billets qu'il regardait.

— Vous connaissez Estelle, n'est-ce pas ? Vous savez où elle vit ?

Lentement, avec hésitation, il tendit sa paume ouverte. Elle y déposa les cinq dollars. Il les prit et les fit disparaître dans sa poche avec une agilité surprenante.

— A présent, dites-moi où je peux trouver Estelle.

Il se leva lentement, sans la quitter des yeux, et après avoir jeté un regard furtif autour de lui, il s'éloigna en poussant son chariot.

— Hé ! Attendez une minute ! lança Jenna.

Mais il continua à avancer. Découragée, Jenna le regarda partir. Elle s'en voulait de sa naïveté. Heureusement, personne ne semblait prêter attention à elle, à l'exception de l'homme au chariot qui se retournait de temps en temps, comme pour s'assurer qu'elle ne le suivait pas.

Elle se leva en soupirant, brossa son pantalon et reprit son chemin. Dans les vingt minutes qui suivirent, elle rencontra trois sans-abri — deux hommes et une femme —, mais aucun d'eux ne connaissait Estelle. Lorsqu'elle atteignit enfin le manège, elle songeait à abandonner.

— Il paraît que vous me cherchez, fit une voix grave derrière elle.

13.

Jenna fit volte-face. Une petite femme trapue aux cheveux coupés ras et aux yeux marron la considérait d'un air intrigué. On devinait à son allure qu'elle vivait dans la rue, mais elle ne paraissait pas intimidée, comme la plupart des sans-abri quand on s'adresse à eux. Elle portait une longue jupe grise qui lui arrivait aux chevilles et s'arrêtait juste au-dessus de ses bottes fourrées, mais pas de manteau, seulement un gilet couleur rouille boutonné jusqu'au menton. Elle aussi tirait un chariot, mais il ne contenait qu'une couverture et deux boîtes en carton presque vides. Entre ses doigts courts et jaunis de nicotine, elle tenait un mégot allumé.

— Si vous vous appelez Estelle Gold, oui, je vous cherche, effectivement.

— Estelle Gold, c'est bien mon nom.

— Bonjour. Moi, c'est Jenna.

— Qu'est-ce que vous me voulez ?

— Vous parler de Roy.

La femme porta le mégot à ses lèvres, et aspira une longue bouffée. Ses yeux se plissèrent.

— Vous êtes flic ?

— Non, mais je sors du commissariat. Et j'ai vu Roy.

Estelle secoua la tête avec colère.

— Salauds de flics ! Ils sont venus le cueillir pendant qu'il dormait, et ils l'ont embarqué comme un animal.

— Ils prétendent qu'il a tué un homme.

— C'est des conneries. Roy n'a tué personne. Il leur fallait un coupable, c'est tombé sur lui.

— Mais votre description de l'homme qui s'enfuyait, près du manège…

— Je leur ai dit que ce n'était pas Roy. Il faisait nuit noire et on était juste éclairés par les réverbères de la rue. Je n'ai pas vu le visage de cet homme ; je l'ai vaguement aperçu de dos, c'est tout.

Elle renifla.

— Je l'ai expliqué à cet inspecteur, mais il n'a rien voulu entendre.

— Vous avez parlé d'un homme qui boitait.

La remarque parut désarçonner Estelle.

— C'est faux. Je n'ai pas dit que l'homme boitait. Roy est mon ami. Je n'aurais jamais témoigné contre lui.

— L'homme qui s'enfuyait boitait-il, oui ou non ?

— Non ! lança-t-elle farouchement.

Mais, à la manière dont elle évitait son regard, Jenna comprit qu'elle mentait pour protéger son ami.

— La police prétend détenir des preuves de la culpabilité de Roy. De quoi s'agit-il, à votre avis ?

Estelle la contempla de la tête aux pieds.

— Jolie veste, dit-elle en s'attardant sur le caban en laine noir que Jenna s'était acheté, la semaine précédente, chez Barney. Ça doit tenir chaud.

Jenna comprit le message, et ôta aussitôt sa veste. En

dessous, elle ne portait qu'un pull léger, et le froid lui parut mordant.

— Elle est à vous, en échange de quelques informations, dit-elle simplement.

Mais Estelle demeura sur la défensive.

— Si vous n'êtes pas flic, qu'est-ce que vous êtes ?

— Quelqu'un qui pourrait aider Roy.

L'expression d'Estelle s'adoucit un peu. Elle contempla de nouveau le caban, et s'essuya le nez avec le revers de sa main.

— Ils ont trouvé de l'argent, une carte de crédit et une montre dans les affaires de Roy, là où il dort.

Elle regarda autour d'elle.

— Et aussi autre chose, ajouta-t-elle en baissant la voix.

— Quoi ?

— Le couteau.

— Celui du meurtre ?

Estelle acquiesça.

— Roy ne sait pas comment il est arrivé là.

— Où dort-il ?

Estelle désigna d'un geste un épais bosquet d'arbres, au loin.

— Vous accepteriez de m'y emmener ?

— Vous me donnerez la veste ?

— Quand nous serons sur place.

Estelle lui fit signe de la suivre. Jenna était déjà glacée jusqu'aux os. Elle remit son caban avant d'emboîter le pas à la vieille femme qui partait en poussant son chariot. L'affaire s'annonçait mal pour Roy. Mais, s'il était le meurtrier, pourquoi avait-il conservé ces preuves accablantes ? Il devait tout de même se douter que la police fouillerait le parc.

Elles avaient parcouru une centaine de mètres et s'enfonçaient, à présent, sous les arbres. Estelle s'arrêta et désigna du doigt un petit matelas de feuilles.

— Il n'y a rien du tout, ici, lui dit Jenna sur le ton du reproche.

— Roy gardait ses affaires avec lui pour pas qu'on les lui vole. Mais c'est ici qu'il dormait.

— Et ses affaires ? Où sont-elles ?

— Ici, répondit Estelle en désignant l'une des boîtes en carton qu'elle transportait dans son chariot. Les flics ont juste embarqué sa couverture.

Jenna regarda le ballot de vêtements, les gants en laine aux doigts troués, l'assiette et les couverts en plastique. Elle se pencha par-dessus la boîte et renifla. Pas de doute possible. Les affaires de Roy dégageaient cet effluve de moisi qui l'avait frappée, au commissariat. Stavos pouvait se moquer d'elle : elle n'en démordait pas. Elle ne reconnaissait pas l'odeur du type qui les avait accostés, Adam et elle, le soir du crime.

— Et le couteau ? demanda-t-elle à Estelle.

— C'est ce flic qui l'a trouvé. Je ne me souviens plus de son nom.

— L'inspecteur Stavos ?

— J'sais pas. Le couteau était sous le lit de feuilles de Roy. Il y avait encore du sang sur la lame.

— Vous avez assisté à l'arrestation de Roy ?

— Bien sûr ! Quand il a commencé à gueuler, on est tous venus voir ce qui se passait. Il y avait l'inspecteur, avec deux autres policiers. Ils ont voulu nous chasser, mais on est restés pour s'assurer qu'ils ne le maltraitaient pas. On ne se laisse pas faire, nous autres.

— Ce couteau appartient à Roy ?

— Non. Il n'en a jamais eu.

Si elle disait la vérité, et si elle ne se trompait pas, cela signifiait que quelqu'un avait déposé le couteau dans les affaires de Roy, pendant son sommeil. Pour quelqu'un qui connaissait les habitudes du pauvre homme, c'était un jeu d'enfant. A présent, si le sang trouvé sur l'arme correspondait à celui d'Adam, Roy n'avait aucune chance d'échapper à une inculpation pour meurtre au premier degré.

Estelle regarda Jenna avec attention.

— Vous disiez que vous pouviez aider Roy. C'est vrai ?

— Je vais essayer. Mais, en échange, j'ai une faveur à vous demander.

— Laquelle ?

— Ne dites pas à la police que vous m'avez rencontrée.

— Je ne suis pas une moucharde !

— Très bien.

Jenna fit glisser le caban de ses épaules, et le lui tendit.

— Il est à vous, Estelle. J'espère qu'il vous portera chance.

14.

Vingt minutes plus tard, Jenna avait déjà déposé l'Audi au garage, et elle pénétrait dans le hall de son immeuble. Tout en appelant l'ascenseur, elle songeait à sa conversation avec Estelle. Elle ignorait si ses informations valaient un manteau Tommy Hilfiger à deux cent cinquante dollars, et elle n'était pas sûre de pouvoir aider Roy… Mais elle ne regrettait rien. Elle avait toujours obéi à ses impulsions, et elle n'avait pas l'intention de procéder différemment dans cette affaire.

Elle écarta aussitôt la possibilité d'aller trouver Marcie ou l'inspecteur Stavos pour leur faire part de ses soupçons et essayer de les convaincre que Roy Ballard était une victime, et non un meurtrier. Depuis qu'elle avait refusé d'identifier Roy comme le clochard de l'autre soir, Stavos lui en voulait. S'il apprenait qu'elle avait interrogé un témoin et qu'elle l'avait, de surcroît, soudoyé pour obtenir des renseignements, il entrerait sûrement dans une rage folle.

Elle ouvrait la porte de son appartement lorsque Mme Szabo sortit de chez elle en brandissant une cocotte. Magdola — Magdi pour ses amis — était une charmante vieille femme aux cheveux blancs et bouclés, brillants comme la soie. Ses yeux bleus et son rire enjoué la rajeunissaient d'une bonne décennie, et on ne lui aurait pas donné ses soixante-dix-huit ans. Elle avait fui la Hongrie avec sa famille, en 1971. C'était la plus ancienne locataire de l'immeuble. Veuve et sans enfants, elle s'occupait de ses plantes et de ses onze neveux qui vivaient dans un rayon de cent cinquante kilomètres. Parmi eux se trouvaient quatre jeunes célibataires qui gagnaient bien leur vie. Magdi ne manquait jamais de le rappeler à sa voisine.

Dès le jour où Jenna avait emménagé chez Adam, la vieille femme s'était prise d'affection pour elle. Elle avait décidé de prendre soin de ces deux jeunes gens surmenés qui ne trouvaient pas même le temps de se cuisiner un vrai repas, si bien qu'elle leur apportait régulièrement des petits plats faits maison.

Jenna avait tenté de protester, mais en vain.

— Ça me fait plaisir, rétorquait Magdi avec son léger accent si charmant. Il faut vous nourrir correctement.

En échange de sa gentillesse, Jenna l'emmenait faire les courses, et elle l'accompagnait chez le coiffeur, d'où Magdi ressortait avec des cheveux blanc bleuté qui lui allaient à merveille. Il lui arrivait aussi d'inviter son agréable voisine au théâtre, et elles terminaient la soirée par un dîner chez Seppi's ou Da Rosina, ses deux restaurants préférés.

Les autres locataires de l'immeuble préféraient garder leurs distances avec Magdi. Il faut dire qu'elle tenait parfois des propos étranges et qu'il lui arrivait de voir des choses qui n'existaient pas : des soucoupes volantes, des messages codés sur son écran de télévision, et parfois son défunt mari — Sandor — qui, selon elle, lui rendait régulièrement visite. Il n'y avait pas si longtemps, elle avait annoncé à ses voisins que le capitaine Kirk — le héros de la série *Star*

Trek — habitait l'immeuble… Ce jour-là, ils avaient acquis la certitude qu'elle était folle. Son voisin du dessous, le plus acharné de tous depuis qu'il s'était aperçu qu'elle payait un loyer ridiculement bas par rapport au sien, avait fait circuler une pétition pour qu'elle fût expulsée. Magdi avait aussitôt demandé conseil au père de Jenna, qui l'avait mise en relation avec un avocat. L'affaire n'était même pas allée jusqu'aux tribunaux. Magdi n'était pas folle ; elle se sentait simplement très seule, et ses « visions » attiraient sur elle l'attention dont elle avait tellement besoin.

Elle contempla Jenna qui frissonnait encore.

— Qu'est-ce que tu as fait de ton manteau ? lui demanda-t-elle d'un ton maternel et presque grondeur.

— C'est une longue histoire.

Comme Magdi entrait, Jenna huma le fumet délicieux qui s'échappait de la cocotte. Ce soir, elle avait droit à un poulet *paprikas*, à la sauce aigre et aux oignons.

— Magdi, dit-elle avec une légère pointe de reproche dans la voix. Ça fait cinq jours d'affilée que vous m'apportez à manger. C'est un peu exagéré, tout de même !

Mais, comme d'habitude, la vieille femme demeura sourde à ses protestations.

— Il te faut une nourriture consistante. Tu cours toute la journée : tu n'as même pas le temps de manger ! Quand on se nourrit mal, on tombe malade.

Elle posa la cocotte sur le comptoir de la cuisine.

— J'en ai fait assez pour deux repas parce que, demain, je ne serai pas là.

Jenna alluma le four, et y glissa la cocotte pour garder le poulet au chaud.

— Où allez-vous ?

— Chez mon neveu. C'est son anniversaire.

Une étincelle que Jenna connaissait bien brilla dans ses yeux.

— Tu te souviens de Jimmy, celui qui travaille chez Bloomingdale ? Je t'ai dit qu'il venait d'obtenir une promotion ?

Jenna sourit à cette tentative maladroite.

— Vous me l'avez déjà dit plusieurs fois. Il est passé chef d'un département de fabrication, c'est bien ça ? Celui des vêtements pour hommes ?

Magdi rayonnait de joie.

— Oui. C'est un si brave garçon, mon Jimmy ! En plus, il est beau et il cuisine très bien.

Ce dernier argument valait tous les autres, car les talents de Jenna dans ce domaine se réduisaient à néant.

Elle cherchait une manière élégante de changer de conversation, mais Magdi s'en chargea.

— Tu as l'air fatiguée, Jenna. Tu veux que je te laisse ?

— Non, Magdi, non. J'ai passé deux jours difficiles, voilà tout.

— C'est-à-dire ?

Il n'y avait pas moyen de lui cacher la vérité. C'était même étonnant qu'elle ne fût pas encore au courant. D'habitude, les nouvelles circulaient vite dans l'immeuble.

— Adam a été assassiné.

— Mon Dieu ! Mais c'est affreux ! s'écria Magdi. Comment est-ce arrivé ?

— Quelqu'un l'a agressé, lundi soir, pour le voler. D'après

la police, il se serait défendu, et il aurait été tué dans la bagarre.

Jenna ne voyait pas l'intérêt d'entrer dans les détails.

Le regard de Magdi se voila.

— Adam était un homme bien. Il n'aurait jamais dû te laisser partir, mais ça, c'est autre chose.

Puis elle ajouta précipitamment :

— Sandor m'avait prévenue qu'il se préparait quelque chose de terrible, mais je n'ai pas voulu le croire.

Elle avait dit ça d'un ton tranquille et assuré, comme si elle trouvait tout naturel que son défunt mari vienne lui annoncer une funeste nouvelle.

Elles parlèrent encore quelques minutes. Surtout Magdi. Elle fit quelques commentaires au sujet de Sandor et d'Adam, puis de son voisin du dessous, lequel n'avait même pas répondu quand elle l'avait salué, dans l'ascenseur.

Quand le coucou de l'horloge que Jenna avait rapportée d'Allemagne, des années auparavant, annonça 8 heures, Magdi se leva. Avant de partir, elle menaça Jenna de son index.

— Ne te couche pas trop tard ! Mange le poulet, prends un bain chaud et va au lit. Tu te sentiras mieux, demain.

Jenna l'accompagna jusqu'à la porte et l'embrassa.

— Vous avez raison, Magdi. Je vais suivre votre conseil. Et merci pour le dîner.

Dès que la porte fut refermée, Jenna écouta ses messages. Il y en avait un de Beckie, sa meilleure amie, qui possédait un salon de coiffure. Elle venait tout juste d'apprendre la nouvelle de la mort d'Adam.

— Passe me voir au salon, disait-elle. De toute façon tu as besoin d'une coupe.

Les deux autres messages émanaient de Frank Renaldi : il regrettait son comportement. S'il croyait que de vagues excuses suffiraient, il se trompait lourdement… Il lui laissait trois numéros de téléphone : son domicile, son portable, son travail.

— Laisse tomber ! murmura-t-elle en effaçant rageusement les messages.

Plongée dans une mer écumeuse et tiède, Jenna posa sa tête contre l'oreiller en tissu-éponge blanc, et ferma les yeux. Magdi était la sagesse personnifiée… Un bon bain parfumé, quel délice ! Petit à petit, Jenna sentait s'évanouir la tension accumulée pendant cette journée éprouvante et décousue.

Le bruit de la sonnette d'entrée la tira de cette reposante méditation. C'était sûrement Magdi. Il lui arrivait de revenir plusieurs fois de suite, sous des prétextes oiseux. Jenna s'enfonça un peu plus dans les bulles de mousse. Si elle ne répondait pas, Magdi s'en irait.

Mais la sonnerie retentit une deuxième fois, puis une troisième.

Jenna sortit en maugréant de la baignoire, s'enveloppa dans un peignoir de bain, et se précipita dans l'entrée, pieds nus.

Elle était furieuse, mais ne voulait pas froisser la vieille dame. Elle prit le temps de respirer profondément avant d'ouvrir.

Frank Renaldi se tenait sur le pas de la porte. Dans sa main droite, il serrait une cuillère à cocktail sur laquelle il avait attaché un petit drapeau blanc en papier. La gauche disparaissait derrière son dos.

Il contempla la jeune femme avec un éclair taquin dans le regard, et agita son drapeau.

— Je suis venu faire la paix, dit-il.

La mise en scène ne manquait pas de charme, et elle rappela à Jenna le Frank d'autrefois. Mais le souvenir de la rebuffade qu'il lui avait infligée, la veille, était encore trop vivace pour qu'elle baissât sa garde.

— Qu'est-ce que tu veux, Frank ?

— Je t'ai laissé plusieurs messages. Comme tu ne me rappelais pas, j'ai cru que ton téléphone était en dérangement.

— Mon téléphone fonctionne parfaitement. Qu'est-ce que tu veux ?

— Me racheter. On a mal commencé, et…

— La faute à qui ?

— La mienne, je le reconnais. C'est pourquoi je tenais absolument à m'excuser.

— Tu arrives trente-six heures trop tard.

— Cette démarche me coûte beaucoup, tu le sais.

— Et moi ? Qu'est-ce que je devrais dire ? Tu crois que ma position était enviable, hier, dans ton bureau ? Tu n'avais pas donné signe de vie depuis quinze ans, et pourtant, c'est moi qui ai fait le premier pas. J'ai été assez stupide pour croire que le chagrin nous rapprocherait, qu'il nous permettrait, au moins, d'oublier nos différends, de créer une sorte d'alliance.

— Je ne m'attendais pas à ta visite.

— Tu ne t'attendais sûrement pas non plus à celle d'Adam, et pourtant, tu ne l'as pas fichu dehors.

— Tu exagères. Je ne t'ai pas *fichue dehors*, toi non plus.

— Presque.

Il y eut un bruit de pas traînants derrière la porte de l'appartement de Magdi… La petite curieuse venait sûrement pour coller son œil au judas.

Frank l'entendit, lui aussi, car il se retourna.

— Tu m'invites à entrer ou tu préfères te donner en spectacle ?

Elle n'était même plus en colère, mais elle se fit encore prier.

— En fait, je songeais à te sommer de déguerpir.

Il avança aussitôt un pied pour l'empêcher de fermer la porte.

— Ne fais pas ça ! Je viens de Staten Island pour te voir. En route, j'ai récolté une amende pour excès de vitesse, et j'ai tourné une bonne demi-heure dans le quartier avant de trouver une place pour me garer. Je n'irai nulle part tant que tu ne m'auras pas écouté.

Comme elle ne bougeait pas, il sortit sa main gauche de derrière son dos.

— Ceci te fera peut-être changer d'avis.

Elle se pencha pour voir de plus près la boîte qu'il lui présentait avec un grand sourire.

— Qu'est-ce qu'il y a là-dedans ? Un serpent venimeux ?

— Ouvre.

Elle lui lança un regard plein de défiance, puis souleva prudemment le couvercle. Aussitôt, un délicieux arôme qu'elle avait presque oublié — un mélange de citron et de pomme — lui chatouilla les narines. Elle leva les yeux.

— Des beignets allemands ? C'est ça ?

— Pas de vulgaires beignets allemands, ma chère. Les véritables *apfelküchlein* du Rhin : ceux que tu aimais tant.

— Tu te souviens de ça ?

— Comment l'oublier ? Quand tu es revenue de ton voyage-excursion en Allemagne, tu as disserté pendant des heures sur ces pâtisseries et sur la recette du prince Metternich qui, d'après toi, était la meilleure.

— C'est vrai. Malheureusement, plus personne n'accepte de se donner autant de mal pour confectionner des beignets.

— Détrompe-toi. Mon ami Hans les fait encore à l'ancienne. L'ennui, c'est que je suis arrivé chez lui, à Staten Island, à l'heure de la fermeture, et qu'il n'en avait plus. Je l'ai tellement supplié qu'il a accepté de m'en préparer une vingtaine. Je crois qu'il s'en souviendra longtemps.

Jenna ne put s'empêcher de rire.

— Tu es toujours aussi fou, lui dit-elle.

— Alors, je peux entrer ?

Elle ouvrit la porte et s'écarta pour le laisser passer.

15.

Elle le guida jusqu'au salon. C'était plus formel que la cuisine, mais, justement, il valait mieux. Tout en resserrant autour d'elle la ceinture de son peignoir, elle se demanda de quoi elle avait le plus peur. Etait-ce de Frank ou d'elle-même ?

Elle préféra ne pas trop approfondir la question.

— Assieds-toi pendant que je vais me changer, lui dit-elle.

Une lueur brilla dans ses yeux, et il sembla vouloir faire un commentaire, mais, finalement, il se tut. Elle s'éloigna en faisant mine de n'avoir rien remarqué.

Lorsqu'elle revint, quelques minutes plus tard, après avoir enfilé un jean et une vieille chemise de flanelle trop grande pour elle, Frank l'accueillit en souriant.

— On dirait que ça sent le poulet *paprikas.*

— Comment sais-tu cela ?

— Aurais-tu oublié que ma grand-mère maternelle était hongroise et qu'elle m'a élevé au *goulash,* aux concombres et à la sauce aigre ? Elle me faisait aussi des crêpes fourrées à la confiture d'abricots.

— Des *palacsinta.*

— Des *palacsinta.* Voilà.

Il lui lança un regard interrogateur.

— Dois-je en déduire que tu as enfin appris à cuisiner ?

— Seigneur, non ! J'ai, tout simplement, une délicieuse voisine hongroise qui me soigne comme si j'étais sa propre fille.

Elle s'installa en face de lui.

— Comment as-tu su que j'habitais encore ici ?

— C'est Adam qui me l'a dit.

Il contempla la pièce d'un air appréciateur.

— C'est très joli. Très différent de l'appartement de célibataire que j'ai connu.

— J'ai fait pas mal de changements.

Les photographies sur le mur paraissaient l'intéresser tout particulièrement, et il les considéra quelques minutes. Jenna attendit son commentaire.

— De nous trois, tu es la seule à n'avoir pas trahi tes rêves de jeunesse, lui dit-il.

— J'ai quand même dû accepter quelques concessions, pour survivre. Mais je compte bien atteindre mon but. J'espère que cette exposition à la galerie Siri's va me donner un coup de pouce.

— Quels sont tes projets ?

— J'aimerais photographier des gens ordinaires, dans leur vie de tous les jours.

— C'est ce que tu fais déjà !

— Oui, mais pas à temps complet. Pour gagner ma vie, je suis obligée d'accepter des commandes, des boulots lucratifs.

— Par exemple ?

La conversation prenait un tour plus intime qu'elle ne

l'aurait voulu, mais la curiosité de Frank paraissait sincère et, après une courte hésitation, elle décida de répondre simplement à ses questions.

— Je vends quelques photos à des magazines de voyages ou de cuisine. Il m'arrive aussi de réaliser des brochures promotionnelles pour de grosses compagnies. Ça paye bien, mais ça me prend du temps. J'hésite à laisser tomber. Au fond, je n'ai peut-être pas vraiment le goût du risque.

— Tu as toujours été prudente.

Ne sachant pas s'il fallait prendre sa remarque comme un compliment ou comme un reproche, elle choisit de l'ignorer.

— Pourquoi Adam est-il venu te voir ? demanda-t-elle sèchement.

— Je croyais que nous devions échanger des informations.

— C'est le cas. Tu commences.

Il éclata d'un rire bruyant qui rappela à Jenna le jeune homme plein de vie avec lequel elle avait partagé tant de bons moments. Et aussi de moins bons…

— Très bien, dit-il en retrouvant son sérieux. Adam m'a demandé de suivre sa femme.

Jenna le regarda fixement.

— Pourquoi ?

— Il la soupçonnait d'infidélité.

— Et tu as confirmé ses soupçons ? Elle avait un amant ?

— Pas exactement.

En quelques minutes, il lui résuma ce qu'il savait. Elle l'écouta avec attention, puis demanda :

— Pourquoi Amber aurait-elle cédé au chantage d'un ex-petit ami ?

— C'est ce que je m'efforce de découvrir. Mais, même si Angie a raison quand elle affirme qu'Amber conduisait la voiture, le soir de l'accident, ça ne signifie pas qu'elle a tué son mari.

— Tu as raison. Adam avait d'autres ennemis. Il est venu me voir pour une raison précise. Et, apparemment, ça n'avait rien à voir avec sa femme.

— Dis-moi ce que tu sais, Jenna. Je t'écoute.

Elle lui raconta tout, depuis sa conversation avec son ex-mari jusqu'à sa rencontre avec Estelle Gold.

Quand elle se tut, Frank sourit.

— Tu n'as pas chômé, à ce que je vois.

— Je sais que je n'avais aucun droit d'interroger cette femme. L'inspecteur Stavos serait furieux s'il l'apprenait, mais je ne peux pas laisser accuser un innocent sans réagir.

— Tu es certaine qu'il n'est pas l'assassin d'Adam ?

— Si tu l'avais vu, au commissariat, tu serais du même avis que moi. Il dit aussi qu'il n'a rien à voir avec le voleur de Central Park, et je le crois. Cet homme n'est pas un violent, ça se voit. Il traverse peut-être une période difficile, mais il y a quelque chose de bon et de noble en lui. Je le sens.

— Ah oui ! L'odeur… J'oubliais…

Elle lui lança un regard aigu. Se moquait-il d'elle, comme l'inspecteur Stavos ? Mais Frank avait simplement l'air de réfléchir intensément afin de rassembler les pièces du puzzle.

— C'est vrai, dit-elle. Son odeur corporelle n'avait rien à voir avec celle du type que j'ai vu en sortant de Siri's.

— Ça voudrait dire qu'il existe un autre sans-abri qui rôde dans les parages et qui répond au même signalement.

Il y eut un bref silence, pendant lequel Frank réfléchit aux implications de ce qu'il venait de dire.

— Tu veux que je te montre les photos que me réclamait Adam ? demanda Jenna.

— Tu les as ici ?

— J'en ai tiré un jeu pour moi avant de donner les originaux à Marcie.

Elle se leva pour se rendre dans la cuisine, et revint, quelques secondes plus tard, avec les photos et une loupe. Puis elle s'installa sur le canapé, près d'Adam, et attendit qu'il ait examiné les clichés. Il les étudia attentivement, en nommant à voix haute les gens qu'il reconnaissait.

Jenna contemplait son profil, son nez droit, sa mâchoire volontaire. L'une de ses camarades de l'université avait, un jour, comparé la beauté de Frank à celle des statues antiques. Elle le lui avait répété, et il avait éclaté de rire. Il accordait très peu d'importance à son physique, et cela ajoutait encore à son charme.

Après quelques minutes, il se redressa. Elle détourna vivement le regard.

— Je ne vois rien qui attire particulièrement mon attention…

— Marcie et mon père ont répondu la même chose.

— Attends une minute ! dit-il en levant l'index. J'aimerais revoir l'un des clichés.

Jenna les étala sur la table basse.

— Lequel ?

— Celui-ci.

Il désignait la photo du buffet.

— Tu veux savoir ce qu'ils ont mangé ? lança-t-elle en riant.

— Ce n'est pas ça qui m'intéresse, rétorqua-t-il en approchant la loupe.

La longue table rectangulaire croulait sous une débauche de nourriture, et Jenna se rappela que les invités s'étaient extasiés sur la qualité des plats. Au centre, trônait une sculpture de glace en forme de F incliné — le logo de Faxel. Frank lui montra une main tendue vers un toast au saumon.

— Voilà ce que je voulais vérifier.

— C'est une main d'homme.

— Regarde le poignet.

Jenna prit la loupe. Sur le poignet légèrement découvert, elle discerna nettement un tatouage.

— On dirait une tête d'ours.

— *C'est* une tête d'ours. Avec la gueule grande ouverte.

— Il tient quelque chose entre ses dents, ajouta Jenna en se penchant un peu plus sur la photo. Qu'est-ce que c'est ? Une noisette ?

Comme Frank se penchait pour regarder, lui aussi, leurs têtes se touchèrent. Jenna prit conscience de leur proximité, de l'odeur de son eau de toilette, de cette sensation étrange au creux de son ventre. Le bon sens lui conseillait de s'éloigner, mais elle n'en fit rien.

— Une pierre, dit-il, plutôt qu'une noisette.

Il se redressa. Il n'avait pas l'air troublé.

— Une pierre verte, précisa-t-il. Une émeraude.

Jenna inspira profondément. Frank était trop proche d'elle ; elle avait du mal à se concentrer.

— Un ours tenant dans sa bouche une émeraude, dit-elle. Qu'est-ce que ça peut bien vouloir dire ?

— Ce type est peut-être un passionné des ours.

— Tu crois vraiment que ça peut nous mener quelque part ?

— En tout cas, c'est la seule chose qui me paraisse digne d'intérêt sur ces photos. Il faudrait retrouver la personne à qui appartient cette main.

— Autant chercher une aiguille dans une botte de foin…

— J'ai mes sources, dit Frank, l'air sûr de lui.

Son optimisme galvanisa Jenna.

— Je pourrais interroger Claire, dit-elle.

— Claire Peabody ? La secrétaire d'Adam ?

Jenna hocha la tête.

— Elle est au courant de tout ce qui concerne sa vie professionnelle. Ça ne m'étonnerait pas qu'il lui ait confié ses soupçons au sujet de Faxel.

— Même si c'est le cas, tu crois qu'elle acceptera d'en parler avec toi ?

— Nous avons toujours eu de bonnes relations. Si j'insiste en lui disant qu'il s'agit d'une information capitale, elle se montrera coopérative.

Elle rassembla les photographies, et laissa sur le dessus celle qui les intéressait.

— Quelque chose me tracasse, dit-elle.

— Quoi donc ?

— Quand Adam est venu me voir, il m'a laissé entendre qu'il t'avait engagé pour chercher des preuves contre Faxel. Il m'a même dit que tu n'avais rien trouvé et qu'une enquête comme celle-ci prendrait du temps. Pourquoi m'a-t-il menti ?

Frank haussa les épaules.

— Il avait probablement honte d'avouer que sa jeune et jolie femme le trompait après un an de mariage.

Possible. Adam était un homme orgueilleux.

— De plus, ajouta Frank, il voulait te convaincre de l'aider. Ça s'appelle manipuler un témoin. Adam était très fort pour ça.

L'idée déplut à Jenna.

— Moi, j'appelle ça mentir.

— Les avocats sont également formés pour contourner les règles.

Elle sourit.

— Et toi, Frank ? Il t'est déjà arrivé de les contourner ?

Il eut un petit rire.

— Si tu permets, je sors mon joker, pour cette question.

Comme elle reposait les photos sur la table, il désigna du doigt le tatouage.

— Tu pourrais me faire un agrandissement de ce truc-là ? demanda-t-il.

— Bien sûr ! Quelles dimensions ?

— 13 x 18, ça ira.

— J'ai un rendez-vous assez tôt, demain matin. Je peux la déposer à ton agence, en passant. Il y aura quelqu'un vers 8 heures ?

— Tanya sera sûrement là. Sinon, tu n'auras qu'à la glisser sous la porte.

Il se leva comme s'il s'apprêtait à prendre congé.

— En avons-nous terminé en ce qui concerne le boulot ?

— Il me semble, oui.

Elle ne savait pas pourquoi, mais elle n'avait aucune envie de le laisser partir.

— Dans ce cas, pourquoi ne pas sceller nos retrouvailles autour d'un bon poulet *paprikas* ? dit-il en humant l'air. A condition qu'il y en ait assez pour deux, bien sûr !

Jenna sourit.

— Magdi n'a jamais su cuisiner pour une seule personne.

16.

Jenna avait retrouvé une bouteille de saint-émilion — un cadeau de Noël encore emballé. Frank allait et venait avec aisance, comme s'il avait toujours habité là. Il déboucha la bouteille, trouva les verres dans le placard et leur servit du vin. Ils s'installèrent à la table de la cuisine, face à face. Frank avait de longues jambes, et leurs genoux se touchaient.

— Je suggère de porter un toast, dit-il en levant son verre.

— D'accord, à condition d'éviter le sentimentalisme, répondit-elle.

— Pas de sentimentalisme. Bon…

Il prit une expression songeuse.

— Que dirais-tu de « Au prince Metternich et à sa merveilleuse recette à laquelle je dois d'être rentré en grâce » ?

Jenna se mit à rire.

— Je crois que ça ira.

Ils trinquèrent et goûtèrent le vin qui était excellent. Tout comme le poulet de Magdi auquel Frank fit honneur. Pendant qu'il finissait de manger, Jenna sirota son verre en l'écoutant raconter des anecdotes amusantes sur son métier, sa secrétaire et ses stupides clients. Ce tête-à-tête lui rappela leurs longues conversations d'étudiants, à l'époque où ils rêvaient encore de refaire le monde, autour d'une pizza et de quelques bières.

Le vin la détendait. Elle remplit de nouveau son verre.

— Quand as-tu décidé d'ouvrir une agence de détective privé ? demanda-t-elle.

Il marqua un temps d'hésitation avant de répondre.

— Il y a deux ans, quand j'ai quitté le FBI.

Elle ignorait qu'il avait fait partie du FBI... La surprise dut se lire sur son visage, car Frank éclata de rire.

— Qu'est-ce qu'il y a ? Je n'ai pas le profil d'un agent fédéral ?

Elle mit quelques secondes à se ressaisir.

— Ce n'est pas ça. J'ai toujours pensé que tu étais capable de réussir dans n'importe quel domaine. Mais je n'aurais jamais imaginé que tu travaillerais un jour pour le gouvernement. Je te vois assez mal avec un imper noir et des Ray Ban. La dernière fois que nous avons parlé de nos projets, tu songeais à faire du cirque, souviens-toi.

— Oui, mais, finalement, je me suis rendu compte que je n'étais pas très doué pour le trapèze.

— Alors, tu t'es dit : « Tiens, pourquoi pas le FBI ? »

— Ce n'était pas plus mal qu'autre chose. A l'époque, ils avaient besoin d'agents particulièrement pointus en matière de droit. J'ai essayé. Ça m'a plu. Je suis resté.

— Et pourquoi es-tu parti, ensuite ?

Il se tut et, en dépit de son air calme et tranquille, elle sentit son désarroi.

— On m'a demandé de présenter ma démission, dit-il enfin.

Cette révélation la surprit encore plus que sa décision

d'entrer au FBI. Que s'était-il passé pour qu'on exige son départ ?

— Qu'as-tu fait, après ça ? demanda-t-elle. Et ne me raconte pas que tu as vendu des secrets à l'ennemi, parce que je ne te croirais pas, ajouta-t-elle en souriant.

Il dégusta sa dernière bouchée de poulet en silence.

— Tu connais mon oncle Vinnie ? dit-il enfin.

Jenna se souvenait d'un homme petit et maigre, aux mains carrées, doté d'un grand sens de l'humour et cultivant une véritable passion pour la cuisine italienne.

— Le mécanicien ?

— Oui. Mais il ne s'occupe plus du garage. Son fils, Marty, a pris la relève.

— Je l'imagine mal en retraité inactif.

— Et tu as raison. Il y a deux ans, l'un de ses amis — Johnny Caruso — a fait appel à lui pour le seconder dans une société de débarras. Mon oncle commençait à s'ennuyer ferme, depuis qu'il ne travaillait plus. Il a aussitôt accepté. Il ne regrette pas. Il est aussi heureux que lorsqu'il dirigeait son garage.

— Pourquoi est-ce que tu me racontes tout ça ? Quel rapport avec ton départ du FBI ?

— Lorsque Johnny avait démarré son affaire, quarante ans plus tôt, il avait un associé. Pas n'importe qui. Un membre de la mafia, Sonny Giordano.

— Sonny Giordano ? Le poisson ?

Sonny Giordano était une canaille de la pire espèce, qui avait gagné ce surnom le jour où il avait failli se noyer dans l'East River, à la suite d'un affrontement avec une bande rivale. L'histoire avait captivé l'Amérique des semaines durant. A présent, Sonny était vieux et malade, mais quand on parlait des durs de la mafia, on citait toujours son nom.

— Qu'est-ce que tu peux savoir de lui ? demanda Frank. Tu n'avais que neuf ou dix ans quand on l'a repêché dans le fleuve.

— Les petites filles ont les oreilles qui traînent. Je ne faisais pas exception à la règle.

— Eh bien, il n'y a pas que les petites filles. Les fédéraux aussi. Quand ils ont appris que mon oncle s'occupait d'une société que la mafia avait en partie financée, ils ont réclamé ma démission.

— Mais pourquoi, puisque Giordano n'était plus l'associé de Johnny ?

— Ils n'étaient plus associés, mais ils étaient toujours amis.

— Vinnie sait que le FBI t'a mis ce marché en main ?

— Je ne lui en ai jamais parlé. Il se serait senti coupable.

Jenna le regarda boire une gorgée de vin. Elle s'était trompée à son sujet. Il n'avait pas changé. Il se montrait toujours attentionné et plein de délicatesse envers ceux qu'il aimait. Elle était touchée qu'il lui eût fait cette confidence.

— Tu t'es donc retrouvé sans travail.

— Avec un gamin de douze ans à élever.

Jenna reposa son verre.

— Tu as un fils ?

Son visage s'éclaira d'un large sourire.

— Ça t'étonne, hein ?

— Si je me souviens bien, fonder une famille ne faisait pas partie de tes priorités.

— Tout le monde évolue.

Elle le regardait fixement, comme si elle le découvrait sous un jour totalement nouveau. Elle avait du mal à l'imaginer en père.

— Parle-moi de lui, demanda-t-elle d'une voix douce, presque tendre.

— Il s'appelle Danny, dit-il, rayonnant de fierté. Il a quatorze ans, il travaille bien à l'école et c'est un sacré joueur de hockey.

— Je vois. Il a de qui tenir.

— Il est bien meilleur que moi, tu peux me croire.

— Et sa mère ?

— Elle vit à Milan, avec un cycliste italien.

Jenna fit un rapide calcul. Le fils de Frank avait quatorze ans, cela signifiait qu'il avait rencontré sa femme peu de temps après son départ de New York. Il s'était bien vite consolé… Elle ne put résister à poser la question qui lui brûlait les lèvres.

— Tu étais amoureux d'elle ?

Il parut quelque peu désorienté, et hésita un instant avant de répondre :

— Je l'ai cru, en tout cas. Mais je ne l'aurais pas épousée, si elle n'avait pas été enceinte.

Il avait fini de manger, et il repoussa son assiette.

— Après une année de vie commune, j'ai commencé à me rendre compte que nous n'avions pas grand-chose en commun. Même un deuxième enfant n'aurait pas suffi à nous rapprocher. Ne te méprends pas, ajouta-t-il, je ne regrette rien. Sans Denise, je n'aurais jamais eu Danny. Je lui serai toujours reconnaissant pour ça.

Jenna trouvait scandaleux qu'une mère abandonne son enfant pour suivre un amant, mais elle ne fit aucun commentaire.

— Danny a des contacts fréquents avec sa mère ? demanda-t-elle.

— Elle l'appelle tous les quinze jours, et elle vient le voir une fois par an. Elle voudrait qu'il passe l'été prochain en Italie.

— Tu es d'accord ?

Elle ouvrit la boîte de beignets aux pommes, et plongea la main à l'intérieur. Frank avait raison. Ils avaient l'air fameux.

— J'ai émis quelques réserves. La plupart motivées par des sentiments égoïstes, je l'avoue. Mais si Danny veut vraiment y aller, je ne m'y opposerai pas.

— La séparation a dû être pénible pour lui, dit Jenna en lui tendant la boîte.

— Au début, oui, répondit-il en se servant. C'est pour ça que je suis revenu m'installer ici, chez mon oncle Vinnie. A New York, il est entouré de gens qui s'occupent de lui et qui l'aiment.

Il sourit, et se laissa aller contre le dossier de sa chaise.

— Et toi ? Tu voulais une demi-douzaine d'enfants, si mes souvenirs sont bons. Que s'est-il passé ?

Elle n'aurait jamais cru pouvoir résumer quinze ans de sa vie en trente minutes, mais le vin l'y aida. Et elle n'oublia rien.

— Je suis désolé pour Elaine, dit Frank quand elle eut terminé. J'ignorais qu'elle était morte.

Il tendit ses mains par-dessus la table, et prit celles de

Jenna. Elle ne s'était pas attendue à un geste aussi tendre et intime, mais cela lui fit du bien.

Au bout d'un moment, il reprit la parole.

— Tu as eu des aventures… depuis Adam ?

C'était le genre de question que posaient généralement les amis très proches… ou les amants. Mais elle n'en fut pas choquée.

— Rien de très important. Je crois que je suis devenue experte.

Un petit sourire apparut au coin des lèvres de Frank.

— En hommes ?

— En relations qui ne mènent à rien.

17.

Frank s'en alla un peu après 22 h 30, et Jenna jugea qu'il n'était pas trop tard pour appeler Claire Peabody. Si Adam avait eu des contacts récents avec Faxel, Claire le saurait.

Elle avait conservé son numéro de téléphone sur un vieux calepin, mais elle ignorait s'il était toujours d'actualité.

— Claire ? C'est Jenna Meyerson.

— Oh, Jenna !

La secrétaire d'Adam paraissait au bord des larmes, et Jenna n'en fut pas surprise. Claire avait toujours eu une sorte de vénération pour Adam.

— Je suis si heureuse de vous entendre !

— J'aurais dû appeler plus tôt, dit Jenna. Je suis désolée.

— Il me manque tellement !

Il y eut un sanglot étranglé à l'autre bout du fil.

— Je m'en doute, Claire. On vous a attribué un autre poste ?

— Je vais travailler avec Dave Black. Il dirigera le cabinet d'avocats de Global dans quelques semaines. Sa secrétaire part en congé de maternité. Ensuite, quand elle reviendra, je ne sais pas où j'irai.

— Je suis certaine que vous aurez toujours une place à

Global Access. Vous êtes trop précieuse pour qu'ils envisagent de se passer de vous.

— Merci, dit Claire en reniflant.

Jenna lui laissa quelques secondes pour se reprendre.

— Claire, dit-elle, pourrais-je vous poser une question ?

— Bien entendu.

— Vous n'aviez rien remarqué, au bureau, ces derniers temps ?

— Je ne vois pas ce que vous voulez dire, répondit Claire d'un ton circonspect.

— Est-ce qu'Adam a eu des contacts avec des gens que vous ne connaissiez pas ? Est-ce qu'il avait un comportement étrange ? Est-ce qu'il vous a semblé préoccupé ?

Il y eut un blanc. Jenna s'agita sur sa chaise.

— Votre réponse pourrait se révéler déterminante, Claire.

— Déterminante pour quoi ?

— Pour retrouver l'assassin d'Adam.

— Je croyais que la police connaissait le meurtrier.

— Je ne suis pas persuadée qu'ils tiennent le bon.

Un autre silence, puis :

— Je ne peux pas vous aider, Jenna. Je regrette.

— Claire, je vous en prie ! Vous étiez sa secrétaire privée, son bras droit. Vous étiez sûrement au courant de tout.

— J'étais au courant de certaines choses, mais pas de tout. Et je ne suis pas du genre à écouter aux portes.

— Je sais. Ce n'est pas ce que j'ai voulu dire.

Autre silence, encore plus long. Jenna sentit qu'elle hésitait, et s'engouffra dans la brèche.

— Vous voulez qu'on arrête l'assassin d'Adam, n'est-ce pas ?

— Oui. Je le souhaite plus que tout.

— Alors, aidez-moi. Dites-moi ce que vous savez.

Une brève hésitation, puis Claire lâcha d'une voix découragée :

— M. Black m'a demandé une copie de tous les dossiers qu'Adam conservait sur son ordinateur. Et là, j'ai découvert quelque chose d'étrange.

Jenna frissonna d'excitation.

— Quoi ?

— C'est trop compliqué pour que je vous l'explique par téléphone.

— Vous avez imprimé ces dossiers ou ils sont uniquement sur l'ordinateur d'Adam ?

Claire se mit à chuchoter, comme si elle craignait que quelqu'un n'écoute leur conversation.

— Sur l'ordinateur, ils n'existent plus.

Les espoirs de Jenna fondirent comme neige au soleil.

— Oh, Claire, mais c'était peut-être important !

— J'en ai fait une copie. Je l'ai avec moi.

Jenna poussa un long soupir, et se leva. Peu lui importait l'heure. Elle n'hésita pas une seconde.

— J'arrive tout de suite, dit-elle.

Claire Peadoby était une assistante exceptionnelle, à la fois efficace, dévouée et discrète. Mère célibataire, elle avait élevé seule ses deux garçons, et habitait toujours le modeste appartement dans lequel elle avait vécu avec eux pendant vingt-cinq ans. Jenna l'avait tout de suite appréciée, et n'avait jamais eu à réviser sa première impression.

Claire avait dû la guetter, car elle l'attendait devant l'ascenseur. C'était une petite femme sans charme, aux cheveux bruns toujours bien coiffés et aux yeux un peu trop rapprochés. Elle l'accueillit avec un air accablé.

Elles se jetèrent dans les bras l'une de l'autre, et se donnèrent une longue accolade.

— Je suis heureuse que vous soyez venue, dit Claire. Je n'arrêtais pas de tourner tout ça dans ma tête.

— Expliquez-moi.

— Il vaut mieux que je vous montre.

Jenna la suivit dans le salon où un ordinateur portable était installé sur la table en acajou, près d'une imprimante et d'un tas de factures. Claire sortit une disquette de sa poche.

— Ça fait deux jours que je garde ce truc sur moi sans savoir qu'en faire.

Elle se pencha sur l'ordinateur, inséra la disquette et tapa le mot de passe : *Idiot*.

— C'est le surnom qu'Adam donnait à un juge qu'il ne portait pas dans son cœur, expliqua Claire en souriant. Il ne s'agissait pas de Sam, bien sûr, ajouta-t-elle.

Une carte du monde s'afficha à l'écran. La Russie y apparaissait en rouge, ainsi que plusieurs autres pays. Les Etats-Unis, eux, figuraient en bleu, et le reste des territoires, en jaune. On avait tracé un trait reliant New York à Nauru, une île du Pacifique Sud dont Jenna n'avait jamais entendu parler, puis aux îles Caïmans, puis à Londres. Une autre ligne, verte celle-là, circulait entre Londres, Moscou et le Yémen.

D'après la légende, les pays en rouge — Russie, Nauru,

Indonésie, Nigeria — accueillaient favorablement le blanchiment d'argent. Sous la carte, un texte détaillait la procédure à suivre pour faire sortir clandestinement de l'argent sale des Etats-Unis. Jenna se mit à lire.

Monsieur X veut sortir de son pays de l'argent dont il cherche à cacher la provenance et l'existence au fisc. Il ouvre un compte à la banque de Nauru et y verse une certaine somme. Cette banque ouvre à son tour un compte dans une banque londonienne et y verse l'argent de monsieur X. Officiellement, le compte appartient à la banque de Nauru, mais monsieur X possède un chéquier, ainsi que l'autorisation d'effectuer des transferts de compte à compte et de retirer ou verser du liquide depuis n'importe quel point du monde. Concrètement, l'argent se trouve à Nauru, mais toutes les opérations techniques passent par la Grande-Bretagne. Impossible de remonter la filière : on se heurte à la législation de Nauru sur le secret bancaire.

Jenna leva les yeux vers Claire qui se tenait debout devant elle.

— Vous croyez qu'Adam cachait de l'argent à l'étranger ?

Claire paraissait vraiment malheureuse.

— Il n'aurait jamais fait ça, Jenna. Adam était l'un des hommes les plus honnêtes que j'aie connus.

Des larmes roulèrent sur ses joues.

— Mais je ne sais pas quoi faire de ce document. Je l'ai emporté sans réfléchir. J'étais tellement bouleversée par la mort d'Adam…

— Avez-vous parlé de cela à quelqu'un ?

Claire secoua la tête.

— Un certain inspecteur Stavos est venu nous interroger, au bureau. Mais je ne lui ai rien dit.

Elle se tamponna les yeux avec un mouchoir.

— Je n'ai pas pu.

Elle renifla et désigna du doigt l'écran de l'ordinateur.

— Ce n'est pas tout, dit-elle.

Jenna fit défiler le document et lut la suite.

On soupçonne Bratstvo, une puissante organisation mafieuse russe possédant des ramifications dans le monde entier, et notamment aux USA, d'avoir versé de l'argent depuis les Etats-Unis pour des camps d'entraînement d'al Qaida basés au Yémen. Le FBI a déjà mené une enquête approfondie qui n'a rien donné.

Bratstvo... La mafia russe... Adam avait eu l'occasion, lorsqu'il travaillait encore au bureau du procureur, de monter des dossiers d'inculpation pour des malfaiteurs suspectés d'appartenir à *Bratstvo*. Il connaissait le sujet.

On estimait que *Bratstvo* — le mot signifiait fraternité en russe — comptait environ vingt-cinq mille membres, implantés sur les divers continents.

Les cerveaux résidaient à Moscou, et des lieutenants relayaient leur autorité dans chacune des filiales. La branche américaine, la deuxième par son importance après celle de l'Asie, était basée à Brighton Beach, dans cette banlieue de Brooklyn où les émigrés russes étaient, à présent, si nombreux qu'on l'avait surnommée la Petite Odessa. Mais les dirigeants locaux de *Bratstvo* n'étaient pas connus des services de police. Jenna se souvenait que son père avait offert, un jour, à un émigré russe arrêté pour trafic de drogue sa liberté et la restitution de ses biens, contre le nom de son patron. L'homme avait préféré faire six ans de prison et perdre l'équivalent de cinquante millions de dollars.

Comme toutes les organisations criminelles, *Bratstvo* dissimulait ses activités frauduleuses derrière des façades légales. Ses revenus provenaient en grande partie de l'extorsion de fonds, de la vente d'armes, de la drogue, de la prostitution et de la fraude aux cartes de crédit. *Bratstvo* avait déjà créé de sérieux problèmes en piratant les sites de vente sur le Web pour se procurer des numéros de cartes bleues et infiltrer les sites bancaires. Les businessmen russes investissant de l'argent sale dans les compagnies américaines étaient de plus en plus nombreux et menaçaient de gangrener le monde des affaires.

Jenna ne quittait pas l'écran des yeux.

— Adam avait repéré un gros poisson. Mais qui ?

Elle leva les yeux vers Claire.

— Vous avez une idée ?

— Non, dit Claire en essuyant son visage plein de larmes. Mais, tout à l'heure, au téléphone, vous m'avez demandé si je n'avais rien remarqué de bizarre dans son comportement.

— Oui ?

— Il y a quelques semaines, il m'a confié qu'il craignait de perdre sa place. Le fils du directeur général, un diplômé en droit de Harvard, a été récemment embauché dans la compagnie. Il brigue la direction du département juridique et prétend vouloir y apporter du sang neuf. Adam était furieux de cet abus de pouvoir.

Jenna demeura songeuse. Si Adam était sous pression et craignait de se faire virer, il avait sûrement pensé que l'affaire Faxel lui permettrait de prouver sa valeur.

— Est-ce qu'Adam vous a parlé de la société Faxel ?

— Oui. Mais rien de spécial. La rivalité habituelle : la course à la nouveauté, les efforts que nous devions faire pour rattraper leur avance technologique.

Jenna s'intéressa de nouveau à la carte qui apparaissait sur l'écran.

— Vous savez qu'il est venu au vernissage de mon exposition, lundi soir ?

— Oui. Il m'avait prévenue qu'il y passerait en rentrant.

— Ce soir-là, il m'a confié qu'il soupçonnait Faxel d'être mêlé à des affaires frauduleuses, mais sans me dire lesquelles.

— Il ne m'en a jamais parlé.

— Vous ne vous souvenez pas d'avoir vu passer quelque chose à ce sujet ? Un document, un dossier ?

— Non, mais s'il a eu connaissance d'un élément trop sensible, il a très bien pu le saisir et l'archiver lui-même.

Son regard glissa vers l'écran.

— Comme il l'a fait pour celui-ci.

— Et où aurait-il pu cacher un tel élément ?

— Je n'en sais rien. En tout cas, pas dans son ordinateur. J'ai tout vérifié.

Elle se mordit la lèvre inférieure.

— S'il est dans ses affaires, je dois pouvoir le retrouver.

La main toujours posée sur la souris, Jenna leva les yeux vers elle.

— Comment ferez-vous ?

— J'ai encore un double des clés de son bureau, et je n'ai pas fini de copier tous les dossiers que M. Black réclame. Je pourrais fouiller son placard pendant mon heure de pause.

Jenna n'était pas emballée par cette idée. Elle ne voyait

pas l'austère Mme Peabody en train de jouer les espionnes. Sans compter qu'on pouvait la surprendre.

— Il n'en est pas question, Claire. C'est trop dangereux.

— Pourquoi ? Si quelqu'un vient, je dirai que j'obéis aux directives de M. Black. Ça paraîtra on ne peut plus normal.

— Si on s'aperçoit que vous cherchez autre chose, vous risquez de perdre votre emploi.

— Personne ne s'en apercevra.

Plus que tout, Jenna avait envie de savoir si, oui ou non, il y avait une chance que Faxel soit impliqué dans le meurtre d'Adam. Mais elle ne voulait pas que Claire en paye les conséquences.

— C'est hors de question, répéta-t-elle.

— Je tiens à le faire, dit Claire en pressant sa main fermée contre sa poitrine. Adam n'était pas seulement pour moi un patron adorable, le meilleur que j'aie jamais eu. Il était aussi un ami. L'année dernière, il a aidé mon fils Joey, qui avait perdu son travail, à repartir du bon pied. Quand Jacob a eu besoin d'une lettre de recommandation pour entrer à l'école de l'armée de l'air, il a aussitôt appelé un sénateur qu'il connaissait. Des services comme ça, on ne les oublie pas. Et on a rarement l'occasion de les rendre. Je veux vous aider à retrouver son meurtrier. Je lui dois bien ça.

Jenna se tut. Adam était un être généreux, qui aidait volontiers son prochain. Elle avait toujours admiré cette qualité chez lui.

— Je m'en sortirai très bien, affirma Claire. Je vous appellerai demain midi pour vous dire ce que j'ai trouvé. Nous pourrions même déjeuner ensemble, si vous voulez.

Il suffisait de regarder Claire pour comprendre qu'elle avait déjà pris sa décision et qu'il n'aurait servi à rien d'essayer de la faire changer d'avis.

— Très bien, dit Jenna avec réticence. Rendez-vous demain au High Noon Café, sur la place Herald. C'est à quelques pâtés de maisons de Global Access. 12 h 30, ça vous va ?

— J'y serai. De toute façon, je vous appelle pour vous tenir au courant. Vous avez un téléphone portable ?

Jenna nota son numéro sur un bout de papier.

— Je vous en prie, soyez prudente ! dit-elle en le lui tendant. Si vous n'êtes pas seule dans le bureau, cantonnez-vous à la tâche que vous a assignée M. Black.

— Ne vous inquiétez pas.

Jenna éjecta la disquette de l'ordinateur.

— Je voudrais la conserver quelque temps, dit-elle. Ça ne vous dérange pas ?

Claire paraissait, au contraire, soulagée.

— Prenez-la, répondit-elle. Bon débarras.

Une fois rentrée chez elle, Jenna alluma son ordinateur pour relire le contenu de la disquette.

Le nom de Faxel n'apparaissait nulle part, mais la société pouvait faire partie des entreprises infiltrées discrètement par *Bratstvo*. L'argent de la pègre qui transitait par Moscou servait à financer des groupes terroristes au Yémen — comme le suggérait la ligne verte de la carte —, mais peut-être aussi dans d'autres pays.

Elle songea à prévenir Marcie, puis se ravisa. Mieux valait attendre le résultat des recherches de Claire. Une fois qu'elle aurait réuni suffisamment de preuves contre Faxel, elle les remettrait aux autorités.

Quand le coucou de l'horloge sonna minuit, Jenna se sentait épuisée. Elle eut tout juste la force de se brosser les dents et de se démaquiller, avant de se glisser dans son immense lit, sous sa couette bien chaude, et de poser avec délice la tête sur l'oreiller.

Sa dernière pensée avant de s'endormir fut pour Frank. Il lui avait donné un baiser presque fraternel, en partant. Rien à voir avec un autre baiser qu'elle n'avait pas oublié et qui lui avait mis la tête à l'envers. Elle se demanda si elle n'aurait pas préféré celui-ci…

Elle s'endormit avant d'avoir trouvé la réponse.

18.

Depuis plus de vingt ans, on venait se faire tatouer chez Carlos Diaz, à Skin Deep, sur la 47e Rue Ouest. Carlos dessinait lui-même ses modèles. Il considérait son métier comme un art, et prétendait que ses tatouages permettaient à ses clients de se démarquer du commun des mortels.

Carlos et Frank s'étaient rencontrés au sortir de l'adolescence, dans un bar, au cours d'une bagarre. Frank pratiquait alors le kick-boxing, et il avait défendu Carlos contre un malabar qui fonçait sur lui avec une bouteille de bière à la main.

Depuis, les deux hommes s'étaient liés d'amitié et se rencontraient de temps à autre pour partager une bière et une partie de billard.

— Salut ! s'exclama Carlos en voyant entrer Frank. Ça fait plaisir de te voir.

Frank sourit. Carlos était petit, trapu, et portait une longue queue-de-cheval brune. Il était lui-même un fervent adepte du tatouage, et il ne restait plus que vingt pour cent d'espace vierge sur sa peau.

— Tu t'es enfin décidé à me confier ton superbe corps ? lança-t-il avec un grand sourire. Justement, j'ai quelque chose de bien pour toi.

Il montra à Frank deux dessins exposés en vitrine. L'un

représentait une blonde bien roulée dans une tenue de combat, et l'autre un avion militaire déchargeant une cargaison de belles nanas sur un cuirassé.

— Ces deux-là sont nouveaux. Je suis sûr qu'ils font vibrer ta fibre patriotique.

Frank leva les mains.

— Jamais de la vie ! répondit-il.

Carlos ricana.

— C'est vrai, j'avais oublié ! Tanya m'a confié que tu avais peur des aiguilles.

— Pas du tout ! Tanya raconte n'importe quoi.

Carlos allongea ses bras sur le comptoir.

— Si tu ne viens pas pour mon talent, qu'est-ce qui t'amène ?

Frank lui montra l'agrandissement du tatouage que Jenna avait déposé à son agence, un peu plus tôt dans la matinée.

— Tu as déjà vu ça ?

Carlos l'étudia attentivement.

— Non. C'est pas du tout mon genre.

— Tu as une idée de la provenance ?

— Je peux essayer de me renseigner.

— Ça me rendrait service, vieux. Merci.

Carlos prit la photo.

— Tu me la laisses ?

— Oui, j'en ai une autre.

Il donna une bourrade à son ami.

— Merci, c'est vraiment chic, lui dit-il.

— C'est normal, répondit Carlos. T'es un ami.

Il cligna de l'œil.

— Et un futur client.

En sortant de Skin Deep, Frank aperçut un camion où l'on vendait des beignets à la confiture — le péché mignon de l'inspecteur Stavos. Il traversa la rue et en acheta une douzaine. Puis, son paquet sous le bras, il prit un taxi pour le commissariat de Central Park en espérant que cela suffirait à amadouer l'intraitable Stavos.

Lorsqu'il pénétra dans le département des homicides, il trouva Stavos en train de taper laborieusement un rapport avec deux doigts.

— Salut, Paul ! lança-t-il.

Stavos leva les yeux sur la boîte de beignets que Frank posait sur son bureau. Il s'adossa lentement au dossier de son fauteuil.

— Depuis quand fais-tu le lèche-cul ?

— Quoi ? On n'a pas le droit d'avoir un petit geste d'amitié et de reconnaissance pour l'inspecteur le plus doué de New York ?

— En échange de quoi ?

— T'es un vrai rabat-joie, Stavos. Tu gâches la beauté de mon geste.

— Ton geste, il pue le bakchich.

Il regarda Frank s'asseoir.

— Pas la peine de t'installer. Je pense que tu ne vas pas rester longtemps.

Frank ne se laissa pas démonter par l'accueil maussade de l'inspecteur. Les deux hommes avaient travaillé plusieurs fois sur les mêmes affaires. Stavos n'avait sans doute pas une grande affection pour les privés, mais il éprouvait du respect pour Frank, et c'était réciproque.

— Prends donc un beignet, Paul. Un peu de sucre, ça remonte le moral et adieu la mauvaise humeur.

— Qu'est-ce que tu veux, Renaldi ?

— Juste une petite information.

L'inspecteur se remit à taper son rapport.

— Si c'est au sujet de l'affaire Adam Lear, il n'en est pas question.

— Allez, Paul ! Je n'ai pas l'intention de te mettre des bâtons dans les roues. Je pourrais même t'aider.

— Je n'ai pas besoin de ton aide.

— De toute façon, l'affaire est résolue. Vous tenez le meurtrier. Tu l'as dit toi-même, hier soir, à la conférence de presse.

— Exact. Alors, qu'est-ce que tu fais ici ?

— J'aurais voulu jeter un coup d'œil au rapport de police.

Stavos cessa de taper et éclata de rire.

— Vous, les fédéraux, vous êtes tous pareils. Même quand vous ne faites plus partie de la maison, vous vous croyez tout permis.

— Je ne me mêle jamais des affaires de la police, tu le sais bien.

— Et en ce moment ? Qu'est-ce que tu fais ? Tu viens ici la gueule enfarinée, avec ta boîte de beignets dégueulasses, en pensant qu'on va faire tes quatre volontés. Tu te trompes. Ici, c'est moi qui commande.

— Je ne sous-estime pas ton autorité, crois-moi. Mais Adam était mon ami, bon sang ! C'est tout de même normal que je veuille savoir qui l'a tué !

— Nous avons déjà son assassin.

— Je n'en suis pas aussi sûr que toi.

— Merde ! Tu ne vas pas t'y mettre, toi aussi !

Il s'était levé, l'air furieux. Deux inspecteurs le regardaient avec curiosité.

— Tu lui as parlé ? C'est elle qui t'envoie ?

— Qui ça ? demanda Frank en prenant un air innocent.

— Ne te fiche pas de moi ! Tu sais très bien de qui je veux parler. Elle est venue, hier, pour identifier Ballard, et elle m'a fait tourner en bourrique. Elle était incapable de se rappeler le visage du tueur, mais elle affirmait que ça ne pouvait pas être lui. Et tu sais pourquoi ?

— Non, répondit Frank.

— L'odeur ne correspondait pas, figure-toi ! dit Paul en prenant une voix efféminée.

Frank eut toutes les peines du monde à ne pas rire.

— T'as déjà entendu une connerie pareille ? Un clodo, c'est un clodo. Ils puent. C'est tout.

— J'en sais rien. Elle n'a peut-être pas tort.

Paul eut un geste vague de la main.

— Cesse de me faire perdre mon temps, Renaldi. Fiche le camp d'ici !

Frank ne bougea pas.

— Je suis sérieux, Paul. Et si elle avait raison ? Tu as peut-être arrêté Ballard un peu vite.

Stavos poussa un véritable rugissement.

— Ça fait vingt-huit ans que je travaille dans les forces de police, dont vingt à la criminelle. Ne me dis pas que j'ai arrêté Ballard un peu vite ! Nous avons des preuves. Si tu avais mieux écouté la conférence de presse, tu le saurais.

— Et si tu n'avais pas été si pressé d'arrêter le coupable,

tu te serais probablement rendu compte qu'une erreur s'est glissée dans ton raisonnement. Réfléchis. Cet homme n'a pas d'alibi, personne pour témoigner en sa faveur, et tu trouves dans ses affaires non seulement la montre en or de la victime mais son argent, sa carte de crédit et l'arme du crime. Ça arrive combien de fois, dans une vie de flic, un truc aussi bien ficelé ?

Stavos se hérissa.

— Les empreintes de Ballard étaient sur le couteau.

Frank feignit la surprise.

— Tu veux dire qu'il n'a même pas eu le bon sens de l'essuyer ? Il a glissé le couteau sous sa couverture sans effacer ses empreintes, et il a attendu tranquillement que vous veniez l'arrêter ?

Il secoua la tête.

— Tu dois mener une vie irréprochable, Stavos, pour que le ciel te favorise à ce point. De toute ma vie de flic, je n'ai jamais eu autant de chance.

— Tu devrais peut-être changer de boulot... Tu y as déjà réfléchi ?

— Je suis incompétent, mais je détiens une information qui pourrait changer le cours de cette enquête.

Ils furent interrompus par des cris venant du couloir.

— Qu'est-ce que c'est que ce bordel ? dit Stavos en faisant le tour de son bureau.

Il rejoignit en quelques enjambées l'endroit d'où provenait le vacarme.

— Qu'est-ce qui se passe ? demanda-t-il.

Un agent en uniforme tenait une femme par le bras.

— Elle essayait de se faufiler du côté des cellules, inspecteur, et quand je lui ai demandé de partir, elle m'a donné des coups de pied.

— Il m'a pincé les fesses ! cria l'interpellée en relevant le menton, comme si elle mettait l'inspecteur au défi de la contredire. C'est comme ça qu'on traite les femmes dans la police ?

L'agent devint écarlate.

— Inspecteur, je vous jure… Jamais je…

Stavos arrêta son plaidoyer d'un geste.

— Que fais-tu ici, Estelle ?

Frank comprit que cette femme était le témoin oculaire de Stavos, celle que Jenna avait rencontrée dans Central Park.

— Je suis venue voir mon ami Roy, dit-elle. L'autre jour, vous m'avez dit que j'avais le droit.

— C'est vrai, mais la donne a changé, depuis. Roy n'est plus un simple suspect, désormais. Seuls son avocat et sa famille sont autorisés à le voir.

— Il n'a pas de famille. Et je suis sa seule amie.

Mais Stavos ne l'écoutait plus. Il fronçait les sourcils en contemplant son caban. Ce drapeau américain épinglé sur le revers…

— Où avez-vous eu cette veste ? demanda-t-il brusquement.

Estelle croisa les bras sur sa poitrine, et se détourna légèrement, comme si elle craignait que Stavos ne la lui prenne.

— Je ne l'ai pas volée, si c'est ce que vous voulez savoir.

— Je veux savoir où vous l'avez eue.

— Une amie me l'a donnée.

Stavos paraissait à bout de patience.

— Est-ce que cette amie ne serait pas Jenna Meyerson, par hasard ?

Il avait prononcé le nom avec animosité.

— Pourquoi cette veste serait-elle celle de Jenna ? intervint Frank.

— Elle portait la même quand elle est venue me voir, hier.

— Elle n'est pas la seule à posséder un caban noir, j'imagine.

— C'est le sien, j'en suis certain. Je reconnais le pin's sur le revers. C'est bien ça, Estelle ? C'est bien Jenna Meyerson qui vous a fait ce généreux cadeau ?

— Et après ? dit-elle.

Stavos se détourna, la bouche pincée. Il essayait visiblement de se contenir.

— Putain ! maugréa-t-il. C'est pas croyable.

Puis, se tournant vers Estelle, il demanda :

— Qu'est-ce qu'elle voulait ?

Mais Estelle n'était pas disposée à dire un mot de plus. Elle le contempla d'un air plus méfiant que jamais, et serra les bras sur sa poitrine. Frank comprit que Stavos ne tirerait plus rien d'elle.

Stavos dut s'en rendre compte, lui aussi, car il laissa échapper un grognement de frustration.

— Raccompagnez-la jusqu'à la porte ! ordonna-t-il à l'officier de police. Et assurez-vous qu'elle parte pour de bon.

Il retourna s'asseoir à son bureau.

— Tu vois où on en est, dit-il à Frank. Jenna interroge mon témoin, et elle lui offre un manteau pour lui soutirer des informations !

— Je ne pense pas qu'elle le lui ait donné dans cette intention, répondit Frank.

— Vous marchez ensemble, vous deux, ou quoi ? Vous vous prenez pour Nick et Nora Charles ?

Il plissa les yeux.

— Tu ne sortirais pas avec elle, par hasard ? Si c'était ça, je comprendrais mieux pourquoi tu la défends.

— Bien sûr que non !

Mais Stavos n'était pas idiot.

— En tout cas, conseille-lui de se tenir à l'écart de mon enquête ! dit-il en agitant un doigt menaçant vers Frank. Sinon, je l'envoie tenir compagnie à son copain Roy en cellule.

Il s'assit.

— Revenons à nos moutons, maintenant. Tu prétendais détenir une information inédite sur cette affaire…

— Tu me laisseras voir le rapport, en échange ?

— Quand tu auras craché le morceau.

Frank lui expliqua qu'Adam soupçonnait sa femme d'avoir un amant et qu'il l'avait engagé pour la surveiller. Il lui parla également des rendez-vous d'Amber avec Billy Ray Shaeffer, de son petit voyage à Jersey City, et de la visite de la jeune veuve dans son agence de détective.

Stavos parut soudain calmé. Il prit un stylo et se mit à le tripoter.

— Et alors ? Comment tu la trouves, la veuve ?

— J'ai vu entrer une pauvre femme en détresse et ressortir un vampire assoiffé de sang. Le jour et la nuit.

— On ne peut tout de même pas en conclure qu'elle a tué son mari…

— Bien sûr que non. Mais avoue que ça permet d'envisager

l'affaire sous un nouveau jour. Ça vaudrait le coup de vérifier les soupçons d'Angie Delano. Billy fait peut-être chanter Amber Lear. Ce ne serait pas très compliqué de vérifier si la belle Mme Lear a retiré de grosses sommes en liquide, au cours des dernières semaines. Il suffirait de jeter un coup d'œil sur son compte en banque.

Frank se tut. Paul ne l'écoutait plus. Il paraissait songeur… Brusquement, il se leva, sortit un dossier d'un tiroir de son bureau et le lança négligemment sur une pile.

— Je vais faire un petit tour. Dans dix minutes, quand je reviendrai, je veux que tu sois parti.

Sur le pas de la porte, Stavos se retourna une dernière fois.

— Et ne t'avise pas de toucher aux beignets !

Il sortit. Frank s'assura qu'aucun des inspecteurs ne prêtait attention à lui, et prit le dossier.

Paul avait fait du bon boulot. Il avait interrogé les collaborateurs d'Adam à Global Access, puis ses amis proches. Il s'était également intéressé à son personnel de maison et à sa veuve — une note mentionnait que celle-ci était encore sous le choc et qu'il prévoyait de la revoir après l'enterrement.

Personne n'avait remarqué de changement dans le comportement d'Adam. Sa secrétaire, Claire Peabody, avait semblé particulièrement abattue par la nouvelle de sa mort, mais c'était compréhensible. Elle travaillait pour lui depuis six ans et lui était entièrement dévouée. Les experts n'avaient rien trouvé de particulier dans sa Cadillac, ni autour, dans le garage où il l'avait laissée, le soir de sa mort.

Le dossier contenait également l'interrogatoire de Roy

Ballard. Il se déclarait innocent du meurtre dont on l'accusait, et avait tenté d'expliquer à Stavos comment ses empreintes étaient arrivées sur ce couteau.

— Il y avait un homme assis sur le banc, avait-il dit à Stavos. Il nourrissait les pigeons. Il avait l'air d'un sans-abri, comme nous, alors, quand il m'a interpellé, je suis allé m'asseoir près de lui. Il a sorti un couteau, et il m'a demandé si ça me disait de le tenir dans ma main. J'ai dit oui…

— Pourquoi ? avait demandé Stavos.

— Je n'en sais rien. Pour me montrer aimable, je suppose.

— Vous n'avez pas trouvé bizarre qu'il demande à un étranger de prendre son couteau à la main ?

— Non, avait répondu Roy.

Dans son univers, il arrivait tous les jours des choses plus bizarres que ça.

— Et comment expliquez-vous la présence de la montre, de l'argent et de la carte de crédit de la victime dans vos affaires ?

— Je vous ai déjà dit que je ne les avais jamais vus. Je ne sais pas comment tous ces trucs sont arrivés jusqu'à moi.

— Vous n'espérez tout de même pas que je vais croire ça ?

— Si. Parce que c'est la vérité, tout simplement.

Suivaient encore trois pages dans lesquelles Ballard clamait son innocence, pendant que Stavos essayait vainement de le faire avouer. La frustration de l'inspecteur se devinait à la lecture du rapport.

Ensuite venait l'expertise du labo. La mort d'Adam avait été provoquée par une hémorragie interne due à un coup porté à l'estomac par un couteau de combat muni d'une lame d'acier mesurant près de dix centimètres — une arme utilisée pendant la Deuxième Guerre mondiale et qu'il était facile de se procurer. Sur le manche, on avait trouvé deux superbes empreintes appartenant à Roy. Le sang recueilli sur la lame et la couverture de Roy était bien celui d'Adam.

Frank referma le dossier d'un coup sec, et se leva en le lançant sur le bureau de l'inspecteur. Puis il souleva en souriant le couvercle de la boîte de beignets, en prit un, et sortit discrètement.

19.

— Si tu veux mon avis, dit Beckie Hughes, tout en coupant les cheveux de Jenna, c'est le moment. Mets le grappin sur ce type avant qu'une autre ne le fasse.

A trente-quatre ans, Beckie possédait encore le corps ferme et athlétique d'une adolescente, d'immenses yeux verts, des cheveux roux qu'elle relevait négligemment en chignon. Elle avait emménagé dans la maison voisine des Meyerson à l'âge de sept ans, et Jenna s'était liée d'amitié avec cette petite fille bavarde, aux cheveux poil-de-carotte.

Après le lycée, Beckie avait choisi de s'orienter vers la coiffure. A présent, elle possédait son propre salon, le TriBeCa.

— Je ne cherche pas à mettre le grappin sur lui ! lança Jenna avec moins de conviction qu'elle ne l'aurait voulu. D'ailleurs, nous ne pouvons pas nous entendre. Il existe entre nous une incompatibilité.

Beckie suspendit son geste, et jeta un coup d'œil à Jenna dans le miroir.

— Je croyais que vous aviez mangé un poulet *paprikas* ensemble.

— Et alors ? On peut dîner avec un homme sans vouloir sortir avec lui.

— Enfin, il s'est tout de même rappelé que tu aimais les beignets aux pommes ! Tu ne trouves pas ça romantique ?

— Je serais sans doute de ton avis si je cherchais quelqu'un. Mais ce n'est pas le cas. Je serais donc soulagée que nous changions de conversation.

Elle avait dit cela sur un ton péremptoire, en espérant que Beckie abandonnerait. Jenna n'avait jamais aimé parler de ses amoureux, même à sa meilleure amie. Sans doute parce qu'elle savait que les choses finissaient toujours mal pour elle. Mais Beckie était particulièrement têtue.

— Allez… Un beau mec comme lui… Ne me dis pas que tu n'as pas ressenti quelques petits frissons en le découvrant sur le pas de ta porte !

— Pas le moindre frisson.

Jenna se sentait un peu mal à l'aise de mentir aussi effrontément… La sonnerie de son téléphone portable la tira de ce mauvais pas. L'appel venait du bureau d'Adam, et elle croisa les doigts en espérant que Claire avait de bonnes nouvelles.

— Oui, Claire, dit-elle.

— Jenna, je l'ai trouvé !

Claire avait du mal à contenir son excitation.

— Le dossier Faxel ? Vous l'avez trouvé ?

— Oui, dans le coffre d'Adam. Il m'avait donné la combinaison, il y a plusieurs années, mais je n'avais jamais eu l'occasion de m'en servir. J'avais même oublié son existence.

Elle haletait, comme si elle venait de courir un marathon.

— Claire, vous êtes merveilleuse.

— Merci.

Jenna l'entendit fouiller dans des papiers.

— Je serai un peu en retard à notre rendez-vous, reprit Claire. M. Black m'a demandé de rester pour lui taper quelques lettres. Ça ne vous dérange pas si on retarde d'un quart d'heure ?

— Pas du tout. Aucun problème.

Jenna se leva d'un bond.

— Claire a quelque chose à me montrer, dit-elle avec excitation. Il faut que j'y aille.

— Tout de suite ?

— Si j'attends, je ne trouverai jamais de taxi.

— Mais je n'ai pas fini ma coupe !

Jenna se pencha vers le miroir, et fit bouffer ses cheveux humides.

— Voilà, c'est parfait comme ça.

— Je ne suis pas de ton avis. On dirait Cruella De Vil.

Jenna attrapa son sac et planta un baiser sur la joue de son amie.

— Ne t'en fais pas. Je ne révélerai à personne le nom de ma coiffeuse.

Avec un sourire enjôleur, Pincho tendit son café moka à la jolie blonde. Pour avoir déjà parlé avec elle, il savait qu'elle travaillait avec un procureur, qu'elle était célibataire et qu'elle habitait le quartier. Elle s'arrêtait à l'Insomnia tous les matins, mais pas toujours à la même heure, et elle échangeait quelques mots avec lui, tout en prenant un café. Puis elle repartait.

Il avait envie de tenter un rapprochement, de faire plus ample connaissance. On voyait tout de suite, à sa démarche chaloupée et à ses cheveux trop blonds, qu'elle était un super coup.

Mais la secrétaire d'un procureur... Tout de même... Et si elle se mettait à lui poser des questions sur sa vie, à vouloir se mêler de ce qui ne la regardait pas ? Ces gens-là fouillaient dans la vie des autres : ils ne pouvaient pas s'en empêcher. C'était une déformation professionnelle.

Le téléphone sonna, et il reconnut le timbre qu'il avait sélectionné pour les appels adressés à Kravitz. Oubliant la blonde, il fit signe à Ricardo de s'occuper des clients, et s'isola dans l'arrière-boutique.

— Kravitz, dit-il en décrochant.

— J'ai une urgence, fit une voix.

— Je ne prends pas les urgences.

— C'est tout près de chez vous. Vous ne pouvez pas me refuser ça.

— Je dispose de combien de temps pour me préparer ?

— Moins d'une heure. Rejoignez-moi dehors pour les détails. Je suis juste en face.

La place Herald était très connue. Et pourtant, il ne s'agissait que d'un carrefour entre la Sixième Avenue, Broadway et la 34e Rue. L'endroit était devenu célèbre, cent ans plus tôt, au moment de l'implantation de Macy's — le plus grand supermarché du monde, d'après la publicité —, puis on l'avait un peu oublié. Mais la sortie du film *Miracle sur la 34e Rue* l'avait remis à la mode.

Le High Noon Café se trouvait en face du Macy's, à quelques pâtés de maisons seulement de Global Access. Jenna arriva légèrement en retard, car elle n'avait pas trouvé de taxi et s'était résignée à venir à pied.

— Puis-je vous aider, mademoiselle ?

Jenna sourit à la charmante jeune femme qui l'accueillait à l'entrée.

— J'ai rendez-vous avec une amie, dit-elle en parcourant la salle des yeux.

Les tables bistro étaient presque toutes occupées, mais elle ne vit pas Claire.

— J'ai l'impression qu'elle n'est pas encore arrivée.

— Il me reste une table pour deux dans l'arrière-salle, si vous voulez, dit l'hôtesse en désignant un espace du côté du comptoir.

— Ce sera parfait, merci, dit Jenna.

Une serveuse vint prendre la commande, et Jenna prit un club soda. Puis elle attendit, les yeux fixés sur la porte. C'était l'heure du déjeuner, et les clients continuaient à affluer. Certains attendaient, debout, qu'une table se libère, d'autres ressortaient tenter leur chance ailleurs. Un peu après 13 heures, Jenna commença à avoir faim, et commanda la salade du chef. Claire ne se montrait toujours pas… Avait-elle changé d'avis ? Elle paraissait, pourtant, tellement enthousiasmée par sa découverte… si désireuse de la partager… C'était tout de même étrange.

Jenna mangea sa salade distraitement. Plus le temps passait et plus son inquiétude grandissait. Elle vérifia que son téléphone portable fonctionnait, puis, après avoir jeté un coup d'œil à sa montre qui indiquait plus de 13 h 30, elle se décida à appeler Global Access.

Une standardiste lui répondit.

— Global Access. Jinny à l'appareil. Que puis-je faire pour vous ?

Jenna songea qu'il valait mieux ne pas dévoiler son identité.

— Bonjour, dit-elle. J'avais rendez-vous pour déjeuner avec Claire Peabody, et…

— Oh, vous n'êtes pas au courant ? dit la femme d'un ton épouvanté. Mme Peabody est tombée du sixième étage. Elle est morte.

— Quoi ?

Des têtes se tournèrent vers Jenna. Elle n'aimait pas que les gens profitent de ses conversations téléphoniques, mais elle ignora les regards désapprobateurs qui la toisaient avec insistance.

— Ça s'est passé il y a environ une demi-heure, poursuivit la standardiste. Elle venait tout juste de quitter son bureau. Nous ne savons pas exactement comment c'est arrivé, mais…

Elle se mit à pleurer.

— C'est trop affreux !

Jenna était elle-même en état de choc, et elle ne savait pas trop quoi dire. Elle se contenta de remercier la standardiste et de raccrocher. Puis elle resta là, comme assommée. Comme quelques indiscrets s'obstinaient à la regarder fixement, elle fouilla dans son sac, jeta un billet sur la table, et se dépêcha de sortir.

En entrant dans l'immeuble Global Access, Jenna repéra tout de suite le cordon de police qui interdisait l'accès à la cour intérieure. L'homme qui occupait le poste de gardien de jour depuis plus de vingt ans était assis à la réception, le visage décomposé. Jenna le connaissait ; il s'était toujours montré poli et serviable avec elle.

Tout en s'approchant de lui, elle jeta un coup d'œil vers la cour. Elle était entourée de balcons extérieurs jusqu'au sixième étage, où le département juridique possédait une dizaine de bureaux. La lumière qui filtrait par le dôme tombait sur une large tache de sang qui se détachait sur le carrelage de marbre jaune.

— George, dit Jenna en s'éclaircissant la gorge. Je viens juste d'apprendre, pour Claire Peabody.

Le gardien hocha la tête d'un air triste.

— C'est terrible, madame Meyerson. Terrible.

— Comment est-ce arrivé ?

— Je ne sais pas. M. Black est le dernier à l'avoir vue vivante. Il a dit à la police qu'elle était restée pour taper quelques lettres et qu'elle avait prévu de déjeuner un peu plus tard. J'étais assis à mon poste quand j'ai entendu un cri à vous glacer le sang. J'ai bondi de ma chaise et je l'ai vue s'écraser au sol.

Jenna voulut parler, mais elle avait la tête vide.

George baissa la voix.

— Certains prétendent qu'elle s'est suicidée.

Jenna regarda autour d'elle.

— Qui a dit ça ?

Il haussa les épaules.

— Deux secrétaires. Elles pensent que Claire n'avait pas pu reprendre le dessus après la mort de M. Lear.

Jenna ne crut pas une seconde à cette version. Claire ne s'était pas suicidée.

— Quelqu'un l'a vue tomber ? demanda-t-elle.

— Vous savez bien qu'à l'heure du déjeuner, ça ressemble à une ville fantôme, ici. La plupart des employés partent à midi pile et ne reviennent pas avant 13 heures. Je me suis rappelé que j'avais vu un employé de la sécurité grimper l'escalier extérieur, juste avant. Les policiers le cherchent pour savoir s'il avait vu quelque chose, mais je ne sais pas s'ils l'ont trouvé.

Jenna contempla la tache de sang, puis leva les yeux vers le sixième étage. Une demi-douzaine d'employés se penchaient à la balustrade en parlant à voix basse.

Comment Claire était-elle tombée de là-haut ? Jenna ne croyait pas plus à un accident qu'à un suicide. Claire travaillait dans cet immeuble depuis très longtemps… Il fallait être stupide pour croire qu'elle était tombée par inadvertance.

Il ne restait donc qu'une seule possibilité : on l'avait poussée.

Jenna était au bord de la nausée. Elle s'accrocha au comptoir en attendant que son malaise passe. George la dévisagea avec des yeux inquiets, et fit le tour pour lui venir en aide.

— Doucement, dit-il en la conduisant lentement vers une chaise. Il faut vous asseoir… Ça va ? Vous voulez un verre d'eau ?

Elle secoua la tête.

— Je crois que j'ai eu ce qu'on appelle une réaction après-coup. Mais ça va aller, maintenant.

— C'est un choc pour tout le monde.

Jenna se sentit brusquement écrasée par le poids de la culpabilité. Elle se sentait responsable de la mort de Claire. Si elle l'avait empêchée de fouiller dans les dossiers d'Adam, la pauvre femme serait encore en vie.

— Où l'ont-ils emmenée ? demanda-t-elle d'une voix à peine reconnaissable.

— A l'hôpital Eastern.

Jenna se leva précautionneusement, puis elle adressa un pauvre sourire au gardien, tout en lui pressant le bras.

— Merci, George, dit-elle.

— Vous êtes sûre de ne pas vouloir attendre encore un peu ? Vous n'avez pas l'air si bien que ça — si je puis me permettre.

— Ne vous inquiétez pas, ça ira.

Elle lui adressa un bref signe de tête, et s'éloigna rapidement, autant pour se prouver à elle-même qu'elle en était capable que pour le rassurer.

Elle marchait au hasard depuis un moment, lorsqu'elle se rendit compte qu'elle avait pris la direction de la place One Hogan.

20.

Marcie était en conférence avec ses collaborateurs lorsque Jenna se présenta à la porte de son bureau, une demi-heure plus tard.

— Je regrette, madame Meyerson, lui dit la secrétaire, Mme Hollander a laissé des instructions pour qu'on ne la dérange sous aucun prétexte.

— Dites-lui quand même que je veux la voir. Il s'agit d'une urgence.

La femme dévisagea Jenna rapidement, comme si elle essayait d'évaluer la situation.

— Attendez ici, dit-elle enfin.

Elle revint une minute plus tard, suivie de Mme le procureur, laquelle paraissait de méchante humeur.

— J'espère que tu ne me déranges pas pour rien ! dit-elle.

— Claire est morte, bredouilla Jenna.

Marcie la poussa dans son bureau et ferma la porte.

— Mais de qui parles-tu ? Qui est Claire ?

— Claire Peabody. La secrétaire d'Adam. Elle est tombée du sixième étage de l'immeuble Global Access.

Marcie fronça les sourcils. Elle semblait ne pas comprendre que son amie se fût déplacée pour lui annoncer cette nouvelle.

— Tu ne comprends donc pas ? lui demanda Jenna.

Elle se sentait sur le point de craquer.

— D'abord Adam, ensuite sa secrétaire. Ce n'était pas un accident, Marcie. Claire a été assassinée.

Marcie consulta sa montre, puis leva les yeux vers Jenna, comme si elle hésitait entre sa réunion et les élucubrations de la jeune femme.

— Tu ferais mieux de tout m'expliquer depuis le début, dit-elle.

Jenna lui raconta sa rencontre avec Claire. Elle parlait avec précipitation, prenant tout juste le temps de reprendre sa respiration entre deux phrases. L'expression de Marcie changea peu à peu, passant de l'étonnement à l'inquiétude, puis à la colère. Lorsque Jenna eut fini, elle se tut un moment. On voyait qu'elle faisait un effort pour conserver son calme.

— Que faut-il faire pour que tu te tiennes tranquille et que tu nous laisses travailler ? dit-elle enfin. Tu vas trop loin, Jenna. Tu gênes l'enquête de l'inspecteur Stavos.

— Si tu veux parler d'Estelle…

— Oui, je pense à Estelle, justement. Paul sait que tu l'as rencontrée, et il est furieux. Je le comprends. Tu n'avais pas le droit d'interroger cette femme. C'est une paumée… Et tu as encore augmenté son désarroi. Maintenant, nous ne pouvons plus la considérer comme un témoin crédible. Et, en plus, tu viens m'annoncer que tu as comploté pour fouiller dans le bureau d'Adam. Une bourde qui a peut-être causé la mort…

Marcie n'avait pas élevé la voix, sans doute parce que sa secrétaire n'était pas loin, mais on voyait qu'elle était hors d'elle. Jenna comprit qu'elle avait, en effet, dépassé les bornes.

— Quand Claire m'a annoncé son intention de fouiller dans le bureau d'Adam, j'ai essayé de l'en dissuader, au contraire, dit-elle piteusement.

Mais ses mots sonnaient creux. Inutile de se mentir : elle était, effectivement, responsable de la mort de Claire.

Marcie dut sentir son angoisse car son expression s'adoucit.

— Commence donc par t'asseoir, lui dit-elle plus calmement. J'appelle le commissariat de quartier.

Jenna prit une chaise avec un sentiment de reconnaissance, sans quitter des yeux Marcie qui décrochait son téléphone et réclamait des détails sur l'accident survenu dans l'immeuble Global Access.

— Avez-vous trouvé un porte-documents ? demanda-t-elle enfin.

Elle fit signe à Jenna que la réponse était oui.

— Il est possible que la mort de Mme Peabody soit liée à celle de son patron, Adam Lear, qui a été assassiné, récemment, expliqua-t-elle. L'inspecteur qui s'occupe de l'affaire Adam Lear passera chez vous pour prendre connaissance du rapport de l'accident. Il s'appelle Paul Stavos. Je vous demande de coopérer avec lui.

Elle raccrocha et se tourna vers Jenna.

— Le corps de Claire est toujours à la morgue de l'hôpital. Sa famille va venir l'identifier.

— Et le porte-documents ?

— A l'hôpital. De même que son sac. Paul passera les récupérer. On saura bientôt si elle avait sur elle un dossier concernant la société Faxel. Jusque-là, la mort de Claire reste un accident.

— C'est vraiment ce que tu crois, Marcie ?

— Tant que je n'ai pas une bonne raison de...

— Je viens de te donner une bonne raison. Claire m'appelle aujourd'hui, juste avant midi, pour me dire qu'elle a trouvé le dossier. Une demi-heure plus tard, elle est victime d'un accident mortel. Tu ne trouves pas ça bizarre ?

— Malheureusement, dans une grande ville comme New York, on déplore chaque jour des accidents semblables à celui-ci. Mais...

Marcie hésita. Elle paraissait préoccupée. Pour la première fois depuis le début de leur entretien, elle semblait douter d'elle-même.

Jenna en profita pour repartir à l'assaut.

— Je veux bien croire que sa mort n'est qu'un accident si l'inspecteur Stavos appelle pour dire qu'il a retrouvé le dossier Faxel dans son porte-documents. Si ce n'est pas le cas...

— Tu as bien fait de venir m'en parler, dit Marcie en se levant. Mais ne t'imagine pas pour autant que cette histoire te concerne. Rentre chez toi, Jenna. Ou bien va travailler. Laisse la police faire son travail. Si quelqu'un a tué Claire Peabody, tu es peut-être toi-même en danger. J'espère que tu comprends ce que je veux dire parce que je ne sais pas comment te l'expliquer autrement.

— Donc, tu me crois ?

— As-tu compris ce que je viens de te dire ?

— Oui.

— Tant mieux. Et si tu te mêles encore de cette enquête, je te fais boucler pour entrave à la justice.

Jenna savait que Marcie ne bluffait pas. Mais elle ne s'avoua pas vaincue pour autant.

— Vous me préviendrez si vous trouvez le dossier ? supplia-t-elle.

Marcie soupira.

— Paul t'en informera, c'est promis.

En sortant du bureau de Marcie, Jenna se rendit compte qu'elle avait oublié de mentionner le document sur les transferts d'argent qui se trouvait sur la disquette que Claire lui avait confiée. Mais, au fond, ça valait peut-être mieux.

Une fois dehors, elle héla un taxi sans hésiter.

— East Village, dit-elle au conducteur. Au numéro deux cent onze de la 6e Rue.

Lorsque Tanya fit entrer Jenna dans le bureau de Frank, celui-ci était en train de déjeuner. En la voyant, il posa son sandwich, et vint à sa rencontre.

— Qu'est-ce qui ne va pas ? lui demanda-t-il.

D'une voix qui s'affermissait peu à peu, Jenna lui raconta le cauchemar qu'elle venait de vivre.

Frank ne cacha pas sa surprise. Il se passa la main dans les cheveux, et se mit à arpenter son bureau en faisant l'aller et retour entre sa chaise et la fenêtre.

— Cette fois, dit-il, ils ne pourront pas accuser Roy : il est toujours derrière les barreaux.

— C'est moi qu'il faudrait accuser, dit-elle en se laissant tomber sur une chaise. Je suis indirectement responsable de la mort de cette pauvre femme.

Il cessa de marcher, et s'accroupit devant elle.

— Non, ne dis pas ça !

Il lui prit les mains et les tint serrées.

— Tu as essayé de la dissuader. C'est elle qui n'a rien voulu entendre.

— Mais si je n'étais pas allée la voir, la nuit dernière…

— C'est elle qui a proposé de fouiller dans les documents d'Adam. Rien n'aurait pu la faire changer d'avis. Cesse de te tourmenter. Tu n'y es pour rien. Le vrai coupable, c'est son meurtrier. Pas toi.

— Comment a-t-il su qu'elle avait subtilisé ce dossier, Frank ?

Il lui lâcha les mains et se redressa.

— Le téléphone du bureau d'Adam devait se trouver sur écoute. Son téléphone personnel aussi, probablement. Ça expliquerait comment le meurtrier a su qu'il passerait à Siri's, le lundi soir.

— Et le domicile de Claire ? Tu crois qu'il était surveillé ?

Frank haussa les épaules.

— Ça m'étonnerait. Pourquoi se seraient-ils intéressés à elle ?

— Après la mort d'Adam, Claire avait trouvé quelque chose de suspect sur son ordinateur.

— Quoi donc ?

— Des informations sur le circuit de l'argent sale. C'est assez compliqué. Il faudrait que tu voies.

Frank attrapa sa veste sur le dossier de sa chaise.

— Qu'est-ce qu'on attend ? Allons-y.

En sortant sur le trottoir, ils passèrent devant un saxophoniste qui jouait une version lente et voluptueuse de *Porgy and Bess*, tout près d'un magasin de fruits et légumes. La patronne, une femme corpulente aux cheveux noirs et au teint mat, l'écoutait depuis le pas de sa porte en se balançant en mesure.

Frank salua la femme et déposa un billet dans le chapeau de l'homme.

— Merci pour les pommes, Carlotta, dit-il. Elles sont délicieuses.

La femme rougit de plaisir.

— Je vous en donnerai d'autres.

Frank rit.

— Un cageot suffit. Nous n'avons pas encore tout mangé.

— Je vous enverrai des oranges, dans ce cas. Je viens d'en recevoir une cargaison en provenance de Floride.

— Une amie à toi ? demanda Jenna, tandis qu'ils s'éloignaient.

— J'ai fait un petit boulot pour elle, il y a quelques mois, et je n'ai pas voulu qu'elle me paye. Depuis, elle m'offre assez de fruits pour ouvrir un magasin.

— Tu es un type gentil, Frank.

Il la prit par les épaules — ce geste rappelait tant de choses à Jenna…

— C'est seulement maintenant que tu t'en rends compte ? dit-il.

— Pas vraiment.

Ils tournèrent au coin de la rue. Soudain, Jenna aperçut une voiture rouge qu'elle connaissait bien… La Thunderbird de Frank ! La surprise lui fit momentanément oublier la mort de Claire.

— Tu as encore cette antiquité ?

— Attention à ce que tu dis de ma T-bird. Elle est susceptible.

— Mais ça fait combien de temps que tu l'as ?

— Depuis que je suis étudiant. Ça m'avait coûté tout mon salaire, à l'époque, mais ça valait la peine.

— J'ai déjà entendu ça, je crois. Comment l'appelais-tu, déjà ? Un piège à filles ?

Il sourit.

— Je dois dire que j'en ai séduit plus d'une, grâce à ma voiture. Malheureusement, j'ai essuyé un échec avec la seule qui comptait vraiment pour moi.

Elle le regarda, surprise, puis détourna les yeux.

— Elle remplit toujours bien son office ?

— De quoi parles-tu ?

— De ta voiture. Elle attire les filles ?

Il lui adressa un regard moqueur.

— A toi de me le dire.

21.

Comme toujours à 5 heures de l'après-midi, la circulation dans Manhattan était impossible. Frank mit plus de quarante minutes pour aller jusqu'à Columbus Circle et quinze de plus pour se garer.

— Je vais vérifier qu'il n'y a pas de micros, dit-il à Jenna avant de pénétrer dans l'appartement. Ayons une conversation anodine tant que je ne t'aurai pas donné le feu vert.

Elle était à la fois effrayée et révoltée à l'idée que quelqu'un se soit introduit chez elle à son insu. Mais elle hocha la tête pour signifier à Frank qu'elle avait compris son message, et ouvrit la porte sans faire de commentaire.

— Tu veux boire quelque chose ? demanda-t-elle d'une voix plus cassante que d'ordinaire. Un soda ? Une bière ?

— Une bière, ça ira très bien. Je peux utiliser ta salle de bains ?

— Vas-y.

Consciente du moindre de ses gestes, Jenna ouvrit le réfrigérateur, en sortit une Bud Light et la posa sur le comptoir. Si Frank trouvait les micros et les débranchait, les autres s'en apercevraient, et ils reviendraient en poser d'autres. A moins qu'ils n'optent pour une méthode plus expéditive, comme avec Claire…

Soudain, elle se rappela les photos cachées dans la recette de coq au vin. Elle sentit les battements de son cœur s'accélérer… La boîte n'avait pas bougé. Elle l'ouvrit, fouilla parmi les fiches-cuisine et poussa un soupir de soulagement. L'enveloppe était toujours là, bien dissimulée.

Elle buvait un verre d'eau quand Frank vint la rejoindre.

— Je ne savais pas que tu avais une aussi belle vue, depuis la salle de bains, dit-il.

Il lui fit signe qu'il n'avait pas terminé, puis marcha jusqu'à la fenêtre et passa son doigt sur le cadre.

— C'est l'une des qualités de cet appartement. On domine le parc.

Après avoir vérifié la fenêtre, il attrapa une chaise, monta dessus et entreprit de dévisser le globe du luminaire.

— Tu veux un verre pour boire ta bière ? demanda-t-elle.

— Non, la bouteille, c'est parfait.

Il leva le pouce dans sa direction, remit le globe en place et sauta tranquillement de sa chaise. Il se déplaçait avec vitesse et agilité, dans une économie de gestes surprenante, sans faire le moindre bruit, tandis qu'il inspectait tous les recoins de la pièce — les placards, la table, les chaises, le comptoir, le réfrigérateur. Quand il fut convaincu qu'il n'y avait rien dans la cuisine, il recommença l'opération dans le salon, avec la même rigueur.

— L'endroit est sain, déclara-t-il enfin.

Jenna lui tendit sa bière, et il but une longue gorgée.

— Bien. Maintenant, jetons un coup d'œil à ce document, dit-il.

Jenna alluma son ordinateur, inséra la disquette qui n'avait pas quitté son sac depuis la veille au soir, et composa le mot de passe.

Frank haussa les sourcils d'un air surpris.

— *Idiot ?*

— Tu reconnais l'humour pince-sans-rire d'Adam !

Elle appuya sur une touche, et la carte apparut à l'écran. Frank s'installa devant l'ordinateur, prit la souris et se mit à lire les deux paragraphes que Jenna connaissait déjà par cœur.

Quand il eut terminé, il se redressa.

— *Bratstvo,* dit-il. Quels fils de pute !

— Je pensais bien que ce nom te dirait quelque chose.

— C'est le moins qu'on puisse dire. En 1996, le FBI m'a confié la direction d'une enquête sur eux. Il s'agissait d'évaluer l'impact de cette organisation en Russie et dans d'autres pays. Nous avons passé trois mois dans notre antenne à Moscou et, à notre retour, nous détenions assez d'informations pour cibler notre surveillance sur une poignée d'hommes d'affaires — et sur deux en particulier.

— Lesquels ?

— Le premier, Alexis Chekhov, est un ancien du KGB connu pour sa brutalité et son caractère impitoyable. Il possède un hôtel et quelques restaurants sur la plage de Brighton, et il mène une vie apparemment exemplaire.

— Apparemment ?

— Je suis persuadé qu'il appartient à *Bratstvo.*

— Et le deuxième ?

— Sergueï Chekhov. C'est le frère cadet d'Alexis. Il dirige le Seaside Hotel.

— Lui aussi est un ancien agent du KGB ?

— Non. Sergueï est un militaire. En 1994, il s'est distingué durant la guerre de Tchétchénie, où il a été gravement blessé. Il a dû prendre une retraite anticipée, et il a émigré aux Etats-Unis. Ensuite, Boris Chekhov, leur oncle, les a rejoints. Il appartenait au KGB, comme Alexis. A présent, il s'occupe de l'un des restaurants de son neveu. Nous les avons surveillés de près, tous les trois, mais ça n'a rien donné.

Il se tourna vers Jenna.

— Tu avais déjà entendu parler d'eux ? lui demanda-t-il.

— Oui. *Bratstvo* était aussi la bête noire de mon père. Durant les années où il était procureur, il a eu l'occasion d'instruire les procès de plusieurs membres de cette organisation. Mais il n'a jamais pu découvrir qui tirait les ficelles. Je sais que Marcie le contacte encore de temps en temps pour lui demander son avis, quand elle pense avoir le nom de l'un des chefs. Mais elle n'obtient pas plus de résultats concrets que lui, autrefois.

Frank parut surpris.

— Pourquoi n'as-tu pas parlé de ce dossier à Marcie ?

— J'ai oublié. De toute façon, elle en aurait aussitôt informé Stavos.

— Et alors ? Après tout, c'est lui qui est chargé de l'enquête sur la mort d'Adam.

— Je n'ai aucune confiance en lui. Il est persuadé de tenir le coupable, et il n'a aucune envie de perdre du temps à chercher ailleurs. Si je lui avais transmis cette information, il l'aurait tout simplement rangée dans un tiroir.

Elle vit, à l'expression amusée de Frank, qu'il la trouvait un peu partiale.

— Paul n'est pas du genre à bâcler une enquête pour en

finir plus vite, déclara-t-il. Il est à deux ans de la retraite. Il ne prendrait certainement pas le risque de foutre sa réputation en l'air, maintenant.

— Tu as ton opinion sur cet inspecteur, et moi la mienne.

— Je vois…

Il se pencha en avant, et posa les coudes sur ses genoux.

— Et à moi, Jenna ? Tu me fais confiance ?

Elle parut surprise par sa question, mais elle n'hésita pas.

— Oui, affirma-t-elle.

— Tu sais que je ne veux que ton bien.

— Oui, sans doute.

— Parfait. Parce que je voulais justement te parler de notre tandem.

Elle le regarda d'un air soudain méfiant.

— Et alors ?

— Il n'est pas question que ça continue. A partir de maintenant…

— Qu'est-ce que tu veux dire ? dit-elle d'un ton sec. Qu'est-ce qui te prend ?

— Tu ne sais pas à quoi tu t'exposes, si *Bratstvo* est derrière tout ça. Ces gens-là sont pires que tout ce qu'on peut imaginer. A côté d'eux, les Italiens sont des enfants de chœur.

— J'en suis parfaitement consciente.

— Est-ce que tu te rends compte qu'ils ont des yeux et des oreilles partout, y compris dans les prisons ? On ne compte plus les témoins morts accidentellement avant d'avoir pu témoigner contre eux.

Il avait dit le mot *accidentellement* en traçant dans l'air le signe des guillemets.

— Avec eux, personne n'est à l'abri.

— Tu ne saurais même pas que *Bratstvo* était mêlé à ça si je ne t'avais pas mis sur la piste. Et si je ne t'avais pas montré mes photographies, tu n'aurais pas vu le tatouage.

— C'est vrai. Et je te remercie de ton aide. Mais je tiens trop à toi pour te laisser prendre des risques. Maintenant, c'est moi qui mène l'enquête. Tu restes tranquille.

— Et si je refuse ?

— Tu n'as pas ton mot à dire. Ma décision est prise. Je ne partagerai plus aucune information avec toi. Moins tu en sauras et mieux ça vaudra.

En d'autres termes, il lui demandait de rester en coulisse, comme une gentille petite fille. Il ne tenait pas compte de ses sentiments pour Adam, de tout ce qu'elle lui devait. Ni de la culpabilité qui lui nouait l'estomac, chaque fois qu'elle pensait à Claire. Certes, il songeait à sa sécurité, et elle lui en était reconnaissante, mais il semblait la prendre pour une incapable, ce qu'elle trouvait humiliant. Elle n'avait tout de même plus six ans…

— Il n'y a pas que ma sécurité qui t'inquiète, dit-elle d'un ton amer. Tu veux la gloire pour toi tout seul.

Ces mots dépassaient sa pensée, mais, poussée par la colère, elle n'avait pas pu les retenir.

Le visage de Frank se ferma.

— Tu le crois réellement ? demanda-t-il.

— Tu m'as dit toi-même que tu m'avais oubliée depuis longtemps et que tu doutais d'être jamais tombé amoureux de moi.

Brusquement, sans qu'elle l'ait vu venir, il l'attrapa par l'épaule et l'attira à lui. Leurs regards se croisèrent, intensément. Puis il se pencha vers elle et l'embrassa longuement.

Le sang battit aux oreilles de Jenna, tandis que son corps réagissait violemment à l'étreinte de Frank, à son baiser profond et passionné — le baiser de quelqu'un qui avait faim d'elle depuis longtemps. Elle passa les bras autour de son cou, et se laissa aller contre lui.

Mais il la relâcha, aussi soudainement qu'il l'avait enlacée.

— Tu crois toujours que je n'éprouve rien pour toi, Jenna ? lui demanda-t-il.

Puis il sortit en jetant sa veste sur ses épaules, pendant qu'elle restait plantée au beau milieu de la cuisine avec le sentiment d'être une idiote.

Depuis la fenêtre, elle le suivit des yeux, tandis qu'il s'éloignait d'un pas vif et résolu pour rejoindre sa T-bird garée un peu plus loin. Elle porta la main à ses lèvres encore humides de leur baiser. Qu'est-ce qu'il lui avait pris ? Depuis qu'ils s'étaient retrouvés, il ne lui avait jamais laissé entendre que ses sentiments sortaient du strict cadre de l'amitié. Et pourquoi s'était-il sauvé comme un voleur ?

Elle se rappela un autre baiser qu'ils avaient échangé, longtemps auparavant. Le jour où Adam et elle avaient annoncé leurs fiançailles… Frank lui avait rendu visite dans sa chambre, à l'université, pour lui souhaiter tout le bonheur du monde et lui confier qu'il partait, le lendemain, pour la Virginie.

Au moment de sortir, il avait fait brusquement demi-tour,

et l'avait embrassée avec la même fougue qu'aujourd'hui. Puis il avait disparu.

N'allait-il pas disparaître, cette fois encore ?

Heureusement, le téléphone sonna, coupant court à ses divagations. Elle se précipita pour décrocher, avec le secret espoir qu'il s'agissait de Frank.

— Madame Meyerson, ici l'inspecteur Stavos.

Jenna espéra qu'il n'avait pas entendu son soupir de déception.

— Le procureur m'a demandé de vous tenir au courant pour l'affaire Peabody.

Jenna était à présent suspendue à la voix de l'inspecteur.

— Vous avez trouvé le dossier Faxel ?

— Non. Dans le porte-documents de Mme Peabody, il n'y avait que son agenda de la journée, quelques notes internes sans intérêt et le bric-à-brac habituel. Rien d'intéressant. Même chose pour le contenu de son sac à main.

Jenna se sentit déçue, mais pas réellement surprise. N'avait-elle pas dit à Marcie qu'elle s'attendait que Stavos revienne les mains vides ?

— C'est une preuve, dit-elle.

— Une preuve de quoi ?

Elle avait du mal à contenir son agacement.

— Quelqu'un a poussé Claire. A cause de ce qu'elle avait découvert.

— Madame Meyerson…

— Il y avait un dossier dans ce porte-documents. Claire m'a appelée, depuis le bureau d'Adam, à midi, pour me dire qu'elle l'avait trouvé et qu'elle me l'apportait au restaurant où nous avions rendez-vous. Quarante minutes plus tard, elle était morte… Et voilà que ce dossier a disparu. Comment expliquez-vous ça, inspecteur ?

— Je ne l'explique pas. Pas encore.

— Ah oui ?

Elle marqua un temps d'arrêt.

— Dois-je comprendre que vous avez l'intention de rouvrir le dossier d'Adam ?

Elle crut l'entendre grommeler à l'autre bout du fil.

— Si ça ne dépendait que de moi, je ne rouvrirais rien du tout. Mais le procureur semble considérer que vos soupçons valent la peine d'être pris en compte. Donc, pour répondre à votre question, oui, je reprends l'enquête sur la mort de votre ex-mari.

Jenna sourit en remerciant intérieurement Marcie.

— Merci de m'avoir prévenue, inspecteur Stavos, dit-elle simplement.

22.

Frank mit une heure pour rejoindre Staten Island. Durant tout le trajet, il ne cessa de penser à ce qui venait de se passer chez Jenna. Elle lui avait rendu son baiser, et elle s'était agrippée à lui avec tant de passion qu'il avait eu du mal à se détacher d'elle. Au fait, pourquoi était-il parti ? Pourquoi n'avait-il pas accepté ce qu'elle lui offrait, puisqu'il en mourait d'envie ?

En fait, avec Jenna, il entendait prendre son temps. Il n'allait pas se jeter dans ses bras sans être sûr qu'elle tenait à lui autant que lui tenait à elle. Quinze ans plus tôt, il lui avait tourné le dos parce qu'il la soupçonnait de prendre un peu trop de plaisir à contempler deux hommes en train de rivaliser pour gagner son cœur.

Tout à l'heure, il l'avait sentie prête à s'abandonner. Mais le désir physique ne suffisait pas. Il voulait plus que la promesse d'un moment agréable. Il voulait qu'elle l'aime autant que lui l'aimait. Depuis toujours.

Vinnie était dans la cuisine, en train de lire le journal, lorsque Frank arriva. Il parut légèrement surpris en le voyant.

— Que s'est-il encore passé ? demanda-t-il.

Frank avait envie de prendre une bière, mais il se ravisa. L'alcool ne ferait qu'accentuer sa mélancolie.

— Que veux-tu dire ?

— Tu as l'air abattu. Des problèmes sentimentaux ?

— Tu ne peux rien faire pour moi.

— Tu crois ça ? répliqua Vinnie en repliant son journal. Allez, dis au Dr Amour ce qui te tracasse.

Frank ne put s'empêcher de sourire.

— *Bratstvo* n'est sans doute pas étranger à la mort d'Adam.

Vinnie redevint sérieux.

— Tu plaisantes ? dit-il.

— J'aimerais bien. Je l'ai appris aujourd'hui, par Jenna. Elle se mêle un peu trop de l'enquête… Maintenant que je sais que la mafia russe est impliquée là-dedans, je préférerais qu'elle se tienne tranquille. C'est trop dangereux.

— Ça, c'est sûr.

— Va donc le lui faire comprendre ! maugréa Frank.

Il étira ses jambes.

— Je me fais du souci pour elle, Vinnie. Je lui ai dit que notre partenariat s'arrêtait là, mais j'ai bien peur qu'elle n'en fasse qu'à sa tête. Or, dès que les hommes de *Bratstvo* sauront qu'elle se mêle de leurs affaires, ils voudront l'éliminer.

— D'un autre côté, si tu restes près d'elle, tu pourras mieux contrôler ses faits et gestes. Réfléchis un peu. Le mieux est de lui laisser la bride sur le cou, tout en donnant suffisamment de mou pour qu'elle ait l'impression d'avoir le champ libre. Ça ne doit pas être si compliqué.

Frank se tut un moment. Le plan de Vinnie était assez subtil. S'il arrivait à maîtriser les allées et venues de Jenna, il parviendrait sans doute à la protéger. Encore fallait-il qu'elle respectât les règles du jeu, mais ça valait le coup d'être tenté.

— Je boirais bien une petite bière, dit-il.

Vinnie reprit son journal.

— Donne-m'en une aussi.

Sam Meyerson contemplait d'un air morne le contenu de son réfrigérateur. Il lui restait un bout de pizza et un fond de velouté de champignons. Rien de très affriolant, mais il avait faim et il était pressé d'en finir avec la corvée du repas. Il élimina rapidement la pizza parce qu'il avait l'estomac fragile, ces derniers temps. Entre la mort prématurée d'Adam et la farouche détermination de son intrépide fille à poursuivre l'assassin, il avait de quoi s'angoisser. Résultat : il se gavait de médicaments qui ne lui apportaient, malheureusement, qu'un soulagement passager. Il décida de se contenter d'un bol de céréales. Les céréales, ça n'était pas trop agressif pour l'estomac.

Il poussa un profond soupir, et sortit le lait du réfrigérateur. Jamais il ne s'habituerait à manger seul. Quand il vivait avec Elaine, les repas étaient toujours des moments de plaisir. A l'époque, il rentrait chez lui avec impatience… Ils formaient un couple heureux…

Comment en étaient-ils arrivés là ? Absorbé par son travail, il avait commencé à la négliger. Elaine, la seule femme qu'il eût jamais aimée…

Pour mettre un terme à ces ruminations qui risquaient de lui gâcher la soirée, il décida d'allumer la télévision, son unique compagne. Il sélectionna Channel 4, et attrapa son bol de céréales posé sur le comptoir de la cuisine. Le journal du soir était presque terminé quand les mots *Flash Spécial* s'affichèrent à l'écran.

Intrigué, Sam prit la télécommande et monta le son.

« ... une chute mortelle depuis le balcon du sixième étage, aujourd'hui, aux environs de midi. La victime, Claire Peabody, était âgée de cinquante-neuf ans, et travaillait comme secrétaire dans le département juridique de la société Global Access. »

Sam reposa lentement sa cuillère.

« Mme Peabody est morte sur le coup. C'est la deuxième fois, en une semaine, que cette compagnie est touchée par une tragédie. Mardi matin, on avait retrouvé Adam Lear, directeur du cabinet d'avocats de Global Access, poignardé dans Central Park. Mme Peabody était la secrétaire particulière d'Adam Lear depuis plus de six ans, et elle paraissait très affectée par sa disparition. La police n'exclut pas l'hypothèse d'un suicide, mais une enquête est en cours. »

Sam n'attendit pas la fin du bulletin d'information. Oubliant son bol de céréales, il s'empara du téléphone et composa le numéro de Jenna.

— Je viens d'apprendre la mort de Claire, dit-il, dès qu'elle eut décroché. Il paraît qu'elle a fait une chute mortelle. Qu'est-ce que c'est que cette histoire ? Comment ça s'est passé ?

— Je ne sais pas. Oh ! papa, c'est horrible ! Nous avions rendez-vous pour déjeuner, et...

— Tu devais déjeuner avec Claire ?

Sam pensait que les deux femmes ne se voyaient plus, depuis le divorce de Jenna et d'Adam.

— Pourquoi ?

— Marcie ne t'a rien dit ?

Ainsi, Jenna s'attendait que Marcie le mette au courant… Ça ne présageait rien de bon.

— Je n'ai pas eu de nouvelles de Marcie, aujourd'hui. Pourquoi tu me demandes ça ? Qu'est-ce que tu as encore fait ?

Elle entreprit de tout lui raconter et, en l'écoutant, il allongea le bras pour attraper sa boîte de pastilles pour l'estomac.

— Je sais ce que tu vas dire, papa, poursuivit-elle, tandis qu'il en lançait une dans sa bouche. Mais laisse-moi d'abord terminer. Claire m'a appelée pour me dire qu'elle avait découvert dans le bureau d'Adam un dossier renfermant des preuves accablantes pour la société Faxel.

— Je croyais que nous nous étions mis d'accord sur le fait que…

— Laisse-moi terminer, papa ! C'est vrai que Claire était perturbée par la mort d'Adam et qu'elle devait cruellement ressentir son absence au travail. Mais elle n'était pas suicidaire, crois-moi. Tu aurais dû l'entendre quand elle m'a annoncé qu'elle avait mis la main sur ce dossier.

— Où veux-tu en venir ?

— Claire a été assassinée, papa. Marcie ne voulait pas me croire, au début. Mais quand je lui ai parlé du dossier qui avait disparu, elle a reconnu que cette mort était suspecte.

La voix de Jenna se brisa.

— Je me sens tellement coupable, papa ! Frank a beau essayer de me convaincre que je n'y suis pour rien… Au fond de moi, je sais que je suis responsable.

Sam se passa la main sur le visage. Jenna paraissait au plus bas ; elle n'avait pas besoin de réprimandes, mais de réconfort.

— Frank a raison, ma chérie. Tu n'y es pour rien, assura-t-il.

— Si j'avais réussi à la dissuader de…

— Je suis sûr que tu as essayé.

— J'aurais dû insister.

— Arrête, Jenna ! Claire était une adulte responsable. Elle avait décidé de fouiller le bureau d'Adam, et je ne vois pas comment tu aurais pu la faire changer d'avis.

Soudain, il songea que celui qui s'en était pris à Claire pouvait, maintenant, s'en prendre à Jenna. Et elle était seule dans son appartement…

— Ecoute, ma chérie, dit-il doucement. Je crois que tu es bouleversée. Tu devrais venir passer la nuit chez moi : tu y serais en sécurité.

— Mais je suis en sécurité, ici !

— Ne raconte pas n'importe quoi ! Il y a déjà eu deux victimes, et tu pourrais bien être la troisième ! s'écria Sam.

Il s'en voulut aussitôt d'avoir haussé le ton. Il était d'un tempérament plutôt calme, mais il ne supportait pas que sa fille puisse être en danger.

— Je suis désolé, ma chérie, dit-il. Je ne voulais pas me mettre en colère.

— Je sais, papa. Ne t'en fais pas pour moi. Le tueur a eu ce qu'il voulait : le dossier Faxel. Il n'a aucune raison de s'attaquer à moi.

Sam pria pour qu'elle eût raison.

— En tout cas, sache que tu es ici chez toi. Tu peux venir quand tu veux.

— Merci, papa.

Il l'entendit renifler, et son cœur se serra. Jenna était une âme sensible et généreuse. Se sentir coupable de la mort de quelqu'un devait peser très lourd sur sa conscience.

— Je te verrai à l'enterrement, demain ? demanda-t-il d'une voix rauque.

— Oui, à 11 heures. J'y serai. Bonne nuit, papa.

23.

La plage de Brighton, à l'extrême sud de Brooklyn, avait été, autrefois, une station balnéaire très en vue, avec son casino, son champ de courses et son hôtel de luxe. Après la Deuxième Guerre mondiale, l'endroit avait connu une période de déclin, mais l'arrivée de la communauté russe, entre les années soixante-dix et quatre-vingt, lui avait apporté un second souffle. Les commerces avaient rouvert, les emplois avaient attiré du monde, la vie avait repris.

Frank avait grandi dans le quartier italien de Manhattan, et il connaissait bien Brooklyn, en particulier la plage de Brighton où sa mère allait souvent acheter des *pelmeni*, des boulettes fourrées à la viande, et du *bortsch*, une soupe de betteraves qu'il avait toujours détestée.

Le FBI en était venu à s'intéresser aux commerces et hôtels du bord de mer lorsque la rumeur qu'une puissante organisation mafieuse du nom de *Bratstvo* y avait implanté son quartier général s'était répandue dans les milieux bien informés.

Un homme avait particulièrement retenu l'attention des fédéraux : Alexis Chekhov. Ancien agent du KGB, Chekhov avait immigré aux Etats-Unis après la chute du régime soviétique, et avait ouvert un restaurant sur la plage de Brighton.

Au bout de quelques années, comme son affaire prospérait, il avait acheté un bâtiment de style victorien, qu'il avait magnifiquement restauré pour le transformer en hôtel.

Apparemment, les activités de Chekhov ne dissimulaient rien d'illégal. On savait qu'il avait appartenu à une organisation mafieuse après le démantèlement du KGB, mais, comme beaucoup de ses compatriotes au parcours similaire, il avait définitivement tourné la page en arrivant aux Etats-Unis.

En tout cas, il l'assurait.

Frank était persuadé que cette façade bien lisse cachait quelque chose, mais, lors de l'enquête qu'il avait menée sur Chekhov, il n'avait rien trouvé pour étayer ses soupçons. Pendant plus d'un an, les deux hommes avaient joué au chat et à la souris. Chekhov s'était comporté comme un citoyen qui n'a rien à se reprocher, et il avait accepté de coopérer. Il avait présenté à Frank ses plus proches collaborateurs, parmi lesquels son jeune frère, Sergueï, qui ne voyait pas d'un bon œil cette intrusion des fédéraux dans leurs affaires. Il avait même insisté pour laisser à Frank l'accès à ses livres de compte et à ses fichiers.

— Je n'ai rien à cacher, répétait-il de sa voix grave. J'aime ce pays, et je suis prêt à tous les sacrifices pour qu'il reste l'endroit sûr et accueillant que j'ai trouvé en arrivant. Même si je dois, pour cela, permettre au FBI de fouiller ma vie privée.

Mais Frank n'avait rien trouvé. Ça ne l'avait pas surpris, d'ailleurs. Si Chekhov l'avait autorisé à consulter ses comptes, c'est qu'on ne pouvait y déceler aucune trace de ses activités illégales. S'il existait des preuves que cet homme dirigeait *Bratstvo*, il fallait les chercher ailleurs.

Et voilà qu'aujourd'hui, bien des années après, il contemplait de nouveau la façade du Seaside Hotel, sur Brighton Beach Avenue… Il espéra qu'Alexis Chekhov ignorait qu'il ne faisait plus partie du FBI.

Avec ses fenêtres habillées d'un auvent rouge, la bâtisse de cinq étages retenait l'attention des promeneurs. A en juger par le nombre de voitures stationnant dans le parking, les affaires marchaient bien.

Le hall était envahi par un groupe d'enfants qui attendait le début d'un spectacle, comme l'indiquait la pancarte placée au-dessus de la porte du théâtre. Frank jeta un coup d'œil au programme : la séance, qui débutait dans une demi-heure, proposait des contes russes, un numéro de prestidigitation et un spectacle de marionnettes.

Frank se fit annoncer par l'employé de la réception et, quelques minutes plus tard, Chekhov le rejoignait en arborant un large sourire, comme s'il accueillait un vieil ami.

Frank lui sourit en retour, histoire de montrer qu'il pouvait, lui aussi, faire preuve de diplomatie. Excepté quelques kilos de plus et une touche de gris dans ses épais cheveux noirs, Chekhov n'avait pas changé, depuis la dernière fois qu'il l'avait vu. C'était un homme grand, au torse large, intimidant et extrêmement sûr de lui.

— Agent Renaldi ! s'exclama-t-il en tendant la main à Frank. Qu'est-ce qui vous amène dans notre charmante petite ville ?

S'il était surpris ou inquiet de cette visite impromptue, il le cachait bien.

Frank prit sa main et la secoua.

— Le boulot, bien sûr, répondit-il.

Chekhov prit une expression chagrinée.

— Le boulot ? Je croyais, pourtant, vous avoir convaincu que j'étais un citoyen honnête et travailleur.

— Je suis là pour une raison précise, dit Frank.

Il jeta un coup d'œil autour de lui.

— Pourrions-nous parler dans un endroit plus tranquille ?

Chekhov désigna l'escalier.

— Voulez-vous que nous allions dans mon bureau ?

Une fois installé dans un fauteuil, en face de Chekhov, devant la grande baie vitrée qui donnait sur l'océan, Frank entama la conversation.

— On dirait que l'hôtel marche bien.

— Ça va mieux, oui. Après le 11 septembre, les affaires avaient tellement ralenti que j'envisageais de fermer. Mais Sergueï m'a convaincu de tenir bon. Il disait que c'était juste une mauvaise passe, qu'il ne fallait pas s'inquiéter. Je ne regrette pas de l'avoir écouté.

Il sourit.

— Et vous, agent Renaldi ? Vous êtes toujours affecté au bureau de Washington ? On ne vous a pas muté ailleurs ?

— Vous connaissez la politique du bureau, dit Frank du ton le plus dégagé qu'il put. Tant qu'un fonctionnaire peut servir, il faut l'utiliser.

Chekhov éclata d'un rire franc qui avait tous les accents de la sincérité, mais Frank se demanda s'il ne se moquait pas de lui. Peut-être savait-il qu'il n'appartenait plus au FBI…

— Alors, qu'attendez-vous de moi ?

— Je pense que vous pourriez me donner quelques informations.

Chekhov ouvrit grand les bras.

— Je vous écoute.

— Ces jours-ci, le bruit court à Washington que *Bratstvo* aurait un nouveau chef.

— Vraiment ? Et qui donc ?

Frank se mit à rire.

— C'est moi qui vous le demande.

Chekhov posa les mains sur les accoudoirs de son fauteuil et étira ses doigts.

— J'aurais aimé vous aider, vraiment. Mais, ces jours-ci, j'ai été très occupé, et je n'ai guère prêté attention aux rumeurs. D'ailleurs, si vous vous souvenez bien, je n'ai jamais cru à votre théorie selon laquelle *Bratstvo* serait implanté par ici. Je ne nie pas qu'il y ait quelques mauvais éléments parmi nous, mais nous réglons le problème en les évitant.

Frank ne put s'empêcher d'admirer le sang-froid de cet homme. On avait beau le prendre par surprise, il retombait toujours sur ses pieds.

— Tout de même, dit-il, avec le métier que vous faites, vous ne pouvez pas ignorer les bruits qui courent.

— Il suffit de se tenir à l'écart, ce qui est mon habitude. Vous savez, agent Renaldi, les gens qui travaillent avec moi savent que j'aime que l'on respecte ma vie privée. Et ils attendent de moi que je respecte la leur.

C'était encore très bien répondu, mais Frank jugea qu'il avait assez tourné autour du pot et qu'il était temps de poser les vraies questions.

— Avez-vous déjà entendu parler d'Adam Lear, par l'un de vos clients ou par une personne de votre entourage ?

Chekhov se tapota rêveusement le menton de son doigt impeccablement manucuré.

— N'est-ce pas l'avocat que l'on a retrouvé assassiné, il y a quelques jours ?

— Comment le savez-vous ?

— Je lis les journaux.

Il fronça les sourcils.

— Vous pensez qu'un membre de la communauté russe pourrait être impliqué dans ce meurtre ?

— C'est une possibilité.

— Mais quel serait le lien entre sa mort et la mafia russe ?

Frank décida qu'il était temps de secouer le prunier.

— Faxel, dit-il froidement.

La réaction du Russe le surprit.

— Voilà, par contre, un nom que je connais très bien.

Frank haussa les sourcils.

— Vraiment ?

— Je suis fou des gadgets électroniques, agent Renaldi. Il suffit de me montrer un appareil pour que j'aie envie de l'acheter.

Il plongea la main dans la poche intérieure de sa veste de tweed marron, et en sortit un ordinateur de poche, avec l'air fier et réjoui d'un enfant qui montre le nouveau train électrique qu'il vient de recevoir pour Noël.

— Ce petit bijou est à la pointe de la technique. Je peux consulter mes rendez-vous d'un simple coup d'œil, me connecter à Internet ou me repérer géographiquement.

Il le tourna vers Frank et lui montra le petit écran qui ne mesurait pas plus de cinq centimètres de côté.

— Il fait aussi téléphone-vidéo. J'en ai acheté une bonne douzaine, et j'en ai envoyé à tous mes amis en Russie, pour pouvoir communiquer avec eux en vidéophonie.

Frank eut un sourire indulgent.

— Je ne vous parlais pas des produits Faxel, monsieur Chekhov.

— Ah ? Et de quoi parliez-vous donc ?

— Je pense qu'un homme d'affaires russe a pu s'infiltrer dans la compagnie.

Quelque chose vacilla dans les yeux de Chekhov, mais il se reprit aussitôt et, si Frank n'avait pas possédé une extraordinaire faculté d'observation, il ne l'aurait sans doute pas remarqué.

— S'agit-il encore d'une rumeur ?

— On peut dire ça, oui.

— Vous devriez cesser d'écouter les potins, agent Renaldi.

Le sourire affable du Russe se crispa légèrement.

— Ce n'est pas bon pour la santé.

Puis, avant que ses paroles ne soient mal interprétées, il ajouta :

— Vous paraissez déjà suffisamment angoissé comme ça.

— Ce sont les inconvénients du métier, j'en ai bien peur.

— Peut-être… Et, pour en revenir à votre question, la réponse est non. Je ne connais aucun homme d'affaires russe qui soit intéressé par Faxel. Personnellement, j'investis mon argent comme le font des milliers de personnes : je possède quelques actions et j'épargne pour ma retraite. De temps à autre, il m'arrive d'acheter un peu d'or. Et je suppose que la plupart de mes compatriotes installés à Brighton Beach font la même chose.

Frank reprit, toujours sur un ton dégagé :

— Si vous appreniez quelque chose...

Il laissa sa phrase en suspens.

— Je ne manquerais pas de vous en informer, conclut Chekhov.

L'idée qu'il pût se rendre utile auprès du FBI — une organisation qui lui avait empoisonné la vie pendant plus d'un an — semblait l'amuser énormément.

— On peut toujours vous joindre au même numéro ? demanda-t-il.

— Ces temps-ci, je suis rarement au bureau. Le mieux serait que je vous téléphone de temps à autre.

— Comme vous voudrez.

Ils sortirent ensemble du bureau de Chekhov, et se penchèrent tous deux au-dessus de la rambarde qui dominait le hall. Sergueï, vêtu d'un pantalon noir et d'un pull couleur crème, se tenait au milieu d'un groupe d'enfants qui piaillaient joyeusement. De cinq ans plus jeune que son aîné, Sergueï était aussi blond que son frère était brun, et il possédait un physique de jeune premier qui paraissait séduire toutes les mères de famille présentes.

— Le théâtre pour enfants semble faire des heureux, dit Frank.

— C'est une idée de mon frère. Au début, je n'étais pas très chaud... Tous ces gosses courant dans mon hôtel, ça ne me disait rien qui vaille. Mais Sergueï sait se montrer persuasif. Et, une fois de plus, je dois reconnaître qu'il avait raison.

Frank contempla le jeune frère de Chekhov qui s'amusait avec les enfants. Ancien officier de l'armée soviétique, Sergueï avait fait partie des hommes soupçonnés de diriger *Bratstvo.* Pourtant, après l'avoir côtoyé, Frank l'avait définitivement écarté de la liste des candidats. Sergueï avait été un excellent militaire, mais il ne possédait pas l'étoffe d'un parrain de la mafia. Par contre, son oncle — dont l'arrivée aux Etats-Unis, trois ans plus tôt, coïncidait avec la mise en place du nouveau chef de *Bratstvo* — méritait que l'on s'intéresse à lui.

Chekhov se pencha un peu plus par-dessus la rambarde.

— Sergueï ! appela-t-il. *Smatri kto prichol.*

Depuis sa mission à Moscou, Frank comprenait le russe. Il traduisit mentalement : *Sergueï, regarde qui est là.*

Sergueï leva la tête et adressa un signe de la main à Frank.

— *Prodozhi minutu. Ya seichas podoidu.*

J'arrive tout de suite.

Sergueï attendit que les enfants soient entrés dans la salle de spectacle pour traverser le hall et venir saluer Frank. Il n'était pas aussi aimable que son frère, mais il serra fermement la main de Frank en le regardant droit dans les yeux.

— Ça faisait un bail, agent Renaldi, dit-il avec un regard interrogateur.

Décidément, il était beaucoup moins doué qu'Alexis pour dissimuler son inquiétude.

— J'espère qu'il n'y a pas de problèmes, dit-il.

— L'agent Renaldi pensait que je pourrais lui fournir quelques renseignements, expliqua Alexis.

Comme Sergueï semblait attendre la suite, il ajouta :

— Il cherche encore l'homme qui dirige *Bratstvo*.

— Ah…

La voix de Sergueï contenait une pointe d'irritation, comme s'il avait voulu dire : « Encore ! »

— Je suppose que vous n'avez aucune révélation à me faire ? demanda Frank.

— Je ne connais pas l'identité de cet homme, répondit Sergueï en souriant, mais, de toute façon, si je la connaissais, je ne vous la révélerais pas, agent Renaldi. Même dans un pays civilisé comme les Etats-Unis, ce genre d'indiscrétion peut vous envoyer au fond de la baie — si vous voyez ce que je veux dire.

Les trois hommes rirent de bon cœur, et un observateur extérieur aurait pu les prendre pour de bons amis.

— Dans ce cas, dit Frank, inutile de vous faire perdre votre temps. Vous avez du travail, et moi, je dois me rendre à un enterrement.

Comme ils descendaient l'escalier, Frank se tourna vers Alexis.

— Comment va votre oncle ? demanda-t-il d'un ton dégagé.

— Très bien, je vous remercie. Il gère l'un de mes restaurants. Vous devriez vous y arrêter pour goûter nos spécialités. Aux frais de la maison, bien entendu ! A moins que vos missions pour Washington ne vous laissent même pas le temps de manger…

Frank répondit du tac au tac :

— Ça dépend des jours. Mais je vous remercie pour votre offre.

En arrivant devant sa T-bird, Frank se retourna une dernière fois. Alexis le contemplait, depuis le pas de la porte. Il leva une main en guise de salut, et Frank fit de même avant de s'installer au volant.

24.

Plus de trois cents personnes assistaient aux funérailles. Rien d'étonnant à cela : Adam était le fils de Warren Lear, l'un des plus grands promoteurs de la ville, un homme apprécié pour sa générosité envers les associations caritatives. Jenna assista à la cérémonie religieuse à l'église de la Trinité, dans le quartier de Great Neck, sur Long Island, puis elle suivit le long cortège qui se rendait au cimetière de Crestwood, situé à huit kilomètres.

Tandis que le révérend entamait les prières, elle passa en revue les visages familiers qu'elle avait déjà remarqués à l'église : il y avait là Warren et le plus jeune de ses fils, Richard — avocat, lui aussi —, le directeur de Global Access et de nombreux employés de la compagnie, Marcie Hollander, avec trois de ses assistants. Jenna reconnut même plusieurs juges qu'elle connaissait de vue.

Amber se tenait de l'autre côté de la tombe, en face de la famille Lear. Jenna la trouva belle et élégante dans son tailleur noir, avec sa toque qui lui donnait un air digne et calme. Elle jetait parfois un coup d'œil du côté des membres du clan Lear, mais leurs regards demeuraient obstinément rivés au révérend Clayburn qui parlait de rédemption et de paix éternelle.

Jenna se pencha vers son père.

— Warren et Richard font comme si Amber n'était pas là.

Sam suivit son regard.

— Warren est un chic type, mais quand il a quelque chose en tête…

— Tu as réussi à lui parler ?

— Je suis passé le voir chez lui, hier.

— Il croit vraiment qu'Amber a engagé quelqu'un pour tuer Adam, ou il cherche juste à l'intimider ?

— Non seulement il est convaincu qu'elle a commandité la mort de son mari, mais il se démène comme un diable pour rallier tout le monde à son point de vue — en particulier l'inspecteur Stavos.

— Et toi ? Tu penses qu'elle a pu faire ça ?

— Impossible à dire : je ne la connais pas. Tout ce que je sais, c'est que Warren a toujours désapprouvé ce mariage. Il était persuadé qu'Amber avait épousé Adam par intérêt et qu'elle lui raflerait jusqu'à son dernier centime.

— Il ne croyait pas si bien dire : elle va hériter de la fortune d'Adam et de la maison. Il doit être furieux.

— Pour l'argent, il ne peut rien faire. Mais la maison lui appartient toujours. Il l'avait seulement prêtée à Adam pour qu'il y vive avec sa femme. A mon avis, elle va devoir déguerpir au plus vite.

Peut-être même encore plus vite que Sam ne le pensait, si Warren Lear apprenait qu'elle donnait de l'argent à un ex qui la faisait chanter.

— Et toi, chérie ? Comment ça va ?

Jenna comprit que son père faisait allusion aux événements de la veille.

— Mieux. Mais je n'arrive toujours pas à croire que Claire soit morte.

— Il va y avoir un service religieux, pour son enterrement ?

— Oui, mais seulement en présence de la famille. Son fils aîné m'a appris qu'on allait l'incinérer, comme elle le souhaitait. Ses cendres seront dispersées dans sa ville natale de Joliet, dans l'Illinois.

Une telle conversation n'avait rien de déplacé dans un cimetière, mais Jenna se sentit mal à l'aise. Chaque fois qu'elle prononçait le prénom de Claire, elle était submergée par une vague de tristesse et de culpabilité.

Sam perçut son désarroi. Il lui prit la main et la serra fortement.

— Je ne vois pas Frank, dit-il. Je croyais qu'il devait venir.

— Je le croyais aussi, dit Jenna.

Elle jeta un coup d'œil inquiet vers l'entrée du cimetière. Elle guettait Frank depuis déjà un moment, et elle était impatiente de mettre les choses au point avec lui. Hier, après l'avoir embrassée, il était parti en courant. Elle n'avait même pas eu le temps de protester contre sa décision de l'exclure de l'enquête. Maintenant qu'elle avait repris ses esprits, elle entendait bien défendre son point de vue.

Enfin, la Thunderbird rouge apparut et vint se garer près de la rangée de berlines noires.

— Quand on parle du loup… dit-elle en faisant signe à Frank qui approchait.

Elle se serra contre son père pour lui faire de la place.

— Que t'est-il arrivé ? murmura-t-elle.

— Ma réunion s'est prolongée.

Les mains croisées devant lui, il ne quittait pas des yeux le révérend.

— Tu as bien dormi ? demanda-t-il d'une voix détachée.

Elle avait passé une nuit affreuse.

— Comme un bébé, affirma-t-elle sur le même ton. Et toi ?

— Pareil, répondit-il en réprimant un sourire, sans se soucier de paraître convaincant.

A la fin du service, quand les parents du défunt commencèrent à s'éloigner, Jenna embrassa son père en lui promettant d'être prudente. Ensuite, elle se tourna vers Frank d'un air résolu.

— Tu as une minute ?

— Bien sûr.

Elle attendit que le petit groupe qui arrivait à leur hauteur se fût éloigné, avant de poursuivre.

— Je voulais te dire que j'apprécie beaucoup ta sollicitude et que je te suis reconnaissante de vouloir me protéger. Mais, contrairement à ce que tu sembles croire, je n'ai rien d'une écervelée éprise d'aventure. Tout ce que je veux, c'est que le coupable soit puni. Il se trouve que je suis intimement mêlée à cette histoire, et je trouve normal de participer à l'enquête. Je dois bien ça à Claire et à Adam.

Il ouvrit la bouche, mais elle l'arrêta d'un geste de la main.

— Franchement, reprit-elle, je préférerais faire équipe avec toi, mais si tu tiens à travailler en solo, ne compte pas sur moi pour rester les bras croisés. Je mènerai ma propre enquête. Je ne suis pas détective, et je n'ai pas l'expérience d'un agent du FBI, mais je suis capable de parler aux gens et de leur poser les bonnes questions.

Frank se gratta la nuque, puis hocha vigoureusement la tête.

— Très bien, dit-il.

Jenna le regarda fixement.

— Pardon ? dit-elle.

— J'ai dit *très bien*. Je suis d'accord : on marche ensemble.

— Juste comme ça ?

— Ce n'est pas ce que tu voulais ?

— Si, mais j'avoue que je suis surprise.

— Pourquoi ?

— Je m'attendais à une bataille en règle. Au minimum à une discussion houleuse.

Elle le regarda d'un air songeur.

— Tu avais déjà réfléchi à la question, c'est ça ? Tu avais déjà reconnu que ta décision de m'écarter était injuste.

Il sourit.

— On ne peut rien te cacher…

— Je me demande si je ne devrais pas employer ta technique et t'embrasser avant que tu ne changes d'avis.

Une lueur malicieuse brilla dans les yeux de Frank.

— Ne te retiens pas, dit-il.

Elle cherchait une repartie lorsqu'elle aperçut Warren qui se dirigeait vers un petit groupe d'amis.

— Nous reprendrons cette conversation plus tard, dit-elle à Frank. Il faut que je parle à Warren.

— Une seconde ! Nous n'avons pas fixé les règles du jeu.

— Plus tard ! lança-t-elle en s'éloignant avec un petit signe de la main.

En entendant le claquement rapide de ses talons dans l'allée, Warren Lear tourna la tête.

— Jenna ! s'exclama-t-il en lui ouvrant les bras. C'est si bon de te voir… Le vieux bonhomme que je suis a besoin de réconfort, tu sais ?

Warren Lear n'avait rien d'un vieux bonhomme. Il avait soixante-six ans, mais en paraissait à peine cinquante, et il jouissait d'une santé de jeune homme. Il ne travaillait plus qu'à temps partiel, ce qui lui laissait le loisir de faire du bateau, de jouer au golf et même de disputer quelques parties de tennis.

Jenna le regarda avec émotion. Ces traits anguleux, ces yeux noisette au regard aigu… Il ressemblait terriblement à Adam…

Warren paraissait abattu. On voyait qu'il avait pleuré et que la mort de son fils l'affectait profondément.

Elle déposa un baiser sur sa joue.

— Vous tenez le coup ? lui demanda-t-elle.

Il haussa les épaules.

— Je fais de mon mieux. Richard est venu de Chicago pour me soutenir. Nous n'avons cessé de répondre au téléphone et de recevoir des gens et, du coup, nous n'avons guère eu le temps de penser. Je me demande comment je vais me réveiller, demain, quand je n'aurai plus cette agitation pour me distraire de mon chagrin.

Il ôta ses lunettes et essuya ses verres avec un mouchoir.

— La perspective de ne jamais revoir mon fils me terrifie.

De nouveau, ses yeux s'embuèrent.

Jenna se sentait impuissante devant son chagrin. Elle connaissait Warren depuis de longues années, et jamais elle ne l'avait vu aussi désespéré.

— Il vous faudra du temps, dit-elle platement.

— Je suis heureux que tu sois la dernière personne à qui Adam ait parlé, déclara-t-il brusquement.

— J'aurais préféré faire mieux. Empêcher sa mort.

Warren remit ses lunettes.

— Toi et Adam, vous n'auriez jamais dû divorcer.

Le ton de léger reproche rappela à Jenna qu'il la tenait pour responsable de leur séparation.

— Nous étions d'accord pour divorcer, Warren. C'était une décision mûrement réfléchie.

Il agita la main.

— Je sais, je sais. Excuse-moi. Je ne voulais pas dire par là que tu étais la seule responsable. Seulement, tu me manques.

Jenna se promit de rendre régulièrement visite au vieil homme. La femme avec qui il avait vécu près de cinquante ans était morte, Richard vivait à des centaines de kilomètres, Adam venait de disparaître… Il allait se sentir bien seul.

— Richard repart quand ? demanda-t-elle.

— Dans quelques jours. Quand nous aurons réglé les affaires d'Adam et que nous aurons mis Amber dehors, répondit-il d'un ton amer.

Jenna préféra ne pas relever la fin de la phrase.

— Nous pourrions dîner ensemble, un soir prochain. Vous m'emmèneriez dans un restaurant horriblement cher.

Comme elle s'y attendait, cette proposition le fit sourire.

— Ça me plairait, dit-il.

Il pointa un doigt dans sa direction.

— Et je te prends au mot.

— C'est ce que j'espérais.

Il jeta un coup d'œil à sa montre.

— Je ne voudrais pas me montrer grossier, Jenna, mais il faut que je retourne à la maison pour vérifier que tout est prêt. Les traiteurs sont déjà sur place. Tu viens manger quelque chose avant de repartir, n'est-ce pas ?

— J'aimerais bien, Warren. Malheureusement, j'ai un rendez-vous à 14 heures. Mais mon père y sera. Et Frank aussi, je suppose.

— Insiste pour qu'il vienne, dit Warren. Il faut que je lui parle. Au sujet du meurtre, précisa-t-il avant de s'éloigner.

Jenna s'apprêtait à rejoindre Frank, mais elle vit qu'Amber l'avait devancée et marchait vers lui avec un air outragé.

Jenna s'arrêta net. Elle n'avait pas l'intention d'écouter leur conversation, mais Amber parlait si fort qu'il était impossible de ne pas entendre.

— Il paraît que vous enquêtez sur moi, monsieur Renaldi, dit-elle.

Son indignation ne parut pas impressionner Frank.

— Qui vous l'a dit ?

— J'ai mes sources.

— Ce n'est peut-être pas l'endroit idéal pour...

Elle ignora sa remarque.

— Je suis la femme de votre meilleur ami. Ça ne signifie

donc rien pour vous ? Vous croyez qu'Adam apprécierait de vous voir fouiller dans ma vie privée ?

— Que me reprochez-vous exactement, madame Lear ?

— Vous êtes allé trouver ma mère pour lui poser des questions sur moi.

— Nous avons juste parlé un peu… Teresa.

Amber rougit violemment en entendant son vrai prénom.

— Vous n'êtes qu'un fils de pute ! gronda-t-elle plus bas. Je suis venue vers vous confiante et sans arrière-pensées. Je voulais même vous engager pour retrouver le meurtrier de mon mari. Et vous me remerciez en me poignardant dans le dos ? L'inspecteur Stavos est venu me voir, figurez-vous. Et, cette fois, il n'était pas amical. Il m'a traitée comme une criminelle. C'est à cause de vous.

— Je suis sûr que vous exagérez.

— Pas du tout. Il voulait savoir si j'avais un alibi pour la nuit du crime. Vous vous rendez compte ? Il me soupçonne d'avoir poignardé Adam !

— Il a simplement appliqué la procédure habituelle. Un peu tardivement, même.

— Il ne l'a pas fait plus tôt parce qu'il estimait n'avoir aucune raison de le faire. Manifestement, il a changé d'avis après vous avoir parlé.

Elle avait encore baissé la voix, et Jenna se surprit à tendre l'oreille pour ne pas perdre la suite.

— Qu'espériez-vous trouver à Jersey City ?

— Je ne le savais pas précisément.

Frank paraissait beaucoup s'amuser.

— Tout dépendait de ce que vous cachiez, ajouta-t-il.

— Je n'ai jamais rien caché, monsieur Renaldi.

Elle marqua un temps d'arrêt.

— Et je vous conseille de ne plus vous mêler de mes affaires.

— On dirait une menace.

Amber eut un sourire mauvais qui donna le frisson à Jenna.

— Disons qu'il s'agit d'un avertissement amical. Parce que vous étiez un ami d'Adam.

Tandis qu'elle s'éloignait, solitaire, Jenna contempla sa longue silhouette. Solitaire mais pas sans défense, d'après la scène à laquelle elle venait d'assister.

Frank la vit et vint vers elle.

— Qu'est-ce qu'elle voulait, exactement ? lui demanda-t-elle.

— Je te croyais déjà partie.

— Warren me charge de te dire qu'il tient absolument à ce que tu passes chez lui. Il veut te parler d'Adam.

La Jaguar gris métallisé d'Amber démarra. Ils la suivirent des yeux.

— Comment a-t-elle su, pour Jersey City ?

Ils se dirigèrent tous deux vers l'Audi.

— Stavos le lui a peut-être dit. A moins que ce ne soit sa mère… ou encore Angie Delano.

— Surveille-la bien, Frank. Jusqu'à présent, je n'avais rien contre elle. Mais, après ce que je viens de voir…

Elle secoua la tête.

— Je la crois capable de tout.

Frank lui lança un regard amusé.

— Tu te fais du souci pour moi, Jenna ?

— Je ne voudrais pas perdre mon tout nouveau partenaire !

— Tiens, ça me fait penser que nous devons établir quelques règles, au sujet de notre partenariat.

— Je déteste les règles.

— Il faudra, pourtant, suivre celles-là, Jenna. Sinon, je me verrai obligé de résilier notre contrat.

Elle vit qu'il ne plaisantait pas, et acquiesça.

— D'accord, dit-elle. Je t'écoute.

— Tu dois d'abord me promettre de te montrer prudente.

— Je serai *très* prudente.

— Tu n'interrogeras personne et tu ne joueras pas les agents secrets sans m'en avoir d'abord avisé.

— Comment vais-je me souvenir de tout ça ?

— Note-le. Ça marche ?

Comme elle s'attendait à bien pire, elle tendit la main, l'air soulagé.

— Ça marche, dit-elle. Mais à une condition. Toi aussi, tu dois me tenir au courant de tout ce que tu fais.

Il serra sa main dans la sienne.

— Bien entendu. C'est aussi comme ça que je voyais les choses.

25.

L'appartement de Warren sur Park Avenue était moins spacieux que la demeure familiale des Lear, mais tout aussi luxueux — digne de l'homme qui avait fait construire les plus belles résidences de la ville.

Frank s'arrangea pour arriver le plus tard possible, au moment où les autres partaient. Il détestait ces réunions après les enterrements, au cours desquelles les gens se croient obligés de chuchoter ou, au contraire, de contrebalancer l'atmosphère morose en parlant trop fort et en racontant des anecdotes amusantes sur le disparu.

Il trouva le père d'Adam dans un coin du salon, entouré d'une demi-douzaine d'hommes vêtus de costumes sombres et affichant une mine de circonstance. Warren guettait son arrivée, et il vint à sa rencontre dès qu'il l'aperçut.

— Allons dans la bibliothèque, dit-il.

Il passa un bras autour de ses épaules, et le conduisit jusqu'à une petite pièce lambrissée, décorée de souvenirs de marins. Le feu qui crépitait dans la cheminée en brique apportait un peu de chaleur au mobilier trop conventionnel.

Warren s'installa dans un fauteuil et alla droit au but, comme toujours.

— Est-il vrai que vous doutez de la culpabilité de Roy Ballard ?

— Qui vous a dit ça ?

— L'inspecteur Stavos.

— Pour une fois, il a bien interprété mes paroles.

— Donc, c'est la vérité.

— Oui. D'ailleurs, je ne doute même plus. Je suis sûr de son innocence.

— A cause de ce qui est arrivé à Claire ?

— En partie, oui. Et aussi parce que Jenna est certaine que Roy Ballard n'est pas le clochard qu'elle a vu avec Adam.

— Et les preuves ? Le couteau ensanglanté, la montre d'Adam, la carte de crédit, l'argent. Tout ça se trouvait sous la couverture de Ballard.

— Le véritable assassin a très bien pu glisser ces objets dans ses affaires, en se faisant lui-même passer pour un clochard.

— Un clochard qui n'avait pas la même odeur que Ballard.

Frank vit une lueur sceptique dans les yeux de Warren.

— Vous êtes au courant de ça aussi…

— Eh oui !

Il soupira.

— Et, pour être honnête, Frank, je ne sais pas quoi penser. Comprenez-moi bien. J'adore cette petite, et je lui suis reconnaissant de prendre la chose tellement à cœur. Mais cette histoire d'odeur corporelle…

Il secoua la tête.

— Je sais que ça peut paraître étrange, dit Frank, mais

j'ai envie de faire confiance à l'instinct de Jenna. Elle nous a déjà prouvé qu'elle n'en manquait pas.

Warren lui lança un regard malicieux.

— Vous étiez amoureux d'elle, autrefois, n'est-ce pas ? Avant qu'elle n'épouse Adam. C'est lui qui me l'a dit, ajouta-t-il, comme Frank se taisait. Il ne vous en a jamais voulu, d'ailleurs. Il regrettait seulement que vous ne soyez pas restés amis, tous les deux, à cause de ça.

— C'est moi qui ai fermé la porte. Et je n'en suis pas fier.

— Vous êtes toujours amoureux d'elle ?

Frank n'avait aucune envie d'aborder ce sujet avec Warren.

— Je croyais que nous devions parler de l'enquête.

Warren hocha la tête.

— Vous avez raison. Ne nous égarons pas. Je ne suis pas votre client, et vous ne pouvez pas me révéler tout ce que vous savez, mais je tiens à vous dire que je suis heureux que vous enquêtiez sur la mort d'Adam. Stavos me semble compétent mais un peu borné.

La rencontre entre Warren Lear, autoritaire et dominateur, et l'inspecteur Stavos, célèbre pour son sale caractère, avait dû être électrique.

— Stavos est très indépendant, plaida Frank. Il a l'habitude de travailler seul.

Warren opina légèrement.

— Vous avez sans doute raison. Mais j'aimerais tout de même me rendre utile. Stavos ne peut sans doute pas comprendre ça parce qu'il n'a pas eu d'enfants. Mais vous, Frank, je suis sûr que vous vous mettez à ma place. Vous êtes père. Vous devez avoir une idée de l'état dans lequel je suis. Mon fils est mort. A présent, je ne suis qu'un homme trop riche et terriblement seul.

Frank songea à Roy dans sa cellule. On allait sûrement lui attribuer un jeune avocat inexpérimenté qui risquait de ne pas faire le poids.

— J'ai une idée, dit-il.

Warren le regarda avec intérêt et attendit la suite.

— Vous pourriez engager quelqu'un pour assurer la défense de Roy Ballard. Un homme d'expérience qui se battra pour lui, qui saura utiliser les failles du système.

— Vous avez quelqu'un en vue ?

— Oui.

Frank ouvrit sa mallette et fouilla pour en sortir une carte de visite qu'il tendit à Warren.

— Mick Falco. Nous avons fait nos études ensemble. Adam le connaissait. C'est un homme honnête et efficace.

— L'artiste, c'était vraiment une amie à toi, papa ? demanda Danny en contemplant une photographie de Jenna.

Après avoir quitté l'appartement de Warren, Frank avait filé sur Staten Island pour cueillir Danny à la sortie de l'école. Puis, pris d'une subite impulsion, il l'avait entraîné à la galerie Siri's — un peu contre son gré, d'ailleurs — pour admirer l'exposition. Danny paraissait intéressé, mais sans plus.

— Nous sommes toujours amis, dit-il pour répondre à la question de son fils. Nous nous sommes rencontrés quand nous étions encore étudiants.

Ils avancèrent jusqu'au cliché suivant, qui représentait un

laveur de carreaux suspendu au-dessus du vide, à mi-hauteur de l'Empire State Building.

— Pourquoi elle ne fait que du noir et blanc ?

C'était bien la question d'un enfant de quatorze ans.

— Je suppose que c'est un choix esthétique, une question d'intensité dramatique.

— Tu vas en acheter une ?

— Pour l'instant, fit une voix douce derrière eux, les photos de Jenna Meyerson ne sont pas à vendre.

Frank se retourna et découvrit la femme qui venait de s'adresser à eux.

— Laetitia Vaughn, dit-elle.

Frank lui tendit la main.

— Frank Renaldi. Je suis un ami de la photographe. Et voici mon fils, Danny.

— Bonjour, Danny, dit-elle.

Elle s'adressa de nouveau à Frank.

— Je ne me rappelle pas vous avoir vu au vernissage.

— Je n'ai pas pu me libérer, dit-il.

— Alors ? Que pensez-vous de ce travail ?

Il regarda la photographie devant laquelle ils s'étaient arrêtés — deux chauffeurs de taxi qui s'apostrophaient par leurs vitres ouvertes.

— Je ne suis pas un spécialiste, mais ça me paraît très bon, très… Comment dire ? Sincère.

La réponse de Frank parut convenir à Laetitia.

— Et toi, jeune homme, dit-elle en s'adressant à Danny. Quelle est ton opinion ?

L'adolescent haussa les épaules.

— Pas mal.

— Mais tu aurais préféré un autre thème. Le sport, par exemple… Laisse-moi deviner. Le football ?

Danny parut s'animer, brusquement.

— Le hockey, dit-il.

— Bien sûr, j'aurais dû m'en douter ! Tu as une carrure de joueur de hockey.

Elle agita un doigt.

— Il me semble avoir vu quelques clichés des New York Rangers dans l'atelier de Jenna. Tu pourrais peut-être lui demander de te les montrer ?

Danny accueillit la proposition sans enthousiasme.

— Pourquoi elle expose ses photos si elle ne les vend pas ? demanda-t-il.

Laetitia se mit à rire.

— Il est toujours aussi curieux ? demanda-t-elle à Frank.

— J'ai bien peur que ce ne soit héréditaire, répondit-il.

— En tout cas, Danny, c'est une très bonne question, reprit-elle. Beaucoup de gens me l'ont déjà posée. Jenna a l'intention de rassembler ces photos dans un livre. Elle espère que l'exposition intéressera suffisamment les gens pour leur donner envie de l'acheter.

Elle passa les vingt minutes suivantes à leur expliquer la démarche de Jenna, qui cherchait à capturer l'âme des gens qu'elle photographiait. Danny observait attentivement les clichés, tout en écoutant les explications de Laetitia et en posant une question de temps à autre. Frank fut surpris de le voir aussi attentif, et il le complimenta quand ils sortirent de la galerie.

Danny haussa les épaules.

— Ça va me servir, cette expo. J'ai un devoir à rendre pour la semaine prochaine.

— Quel devoir ?

— Il faut écrire un texte sur le métier des gens, et dire pourquoi ils l'ont choisi.

Il brandit les prospectus de la galerie.

— Avec ça, je n'ai même plus besoin de faire de recherches. Je vais choisir un photographe, et je n'aurai qu'à utiliser les informations qu'il y a là-dedans.

Frank sourit.

— J'aurais dû me douter que tu avais une arrière-pensée.

— C'est pas de la triche, hein, p'pa ?

— Non, bien sûr que non. Mais ce serait encore mieux si tu rencontrais Jenna. Qu'est-ce que tu en dis ? Tu aimerais lui poser des questions ?

Danny haussa les épaules d'un air vague, et Frank n'insista pas.

26.

Les Renaldi venaient de terminer leur repas lorsqu'ils entendirent tinter la sonnette d'entrée. Vinnie se leva.

— J'y vais, dit-il. Occupez-vous de débarrasser.

Il revint quelques secondes plus tard.

— Il y a un type qui veut te parler, Frank. Je lui ai demandé d'attendre dehors, sous la véranda. Il s'appelle Carl Badger, ajouta-t-il pour répondre au regard interrogateur de Frank.

Carl Badger… Frank vit rouge. S'il y avait un nom qu'il ne voulait plus jamais entendre, c'était bien celui de l'agent du FBI qui s'était chargé de l'enquête sur Johnny Caruso. Sa démission forcée, il la lui devait. A l'époque, Badger voulait mener l'enquête sur la mafia russe à la place de Frank, et il avait guetté un faux pas pour prendre sa place. Il avait réussi… A présent, il dirigeait la mission *Bratstvo.*

Frank se demanda ce que ce salaud venait faire chez lui. Il posa son torchon sur l'épaule de Danny.

— On dirait que tu es de corvée, fils ! lui dit-il.

— C'est pas juste ! lança Danny. J'ai déjà fait la vaisselle hier.

— Je la ferai deux fois de suite.

Carl Badger adorait avoir l'allure d'un agent fédéral : il portait la panoplie complète, jusqu'aux chaussures noires parfaitement cirées. Maigre, les cheveux coupés très court, il vous transperçait de ses petits yeux aigus.

Il était accoudé à la rambarde, et sa silhouette se découpait sur le ciel étoilé. Il affichait un petit sourire insupportable.

— Bonjour, Frank, dit-il.

Frank s'installa dans un fauteuil et croisa les jambes, sans l'inviter à prendre place.

— Eh bien, Carl. J'étais loin de m'imaginer que je te manquais à ce point !

— Tu ne me manques pas.

— Dans ce cas, pourquoi as-tu fait tout ce chemin pour me voir ?

— Oh, tu sais… Dans ce boulot, on a l'habitude d'avaler les kilomètres.

Frank étouffa un bâillement.

— Venons-en au fait. Qu'est-ce que tu veux ?

— Il paraît que tu te fais passer pour un agent fédéral.

Frank resta de marbre. Ainsi, Chekhov n'avait pas cru un mot de sa petite histoire. Il avait pris ses renseignements.

— Chekhov t'a appelé, c'est ça ?

— Ça t'étonne ?

— Rien ne me surprend plus. Et je n'ai jamais prétendu être un agent fédéral. Il a tiré ses conclusions tout seul.

— Et tu t'es bien gardé de le détromper.

— Tu n'aurais pas fait la même chose, à ma place ?

— Ce n'était pas très malin, Frank. Tu n'as pas le droit de harceler des gens honnêtes, qui travaillent dur. Je te rappelle que tu n'as plus aucune autorité légale.

— Comme ça, au moins, tu ne pourras pas me faire virer !

Badger ignora l'allusion.

— Estime-toi heureux que j'aie pris l'appel de Chekhov. Avec un autre agent, tu risquais de sérieux ennuis.

Il jeta un regard autour de lui, et baissa la voix.

— Je vais te proposer un marché. Mon silence contre un petit renseignement.

Frank se mit à rire. Décidément, le culot de cet homme n'avait pas fini de l'étonner.

— J'avoue que je suis curieux d'entendre ça. Tu m'as l'air bien démuni…

— Je voudrais savoir pourquoi tu t'intéresses à *Bratstvo.*

Le nouveau patron n'avait donc pas avancé d'un pouce dans cette enquête. Et il réclamait son aide.

— Tu sais que tu es pathétique ? Tu voudrais que je coopère avec toi, alors que tu m'as poignardé dans le dos.

Le sourire de Badger s'évanouit.

— Il s'agit de sécurité nationale : ton devoir est d'aider les agents du gouvernement.

Frank se pencha en avant.

— Tu as besoin d'informations ? Tu n'as qu'à mener ton enquête.

— Il me suffit d'un coup de fil pour t'envoyer en taule.

Frank se leva. Il en avait assez.

— Ne te gêne pas, Carl : vas-y !

Il rentra dans la maison en laissant la porte claquer bruyamment derrière lui.

Lorsque Frank revint dans la cuisine, il la trouva impeccablement rangée. La machine à laver la vaisselle ronronnait doucement, et une vieille cafetière italienne était posée sur la table, avec deux tasses.

— Où est Danny ? demanda-t-il.

— Je l'ai envoyé au lit, répondit Vinnie en s'asseyant. Il dispute un match, demain. Installe-toi et prends un peu de café.

Frank était énervé ; il n'avait pas envie de faire la conversation à son oncle.

— Si je bois du café, je ne vais pas fermer l'œil de la nuit.

— Assieds-toi, Frankie. Je voudrais te parler.

Surpris par son ton calme mais ferme, Frank s'exécuta. Il savait qu'il était inutile de résister à Vinnie quand il avait décidé quelque chose.

Il accepta donc le café.

— Que se passe-t-il ?

Vinnie se servit et reposa la cafetière.

— Est-ce que tu ne pourrais pas me demander mon aide, de temps à autre, quand tu en as vraiment besoin ? lança-t-il d'un ton solennel.

Frank prit un air innocent.

— Je ne vois pas de quoi tu parles, dit-il.

— Je vais t'expliquer. Ça fait deux ans que j'attends que tu me dises ce qui s'est vraiment passé quand tu as quitté le FBI. Pourquoi refuses-tu d'aborder le sujet ?

— Mais tu sais déjà ce qui s'est passé !

— Je comprends que tu dises ça à ta sœur et à ta mère. Mais à moi… ! Tu tenais plus que tout à ce travail. Quelque chose de grave t'a poussé à partir.

— Tu oublies Danny. Il avait besoin de moi.

— Je ne l'oublie pas, non. Mais tu es un homme plein de ressources. Si tu avais voulu, tu aurais trouvé le moyen d'être un bon père sans pour autant sacrifier ta carrière.

Frank reposa lentement sa tasse et soutint le regard tranquille de son oncle. C'était la première fois que Vinnie lui avouait qu'il n'avait pas cru à son histoire de démission.

— Pourquoi remets-tu ça sur le tapis ? lui demanda-t-il.

— C'est à cause de ce type qui était dehors. C'était bien un fédéral ?

— Comment le sais-tu ?

Vinnie se mit à rire.

— Eh bien, ce n'est pas Halloween, donc je suppose qu'il n'était pas déguisé.

Il redevint sérieux.

— Il n'est pas venu en ami, n'est-ce pas ?

Frank rit à son tour.

— Pas vraiment.

— C'est lui qui t'a fait virer ?

Ce vieux malin avait tout compris depuis le début.

— Oui, c'est lui.

— Tu n'as qu'à dire un mot, et je lui casse un genou.

Frank savait que son oncle ne plaisantait pas, et il secoua vigoureusement la tête.

— Non, Vinnie. Pas de ça !

— Pourquoi ? Ce type a été infect avec toi. Il mérite une bonne leçon.

— Mais pas comme ça.

— Les situations exceptionnelles réclament des mesures exceptionnelles. Tu n'as donc rien retenu de mes leçons ?

— Comment as-tu appris la vérité ?

Vinnie s'adossa posément à sa chaise. Il tenait sa tasse de café dans la main, et elle disparaissait presque entièrement dans sa large paume.

— Après sa première crise cardiaque, Johnny Caruso a reçu la visite d'un type de Brooklyn qui possédait, lui aussi, une entreprise de débarras. Il prétendait vouloir s'associer avec lui, pour s'agrandir. L'offre était intéressante, mais Johnny s'est aperçu qu'il trafiquait avec la mafia russe, alors il a refusé.

Frank était soudain très intéressé.

— Je l'ignorais, dit-il.

— Johnny a préféré ne pas ébruiter l'affaire. La municipalité de Staten Island est l'un de ses plus gros clients, tu comprends ? Il ne voulait pas qu'on le prenne pour un mafieux. Mais un salaud avait mis les fédéraux au courant, et ils sont venus poser des questions, quelques mois plus tard. Je travaillais déjà avec lui. Et puis, quelques semaines après, tu as brusquement quitté le FBI. Je ne suis pas stupide : j'ai fait la relation. J'ai compris qu'on t'avait viré pour ça.

— Pourquoi tu ne m'en as jamais parlé ?

— A quoi bon ? C'était trop tard, de toute façon. Tu étais déjà installé ici, comme privé, et Danny était heureux. Je me suis dit que tu finirais bien par m'en parler un jour, quand le moment serait venu.

— Je ne voulais pas que tu l'apprennes.

— Parle-moi donc un peu de ce Carl Badger, dit Vinnie en buvant une gorgée de café.

— Il était sous mes ordres, mais ça ne lui convenait pas. Il trouvait ça injuste parce qu'il avait plus d'ancienneté que moi. Il m'a fait éjecter dès qu'il en a eu l'occasion.

— Tu aurais dû me le dire tout de suite, Frankie. Je pouvais refuser l'offre de Johnny.

— Justement, je ne voulais pas. Je savais que c'était ton ami et que tu tenais à lui venir en aide. Je n'avais pas envie de tout gâcher.

— Qu'est-ce qu'il venait chercher ici, ce Badger ?

A présent, Vinnie voulait tout savoir.

— Il m'a demandé pourquoi je m'intéressais brusquement à *Bratstvo.*

— Tu penses que l'organisation est mêlée au meurtre de ton ami ?

— Peut-être, dit Frank prudemment.

Vinnie se pencha par-dessus la table. Ses yeux noirs brillaient.

— Dans ce cas, tu auras sans doute besoin de mon aide.

Frank réfléchit à cette proposition. Vinnie connaissait pas mal de monde, et il n'était pas idiot. Il saurait exactement quoi faire, qui interroger, et il était capable de se montrer discret.

— Tu parles un peu le russe ? demanda-t-il à son oncle, en prenant sa tasse de café.

Vinnie eut un sourire confiant et malicieux.

27.

Les Black Hawks de Staten Island remportaient tous leurs matchs depuis quatre semaines consécutives, mais la chance tourna brusquement. Ce samedi-là, ils furent battus neuf à six par les Yonkers Flyers. Danny se montra d'humeur maussade pendant tout le trajet du retour. Frank et Vinnie essayèrent de le réconforter en le félicitant d'avoir marqué trois buts, mais il ne se dérida pas.

— Si on s'arrêtait au Ihop pour manger une crêpe ? suggéra Vinnie.

— Plutôt mourir que de me montrer en public ! répliqua Danny.

Frank et Vinnie échangèrent un regard entendu, puis Frank haussa les épaules.

— Dans ce cas, dit-il, rentrons à la maison.

Il venait de s'engager dans l'allée lorsque son portable sonna. Le nom de Falco s'afficha à l'écran.

— Rentrez sans moi, dit-il à Vinnie. Je prends l'appel à l'extérieur.

— Hé, Frank, lança Mick Falco, tu connais un bon privé ?

— Il se trouve que je suis le meilleur. Mais je suis cher. Je ne sais pas si tu as les moyens.

— Je les ai. Grâce à un de mes potes, on vient de me proposer une affaire qui fait du bruit en ville, en ce moment.

— Ah ! Ça s'est bien passé, avec M. Lear ?

— C'est beaucoup dire ! répondit Mick en riant. Ce type est un sacré emmerdeur, mais je crois que je m'y ferai.

Il redevint sérieux.

— Merci de lui avoir donné mon numéro, Frank. C'était vraiment sympa de ta part.

— Pas la peine de me remercier. Je t'ai recommandé parce que j'estimais que tu le méritais. Mais je dois avouer que j'avais un autre motif, moins désintéressé.

— Ah bon ? dit Mick en feignant la surprise. Et lequel ?

— Je voudrais qu'on marche ensemble.

— Tu as une sacrée veine, mon pote, parce que j'ai justement besoin de tes services.

Cette fois, c'était l'avocat qui parlait.

— J'ai rencontré Roy. Il m'a donné une description assez précise du type qu'il a vu dans le parc, la veille du meurtre : celui qui lui a fait toucher le couteau.

— Continue.

— L'inspecteur Stavos n'a même pas enregistré cette déclaration, tellement elle lui a paru loufoque. Quand tu l'auras lue, tu comprendras pourquoi.

— Le type ressemble à Godzilla ?

— Mieux que ça. D'après Roy, il serait le portrait craché de Columbo.

— Tu veux dire Christophe Colomb ?

Mick éclata de rire.

— Non, je te parle de l'inspecteur Columbo. Tu connais la série, quand même !

— Désolé, à part le hockey et le football, je ne regarde pas la télévision.

— Il a les cheveux en bataille, il porte un imperméable tout froissé qui a l'air d'avoir fait plusieurs guerres, et il roule dans une Peugeot minable. Ça ne te dit rien ?

— Non. Désolé.

— Peu importe. En tout cas, avec l'état de ses cheveux, son imperméable et son allure débraillée, ce type avait tout d'un clochard, et Roy n'a rien trouvé d'extraordinaire au fait qu'il vienne discuter avec lui sur le banc. Et, d'un seul coup, il a sorti un couteau en demandant à Roy si ça lui ferait plaisir de le tenir dans sa main.

— Je sais, j'ai lu le rapport de police.

— Tu plaisantes ? Comment as-tu accompli ce tour de force ?

— Que fais-tu de mon charme légendaire ? Continue, Mick, c'est très intéressant.

— Et ce n'est pas fini. Le type buvait dans un gobelet provenant d'un de ces cafés à la mode, un peu snob, comme on en voit fleurir un peu partout dans la ville, depuis quelque temps.

— Du genre Starbucks ?

— Oui. Sauf que, chez Starbucks, ils ont des gobelets marron, et celui du type était orange, avec un logo — un arbre ou un plant de café.

— Il n'y avait pas de nom ?

— Roy ne l'a pas remarqué, en tout cas.

Il se tut.

— J'ai besoin de toi pour creuser cette piste, Frank.

— Tu veux que je trouve où ton *Columbo* a acheté son café ?

— Je sais que ça ne va pas être facile. Tu es toujours partant ?

— Tu sais bien que oui ! Mais j'aurais voulu en savoir un peu plus, tout de même.

— Tu auras bientôt un portrait du type et un croquis du gobelet avec le logo. L'un de mes amis, qui est peintre, y travaille en ce moment même. Bon, maintenant, parlons de tes appointements. Dis-moi combien…

— Je ne veux pas d'argent pour cette affaire, coupa Frank.

— Ecoute, Warren m'a fait une avance très généreuse. Je peux te payer le prix que…

— Non. Pas d'argent. Compris, maître ?

Il y eut un bref silence, puis Mick soupira, comme s'il avait conscience de perdre son temps en essayant de discuter.

— Si c'est ce que tu veux…

— C'est ce que je veux.

— Ma secrétaire déposera les dessins à ton agence, lundi matin à la première heure.

— Très bien. Embrasse Gloria pour moi.

Jenna venait de passer deux heures à préparer son jardin en terrasse pour une séance photo avec le magazine *Today's Cuisine*. Ce jardin, qui se trouvait au-dessus de son appartement, était une oasis privée dominant Central Park — un véritable privilège. Elle y venait pour lire, faire de la gymnastique, ou tout simplement profiter du calme et de la solitude. Du toit de son vingt et unième étage, on jouissait d'une vue époustouflante, surtout en automne, lorsque les feuilles commençaient à changer de couleur et que l'hiver s'installait doucement.

Lou Frankel, l'exubérant rédacteur en chef de *Today's Cuisine*, avait tenu à utiliser ce décor magnifique pour la couverture de Noël. En découvrant la profusion de plantes et d'arbustes, il avait pris un air gourmand.

— C'est fantastique ! s'était-il exclamé en traversant le jardin. On mettra des poinsettias et du houx un peu partout, des petites lumières dorées autour des arbres et de la table de réveillon... Ici, au centre, ça va être de la dynamite, chérie ! Tu vas voir...

Puis, sur un ton très professionnel, il avait ajouté :

— Cinq gros billets pour l'utilisation de ce paradis, ça te va ?

Au départ, Jenna avait trouvé l'idée un peu surfaite, mais elle s'était piquée au jeu et, finalement, elle devait reconnaître que c'était très réussi. Les poinsettias se répartissaient harmonieusement sur toute la superficie du toit — quatre mètres sur six —, et un sapin décoré dans le style victorien occupait l'un des coins. Des guirlandes lumineuses, harmonieusement disposées le long de la rambarde et autour de la porte, complétaient l'ensemble. Au centre, trônait la pièce maîtresse : une table dressée pour huit personnes, sur laquelle brillaient des assiettes en porcelaine posées sur un napperon doré, des verres en cristal et de l'argenterie ancienne de chez Tiffany. Des petites bougies vertes et rouges égayaient la table, et chaque assiette contenait un cadeau, enveloppé dans du papier de soie et entouré d'un ruban doré surmonté d'un minuscule nœud en or.

Jenna attendit que le soleil eût atteint la position qu'elle désirait, et ôta le Leica de son support. Elle voulait photographier la table sous plusieurs angles, et elle en fit le tour en prenant une succession de clichés. Elle avait sorti l'escabeau du cagibi, et grimpa lentement les marches, sans cesser de mitrailler.

Elle était entièrement absorbée par sa tâche lorsqu'une voix qui ne lui était pas inconnue la fit sursauter.

— Bonjour, Jenna !

Elle se retourna brusquement, et faillit tomber de son perchoir.

— J.B. !

Le directeur général de Faxel était un homme grand et maigre qui approchait la soixantaine. Il avait un côté jovial et nonchalant que démentait son regard perçant et volontaire.

— Je vous prie de m'excuser si je vous ai fait peur, dit-il. J'ai sonné, mais personne n'a répondu. Finalement, je suis entré. J'espère que vous ne m'en voulez pas.

Jenna songea avec agacement que les gens normaux faisaient demi-tour quand ils trouvaient porte close.

— Pas du tout, répondit-elle.

Elle descendit de son escabeau d'un pas mal assuré, tout en songeant que J.B. venait lui demander des explications.

Comme pour la rassurer, il parcourut du regard la table de fête, l'arbre de Noël et les poinsettias. Puis il sourit.

— Noël en octobre ? dit-il.

— C'est pour le numéro de décembre de *Today's Cuisine.* Un contrat de dernière minute.

— Je comprends.

Il attendit qu'elle eût rangé son escabeau pour poursuivre :

— Un certain inspecteur Stavos est venu me voir, hier. Il paraît que votre mari soupçonnait Faxel et son directeur général — à savoir, moi — d'activités frauduleuses. Il vous en aurait parlé. Est-ce exact, Jenna ?

Ainsi, Marcie n'avait pas menti. L'inspecteur Stavos avait suivi ses instructions, et il s'était rendu chez J.B. pour l'interroger.

— Oui, c'est exact.

Elle entreprit de replier le pied de son appareil, histoire de se donner une contenance.

— Pourquoi n'êtes-vous pas venue me trouver pour m'en parler, Jenna ?

Il avait l'air sincèrement peiné, et elle se sentait de plus en plus mal à l'aise.

— Franchement… c'était un peu délicat.

— Vous avez donc préféré la police.

— Personnellement, je ne vous accuse de rien, J.B.

Elle commençait à reprendre ses esprits.

— Mon ex-mari m'a transmis des informations, avant de mourir. Je n'ai fait que mon devoir en les communiquant à la police.

Il avança vers elle, les mains dans les poches.

— D'après Stavos, vous êtes persuadée que Roy Ballard n'a pas tué Adam et qu'il conviendrait de chercher son assassin du côté de Faxel.

Ainsi, Stavos n'avait pas ménagé le directeur général ! Jenna commençait à réviser son jugement au sujet de cet inspecteur bougon.

— Roy n'a pas tué Adam, dit-elle.

Il était si près d'elle qu'elle pouvait distinguer les petites taches plus sombres dans ses yeux noisette. Elle se fit violence pour ne pas reculer d'un pas, et essaya de se raisonner. Elle n'avait rien à craindre de cet homme. Elle le savait parce qu'elle avait eu l'occasion de le côtoyer. Elle avait même remarqué qu'il possédait un grand sens de l'humour — une facette peu connue de son caractère.

— Vous faites une grave erreur, Jenna.

Son ton avait changé : il était plus sec.

— J'ignore ce qu'Adam vous a dit, mais je peux vous assurer qu'il ne cherchait qu'à jeter le discrédit sur moi. Ce ne serait pas la première fois qu'une compagnie concurrente chercherait à salir ma réputation ou à nous espionner pour copier un nouveau produit. Nous ne respectons pas toujours l'éthique la plus stricte, dans le milieu des affaires. Mais de là à me soupçonner d'activités illégales ou de meurtre, il y a un grand pas qu'il serait grotesque de franchir.

— Je me suis contentée d'insister auprès de l'inspecteur Stavos pour qu'il poursuive son enquête, dit Jenna. Je suis certaine que Roy Ballard est innocent.

— Et qui aurait tué Adam, selon vous ?

Le soleil dardait encore quelques tièdes rayons, mais Jenna fut parcourue d'un frisson qui venait du plus profond d'elle-même. Elle s'humecta les lèvres.

— Je ne sais pas, répondit-elle.

Elle aurait voulu poursuivre cette conversation ailleurs, dans un endroit où elle se serait sentie moins vulnérable, mais elle ne voulait pas lui montrer qu'il l'impressionnait.

Le visage de J.B. reprit une expression peinée.

— Pourquoi avez-vous peur de moi, Jenna ? demanda-t-il.
— Vous vous trompez ! Je…
— Que vous a dit Adam Lear ?
— Il m'a demandé les photos de la réception donnée pour le lancement du Wizard. Il espérait y trouver une preuve de la culpabilité de Faxel.
— Ah oui… Les fameuses photos… L'inspecteur Stavos me les a montrées. Il voulait connaître le nom de toutes les personnes qui y figuraient. Je les ai bien regardées, Jenna. Je peux vous assurer qu'il n'y avait là que des gens très convenables.
Il ouvrit les bras.
— J'ignore ce qu'Adam a cru voir et ce qu'il vous a dit. Mais je vous assure qu'il était mal informé… A moins que tout cela n'ait été que le fruit de son imagination.
Jenna avait l'habitude de se replier quand elle sentait qu'elle avait perdu la bataille. Ce n'était sans doute pas l'attitude la plus courageuse, mais, pour l'instant, c'était la plus adéquate.
— Il a dû se tromper, en effet, dit-elle en reculant d'un pas.
J.B. lui adressa un sourire glacial.
— Vous savez, Jenna, j'ai appris à vous connaître quand nous travaillions ensemble sur le projet Wizard. Je vous ai toujours trouvée franche et directe.
Elle recula encore.
— Vous avez raison. Je le suis.
— Pourtant, vous mentez, en ce moment. Vous n'admettez pas qu'Adam ait pu se tromper. Il suffit de regarder vos yeux pour comprendre que vous me croyez coupable de quelque crime inavouable.

— Vous faites erreur, assura-t-elle en reculant de nouveau, insensiblement.

Elle avait presque atteint le mur.

— Que me cachez-vous, Jenna ?

— Rien du tout.

— Comment pourrais-je me défendre si j'ignore ce dont je suis accusé ?

— Je vous ai dit que je ne savais rien. Je suis désolée si je vous donne l'impression de…

— Vous avez ces photographies ?

La question la prit de court.

— Pardon ? dit-elle pour se donner le temps de réfléchir.

Mais sa voix sonnait faux et elle se sentit de plus en plus mal à l'aise.

— Je vous ai demandé si vous aviez un exemplaire des photos. Je suis prêt à y jeter un coup d'œil. Après tout, quelque chose a pu m'échapper.

Jenna sentit les battements de son cœur s'accélérer. Elle craignait que J.B. ne perçoive l'état de panique dans lequel elle se trouvait.

— Je les ai confiées à Marcie Hollander.

Comme par miracle, elle parvint à soutenir son regard.

Une étrange lueur brilla dans les yeux de J.B.

Jenna fit un pas de côté. Elle ne songeait plus qu'à mettre de la distance entre elle et cet homme. Dans sa précipitation, elle se cogna à l'escabeau, et faillit perdre l'équilibre. J.B. l'attrapa fermement par les coudes pour la retenir.

— Prenez garde, Jenna ! dit-il en jetant un coup d'œil par-dessus la rambarde. C'est haut, ici.

28.

Le dos appuyé à la porte, Jenna retenait sa respiration. Enfin, l'ascenseur se mit en branle. Il était parti ! Elle s'enferma à double tour, et se rendit dans la cuisine pour se servir un verre de vin. Elle but une gorgée, puis une autre. Mais l'alcool n'eut pas l'effet calmant qu'elle escomptait.

Elle ne savait que penser de cette visite. Son instinct lui disait que J.B. était venu se rendre compte par lui-même de ce qu'elle avait appris au sujet de Faxel. Comme elle était restée muette, il l'avait discrètement menacée. Mais peut-être se faisait-elle des idées ? Quelques jours plus tôt, Marcie lui avait reproché son imagination débordante. Certes, elle ne manquait pas d'imagination, mais elle ne manquait pas non plus de bon sens. Et le bon sens lui soufflait qu'elle s'était mise dans de beaux draps. J.B. s'était comporté avec elle d'une manière réellement étrange. Pendant leur conversation, il lui avait bloqué l'accès à la sortie de la terrasse, alors qu'elle regardait sans cesse dans cette direction… Et ensuite, il avait prononcé ces paroles ambiguës — « C'est haut, ici » — dans l'intention manifeste de l'effrayer.

Quand Adam lui avait confié ses soupçons, Jenna avait douté que cet homme pût être un malfaiteur. On lisait régulièrement son nom dans le *Wall Street ;* il avait la réputation d'être un bon père et un mari fidèle, et posait avec sa famille devant sa magnifique demeure de Long Island. Mais, depuis la mort étrange d'Adam, puis celle de Claire, Jenna avait une vision différente du personnage. Et sa visite d'aujourd'hui ne laissait plus aucune place au doute. Il l'avait retenue lorsqu'elle avait trébuché, mais il s'était arrangé pour lui faire comprendre qu'il n'hésiterait pas à la pousser s'il le jugeait nécessaire.

Elle reposa son verre et alla vérifier que la porte d'entrée était bien verrouillée. Il fallait qu'elle cesse de penser à J.B. et qu'elle s'occupe l'esprit. Il était temps de mettre un terme à ses élucubrations morbides.

Elle remonta sur le toit, et entreprit de ranger la vaisselle en porcelaine. Quand elle eut terminé, le soleil était déjà couché, et la température avait baissé de quelques degrés. Elle s'apprêtait à appeler *Todays's Cuisine* pour prévenir que le matériel était à leur disposition lorsqu'elle entendit des coups rapides et insistants à la porte d'entrée.

Elle traversa le salon, colla son œil au judas et reconnut Magdi. Elle ouvrit aussitôt la porte.

— Magdi, qu'est-ce qui ne va pas ?

La vieille Hongroise lui tendit une rose noire.

— C'était sur ton palier, dit-elle d'une voix étouffée.

Jenna prit la fleur en jetant instinctivement un coup d'œil autour d'elle.

— Sur mon palier ?

Magdi acquiesça en silence, puis, avec le ton de quelqu'un qui sait de quoi il parle, elle ajouta :

— Les roses noires portent malheur, Jenna.

La jeune femme avait suffisamment fréquenté les milieux

de la justice pour savoir qu'une rose noire signifiait beaucoup plus que ça. C'était un symbole qui voulait dire : « Tiens-toi tranquille si tu veux rester en vie. »

— Qui a bien pu déposer ça devant ta porte ? dit Magdi d'un air terrifié.

— C'est sûrement une farce stupide, répondit Jenna d'une voix qu'elle s'efforçait de rendre rassurante. Des gamins qui s'ennuyaient…

Tout en parlant, elle jeta un coup d'œil à la cage d'ascenseur. La rose n'était pas là quand elle avait raccompagné J.B. Etait-il revenu la déposer sur son paillasson ? Voulait-il lui rappeler qu'il ne fallait pas prendre ses menaces à la légère ?

La longue tige lui brûlait la main.

— Vous vouliez quelque chose, Magdi ?

La vieille femme ne parvenait pas à détacher son regard de la fleur.

— Je viens de faire du thé vert, et je me disais que tu aurais peut-être envie d'en boire une tasse avec moi.

Mais Jenna n'était pas d'humeur à papoter autour d'une tasse de thé. Elle n'avait qu'une envie : quitter son appartement et se réfugier dans un endroit sûr.

— C'est très gentil de votre part, Magdi, répondit-elle. Mais je ne peux pas.

Elle allait lui en dire plus, mais elle se ravisa. Magdi n'était pas méchante, mais elle avait la langue bien pendue. Mieux valait éviter de lui dire où elle comptait aller.

— Une autre fois, peut-être, ajouta-t-elle.

— D'accord, répondit Magdi en jetant un dernier coup d'œil à la rose. Mais sois prudente, ma chérie.

— C'est promis.

*
* *

A seulement une heure de Manhattan, la pittoresque petite ville de Katomah permettait déjà de profiter des joies de la campagne. Avec son centre animé, ses vieilles maisons et un accès facile par le train, cette charmante enclave était, depuis quelques années, un endroit très prisé par les pauvres citadins en mal de calme et d'air pur.

La grande maison blanche de style colonial qu'habitait Sam paraissait bien vide, depuis le départ d'Elaine, mais Jenna la retrouvait toujours avec plaisir. La maison de son enfance…

Son père s'était déclaré ravi de la recevoir. Elle ne lui avait pas confié les véritables raisons de sa venue, et elle avait réussi à lui dissimuler son inquiétude en prétextant une semaine chargée et le besoin de décompresser.

Sam avait commandé ses plats favoris : poulet Kung Pao, porc rôti, légumes Mu Shu et une double ration de biscuits de la fortune. Ils dînèrent devant la télévision, en regardant *Happy Days* et en riant comme des enfants.

Jenna se coucha très tôt et s'endormit très vite, sans doute parce qu'elle se sentait épuisée, mais aussi parce que sa chambre de jeune fille avait toujours sur elle un effet apaisant. Bercée par ses souvenirs et le ronronnement familier de la vieille chaudière, elle sombra dans un sommeil profond et sans rêves.

Elle fut réveillée, le matin, par un remue-ménage de casseroles dans la cuisine.

— Ça te dirait de faire un tour dans le jardin ? lui proposa son père, quand elle descendit. Les érables sont magnifiques, à cette période de l'année.

— J'en serais ravie, répondit-elle.

Bras dessus, bras dessous, ils arpentèrent lentement le jardin qu'Elaine avait amoureusement soigné pendant plus de trente ans.

— Je vois que tu t'occupes bien de ses roses, dit Jenna en se penchant pour respirer une fleur.

— C'est tout ce qu'il me reste d'elle, dit Sam en serrant sa fille contre lui. Avec toi, bien sûr.

Il s'arrêta pour la dévisager.

— Tu vas bien, ma chérie ? Je te trouve silencieuse, ce matin. Tu as assez mangé ?

Jenna rit, et posa la main sur son estomac.

— Je t'en prie, papa ! Deux crêpes, deux tranches de bacon et deux œufs… J'ai suffisamment mangé pour toute la journée. Je me demande même comment j'ai pu avaler tout ça.

— Tu as besoin de prendre des forces : comme tous les enfants ! dit-il en riant.

— Arrête de te moquer de moi, papa !

Elle adorait passer du temps avec lui, et plaisanter librement. Ici, elle se sentait renaître. Elle ne craignait plus J.B. ; la rose noire n'était plus qu'un très mauvais souvenir.

— Alors, dit Sam, tandis qu'ils atteignaient le bassin, comment ça se passe entre Frank et toi ?

Elle ne s'attendait pas à cette question.

— Que veux-tu dire par là ?

— Tu le sais très bien : je parle de votre relation.

Elle eut un rire un peu forcé.

— Papa, il n'y a *pas* de relation, au sens où tu l'entends.

Il s'arrêta et la scruta avec beaucoup d'attention.

— Ce n'est pas l'impression que j'ai eue en vous voyant ensemble, au cimetière, vendredi.

— On bavardait, c'est tout.

— Si tu le dis.

Ils se turent tous deux, puis Jenna reprit la parole :

— Est-ce que je me suis mal conduite avec lui, autrefois ?

Sam rit.

— Oh, chérie… Tu étais si jeune !

— Ça veut dire oui, n'est-ce pas ?

— Pourquoi t'en inquiéter maintenant ? Il ne semble pas t'en vouloir, c'est tout ce qui compte.

— Je n'en suis pas si sûre.

— Pourquoi donc ?

— Le jour où je suis allée le trouver à son agence, après la mort d'Adam, il s'est montré franchement désagréable.

Sam se tourna vers elle.

— Frank ? J'ai du mal à le croire. Il a l'air doux comme un agneau.

— Justement ! On aurait dit qu'il cherchait à me blesser, qu'il avait des comptes à régler.

Sam hocha la tête. Il comprenait.

— C'était probablement une manière de se protéger.

— De se protéger de quoi ?

— Mais de toi, ma chérie !

Il lui adressa un regard entendu, et se baissa pour cueillir une rose qui commençait à se faner.

— Allez, Jenna. Ne me dis pas que tu n'as rien remarqué.

Il est amoureux de toi. Et c'est beaucoup plus sérieux qu'il y a quinze ans.

— Tu crois que je lui plais ?

— Il est *amoureux de toi*. Ça se voit. Rien qu'à la façon dont il te regarde. C'est pour ça qu'il t'a mal accueillie. Il se protège. Il a peur que tu le rejettes une deuxième fois.

— Je ne l'ai jamais rejeté. C'est lui qui a cessé de se battre pour me conquérir.

— Tu ne t'es jamais demandé pourquoi ?

— Il avait cessé de m'aimer.

Une étincelle brilla dans les yeux de Sam.

— Tu te trompes peut-être.

Jenna se sentit soudain mal à l'aise. Elle n'avait plus envie de poursuivre cette conversation ; elle préférait ignorer certaines choses. Et pourtant… elle avait également envie de savoir.

— Tu as l'air bien sûr de toi, fit-elle remarquer à son père. Tu lui as parlé ?

— Pas besoin. Je suis un homme, moi aussi. Et j'ai des yeux pour voir.

— Je me sens tellement superficielle quand je pense à mon attitude vis-à-vis de Frank…

— Mais non ! N'oublie pas, tu étais très jeune, à l'époque : dix-neuf ans.

Il lui caressa le nez avec la rose qu'il venait de cueillir. Comme elle ne souriait pas, il lui demanda :

— Tu l'aimes, hein ? C'est ça ?

Elle eut un rire nerveux.

— Ça se voit ?

— Pour un père, en tout cas, ça crève les yeux.

Elle resta silencieuse un moment, en songeant à sa jeunesse, lorsque les deux hommes les plus séduisants du campus se battaient pour gagner son cœur. Elle n'avait pas voulu les blesser, mais cette idée ne lui apportait guère de réconfort.

A présent, elle se rendait compte que Frank avait dû souffrir, qu'elle avait joué avec ses sentiments, sans se mettre un seul instant à sa place. Et, quinze ans plus tard, elle avait fait irruption dans sa vie, persuadée d'être accueillie à bras ouverts…

Comment avait-elle pu se montrer aussi insensible ?

Elle donna un coup de pied dans un caillou qui alla atterrir au milieu d'un parterre de fleurs. Elle allait montrer à Frank que la gamine qu'il avait aimée, autrefois, était devenue une femme.

29.

Chez les Renaldi, le repas du dimanche obéissait à un rituel invariable. A midi pile, Frank se gara devant l'immeuble où vivait sa mère, dans le quartier italien où il avait grandi. Il déposa dans le coffre de la voiture les lasagnes, la tarte à la ricotta et les petits pains qu'elle avait préparés, et ils filèrent à Staten Island pour un festin qui devait commencer à 14 heures et s'achever vers 17 heures.

Seule la jeune sœur de Frank, Lydia, n'assistait que rarement au déjeuner dominical. L'actrice de la famille, comme l'appelait Mia, était trop occupée entre son travail de vendeuse à Banana Republic et ses cours de théâtre.

Ils en étaient aux gnocchis de Vinnie lorsqu'un grondement de moteur interrompit leur conversation. Quelqu'un venait de s'arrêter devant la maison.

Danny fut le premier à bondir de sa chaise. Il se précipita vers la fenêtre de la salle à manger, en terminant par une glissade sur le plancher de bois.

— Bon sang ! Papa ! Oncle Vinnie ! Venez voir !

A en juger par l'excitation du jeune garçon, il s'agissait d'une moto. C'était la deuxième passion de Danny, après le hockey : il connaissait toutes les marques et tous les modèles.

— Termine ton assiette, avant que ça ne refroidisse ! lança Mia.

C'était une petite femme dodue avec un regard noir plein de bonté et un caractère accommodant, excepté quand il s'agissait du sacro-saint repas dominical qu'il ne fallait troubler à aucun prix.

Vinnie lui tapota gaiement le bras.

— Allons voir, dit-il.

Mia voulut répliquer, mais Frank lui fit signe de se lever, et elle s'exécuta en maugréant.

— C'est une grosse américaine, papa ! dit Danny d'une voix surexcitée, lorsque son père le rejoignit.

Il s'agissait, en effet, d'une Harley-Davidson noire.

— Un modèle récent, ajouta l'adolescent. Avec tous les accessoires.

Frank observa le conducteur qui mettait pied à terre. C'était un homme jeune, grand, mince, entièrement vêtu de cuir. Derrière lui se tenait une jeune femme, habillée de cuir, elle aussi. Frank ne se rappelait pas les avoir déjà vus.

A présent, Danny s'intéressait à la jeune femme. Elle n'était pas encore descendue de la moto, et elle enlevait son casque en secouant ses longs cheveux noirs.

— Ouahou !

Frank faillit éclater de rire devant la réaction de son fils. Il se retint à temps. A quatorze ans, un garçon avait l'âme sensible et se froissait aisément.

— Elle est superbe, déclara Vinnie.

— Vous les connaissez ? demanda Mia. Qu'est-ce qu'ils veulent ?

— Ils sont peut-être perdus ? On peut les inviter à déjeuner ? suggéra Danny.

La question s'adressait à sa grand-mère, car il savait qu'elle ne résisterait pas au plaisir de nourrir deux bouches supplémentaires.

Frank jugea qu'il était temps de prendre la situation en main, avant qu'elle ne dégénère.

— Pour l'instant, on n'invite personne. Je veux d'abord savoir qui sont ces gens et ce qu'ils veulent. Retournez à table. Je reviens.

Danny protestait encore lorsque Frank sortit sous la véranda en refermant la porte derrière lui.

— Hello ! dit-il en regardant tour à tour l'homme, puis la femme. Je peux faire quelque chose pour vous ?

L'homme, qui devait avoir près de trente ans, se campa sur ses deux jambes légèrement écartées, les mains sur les hanches. Frank contempla ses cheveux blonds coupés court et son air insolent.

— Vous êtes Frank Renaldi ?

Frank s'accouda à la rambarde.

— Oui.

— Moi, c'est Billy Ray Shaeffer.

Cette fois, Frank considéra l'homme avec intérêt. Pour une surprise, c'était une surprise.

— Que puis-je faire pour vous, Billy Ray ?

— J'ai entendu dire qu'Angie Delano racontait n'importe quoi sur mon amie Teresa. Alors, je suis venu rectifier le tir.

— Ah !

— Oui, elle raconte n'importe quoi. Par exemple que c'était Teresa qui conduisait ma voiture, le soir de l'accident.

— Vous êtes ici pour démentir les affirmations d'Angie ?

— Je les démens catégoriquement.

Il fit un pas en avant. Il était plus petit et moins costaud que Frank, mais ça n'avait pas l'air de l'impressionner. Une vraie brute.

— Je ne laisse personne conduire ma voiture, reprit-il. Angie est une menteuse. Elle est furieuse parce que je l'ai quittée pour Teresa, autrefois.

C'était un sentiment que Frank comprenait très bien.

— Vous permettez que je vous pose quelques questions ?

Billy Ray haussa les épaules, ce que Frank interpréta comme un acquiescement.

— Il paraît que vous vous étiez disputé avec Teresa, la nuit de l'accident. C'est vrai ?

— On se disputait tous les soirs. Où voulez-vous en venir ?

— Vu la nature de vos relations, le scénario d'Angie n'est pas si invraisemblable que ça.

— De quel scénario parlez-vous ?

— Vous vous êtes disputés, Teresa a voulu quitter la soirée, et elle vous a arraché vos clés de voiture en vous laissant à peine le temps de sauter sur le siège du passager.

Billy Ray secoua la tête.

— Pour commencer, on ne me pique pas comme ça mes clés de voiture. Et, en admettant qu'elle ait réussi ce tour de force, je les lui aurais reprises avant même qu'elle soit montée dans la voiture, vous pouvez me croire.

Sa version se tenait, mais il avait jugé utile de se déplacer jusqu'à Staten Island pour *rectifier le tir*, ce qui prouvait qu'il se sentait menacé, donc qu'il avait quelque chose à cacher.

Frank jeta un coup d'œil à la jeune fille. Elle était descendue de la moto, et attendait, à quelques mètres derrière Billy Ray, avec l'air de s'ennuyer copieusement. Si elle était sa petite amie, cela ne devait pas la ravir que Billy prenne tellement à cœur la défense de son ex.

— Avez-vous revu Teresa, depuis que vous êtes sorti de prison ?

— Ça vous regarde ?

— Ecoutez, Billy Ray, c'est vous qui êtes venu me chercher… Vous n'espériez tout de même pas que je prendrais tout ce que vous me diriez pour argent comptant ?

Billy Ray ne cilla pas. Il le défia du regard, comme s'il avait envie de lui sauter à la gorge. Finalement, il haussa les épaules.

— Oui, je l'ai revue. Et après ?

— Je trouve ça un peu étrange, voilà tout. De mon temps, quand une fille laissait tomber un type, ils ne restaient pas amis. Surtout que Teresa s'est montrée particulièrement infecte avec vous. Quitter la ville et changer de nom pour que vous ne la retrouviez pas… pendant que vous étiez en prison…

Il secoua la tête.

— C'est vraiment dégueulasse.

— Je ne suis pas du genre rancunier.

Frank jeta un coup d'œil à la moto rutilante. Billy avait trouvé le bon filon… Sans doute était-il venu pour s'assurer que sa rente n'était pas compromise.

— C'est votre petite amie ? demanda Frank en désignant la jeune femme.

— Oui.

— Et ça ne la dérange pas que vous fréquentiez toujours Teresa ?

— Non, ça ne la dérange pas.

Frank s'approcha de la moto et en fit le tour d'un air admiratif.

— Chouette bécane. Ça ne doit pas être donné.

Billy Ray ne répondit pas.

— Comment gagnez-vous votre vie ? Si je peux me permettre…

— Je suis vendeur dans un magasin du centre-ville.

— C'est bien payé ?

— Dites-moi où vous voulez en venir, au lieu de tourner autour du pot.

— Très bien. Si vous y tenez… Je sais que Teresa vous a donné de l'argent. C'est sans doute ce qui vous a permis d'acheter cette moto… J'ai mis dans le mille, non ?

Billy Ray pinça les lèvres.

— Teresa avait raison à votre sujet. Vous n'êtes qu'un fouille-merde.

— Si vous préférez parler à l'inspecteur Stavos, libre à vous. De toute façon, il a déjà entrepris les démarches nécessaires pour vérifier les mouvements d'argent sur le compte de votre amie. On saura bientôt le fin mot de l'histoire.

Billy Ray haussa les épaules.

— D'accord, elle m'a un peu aidé.

— Pourquoi ?

— Elle se sentait coupable de m'avoir quitté comme ça.

— Vous êtes sûr de n'avoir exercé sur elle aucune pression ?

— Je ne vois pas ce que vous voulez dire.

— Je faisais allusion à un chantage, tout simplement.

Billy Ray éclata de rire.

— Mais vous êtes complètement cinglé ! lança-t-il. Pourquoi j'aurais fait chanter Teresa ? Je vous le répète : c'est moi qui conduisais, cette nuit-là, pas elle. Vous aurez beau vous fatiguer à clamer le contraire, ça n'y changera rien.

Frank contempla longuement Billy. Avec un peu de maquillage et un déguisement approprié, il ne lui aurait pas été difficile de se faire passer pour un clochard. Il n'était pas très grand, mais, avec l'effet de surprise, il aurait pu avoir le dessus sur Adam.

— Où étiez-vous, lundi dernier, entre 11 heures du soir et 1 heure du matin ?

Billy Ray le regarda d'abord sans comprendre, puis ses yeux exprimèrent une rage à peine contenue.

— Putain ! Qu'est-ce que c'est que ces conneries ? Vous me prenez pour un assassin ? Sous prétexte que j'ai fait de la prison ?

— Il y a de ça, oui.

Sans quitter Frank des yeux, Billy fit claquer ses doigts.

— Viens ici, Josie, dit-il.

La jeune fille s'approcha d'un pas chaloupé et très suggestif. Elle était vraiment mignonne, mais elle avait plutôt mauvais genre. Elle s'arrêta près de Billy Ray et passa un bras autour de sa taille.

— Ouais ? fit-elle.

— Dis à M. Renaldi où je me trouvais, lundi soir, entre 23 heures et 1 heure du matin.

Elle se serra contre lui.

— On était au lit tous les deux, en train de baiser.

Elle repoussa ses cheveux en arrière.

— Vous voulez des détails ?

On voyait, à son air arrogant, qu'elle s'apprêtait à lui en donner, mais Billy lui administra une tape sur les fesses.

— Viens, mon chou. On y va. On n'a plus rien à foutre ici.

30.

Le lundi matin, Frank préparait le café lorsque Vinnie le rejoignit, tout habillé, frais et dispos.

— Je suis content que tu sois encore là, dit-il en enfilant une veste de bûcheron. Je viens de parler avec un ami qui travaille au bureau des autorités portuaires de Brooklyn.

Frank lui tendit une tasse de café.

— Je croyais que le personnel du port faisait grève, aujourd'hui.

— Oui. D'ailleurs, Joe était chez lui, en train de fabriquer une banderole pour les piquets de grève.

Il but une gorgée, et hocha la tête d'un air approbateur.

— Enfin un café décent ! Je te félicite.

Il ajouta un peu de sucre.

— J'ai appris quelque chose qui va t'intéresser. Le type qui a averti le FBI que je donnais un coup de main à Johnny s'appelle Mikhail Fetisov, et il travaille pour *Bratstvo*. Malheureusement, il n'est pas assez bien placé pour savoir qui se trouve à la tête de l'organisation.

Frank acquiesça.

— Je le connais.

Fetisov était un homme d'affaires auquel le FBI s'était intéressé de près dans le cadre de l'enquête sur la mafia russe. Un banquier prospère, possédant le profil d'un chef et que Frank avait soupçonné, un temps, de diriger *Bratstvo.* Malheureusement, comme pour Sergueï, il n'avait rien trouvé de concluant à son sujet.

— Ce n'est pas tout. D'après Joe, les Russes ont un contact dans la police de New York. J'ignore à quel niveau, mais je te recommande la plus grande prudence.

— Si tu penses à Stavos...

— Je ne suis pas débile. Je n'ai pas dit qu'il s'agissait de Stavos. Ça peut être n'importe qui.

Il jeta un coup d'œil à la pendule murale, et vida sa tasse.

— N'oublie pas. Fais attention.

Lorsque Frank arriva à son agence, une heure plus tard, il trouva les deux croquis au fusain promis par Mick Falco : celui du clochard et celui du gobelet de café.

— Sa secrétaire vient de me les déposer, dit Tanya en montrant les dessins. Le type a l'air spécial : je n'aimerais pas le croiser, la nuit, dans une rue déserte.

Frank contempla le visage mal rasé et les cheveux en bataille de l'homme dont il avait le portrait sous les yeux.

— Mick dit qu'il ressemble à Columbo. Qu'est-ce que vous en pensez, vous ?

Elle lui lança un regard d'incompréhension.

— Columbo ? Qui c'est ?

Frank rit doucement.

— Le héros d'une série télévisée.

Il feuilleta le bloc où Tanya notait ses messages.

— Jenna Meyerson n'a pas téléphoné ?

Il surprit une lueur ironique dans les yeux de son assistante.

— Pas encore, dit-elle d'un ton sibyllin. Vous voulez que je l'appelle ?

Il avait envie de dire oui. Vendredi, la dernière fois qu'il l'avait vue, elle était en retard pour sa séance photo, et il n'avait pas eu le temps de lui demander quand il la reverrait. Il avait failli composer son numéro plusieurs fois, pendant le week-end, mais il y avait renoncé au dernier moment, parce qu'il ne trouvait pas de prétexte…

— On verra plus tard, dit-il en évitant son regard amusé. Appelez plutôt Stavos. Dites-lui que Billy Ray est passé me voir, hier, et qu'il a reconnu avoir reçu de l'argent d'Amber Lear. J'ignore combien. Une somme suffisante, en tout cas, pour s'offrir une Harley-Davidson qui doit bien valoir dans les vingt mille dollars.

— Vous voulez rentrer dans les petits papiers de l'inspecteur ?

— Ça ne peut pas faire de mal.

La mise en garde de son oncle ne l'avait pas fait changer d'avis au sujet de Stavos. Il avait confiance en lui.

Muni des deux croquis, Frank prit le métro en direction de Central Park. Le meurtre avait eu lieu dans la partie sud du parc. Frank commença donc son enquête en arpentant lentement la Cinquième Avenue pour montrer ses croquis dans les établissements où l'on servait du café à emporter. Partout, on lui fit la même réponse : personne ne reconnaissait l'homme, pas plus que le logo.

Finalement, sa ténacité fut récompensée.

— Si je connais ces gobelets ! s'exclama le garçon derrière

le comptoir. J'en ai bu des litres, de ce café, avant de travailler ici ! Il provient d'une boîte qui s'appelle l'Insomnia, dans Times Square.

Frank s'y était arrêté une ou deux fois. C'était l'un de ces établissements huppés où la carte des cafés ressemblait à une table des matières. Pas un truc pour fauchés. Mais la qualité des produits que l'on servait justifiait les prix élevés, et Frank se rappela, en franchissant la porte, que la décoration dans le style tropical et le délicieux arôme qui emplissait la salle valaient, eux aussi, le déplacement.

Ricardo était le chef d'équipe. C'était indiqué sur son badge. Frank attendit qu'il ait fini de servir ses clients pour lui montrer les dessins. Ricardo les étudia attentivement et secoua la tête.

— Désolé. Il y a beaucoup de passage, ici. Cette tête ne me dit rien.

— C'était un dimanche.

Ricardo secoua de nouveau la tête.

— Alors, je n'ai pas pu le voir. Le patron est seul à travailler, le dimanche.

— Il est là, votre patron ?

— Dans l'arrière-salle, en train de torréfier du café. Vous voulez que j'aille le chercher ?

— S'il vous plaît, oui.

Ricardo revint quelques minutes plus tard, suivi d'un bel homme, guère plus vieux que lui, qui s'essuyait les mains et arborait un large sourire. Avec son pantalon gris au pli impeccable, sa chemise bleue et sa cravate, il illustrait parfaitement l'image du jeune patron brillant et dynamique.

— Je suis Pincho Figueras. Excusez-moi si je sens le

café. C'est une odeur qui colle à la peau. Impossible de s'en défaire.

L'homme s'exprimait sans accent, mais, d'après son nom, Frank comprit qu'il était d'origine brésilienne. Ils se serrèrent la main.

— Ne vous en faites pas, c'est plutôt agréable. Je ne pensais pas que vous serviez du café torréfié sur place.

— Quand on veut que ce soit bien fait…

Il jeta son torchon sur son épaule droite, et lança un coup d'œil aux dessins de Frank.

— C'est lui, l'homme que vous recherchez ?

— Oui. Il est venu vous acheter un café à emporter, le 5 octobre. Un dimanche. Vous vous souvenez de lui ?

Figueras n'eut pas besoin de réfléchir très longtemps. Il répondit presque tout de suite :

— Effectivement, je le reconnais, dit-il en opinant du chef. C'était l'un de mes premiers clients. Il avait la tête de quelqu'un qui n'a pas dormi de la nuit.

— Il vous a parlé ?

— Non. Il a commandé un grand *cappuccino*, il a payé et il est parti aussitôt.

— Vous l'avez revu, depuis ?

— Non.

— Qui travaille ici, à part vous et Ricardo ?

— Personne. Il m'arrive d'engager un extra, mais, la plupart du temps, on s'en sort à deux.

Frank était déçu. En découvrant cette piste, il s'attendait à faire une découverte. Mais, finalement, ça ne l'avançait pas à grand-chose. Pincho Figueras n'avait fait que lui confirmer ce qu'il savait déjà. Le sosie de l'inspecteur Columbo s'était arrêté ici pour acheter son café avant d'aller s'asseoir sur un banc à Central Park, puis il s'était évanoui dans la nature. C'était l'impasse.

Il tendit sa carte de visite à Figueras.

— Pouvez-vous me prévenir, s'il revient ? Vous pouvez me joindre à tout moment sur mon portable.

— Bien sûr, dit Figueras en jetant un coup d'œil à la carte. Puis-je me permettre de vous demander ce qu'il a fait ?

Frank soutint le regard interrogateur de l'homme.

— On le soupçonne d'avoir tué deux personnes.

Pincho alla s'enfermer dans son bureau, en maudissant sa stupidité. Dire qu'il se grimait avec une minutie frisant l'obsession et qu'il avait failli se faire pincer pour un gobelet ! Un gobelet de café provenant de son propre établissement... La seule idée qu'un détective privé ait pu remonter la piste jusqu'à l'Insomnia lui donnait des sueurs froides. Que se passerait-il si ce fouineur s'apercevait qu'il avait fermé pendant quelques heures, ce dimanche-là ? Il faisait peut-être surveiller le café, au cas où son clochard viendrait de nouveau rôder dans le coin. C'était illégal d'épier les gens, mais un détective ne s'arrêtait pas à ce genre de détails.

Heureusement, son déguisement avait fonctionné à merveille, et ce crétin de privé ne risquait pas de l'identifier. En plus, il lui avait joué un petit numéro de patron curieux et désireux de coopérer dont il n'était pas peu fier. Il n'avait pas à s'inquiéter : personne ne le soupçonnerait.

Quelque peu rassuré, il rangea la carte de visite de Frank dans un tiroir. Le type l'avait pris par surprise, mais il avait très bien réagi, et il avait même trouvé amusant d'éveiller son intérêt en lui donnant juste assez de renseignements pour l'émoustiller. Il rigolait encore en pensant aux yeux ronds de cet imbécile qui l'écoutait religieusement. Finalement, cet intermède lui avait procuré un petit frisson bien agréable, comparable à celui qu'il ressentait lorsqu'il préparait un coup.

Mais, tout de même, la visite d'un privé, c'était du sérieux, et il allait devoir redoubler de prudence. Ce détective n'était pas un médiocre, ça se voyait tout de suite. Il avait l'air plus malin que la moyenne. Pas le genre qui se laisse berner facilement.

Peut-être fallait-il en toucher un mot au client…

Après quelques secondes d'hésitation, Pincho décrocha son téléphone.

Après sa visite à l'Insomnia, Frank s'arrêta pour contempler les enseignes lumineuses qui s'alignaient à perte de vue. Où devait-il se tourner pour continuer sa recherche ?

Puisque l'homme avait pris son café à l'Insomnia avant de se rendre à Central Park, on pouvait supposer qu'il vivait dans le coin. Le retrouver dans cette partie de Manhattan n'allait pas être une mince affaire…

Une heure et demie plus tard, Frank avait déjà montré les croquis à une trentaine de personnes, sans résultat. Il était sur le point d'abandonner — pour aujourd'hui — lorsqu'une prostituée en minijupe noire et veste en fausse fourrure mauve électrique lui rendit le portrait en déclarant :

— Je connais ce mec.

— Vous savez comment il s'appelle ?

Elle secoua la tête et fit claquer son chewing-gum.

— Je ne le connais pas vraiment, mais je l'ai vu.

Sous ses paupières bleu turquoise, elle avait un regard avide.

— Combien elle vaut, cette information ?

Frank sortit de sa poche un billet de vingt dollars, et le lui brandit sous le nez. La blonde s'approcha en se déhanchant.

— Tu transformes ça en un billet de cinquante, chéri, et je te montre le plus beau cul que t'aies jamais vu.

Frank tenait à ce qu'elle coopère. Pour ne pas la froisser, il mit une pointe de regret dans sa voix.

— Ecoute, ma belle, dit-il, j'apprécie beaucoup ton offre, mais je n'ai vraiment pas le temps.

Elle parut déçue.

— De toute façon, ce sera cinquante.

Frank rajouta trente dollars, sans faire de commentaire.

— Dis-moi ce que tu sais, maintenant.

Elle lui arracha les billets des mains, et les fourra dans son opulente poitrine.

— Je n'ai pas grand-chose à dire. Je l'ai vu passer, la semaine dernière, mais je ne sais plus quel jour.

— Dimanche ?

— Oui, c'était peut-être dimanche.

Elle adressa un clin d'œil à Frank.

— Ça marche du feu de Dieu, pour moi, le dimanche, avec tous ces bons pratiquants qui s'empressent de fauter avant d'aller se confesser.

— Revenons au gars qui m'intéresse, interrompit Frank.

— Qu'est-ce que tu veux savoir exactement ?

— Si tu lui as parlé, si tu as vu d'où il venait, où il allait.

S'il a discuté avec quelqu'un du quartier qui pourrait le connaître…

— C'est non à toutes tes questions, dit-elle en surveillant la circulation du coin de l'œil, au cas où une voiture ralentirait à sa hauteur.

Elle fit de nouveau claquer son chewing-gum.

— Tout ce que je peux te dire, c'est que c'est un sacré fils de pute. Je l'ai abordé gentiment — tu vois le genre —, et ce salaud m'a violemment poussée. Il s'est même pas excusé et il a continué à marcher.

— Dans quelle direction ?

Elle pointa un doigt.

— Centre-ville.

Frank balaya du regard la rue animée d'un flot ininterrompu de passants — des travailleurs pressés, des flâneurs, des paumés. Si cette fille disait la vérité, il y avait des chances pour que Columbo vive dans le quartier. Dans ce cas, Tanya pouvait peut-être le retrouver. A l'époque où elle travaillait encore dans la police, elle était attachée à ce secteur. Les filles la connaissaient, et elle avait même sympathisé avec certaines. Pour quelqu'un qui recherchait une information, une pute bavarde valait son pesant d'or.

Après avoir remercié la blonde, Frank fit demi-tour en direction de la 42e Rue. Comme il traversait Broadway, son attention fut attirée par un restaurant indien coincé entre un magasin d'articles électroniques et un sex-shop. Pris d'une impulsion, il sortit son téléphone portable et composa le numéro de Jenna. Elle se trouvait dans la galerie Siri's, où Laetitia venait de lui présenter un éditeur.

— Si ma mémoire est bonne, lui dit-il, tu adores la cuisine indienne.

— En effet.

Elle paraissait sincèrement heureuse d'entendre sa voix.

— Dans ce cas, pourquoi ne viendrais-tu pas me rejoindre au Palace Bombay, dans Broadway ? Tu ne peux pas te tromper. Il se trouve juste en face du théâtre Fox et d'une immense affiche d'Antonio Banderas.

Jenna eut un rire amusé.

— Qu'est-ce qui te fait penser que je vais remarquer une affiche avec Antonio Banderas ?

— Celle-là ne passe pas inaperçue.

Il en était à sa troisième tasse de thé au jasmin quand Jenna le rejoignit dans le restaurant. Avec sa longue jupe couleur caramel, son pull-over à col montant et son blouson noir — le même que celui qu'elle portait lorsqu'elle était venue le voir à l'agence —, elle paraissait tout droit sortie d'une page du magazine *Vogue,* et tous les regards se tournèrent vers elle.

Elle s'arrêta quelques secondes à l'entrée pour scruter la salle. Puis elle aperçut Frank et vint vers lui.

— Salut, dit-elle en se glissant gracieusement sur la banquette en apportant avec elle une bouffée d'air frais.

— Salut ! dit-il.

Il n'essaya même pas de lutter contre son trouble.

— Tu as déjà commandé ? lui demanda-t-elle.

— Juste les amuse-gueules.

Il désigna du doigt les beignets aux lentilles que le serveur avait apportés un peu plus tôt, avec une sauce épicée et une autre au yaourt.

— Attention ! dit-il. C'est très fort.

Jenna prit un beignet.

— C'est comme ça que je les aime.

Comme il guettait sa réaction, elle ne put s'empêcher de rire.

— Quoi ? Tu pensais que je n'étais pas capable de supporter les sensations fortes ?

— Tu parles des beignets ?

Elle lui adressa un regard taquin.

— De quoi d'autre veux-tu que je parle ?

Elle en prit un autre, le trempa dans la sauce épicée, et l'avala, sans même un battement de paupières.

— Que fais-tu dans le coin ? demanda-t-elle.

Fidèle à sa promesse, il lui rapporta sa conversation avec Warren Lear, et lui annonça que Mick Falco assurait la défense de Roy Ballard. Il lui raconta également l'histoire du gobelet qui lui avait permis de remonter jusqu'à l'Insomnia et sa rencontre avec la prostituée.

— Je peux jeter un coup d'œil à ce portrait ? demanda-t-elle.

Frank tira de sa poche la feuille toute froissée, et la lui tendit.

— Oui, je vois ce à quoi Mick fait allusion, dit-elle. Effectivement, ce portrait ressemble à Columbo. Et je comprends très bien que Roy ait pu le prendre pour un clochard. Il est vraiment mal fringué.

— Tu lui trouves une ressemblance avec celui que tu as vu avec Adam ?

Jenna hésita à peine avant de répondre :

— Non, aucune. Vraiment.

Elle leva vers lui des yeux bruns pétillant d'excitation.

— Et si on avait affaire à une personne particulièrement douée pour les déguisements ?

— C'est une hypothèse à ne pas négliger.

— Hmm...

Jenna contempla de nouveau le portrait.

— Tu crois vraiment que cet artiste du camouflage habite par ici ?

— Deux personnes l'ont vu. Ça laisse supposer qu'il est du quartier.

— Comment comptes-tu t'y prendre, pour le retrouver ?

— Tanya a travaillé dans la brigade des mœurs. Elle connaît pas mal de gens dans le coin. Elle a plus de chances que moi de récolter des informations.

Jenna eut un sourire coquin.

— Oh, je n'en suis pas si sûre, dit-elle d'un ton plein de sous-entendus. Tu me sembles parfaitement capable de te débrouiller tout seul, si j'en juge par cette offre dont tu m'as parlé.

Le serveur vint prendre la commande. Jenna choisit un curry de légumes et Frank du thon grillé.

— Qu'est-ce que c'est ? demanda-t-elle lorsque le garçon se fut éloigné.

Elle désignait une serviette en papier sur laquelle Frank avait griffonné quelques mots, en l'attendant.

Il lui montra ce qu'il avait écrit.

— J'ai fait une liste des suspects et des mobiles. Ça aide à voir plus clair.

Elle lut tout haut :

— Numéro un : Alexis Chekhov. Mobile : est peut-être impliqué avec Faxel dans une affaire de blanchiment d'argent ou de soutien financier à al Qaida. Numéro deux : Billy Ray Shaeffer et Amber Lear. Mobile : argent, chantage, dissimulation d'un meurtre plus ancien. Numéro trois : J.B. Collins. Mobile : l'argent. Son entreprise était au plus mal, et elle a brusquement remonté la pente pour se retrouver parmi les premières sociétés de produits informatiques.

Jenna posa son doigt fin sur le nom de J.B.

— Celui-là, je le verrais plutôt numéro un.

— Pourquoi ?

La visite de J.B. sur le toit en terrasse et l'épisode de la rose noire sur le paillasson alarmèrent Frank, mais il fut rassuré quand Jenna lui eut appris qu'elle s'était s'installée chez son père pour quelques jours.

— Je ne sais pas si l'idée était si fameuse, dit-elle avec un rire bref. Il me surveille comme un chien de garde. Ce matin, il a insisté pour me conduire en ville, et il compte aussi venir me chercher pour rentrer. Ça me rend dingue.

— Il s'occupe de toi, Jenna. C'est son rôle de père.

Elle leva un doigt.

— N'espère surtout pas que je vais rester cloîtrée dans cette maison comme une nonne. J'ai une vie, des responsabilités, il y a des gens qui comptent sur moi.

— J'ai dit qu'il fallait que tu restes cloîtrée ?

— Tu n'as même pas besoin de le dire. Je commence à comprendre comment fonctionne ton esprit tordu.

— Oh, tu lis dans les pensées, à présent ? Voilà un talent que je ne te connaissais pas.

— Rigole tant que tu veux ! Mon intuition me trompe rarement.

— Bon, si tu le dis.

Il se pencha vers elle par-dessus la table.

— Et que voyez-vous, dans votre boule de cristal, madame Cleo ?

— Maintenant ?

— Oui, là, tout de suite.

Entrant dans le jeu, Jenna posa les doigts sur ses tempes et feignit de se concentrer.

— Je crois que j'ai une communication de l'au-delà… Un message concernant ce qui s'est passé l'autre soir, chez moi. Attends, ce n'est pas très clair… Voilà, je l'ai : tu regrettes de t'être sauvé comme un voleur.

Il éclata de rire.

— Je ne me suis pas sauvé. J'ai préféré partir, parce que la situation devenait dangereuse et que je savais que tu n'étais pas en état de l'assumer.

— Ce ne serait pas plutôt le contraire ? Il me semble que c'est toi qui as tendance à fuir les situations difficiles.

Frank avait toujours été incapable de résister à un défi, et celui-ci le séduisait particulièrement. Il fouilla dans sa poche, en sortit un billet et le posa sur la table en frappant du plat de la main.

— Vingt dollars que tu fais erreur.

— Pour savoir lequel de nous deux a raison, il va falloir reprendre la scène du baiser.

— Ça te fait peur ?

Elle ouvrit son sac et fourragea à l'intérieur. Un autre billet vint couvrir celui de Frank.

— Où tu voudras, quand tu voudras.

Il rit de nouveau.

— Oh non ! Ça manque un peu de naturel. Allons-y plutôt au feeling, on verra bien ce qui se passera.

— Non, non : c'est encore toi qui vas profiter de l'effet de surprise ! Ça ne me paraît pas très équitable.

Elle se tut un instant, et haussa les épaules.

— Pourquoi pas, après tout ? Je suis bonne joueuse. Ça marche. La balle est dans ton camp.

31.

Le mardi matin, ce fut Tanya qui partit à la recherche du sosie de Columbo, mais elle n'eut pas plus de chance que Frank. Au bout de deux heures de recherches durant lesquelles elle interrogea une bonne douzaine de prostituées, elle se résigna à rentrer à l'agence avec, pour tout tableau de chasse, l'assurance qu'un proxénète la préviendrait s'il apercevait le type.

Frank appela aussitôt Mick.

— Je suis désolé, lui dit-il. Je suis certain que cet homme existe, mais impossible de mettre la main dessus.

— Ce n'est pas grave. C'est déjà bien que vous ayez retrouvé l'origine du gobelet. Je peux utiliser le témoignage du propriétaire. Je vais le convoquer à l'audition préliminaire de Roy Ballard. Il nous permettra, au moins, d'établir avec certitude que mon client n'a pas inventé l'existence de ce clochard.

— Il tient le coup, ton client ?

— Il est terrorisé. Il n'arrive pas à comprendre ce qu'est une audience préliminaire : il est persuadé d'être condamné sur-le-champ.

— Tu vas l'appeler à la barre ?

— J'aimerais bien : son côté doux et honnête attendrirait le juge. Mais il est trop imprévisible. Je n'ai pas encore pris ma décision. Il me reste encore une semaine… Et ta prostituée, elle est fiable ?

Frank se mit à rire.

— Pourquoi ? Tu veux l'appeler à la barre, elle aussi ?

— J'y réfléchis. Où peut-on la trouver ?

— Au coin de la 42e Rue et de la Cinquième Avenue.

— J'irai la voir. Au fait, tu peux m'envoyer ton rapport ? J'en ai besoin pour préparer ma liste de témoins.

— Je vais faire mieux que ça. Je vais te l'apporter moi-même. Comme ça, on pourra parler de l'affaire. Dans une demi-heure, ça te va ?

— Oui, pas de problème.

Cinq minutes plus tard, Frank déverrouillait sa voiture garée quelques pâtés de maisons plus loin, lorsqu'une Ford Taurus grise s'arrêta à sa hauteur. Un homme assis à l'arrière passa la tête par la vitre ouverte.

— Hé, chef ! appela-t-il. Comment fait-on pour aller à Astor Place ?

Frank pointa un doigt en direction de l'est.

— Prenez Bowery, passez deux feux rouges et tournez à gauche…

L'homme mit la main près de son oreille.

— Qu'est-ce que vous dites ?

Frank s'approcha de la Taurus.

— J'ai dit : vous prenez Bowery…

La portière de la voiture s'ouvrit à la volée, et Frank, violemment heurté aux genoux, tomba à terre.

Aussitôt, deux mains puissantes l'attrapèrent par le col et l'attirèrent à l'intérieur du véhicule. Avant qu'il ait eu le temps de réagir, il sentit quelque chose de dur s'abattre sur son crâne. Puis ce furent les ténèbres.

Quand Frank se réveilla, il était allongé sur un sol en ciment. Sans bouger la tête, il jeta un coup d'œil à droite, puis à gauche, et comprit qu'il se trouvait dans un entrepôt abandonné — non loin d'une voie ferrée, à en juger par le bruit des trains qu'il entendait passer à intervalles réguliers.

Il demeura immobile, aux aguets. Comme il n'entendait rien, il tenta de s'asseoir. Son pied heurta quelque chose qui devait être un seau et, dans ce silence sépulcral, le bruit résonna comme une explosion.

— Hé, Slim ! Notre invité se réveille.

— Pas trop tôt ! fit une voix rude.

Deux énormes bottes en peau de serpent s'arrêtèrent près de la tête de Frank.

— Alors, Renaldi ? Ça t'a fait du bien, ce petit somme ?

Frank se redressa et se tâta l'arrière du crâne. Il sentit sous ses doigts une bosse de la taille d'un œuf de pigeon, mais il n'avait pas la nausée et ne voyait pas double — donc, il ne souffrait pas de commotion cérébrale. Il leva les yeux vers l'homme qui venait de s'adresser à lui. C'était un malabar d'au moins un mètre quatre-vingt-dix, qui devait bien peser cent cinquante kilos : rien que du muscle. Un mastodonte.

— Qui êtes-vous ? lui demanda Frank.

Il se rendit compte que sa question était stupide. Mais, avec cette barre sur le crâne, son cerveau ne fonctionnait pas à plein régime.

Des rires fusèrent.

— Il est curieux, notre ami. Tu ne trouves pas, Raul ?

Raul était plus jeune et un peu moins costaud que son acolyte, mais il était tout aussi grand.

Slim se mit à rire.

— Tu crois pas qu'on devrait lui apprendre la politesse ? demanda-t-il.

Frank bondit sur ses pieds, mais Slim le prit de vitesse, et un poing aussi puissant qu'un boulet de démolition s'enfonça dans son ventre. Le coup le plia en deux et, presque aussitôt, un autre poing s'abattit sur sa figure, un peu moins violent que le premier mais suffisamment brutal pour lui ouvrir la lèvre et l'envoyer valser contre un mur.

La pièce se mit à tourner, et Frank dut inspirer plusieurs fois, profondément, pour ralentir le manège. Les mains contre le mur, il prit le temps de réfléchir aux options qui s'offraient à lui. Dans l'état où il se trouvait, il n'avait, en principe, aucune chance contre ces deux colosses. Mais ils avaient commis l'erreur de le mettre en colère.

Frank fonça, tête baissée, contre son agresseur, en visant l'estomac, mais Slim le repoussa d'un revers de la main, puis lui décocha un uppercut à lui briser la mâchoire.

Réagis, Frank ! Tu t'es déjà trouvé en plus mauvaise posture. Fais quelque chose.

Sans tenir compte de la douleur qui lui déchirait les entrailles, il rassembla toute la force qui lui restait, et balança un coup de pied dans le visage de Slim. Le bout de sa chaussure l'atteignit au menton. Il aurait sûrement fait mieux en d'autres circonstances, mais ce fut suffisant pour arracher à l'homme un gémissement de douleur et encourager Frank à recommencer. Malheureusement, il ne bénéficiait plus de l'effet de surprise. Slim fit un pas de côté, juste à temps pour éviter le coup. Puis, d'un mouvement souple et rapide, il attrapa une batte de base-ball qui se trouvait à sa portée, et le frappa à l'estomac.

Sous l'effet du choc, Frank tomba à genoux.

— Tu en as eu assez ? demanda Raul.

— Attends, on va voir, dit son partenaire.

Il empoigna Frank par les cheveux et lui tira la tête en arrière.

— Raul t'a demandé si tu en avais eu assez !

— Arrête… de me souffler… ton haleine de chien… dans la figure.

Slim lui tira méchamment les cheveux, et Frank regretta aussitôt ses paroles.

— Tu veux continuer à nous faire profiter de tes bonnes blagues, grande gueule ?

Frank en possédait un répertoire impressionnant, mais il jugea que ce n'était pas le moment d'y recourir. Il secoua lentement la tête de droite à gauche, comme s'il craignait qu'elle ne se détachât du reste.

Slim se pencha pour lui parler à l'oreille.

— Ecoute-moi, beau gosse. Tu poses trop de questions. C'est pas bon pour la santé, si tu vois ce que je veux dire.

Il lui donna une bourrade.

— Tu vois ce que je veux dire, oui ou non ?

Frank bredouilla un « oui » à peine audible.

— Très bien. Et laisse ton ami Adam reposer en paix. Tu ne peux plus rien faire pour lui. Alors, montre-toi intelligent. Laisse tomber les questions. Vu ?

Cette fois, Frank se contenta d'acquiescer. Parler lui demandait trop d'efforts.

— J'espère que t'es réglo, reprit l'homme. Parce que, si tu continues à fourrer ton nez là où il ne faut pas, Raul et moi, on va revenir. Et, la prochaine fois, c'est pas toi qu'on emmènera faire un tour : c'est ton fiston et ta maman.

Il ricana.

— Et ta sœur, aussi, tiens ! Pour faire bonne mesure.

De sa main libre, il se toucha l'entrejambe.

— J'avoue que je meurs d'envie d'y goûter.

Fou de rage, Frank essaya de se libérer. Il allait faire ravaler ses paroles à ce salaud… Mais son corps refusait de lui obéir et, brusquement, il s'effondra en arrière.

L'homme se pencha vers lui.

— Bon. C'est même plus marrant, maintenant. Allons-y, Raul : chargeons-le dans la bagnole.

Le trajet du retour ne dura pas plus de vingt minutes, mais il fut extrêmement pénible. Assis à l'avant, près de Slim qui conduisait, Frank s'était recroquevillé sur son siège, la tête appuyée à la vitre. Il ressentait une douleur aiguë dans les côtes à chaque cahot de la route, chaque virage, chaque coup de frein. Mais il serra les dents, et pas un gémissement ne sortit de sa bouche. Il ne voulait pas donner à ces salauds la satisfaction de l'entendre se lamenter.

La voiture s'arrêta enfin. Sans même descendre, Slim ouvrit la portière du passager et le poussa sur le trottoir.

Carlotta était à son poste, derrière son stand de légumes. Lorsqu'elle vit Frank, elle poussa un cri perçant.

— Frank ? C'est toi ? *Madre de Dios !*

Au lieu d'accourir à son secours, elle se précipita dans le hall de l'immeuble.

— Tanya, descends tout de suite ! hurla-t-elle.

Il y eut tout à coup une telle agitation autour de lui que Frank eut envie de dire à tout le monde de la boucler. Seigneur ! Ces gens étaient encore plus bruyants que les membres de sa famille — si c'était possible... Comme il commençait à se redresser sur les genoux, quelqu'un le prit sous les aisselles pour l'aider.

— Que vous est-il arrivé, mon gars ? fit une voix d'homme. On dirait que vous venez de passer sous un bulldozer.

L'image était bien trouvée : Frank avait l'impression d'être en morceaux. Il fit un pas, puis deux... et Tanya arriva en courant.

Beaucoup moins impressionnable que Carlotta, elle jaugea rapidement la situation et ne lui posa aucune question stupide.

— Circulez, s'il vous plaît, dit-elle aux badauds. Il n'y a plus rien à voir.

Elle attrapa doucement le bras gauche de Frank pour le passer autour de ses épaules.

— Vous, dit-elle à un jeune homme qui ne s'était pas éloigné, prenez son autre bras et faites doucement. Frank ? Vous m'entendez ?

— Tout le quartier vous entend, Tanya.

— Parfait ! Je vois que vous avez encore du répondant. Vous croyez que vos jambes peuvent vous porter un peu ?

— Je pense, oui.

L'ascension jusqu'au premier étage lui parut interminable. Une fois là-haut, Tanya et le jeune homme qu'elle avait enrôlé l'aidèrent à s'installer sur le canapé de son bureau. Il n'y tenait pas complètement allongé, et ils lui posèrent les pieds sur l'un des accoudoirs.

— Comment vous appelez-vous ? demanda Tanya à son assistant improvisé.

— Jerôme.

— Très bien, Jerôme. Restez près de lui : j'ai quelques coups de fil à passer.

32.

Jenna avait, finalement, suivi le conseil de Frank, et elle acceptait sans renâcler que son père lui serve de chauffeur. Certes, il avait tendance à la surprotéger, mais n'était-ce pas, justement, pour ça qu'elle s'était réfugiée chez lui ? Au fond, elle avait besoin d'être cajolée.

Elle travaillait dans son atelier, à la mise en page d'une brochure publicitaire pour une boisson sans alcool, lorsqu'elle reçut le coup de fil de Tanya.

— Frank s'est fait tabasser, lui annonça la jeune femme avec un calme admirable. Il est en assez mauvais état. J'ai pensé que je devais vous prévenir.

Et elle lui raconta comment on l'avait jeté sur le trottoir.

Jenna ne perdit pas une seconde. Elle quitta l'atelier, et appela son père en chemin.

— Frank est blessé…

— Comment est-ce arrivé ?

— Je ne sais pas exactement. On l'a retrouvé sur le trottoir, devant l'immeuble de son agence.

Le téléphone portable toujours collé à l'oreille, elle sortit sur son palier et appuya sur le bouton d'appel de l'ascenseur.

— Il a un cousin médecin qui est là-bas, en ce moment même, pour le soigner.

— Tu n'y vas pas toute seule, Jenna ? dit Sam d'une voix affolée.

Elle fit de son mieux pour le rassurer.

— Je ne serai pas seule, papa. Ça se trouve en pleine ville, il y a du monde.

— Ils ont prévenu la police ?

— Frank ne veut pas.

— Jenna…

Elle sortit de l'ascenseur et se précipita dehors. Ce n'était pas encore l'heure de pointe, mais il n'y avait pas un taxi en vue.

— Il faut que je me dépêche, papa. Arrête de te faire du souci, d'accord ? Je t'appellerai pour te donner des nouvelles.

Au risque de se faire écraser, elle courut sur la chaussée en agitant désespérément la main, tandis que les voitures la dépassaient en klaxonnant frénétiquement. Finalement, un taxi jaune pila devant elle, et elle sauta à l'intérieur.

Le trajet jusqu'à East Village lui sembla durer une éternité. Lorsque le chauffeur s'arrêta enfin devant l'immeuble de l'agence, elle paya et se précipita dehors sans même attendre la monnaie. Puis elle grimpa l'escalier quatre à quatre jusqu'au premier étage.

Elle eut un coup au cœur en découvrant Frank assis sur le canapé, torse nu. Tanya n'avait rien exagéré : il était vraiment dans un sale état. Sa lèvre inférieure saignait encore, son œil droit était enflé au point qu'il ne pouvait plus l'ouvrir, et une horrible estafilade lui barrait la joue gauche, de la pommette au menton.

A côté de lui, un homme maigre qui portait des lunettes s'apprêtait à enrouler un bandage autour de sa poitrine.

Frank lui jeta un regard furieux.

— Tu ne vas pas me saucissonner comme une momie !

— Laisse-moi bander cette côte, ou je t'emmène à l'hôpital. D'ailleurs, je me demande s'il ne faudrait pas y aller, de toute façon. Tu n'as pas l'air en grande forme, mon cousin.

— Pas d'hôpital ! Je vais très bien.

— En tout cas, il faut que j'immobilise cette côte, sinon tu vas déguster.

L'argument fit son effet.

— C'est bon, c'est bon, marmonna Frank.

Toujours immobile dans l'embrasure de la porte, Jenna luttait contre les larmes et pressait son poing sur sa bouche pour ne pas crier. Les agresseurs de Frank n'y étaient pas allés de main morte : ils avaient failli le tuer.

Elle laissa échapper un gémissement, et il se tourna aussitôt vers elle.

— Qu'est-ce que tu fiches ici ? lança-t-il d'un air contrarié.

Tanya entra dans la pièce.

— C'est moi qui l'ai appelée.

— Pour quoi faire ?

— Parce que Vinnie est à Atlantic City et que je voulais éviter de prévenir votre mère pour ne pas l'effrayer. J'ai bien fait, n'est-ce pas ?

— Mais pourquoi Jenna, pour l'amour du ciel ?

— Arrêtez de me crier dessus, ou vous allez vous fêler une autre côte !

Jenna s'efforça de sourire, et marcha vers le canapé.

— Tanya a raison, dit-elle. Cesse de crier.

Elle alla s'asseoir près de Frank.

— De toute façon, tu n'aurais pas pu me le cacher bien longtemps. Il suffit de te regarder…

Le médecin lança à son patient un coup d'œil en biais, puis il se tourna vers Jenna.

— Ravi de faire votre connaissance, dit-il. Je suis Stan Cooper, le cousin de Frank. Auriez-vous un peu d'influence sur cet entêté ?

— Ne réponds pas, marmonna Frank. C'est une question piège.

Jenna serra chaleureusement la main du médecin.

— Jenna Meyerson. Il est gravement blessé ?

— Suffisamment pour devoir rester allongé pendant au moins quarante-huit heures. J'espère que vous m'aiderez à le convaincre.

— Bon sang ! protesta Frank en les regardant tour à tour. Vous allez arrêter, tous les deux, de parler comme si je n'étais pas là ?

Jenna ne releva pas ses propos.

— Ne vous inquiétez pas, dit-elle à Stan. Il fera ce que je lui dirai de faire. Il n'aura pas le choix.

Stan sourit.

— Elle me plaît déjà beaucoup, Frank.

Il rangea ses ciseaux chirurgicaux dans sa trousse.

— Alors, mon cousin, reprit-il, tu acceptes de coopérer ou je sors une seringue géante pour t'administrer une double dose de sédatifs ?

— Tu sais que tu es un grand comique, Stan ?

— Puisque tu le dis… Maintenant, promets-moi de filer tout droit au lit.

— Promis, je rentre chez moi. Mais il faut d'abord que j'aille chercher Danny à son entraînement de hockey.

— Directement au lit, j'ai dit ! Tanya peut s'occuper de Danny. Je l'aurais fait volontiers, mais j'ai encore des malades à voir, et je suis déjà en retard.

— Tanya ne peut pas. Elle aussi, elle a un enfant à récupérer.

Stan se tourna vers Jenna en levant les sourcils.

— Oh, fit-elle en regardant les deux hommes. Vous voudriez que je m'en charge ?

— C'est un peu pour ça que je vous ai fait venir, dit Tanya. Vinnie est à Atlantic City, et moi, je ne peux pas y aller non plus. Il ne reste que vous.

— Donc, c'est réglé, conclut Stan. Mais, d'abord, vous ramenez Frank chez lui et vous le mettez au lit.

Il secoua les cachets qu'il avait dans la main, et les tendit à Jenna.

— Donnez-les-lui dans quatre heures. Et appelez-moi s'il y a un problème. Je passerai demain matin pour voir comment il va.

Frank recommanda à Tanya de déposer son rapport d'enquête au bureau de Mick Falco avant de rentrer chez elle. Lorsqu'elle fut enfin partie, il poussa un soupir de découragement. Il détestait se sentir entouré de cette sollicitude inquiète ; il n'aimait pas prendre des médicaments, et il supportait mal de se sentir à moitié invalide. D'un autre côté, il lui serait peut-être plus facile d'avoir l'œil sur Jenna si elle restait près de lui, à jouer les infirmières.

Il lui indiqua les affaires qu'il voulait emporter — son ordinateur portable, quelques dossiers, le journal du jour et son téléphone. Elle rassembla le tout rapidement, en lui jetant de temps à autre un coup d'œil pour s'assurer qu'il n'était pas tombé dans les pommes. Il l'observait en silence. A plusieurs reprises, il crut voir briller autre chose que de l'inquiétude dans ses yeux : une étincelle de tendresse qu'il n'avait encore jamais remarquée. Mais peut-être que les médicaments de Stan lui donnaient des hallucinations ?

Quand elle eut terminé de remplir le porte-documents, elle s'approcha du canapé et se planta devant lui, les mains sur les hanches.

Il secoua la tête.

— Si tu me laisses une minute, je peux me lever tout seul.

— Je voudrais tes clés de voiture.

Quoi ? Elle avait l'intention de conduire sa Thunderbird ? Cette simple idée le faisait frémir.

— Pas la peine, dit-il. On va prendre un taxi.

— Et comment vais-je aller chercher Danny si…

Elle éclata de rire. Elle venait de comprendre.

— Tu ne veux pas que je prenne ta T-bird, c'est ça ?

Il crut qu'elle allait lui donner un coup avec le porte-documents.

— Figure-toi, dit-elle, que je suis une excellente conductrice.

— Tu ne conduis jamais, répliqua-t-il. Tu te déplaces toujours en bus ou en taxi.

— Parce que c'est plus rapide.

Elle secoua impatiemment la main.

— Allez, on perd du temps. Donne-moi ces clés.

Il les lui tendit, lentement et avec une réticence évidente.

Puis il songea qu'il était devenu complètement idiot. Elle laissait son travail en plan pour accourir à son chevet, elle acceptait d'aller chercher son fils, et il rechignait à lui laisser le volant de sa voiture !

Le temps qu'ils sortent de l'immeuble, les petites pilules de Stan avaient déjà commencé à agir, et Frank pouvait marcher sans trop souffrir. Même cette bande qui lui enserrait les côtes ne le gênait plus.

Jenna surveillait le moindre de ses pas d'un œil circonspect.

— Ça va ? lui demanda-t-elle.

— Je ne me suis jamais senti aussi bien, répondit-il, très pince-sans-rire.

Elle agitait les clés de la voiture, comme si elle avait hâte de se trouver au volant, et il avait beaucoup de mal à cacher son inquiétude.

— C'est spécial pour la faire démarrer…

Jenna lui ouvrit la portière du passager.

— Frank, dit-elle patiemment, j'ai mon permis.

— Tu connais ce système ?

— Je connais.

Il se laissa tomber sur le siège, et la suivit des yeux, tandis qu'elle faisait le tour de la voiture, se glissait derrière le volant et enclenchait le starter.

Frank avait du mal à tourner la tête, mais il parvint tout de même à se tordre le cou pour surveiller la circulation.

— Tu peux y aller, dit-il.

Jenna se tourna vers lui.

— Tu ne vas pas me dire tout ce que je dois faire. Je te préviens : j'ai horreur de ça.

— Très bien, dit-il en laissant échapper un soupir de frustration. Pendant que tu perdais du temps à m'engueuler, le feu est passé au rouge. A présent, on n'est pas près de sortir de là.

— Ah oui ? Eh bien, regarde un peu comment je m'y prends.

Il aurait préféré ne pas voir. Elle baissa sa vitre, sortit le bras à l'extérieur et l'agita, comme si elle s'attendait que le flot ininterrompu de bus et de voitures s'arrête pour elle. Bien entendu, comme à leur habitude, les conducteurs new-yorkais filèrent sans même ralentir. Alors, elle hurla quelque chose que Frank ne comprit pas, braqua le volant sur la gauche et accéléra brusquement. La T-Bird fit un bond en avant, forçant une caravane à piler. L'homme qui conduisait cria une insulte à Jenna, mais elle fit comme si elle n'avait rien entendu.

— T'es dingue ? hurla Frank. Quand as-tu tenu un volant pour la dernière fois ?

— Détends-toi, tu veux ?

Elle se faufila au milieu des voitures.

— Je sais ce que je fais.

— Tu aurais pu nous tuer.

— Nous sommes indemnes, et ta précieuse T-bird n'a pas une éraflure.

Jugeant qu'il valait mieux ne pas répondre et la laisser se concentrer sur la conduite, il s'appuya sagement au dossier de son siège. En atteignant Bowery, ils durent se résigner à avancer au pas.

— Tu as besoin que je t'indique le trajet, pour la maison de mon oncle ? demanda-t-il au bout d'un moment.

— Je crois que je m'en souviens. Voyons un peu. Je prends le tunnel Battery en direction de Brooklyn Sud, le pont Verrazano-Narrows, puis vers l'autoroute Est pour Staten Island. Après, il n'y a qu'à filer et sortir à Sunset Road.

Elle lui jeta un regard de triomphe.

— Alors ?

— Pas trop mal.

— Pas mal, mes fesses ! S'il y avait un moyen plus rapide ou plus direct, tu te ferais sûrement un plaisir de me l'indiquer.

Pour cause de travaux, les voitures ne roulaient plus que sur une file, et elle dut se rabattre.

— Tu pourrais peut-être m'expliquer ce qui t'est arrivé, maintenant ?

— Tu as besoin que je te fasse un dessin ?

— Il me faut des détails. Qui ? Quand ? Comment ?

Comme il ne répondait rien, elle lui lança un regard en coin.

— Parle-moi, Frank, ou je sens que je vais oublier de débrayer pour changer de vitesse.

Il savait qu'elle en était capable, et il attendit qu'elle se fût engagée dans le tunnel pour lui raconter les événements de ces deux dernières heures.

Plus il lui en disait, plus elle paraissait horrifiée.

— Ils auraient pu te tuer ! s'exclama-t-elle.

— Crois-moi, s'ils ne l'ont pas fait, c'est qu'ils ont une bonne raison.

— Qui a bien pu t'envoyer ses hommes de main ?

— Je parierais que *Bratstvo* est là-dessous. Ils ont dû

s'inquiéter de voir que je m'intéressais d'un peu trop près à l'affaire d'Adam, et ils ont décidé de réagir.

— S'ils te croient dangereux, pourquoi ne t'ont-ils pas tout simplement éliminé ?

— Si on avait trouvé mon cadavre dans une allée, la police aurait sûrement cherché du côté de Brighton Beach. Ils m'ont donné un avertissement pour que je me tienne tranquille… c'est plus discret.

— Mais tu pourrais très bien filer droit au commissariat !

— Pour dire quoi ? Que deux brutes m'ont donné une raclée ? Et après ?

Ils demeurèrent silencieux pendant tout le reste du trajet. Une fois devant la maison de Vinnie, Jenna se gara sur le trottoir et alla ouvrir la portière de Frank.

— Allons-y, dit-elle.

Si Frank avait cru qu'il manœuvrerait aisément Jenna, il déchanta dès qu'ils entrèrent dans la maison.

— Où est ta chambre ? lui demanda-t-elle.

— A l'étage, mais…

— Appuie-toi sur moi. On va monter doucement.

— Inutile. Je préfère m'allonger sur le canapé.

— Stan a dit *au lit* !

— Le lit, c'est pour les malades.

— J'aurais des scrupules à me bagarrer avec toi dans l'état où tu es, mais je suis certaine que j'aurais le dessus, s'il le fallait. Cesse donc de jouer les héros, et oublie un peu ton orgueil de mâle. Tu vas m'écouter, un point c'est tout.

Il aurait pu insister, mais il jugea que c'était peine perdue. De plus, les cachets commençaient à lui donner envie de dormir et, finalement, son lit serait plus confortable que le canapé du salon.

Il se laissa donc faire, pendant qu'elle lui enlevait ses chaussures, puis ses chaussettes, et enfin, avec d'infinies précautions, son pantalon.

Le contact des mains douces de Jenna sur sa peau lui fit presque oublier la douleur. Il commençait à s'imaginer avec elle dans le lit. Son corps nu devait être doux et souple, et sa bouche brûlante…

— Très bien, dit-elle. Maintenant, allonge-toi.

Il eut un sourire béat.

— Avec grand plaisir, dit-il.

Absorbée par sa tâche, elle ne l'entendit pas. Avec un visage impassible, elle lui souleva les jambes pour les étendre sur le lit, puis elle l'attrapa par les épaules et le cala confortablement contre les oreillers.

Elle avait terminé, mais il n'avait pas envie qu'elle s'en aille.

— Jenna…

Il se sentait la bouche pâteuse et le cerveau embrumé, mais il parvint tout de même à parler.

— Viens tout près, balbutia-t-il.

Elle se pencha vers lui, et ses cheveux lui caressèrent la joue. Elle sentait le chèvrefeuille. Un parfum qu'il adorait.

— Qu'est-ce que tu as dit ?

Il essaya de se concentrer pour lui demander de rester, de se glisser sous les couvertures, tout contre lui. Mais il ne put prononcer le moindre mot. Une agréable sensation cotonneuse l'enveloppa, et il ferma les yeux.

33.

Debout derrière la baie vitrée, Jenna s'efforçait de distinguer Danny. Elle savait qu'il portait le numéro cinquante-cinq, mais les joueurs étaient nombreux et ils filaient à toute vitesse sur la glace. Elle le repéra enfin, au moment où il se détachait du groupe pour foncer vers les buts. Il marqua, et leva sa crosse en signe de victoire.

Dix minutes plus tard, un signal annonça la fin de la rencontre. Les deux équipes se firent de grands signes de la main et patinèrent lentement vers les gradins.

Au bout de dix autres minutes, les premiers joueurs commencèrent à sortir des vestiaires, leur sac de sport dans une main et leur crosse de hockey dans l'autre.

A présent qu'il avait enlevé son casque, Jenna reconnaissait sans hésitation le fils de Frank. Il avait les cheveux noirs de son père, sa démarche nonchalante, et le même regard aigu et pénétrant.

— Danny ?

Les trois garçons qui accompagnaient Danny se donnèrent des coups de coude.

Danny leur jeta un regard noir.

— Commencez pas ! leur lança-t-il.

Puis, leur tournant le dos, il marmonna à l'adresse de la jeune femme :

— Ouais, c'est bien moi.

— Je suis Jenna. Ton père a dû appeler l'entraîneur pour le prévenir que je viendrais te chercher.

Danny hocha la tête et adressa un signe de la main à ses amis.

— A demain !

Un gamin au visage constellé de taches de rousseur le contempla d'un air goguenard.

— A plus tard, don Juan !

Mais Danny n'écoutait déjà plus.

— Qu'est-ce qu'il a, papa ? demanda-t-il, dès qu'ils se furent éloignés. Pourquoi il n'est pas venu me chercher lui-même ?

— Il a eu des ennuis, mais, maintenant, ça va. Il se repose à la maison.

— Quel genre d'ennuis ?

Frank l'avait prévenue que son fils poserait des questions, et elle avait pour consigne de le ménager.

— Il a pris un vilain coup, Danny.

— Vous voulez dire qu'on lui a cassé la gueule ?

Cet enfant était aussi direct que son père.

— Oui, répondit-elle.

Il sembla tout à coup paniqué, et elle eut pitié de lui. Sa mère l'avait pratiquement abandonné, et il devait être terrifié à l'idée de perdre aussi son père.

— Il va bien, maintenant ? C'est vrai ? demanda-t-il en regardant Jenna droit dans les yeux, d'un air brave.

— Oui, je t'assure. Ton oncle Stan est venu le soigner. Il

lui a fait un bandage et lui a recommandé d'aller se reposer à la maison. Il va falloir qu'il reste au lit quelques jours, mais c'est tout.

— Il souffre ?

— Stan lui a donné des cachets contre la douleur, et ça va mieux.

— Mais qui est-ce qui lui a fait ça ? Et pourquoi ?

Ils avaient atteint le parking. Jenna ouvrit le coffre de la T-bird, et Danny y lança son sac de sport et sa crosse.

— Je crois qu'il préférera te raconter tout ça lui-même.

Danny n'insista pas, et s'installa dans la voiture sans dire un mot. Elle sentait qu'il la dévisageait avec insistance, et elle n'osait pas le regarder. Elle aimait bien les enfants, mais elle ne savait pas comment s'y prendre avec eux.

Elle se tourna enfin vers lui.

— Quelque chose ne va pas, Danny ?

— Je suis étonné que papa vous ait confié sa Thunderbird. Il ne laisse personne y toucher. Pas même mon oncle Vinnie.

— Ton oncle Stan avait encore des visites à faire, et Tanya devait aller chercher son propre enfant.

Elle sourit.

— C'est donc moi qui ai été chargée de venir te chercher. Comme je n'ai pas de voiture, il a dû me prêter la sienne.

Un silence pesant s'installa entre eux. Jenna essaya de le briser en orientant la conversation sur le sport.

— Tu sais que ton père jouait au hockey, lui aussi, quand je l'ai rencontré ?

— Oui, je sais. Avant-centre, comme moi.

Il lui jeta un coup d'œil.

— Vous jouez, vous ?

Jenna éclata de rire.

— Seigneur, non ! Le seul sport de contact que je pratique, c'est le basket.

Elle crut l'entendre rire doucement.

— Le basket, c'est pas un sport de contact, dit-il.

— Pour moi, si. Je me faisais toujours piétiner par les plus grandes.

Elle lui adressa un sourire contrit.

— Je crois que je ne suis pas très sportive. Mon domaine, c'est la photo.

Après un temps de silence, il répondit :

— Mon père m'a emmené voir votre exposition, l'autre jour.

Elle fut surprise que Frank ne lui en ait pas parlé.

— C'est vrai ?

Les yeux fixés devant lui, il ne répondit pas.

— Et qu'en as-tu pensé ?

— C'était bien… Pour du noir et blanc. Il y avait une femme, là-bas.

— Laetitia Vaughn.

— Ouais. Super sympa. Elle m'a dit que vous aviez fait des photos des New York Rangers, mais qu'elle ne les avait pas sélectionnées pour l'expo.

Apparemment, ça lui semblait une hérésie.

— Elles ne sont pas aussi réussies que je l'espérais.

Elle lui lança un rapide coup d'œil.

— Mais je pourrai te les montrer, un jour, si ça t'intéresse.

L'offre ne parut pas tenter Danny, car il ne répondit pas.

Elle avait abandonné tout espoir de créer une complicité entre eux, lorsqu'il reprit :

— Vous utilisez un appareil digital ?

Pour le hockey, elle ne s'était pas montrée à la hauteur, mais là, elle se sentait dans son élément, et elle avait une chance de l'impressionner.

— Je suis de la vieille école, répondit-elle. J'utilise surtout des pellicules Tri-X.

Il ne parut pas s'en émouvoir, et elle poursuivit :

— Je change d'appareil selon l'effet que je recherche. La plupart du temps, je prends un Leica M6 et deux objectifs, le plus souvent un de 28mm et un de 35. Jamais au-dessus de 100mm, même avec mon Canon.

Elle se demanda s'il écoutait ou si ces détails techniques l'ennuyaient à mourir.

— Je n'aime pas les filtres, je ne m'en sers jamais, ajouta-t-elle courageusement. Je préfère les images directes : c'est plus naturel.

Jenna aperçut enfin les panneaux indiquant Sunset Road. Ce n'était pas trop tôt. Le gamin semblait avoir hâte d'être délivré de ce tête-à-tête embarrassant et, en effet, il se dépêcha de sortir de la voiture dès qu'ils furent arrivés. Elle voulut l'aider à porter son sac, mais il le lui prit des mains.

— Je m'en charge, dit-il.

Lorsque Jenna avait quitté la maison, une heure plus tôt, c'était un havre de paix, mais, à présent, Vinnie et la mère de Frank étaient arrivés, et elle les entendait parler tous en même temps, depuis la rue.

— Ma grand-mère est là, dit le gamin en poussant la porte.

Elle va vous inviter à manger : je vous préviens charitablement qu'il est inutile de résister.

Jenna se retint d'éclater de rire. Elle savait depuis longtemps que Mia vouait un culte à la nourriture et considérait les New-Yorkais comme de pauvres sous-alimentés. Elle essayait donc de nourrir tous ceux qui passaient à sa portée.

Frank était allongé sur le canapé du salon. Vinnie et Mia gesticulaient devant lui. Ils discutaient de la meilleure façon de le soigner, mais leurs avis divergeaient, et ils n'arrêtaient pas de se disputer. A en juger par la tête qu'il faisait, Frank regrettait amèrement d'avoir quitté sa chambre.

Jenna contempla Vinnie d'un air attendri. Il avait vieilli, ses cheveux noirs avaient pris une teinte gris anthracite, mais il lui parut fort et en bonne santé. Mia, elle, n'avait pas beaucoup changé. Elle était toujours petite et rondouillarde, avec des cheveux noirs et épais — comme ceux de son fils —, et une voix puissante que l'on ne pouvait ignorer.

— Papa ! hurla Danny en se précipitant vers Frank. Tu vas bien ? Tu as mal ?

Frank ébouriffa les cheveux encore humides de sueur de l'enfant.

— Ça va. Ne te laisse pas impressionner par mon apparence. Ça n'est pas aussi terrible que ça en a l'air.

Pendant que Danny bombardait son père de questions, Mia se tourna vers Jenna, les bras grands ouverts.

— *Bella*. Viens ici.

Jenna disparut dans ses bras potelés.

Mia la relâcha et laissa échapper un soupir dramatique.

— Oh, Jenna ! Lorsque Frank a quitté le FBI, j'ai cru

que j'allais enfin cesser de me ronger d'inquiétude. Ça me torturait, tu sais, de penser qu'il pourchassait des criminels et des tueurs en série.

Elle leva les bras au ciel, et les laissa retomber dans un geste d'impuissance.

— Et regarde-le, à présent. Regarde ce qu'ils ont fait à mon fils.

— Stan assure qu'il va s'en remettre.

— Il ment.

Mia agita son index sous le nez de Jenna.

— Et toi ? Comment se fait-il que tu aies cessé de venir nous voir ?

— Je suis désolée, Mia. C'est vrai que j'aurais dû vous donner des nouvelles.

Mia la regarda de la tête aux pieds.

— Tu m'as l'air bien maigre. Tu as perdu du poids ? Vinnie, tu n'as pas l'impression qu'elle a perdu du poids ?

— Laisse-la tranquille, dit Vinnie. Elle est superbe. Si j'avais vingt ans de moins, je l'épouserais.

Il fit signe à la jeune femme de venir vers lui.

— Viens donc m'embrasser, ma grande !

Il referma ses bras sur elle et la serra chaleureusement.

— Merci d'être allée chercher Danny à l'entraînement.

— C'était tout naturel. Et il est charmant.

— Il ressemble à son grand-oncle, déclara Vinnie en prenant une pose d'empereur romain — un pied en avant et une main sur la hanche. Tu ne trouves pas ?

Jenna rit. Elle se rappela qu'autrefois, déjà, il avait le don de la mettre de bonne humeur.

— Vous êtes toujours l'homme le plus séduisant de New York, Vinnie.

Elle redevint sérieuse.

— Quand je suis partie, Frank était au lit. Peut-on savoir pourquoi je le retrouve sur le canapé ?

— Il dit qu'il a un peu dormi et que, comme il se sentait mieux, au réveil, il est descendu.

— Il se sent mieux parce qu'il a pris des calmants. Il faut qu'il reste tranquille.

— Ne t'inquiète pas : je l'obligerai à se reposer. Et ne fais pas cette tête, d'accord ? C'est un dur à cuire. Il faut plus que deux types, même baraqués, pour en venir à bout.

— Il vous a raconté ce qui s'est passé ?

— Il nous a dit qu'il s'était fait agresser par deux cinglés.

Il baissa la voix.

— Mais je pense que c'était pour rassurer sa mère. C'est une bileuse. Parfois, elle me fait grimper au plafond.

Mia, qui avait l'ouïe fine, vint vers eux.

— Qu'est-ce que vous complotez ?

Vinnie désigna le canapé.

— On parlait de Frank.

— Il devrait être au lit, déclara Mia.

— Lit ou canapé, quelle différence ? rétorqua Vinnie. L'important, c'est qu'il soit allongé.

Mia n'avait pas l'air convaincue.

— Il est mal en point.

— Il vient juste de se faire tabasser, lui rappela Vinnie. Ça n'a rien d'étonnant.

— S'il mangeait quelque chose, ça lui ferait peut-être du

bien, reprit Mia, comme pour elle-même. Frankie ? Ça te dirait, des *manicotti* ?

— Pas maintenant, maman.

— Tu dois te nourrir pour retrouver des forces.

— Quand j'aurai faim.

D'un air déçu, elle se tourna vers leur invitée.

— Tu vas goûter mes *manicotti,* Jenna. Je les ai faits aujourd'hui. Ne te gêne pas : il y en a largement assez pour cinq !

Jenna n'en doutait pas. Elle se rappela l'avertissement de Danny, et hocha la tête.

— J'accepte avec plaisir, Mia. Merci beaucoup.

Une demi-heure plus tard, ils dînaient près de Frank, autour du canapé, leurs assiettes posées sur des plateaux-repas. Frank avait protesté qu'ils seraient mieux installés dans la cuisine, mais Mia n'avait rien voulu entendre.

— On mange ici, comme ça on garde un œil sur toi, avait-elle déclaré.

Un peu après 8 heures, la porte d'entrée s'ouvrit, puis claqua bruyamment, et une jeune femme entra dans la pièce comme un ouragan. Jenna comprit qu'il s'agissait de Lydia, la jeune sœur de Frank.

On aurait pu la prendre pour la jumelle de Britney Spears. Elle était petite, bien faite, avec de longs cheveux blonds qui lui tombaient sur les épaules et une bouche rose aux lèvres sensuelles. Avec son maquillage un peu appuyé, elle paraissait dix ans de plus que son âge, mais, sous le mascara, on reconnaissait le regard bleu et limpide des Renaldi. Elle portait une casquette de vendeur de journaux, un pantalon et une veste de cuir noir, un pull-over court à col montant, plusieurs chaînes en argent autour du cou et d'énormes boucles d'oreilles.

Elle se posta devant Frank, les poings sur les hanches.

— Merde, Frankie… T'as encore cherché la bagarre, hein ?

34.

En dépit des protestations de Mia, Jenna insista pour faire la vaisselle, après le dîner. Pendant ce temps, Lydia, assise à la table de la cuisine, faisait un sort au tiramisu.

— Ça me plaît bien, mon boulot de vendeuse, expliqua-t-elle à Jenna. Banana Republic, c'est un chouette magasin. J'adore leurs fringues, et j'ai des réductions en tant qu'employée. Et puis, le salaire me sert à payer mes cours de théâtre. Tu savais que j'avais déjà joué dans trois pièces d'avant-garde ?

Elle n'attendit pas les encouragements de Jenna pour lui raconter que la censure avait interdit la première, que les spectateurs étaient si mécontents de la deuxième qu'ils avaient exigé d'être remboursés et que, dans la troisième, elle avait joué le rôle d'une prostituée en pleine déchéance.

Malgré ces trois expériences désastreuses, elle ne se décourageait pas.

— J'ai encore deux auditions, rien que cette semaine. Tu regardes *The Guiding Light* ?

— Non. C'est une série ?

— Une série géniale, avec des intrigues parallèles et des stars invitées chaque semaine. J'adore la fille qui joue Marina. Je la connais, on a pris des cours de théâtre ensemble.

— Tais-toi un peu, Lydia ! intervint Mia au bout d'un

moment. Tu me donnes mal à la tête à parler tout le temps. Va plutôt voir comment se porte ton frère. Il veut peut-être manger, maintenant.

— Je t'ai dit que je n'avais pas faim ! lança Frank.

Elles se tournèrent d'un seul mouvement. Il se tenait dans l'embrasure de la porte, pâle mais sur ses deux jambes.

— J'ai quelque chose à vous dire, déclara-t-il d'un ton solennel. Venez tous dans le salon.

Cette fois, personne n'osa protester, et ils se retrouvèrent de nouveau sur le canapé, aux places qu'ils avaient occupées pour dîner.

Danny fut le premier à parler.

— Que se passe-t-il, papa ?

Frank contempla en silence son public, puis il se lança.

— Je sais que vous avez envie de savoir ce qui m'est arrivé.

— Nous le savons déjà, dit Mia. Tu t'es fait taper dessus par deux colosses qui se sont lâchement attaqués à un homme seul.

— Ce n'est pas tout à fait ça.

Il regarda avec insistance sa mère, puis Danny, puis Lydia.

Jenna jeta un regard interrogateur à l'oncle Vinnie, mais il gardait les yeux fixés sur le plancher, et elle comprit qu'il connaissait déjà l'objet de cette réunion de famille.

— Ces deux types ne me sont pas tombés dessus par hasard, commença Frank. Quelqu'un les a envoyés pour me donner un avertissement. Ils voulaient que je laisse tomber mon enquête sur la mort d'Adam Lear.

Il se tut. On n'entendait plus que la respiration saccadée de Mia.

— Je ne veux pas vous effrayer, reprit-il en regardant fixement sa mère. Mais il faut que vous sachiez que la situation est sérieuse et que je dois prendre des mesures pour vous protéger. Des mesures que vous n'allez pas apprécier.

— Quelles mesures, papa ? demanda Danny d'un ton plus curieux qu'inquiet.

Frank se pencha en avant pour chercher une position confortable, et grimaça imperceptiblement.

— Avant de me jeter sur le trottoir, mes deux agresseurs m'ont prévenu que si je n'arrêtais pas immédiatement de fouiner dans les affaires des autres, ils s'en prendraient à ma famille.

Mia dut s'appuyer au dossier de son fauteuil, une main sur le cœur.

— Qui sont ces gens, Frankie ? demanda-t-elle.

— Tu ne crois pas qu'ils bluffent, papa ? lança Danny.

Lydia leva les yeux au ciel.

— Regarde un peu sa tête ! Tu appelles ça du bluff ?

— Bien, dit Mia qui s'était déjà remise du choc. De toute façon, on ne peut pas prendre de risques. Frankie, tu n'as pas le choix : il faut que tu arrêtes immédiatement d'enquêter sur cette affaire.

Frank demeura impassible. Jenna comprit qu'il s'était attendu à cette réaction et qu'il avait déjà préparé sa riposte.

— Ce n'est pas la bonne solution, maman.

— C'est la seule, rétorqua-t-elle.

Elle se tourna pour chercher appui du côté de son beau-frère, lequel n'avait pas encore dit un mot.

— Vinnie, explique-lui que j'ai raison.

Ne voulant pas mettre Vinnie dans l'embarras, Frank se leva et prit la main de Mia dans la sienne.

— Maman, tu te souviens du jour où j'ai décidé d'ouvrir mon agence de détective privé ?

Elle hocha la tête.

— Je t'avais prévenue que ce travail présentait aussi des inconvénients.

— Tu ne m'as pas dit qu'on allait te laisser pour mort sur un trottoir !

— N'exagérons rien. Ces types n'avaient aucune intention de me tuer.

— Tu t'es bien gardé de m'expliquer que c'était encore plus dangereux que le FBI.

Frank eut l'air amusé, et Jenna ne put s'empêcher de sourire. Il faisait de son mieux pour calmer sa mère, mais elle ne s'en laissait pas facilement conter.

— Si je l'avais fait, tu aurais été capable de me séquestrer pour m'empêcher de prendre de tels risques.

Ils partirent tous d'un grand éclat de rire, sauf Mia.

— Pour être franche, j'aurais préféré que tu rentres dans les ordres ! dit-elle d'un ton grave. Il n'y a rien de honteux à ça. Regarde ton cousin Ernie : il est prêtre… et il n'a jamais été aussi heureux.

— Je ne suis pas Ernie, maman. Et ce qui m'est arrivé aujourd'hui fait partie des risques du métier.

— J'ai mal de te voir comme ça.

— Je sais. Mais je ne peux pas abandonner une enquête chaque fois qu'une brute me le demande…

Il les interrogea du regard, mais aucun d'eux ne répondit. Après un moment, Lydia prit la parole :

— Qu'est-ce qui va nous arriver ? demanda-t-elle.

Elle venait probablement d'exprimer tout haut ce que tout le monde pensait.

Frank lâcha la main de sa mère.

— Je vais vous protéger pour qu'il ne vous arrive rien, répondit-il.

Son regard s'arrêta sur Jenna. Elle se demanda s'il voulait lui faire comprendre qu'elle était concernée par ce qu'il allait dire.

— Mais, papa, fit remarquer Danny, tu n'es pas assez en forme pour nous défendre contre ces deux types.

Frank répondit d'une voix ferme et claire :

— Tu as raison, fils. C'est pourquoi j'ai l'intention de vous envoyer dans un endroit où vous serez en sécurité.

Un concert de protestations accueillit sa déclaration. Si la situation n'avait pas été aussi grave, Frank aurait presque eu envie de rire en les voyant s'agiter ainsi.

Il resta calmement assis, en attendant que l'orage passe.

— C'est pour un court laps de temps, jusqu'à ce que l'affaire soit résolue et le danger écarté, reprit-il enfin. Johnny Caruso va vous prendre en charge. Je ne peux pas vous révéler où se trouve la maison où il va vous emmener, mais je vous assure que vous y serez bien.

Lydia se leva d'un bond, l'air indigné.

— N'y compte pas, Frank. Je passe une audition, après-demain, pour un rôle dans la série *The Guiding Light,* et il n'est pas question que je loupe ça.

— Moi, j'ai un match important, dimanche, expliqua Danny. On joue contre les champions en titre.

— Ton équipe devra te remplacer, Danny. Quant à toi, Lydia, tu auras l'occasion de te présenter à d'autres auditions.

— Pas comme celle-là ! Tu n'as pas le droit de gâcher une chance pareille. Je ne me laisserai pas faire.

— Nous n'avons pas le choix, reprit Frank d'un ton qui n'admettait pas de réplique. Ça ne m'amuse pas plus que vous, croyez-moi. Mais je tiens à ce que vous restiez vivants.

Son regard se posa sur Jenna, et elle comprit qu'il l'incluait dans le lot.

Comme s'il avait deviné sa pensée, il ajouta :

— Vous partirez tous les quatre demain matin, très tôt. Aussi, je vous conseille de préparer vos sacs ce soir, avant de vous coucher. Si ça devait se prolonger, nous réfléchirions ensemble à la conduite à tenir.

— Et l'école ? demanda Danny.

— J'ai déjà parlé au directeur. Il te prépare un programme de rattrapage pour la semaine.

Danny parut se résigner, mais pas Lydia, dont les yeux lançaient des éclairs de rébellion.

— J'ai vingt-quatre ans, Frank. Tu ne peux plus m'imposer tes quatre volontés, comme quand j'étais gamine. Je ne viendrai pas avec vous, un point c'est tout.

Frank se leva avec un rictus de douleur. Il y eut un grand silence lorsqu'il avança vers sa sœur.

— Regarde-moi bien, Lydia. Vas-y. Prends ton temps… C'est pas joli-joli, hein, ce que tu vois ? Eh bien, ce n'est rien, comparé à ce que ces types te feront si tu leur en donnes l'occasion. C'est ce que tu veux ? Qu'on te réduise en bouillie ? Ou pire… Parce que, crois-moi, la prochaine fois, ils n'hésiteront pas à aller jusqu'au bout.

Des larmes se mirent à couler sur les joues de Lydia. Elle secoua la tête.

— Fais ce que je te dis, reprit-il. Depuis la mort de papa, tu m'as toujours fait confiance. Aujourd'hui encore, je te demande de m'écouter.

Les épaules de Lydia s'affaissèrent. Elle cessait de lutter.

— D'accord, dit-elle d'une toute petite voix.

Mia vint vers elle, un mouchoir à la main, pour lui murmurer des paroles de réconfort et lui essuyer les yeux. Jenna crut qu'elle allait lui proposer de manger quelque chose, mais elle se tourna vers Vinnie.

— Tu étais du complot, n'est-ce pas ? C'est pour ça que tu ne disais pas un mot.

Il haussa les épaules.

— Je n'y suis pour rien. C'est Frank qui décide.

— Tu aurais dû me le dire.

— Ce n'était pas à moi de le faire.

Danny vint se placer entre son grand-oncle et sa grand-mère, comme s'il voulait mettre un terme à leur dispute.

— Oncle Vinnie, dit-il, tu ne viens pas avec nous ?

— Non, intervint Frank. J'ai besoin de lui, ici.

Avant qu'ils ne lui demandent des précisions, il ajouta :

— Je ne vous en dirai pas plus à ce sujet. Vinnie va accompagner votre grand-mère chez elle pour qu'elle prenne ses affaires, et il la ramènera aussitôt.

— Et Jenna ? demanda Mia.

— Elle va prendre ma Thunderbird pour aller faire ses

bagages, puis elle reviendra ici. Ça ne te dérange pas de dormir dans la même chambre que ma mère, Jenna ?

Que pouvait-elle dire ? Si elle se mettait à protester, elle aussi, Danny et Lydia allaient recommencer. Elle hocha docilement la tête.

Du coin de l'œil, elle vit Danny sortir de la pièce. Il ne monta pas à l'étage, où se trouvait sa chambre, mais s'éloigna dans le couloir, en direction de la porte. Frank était occupé à parlementer avec sa mère et sa sœur ; il n'avait rien remarqué. Jenna suivit discrètement l'enfant à l'extérieur.

Elle le trouva assis sur les marches de la véranda, les coudes sur les genoux, le menton sur les poings. Il faisait nuit, quelques étoiles brillaient déjà. Elle s'installa près de lui et leva la tête vers le ciel.

Sans trop savoir pourquoi, elle eut soudain envie de lui raconter ses souvenirs d'adolescente, elle qui s'épanchait si rarement... Elle se mit à parler, sans même savoir s'il l'écoutait.

— Lorsque j'étais enfant, mes amies m'enviaient parce que j'étais fille unique, commença-t-elle. Elles disaient que j'avais de la chance de ne pas être obligée de partager ma chambre. Elles avaient sans doute raison. Mais il y avait aussi le revers de la médaille. J'étais tout pour mes parents. Ils me couvaient, ils étaient exigeants et stricts — trop à mon goût. Ils me consacraient toute leur attention. Tu ne peux pas imaginer à quel point c'était pesant... Je ne pouvais jamais rien faire : ils trouvaient tous mes projets dangereux ou inconvenants...

Elle jeta un coup d'œil de côté, mais Danny n'avait pas quitté des yeux le ciel étoilé.

— Un jour, reprit-elle, ils m'ont empêchée d'aller à une boum que j'attendais depuis des semaines. J'étais folle de rage, je les trouvais injustes. Ils connaissaient la fille qui m'avait invitée et aussi sa famille. Leur décision me semblait incompréhensible. Ils ne voulaient pas en démordre, et ils ne me donnaient aucune raison valable. Je les ai traités de tyrans… J'ai même dit que j'aurais voulu avoir d'autres parents. Je savais que ça leur ferait mal. Mais ils n'ont pas cédé. Le lendemain, j'ai appris que la fête s'était terminée par un drame et que la police avait arrêté plusieurs jeunes.

Elle avait réussi à attirer l'attention de Danny.

— Pourquoi ? demanda-t-il.

— Deux types étaient venus avec de la drogue et ils avaient fichu une pagaille monstre. Une cigarette a mis le feu aux rideaux et une fille a été gravement brûlée. Mes parents se doutaient qu'il y aurait de la drogue ; c'est pour ça qu'ils m'avaient interdit d'y aller. La fille qui est partie à l'hôpital n'avait rien fait de mal ; elle n'avait jamais bu une goutte d'alcool, ni touché à la drogue. Elle s'est trouvée au mauvais endroit, au mauvais moment… Ce jour-là, j'ai enfin compris.

— Compris quoi ?

— Que les parents savent ce qu'ils font. Parfois, les raisons de leurs décisions nous échappent, et on leur en veut, mais elles leur sont dictées par l'amour qu'ils nous portent.

Danny la regarda enfin.

— Tu vis toujours chez tes parents ?

Jenna sourit.

— Non, j'ai mon propre appartement.

Elle se tut.

— Ma mère est morte, il y a quatre ans. Elle me manque terriblement.

— Ça ne te fait rien de tout laisser tomber pour aller te cacher ?

Elle n'eut pas le cœur de lui avouer qu'elle ne partirait pas avec eux. Il le découvrirait bien assez tôt.

— Ce ne sera pas pour longtemps, Danny.

Peu après, la porte s'ouvrit derrière eux. Jenna se retourna. La haute silhouette de Frank se découpait dans la lumière de l'entrée.

— Qu'est-ce que vous faites, tous les deux ?

Danny se leva.

— Rien de spécial. On parle.

— Il est temps d'aller te coucher, mon garçon. Tout le monde debout à 4 heures, demain matin !

— D'accord, dit Danny en baissant le nez. Bonne nuit, Jenna.

Jenna devina son sourire dans la pénombre.

— Bonne nuit, Danny, répondit-elle.

35.

Ça n'avait pas été une mince affaire, mais Frank avait finalement convaincu toute la famille de monter se coucher. Tandis qu'il aidait Danny à préparer ses bagages, Jenna avait appelé son père pour lui donner des nouvelles du blessé et le prévenir qu'elle allait bientôt rentrer.

Seule dans le salon, elle se laissait bercer par le murmure de voix provenant des chambres, tout en songeant aux hommes qui avaient failli tuer Frank et qui dérangeaient, maintenant, l'harmonie de cette merveilleuse famille. Sur quoi s'appuyait une organisation clandestine comme *Bratstvo* ? Sur l'argent, la complicité de gens haut placés ou la cruauté légendaire de ses membres ? Ou sur les trois ?

Les mafieux russes se croyaient intouchables, et ils n'avaient pas tout à fait tort. Il était extrêmement rare que l'on arrête un homme de *Bratstvo*. Pour ça, il fallait un témoin plus courageux que les autres.

Au cours de sa carrière de procureur, le père de Jenna avait rencontré des citoyens hors du commun, dont le témoignage avait permis de condamner quelques-uns de ces Russes si redoutables. Mais il n'avait révélé le nom de ses informateurs qu'à ses proches collaborateurs, et Jenna ne les connaissait pas. De toute façon, la plupart d'entre eux avaient bénéficié du programme de protection des témoins et vivaient, à présent, sous une nouvelle identité.

On n'avait pas entendu parler de l'arrestation d'un membre de *Bratstvo* depuis trois ou quatre ans…

Jenna savait que son père conservait à la maison les dossiers de toutes ses affaires, ainsi que le profil psychologique de certains criminels qu'on n'avait jamais pu identifier. Encore aujourd'hui, il lui arrivait de sortir les chemises poussiéreuses et de se plonger dans l'étude des comptes rendus, pour voir s'il n'avait pas laissé passer quelque chose d'important. Dans le dossier *Bratstvo*, elle trouverait peut-être le nom de ses indicateurs…

Soudain, elle sentit les mains de Frank lui entourer les épaules. Elle se retourna.

— Je ne t'avais pas entendu venir.

— Tu semblais perdue dans tes pensées.

Elle le suivit des yeux, tandis qu'il faisait le tour du canapé en avançant avec précaution.

— Tout va bien, là-haut ? demanda-t-elle.

Un sourire éclaira le visage tuméfié de Frank.

— Nous avons frôlé la guerre civile, tout à l'heure, dit-il.

— Oui, mais je trouve que tu as pris les choses en main d'une façon magistrale. Un véritable général en chef !

Il rit.

— Je ne sais pas comment ça va se passer demain matin.

Il désigna la cuisine.

— Vinnie vient de faire du café, dit-il. Tu en veux une tasse, avant d'aller chercher tes affaires ?

— Pas tout de suite.

Elle tapota le coussin près d'elle.

— Viens t'asseoir, Frank. J'ai à te parler.

— Hum, j'avoue que je me méfie.

Il s'enfonça dans le canapé.

— Voilà. Je suis tout ouïe.

— Pour commencer, il faut que tu avales ça.

Elle lui tendit les deux antalgiques qu'elle avait préparés pour lui, avec un verre d'eau.

Il fit la grimace.

— Ça ne peut pas attendre ?

— Tu aurais dû les prendre plus tôt. Pourquoi souffrir, alors que ces cachets peuvent te soulager ? Arrête de faire des chichis et avale ces médicaments.

— On ne t'a jamais dit que tu étais la femme la plus têtue et la plus diabolique qui soit ?

— Dire que tu pensais profiter de ton état pour me manipuler…

Elle rit devant son expression ahurie.

— Ne sois pas surpris. Je t'avais prévenu que je lisais dans tes pensées.

Il lança les cachets dans sa bouche, et but un peu d'eau.

— Satisfaite ? demanda-t-il.

— Entièrement.

Elle installa des coussins sur le canapé pour qu'il puisse s'y adosser.

— C'est mieux comme ça ? demanda-t-elle.

— Oui, bien mieux.

Elle jeta un coup d'œil vers l'escalier pour s'assurer qu'aucune oreille indiscrète ne pouvait les entendre.

— Je n'ai pas voulu te contredire devant ta famille, dit-elle, mais, maintenant que nous sommes seuls, je ne vois plus l'intérêt de poursuivre cette petite comédie.

— De quelle comédie parles-tu ?

— Je parle du séjour à la campagne que tu nous as si gentiment organisé. Tu as parfaitement raison de vouloir envoyer ta famille au vert, et je t'approuve sans réserves, mais n'espère pas me mettre dans le lot. Je n'irai nulle part. Je reste chez mon père, à New York. Comme ça, je pourrai garder l'œil sur toi.

— Il n'est pas question que tu restes à New York. Tu n'y es pas en sécurité.

— J'y suis plus en sécurité que toi. Il me semble que c'est toi qu'ils ont enlevé, non ?

Elle croisa les bras d'un air résolu.

— Je tiens à m'assurer que ça ne recommencera pas.

— Ah ! Et comment comptes-tu t'y prendre ?

— D'après toi ?

Elle le regarda longuement, guettant sa réaction.

— A présent, cette affaire est beaucoup trop dangereuse pour un homme seul. Laisse tomber, Frank. Appelons Stavos demain matin pour lui dire ce que nous savons. Nous lui montrerons les documents d'Adam sur le blanchiment d'argent, et la photo avec le tatouage. Nous pouvons prouver que le Columbo de Roy Ballard existe. Ça l'incitera à reprendre l'enquête. Et il y a aussi ce que ces deux types t'ont fait.

— Je croyais que tu ne pouvais pas voir Stavos.

— Je l'avais mal jugé.

Il eut un rictus.

— On dirait que tu ne plaisantes pas.

— En effet.

— Pourquoi tu t'inquiètes tellement pour moi ?

Craignant que son regard ne la trahisse, elle détourna les yeux, et les posa sur la biographie du général Patton posée sur la table.

— Ta mère te l'a déjà expliqué. Nous n'avons pas envie que tu subisses un deuxième passage à tabac.

— Ma mère, je comprends. Mais toi, pourquoi te sens-tu si concernée ?

— Arrête un peu, avec ce petit jeu ! Qu'est-ce qui te prend ?

— Je ne joue aucun jeu. Je te pose une question simple : pourquoi te fais-tu autant de souci pour moi ?

— Je m'intéresse aux autres.

— Dis-le, Jenna.

Jenna sentit son cœur accélérer.

— Quoi donc ?

— Tu le sais très bien.

Cette fois, il ne lui permit pas de détourner les yeux. Il prit son menton entre deux doigts et l'obligea à plonger dans le lac de ses yeux bleus.

— Dis-le, répéta-t-il doucement.

— Très bien. Je t'aime ! avoua-t-elle. C'est ce que tu voulais entendre ?

Elle se sentait soulagée d'un grand poids, terriblement légère, presque étourdie.

Frank la contempla sans ciller.

— Ça fait tellement longtemps que j'attends ce moment. Ça ne t'ennuierait pas de répéter ce que tu viens de dire ?

— Je t'aime, dit-elle plus doucement, avec une voix vibrante d'émotion. Une partie de moi t'aime depuis toujours, et tu le savais, tout au fond de toi.

Avant qu'elle ait pu poursuivre, elle se retrouva dans ses bras, avec sa bouche qui écrasait la sienne. Cette fois, elle se donna sans retenue ni mouvement de surprise ni culpabilité. Elle prit le visage de Frank entre ses deux mains, et l'embrassa avec ferveur, comme elle avait eu envie de le faire, l'autre nuit, dans son appartement.

Soudain, elle se recula.

— Ta lèvre ! Je ne t'ai pas fait mal ?

— Je n'ai jamais connu douleur plus délicieuse.

— Je t'ai fait mal…

Elle posa un doigt sur sa lèvre ouverte, et fut soulagée de constater qu'il ne saignait pas.

— Je suis désolée.

— Ne t'excuse pas. J'aime les femmes passionnées.

— J'aurais pu aggraver ton état.

— Tu as vu ? dit-il avec des yeux brillant de malice. Cette fois, je n'ai pas détalé comme un lapin.

Il fallut quelques secondes à Jenna pour comprendre qu'il faisait allusion à leur pari.

— Je me demande si tu ne m'as pas embrassée juste pour gagner !

— Oh… Jenna… dit-il d'un ton de reproche.

— Tu as toujours été un très mauvais perdant.

— Si tu t'inquiètes pour tes vingt dollars, je te rassure tout de suite : je n'accepte jamais l'argent d'une femme. Sauf quand c'est une cliente.

Il déposa, avec des lèvres douces et légères, une série de baisers sur sa bouche, ses joues, ses yeux.

— Oh, Jenna ! Si nous n'étions pas dans cette maison, je crois que je t'aurais déjà enlevé tes vêtements.

Elle se rappela que quelqu'un pouvait descendre l'escalier à tout moment, et se dégagea de son étreinte.

— Dans ton état ? dit-elle.

— Il ne faut pas sous-estimer le pouvoir de l'amour et du désir.

— Alors, je ferais mieux d'y aller. Je ne voudrais pas que tu te casses encore une côte à cause de moi.

Ils avancèrent jusqu'à la porte, serrés l'un contre l'autre.

— Tu n'as pas répondu à ma question ! lui rappela-t-elle.

— Je crois que j'ai un trou de mémoire. De quelle question s'agit-il ?

— Est-ce que tu es d'accord pour appeler l'inspecteur Stavos dès demain, afin qu'il prenne cette enquête en main ?

— Non, répondit-il d'un ton calme. Je ne l'appellerai pas. Je t'ai déjà expliqué pourquoi, mais si tu n'as pas bien compris, je te répéterai tout ça demain matin. Pourquoi ne viendrais-tu pas prendre le petit déjeuner ici ? Je suis sûr que mes talents culinaires te surprendraient.

Il se pencha vers elle pour quémander un dernier baiser.

— Je sais que tu n'es pas un cordon-bleu, ajouta-t-il, mais ça ne fait rien. Tu as certainement d'autres qualités…

36.

Jenna espérait que son père serait déjà couché quand elle arriverait, et qu'elle pourrait fouiller tranquillement dans ses dossiers. Mais, quand elle entra dans la cuisine par la porte de derrière, elle le trouva en train de se préparer un chocolat chaud.

En la voyant, il sourit avec un soulagement visible.

— Tu arrives juste au bon moment ! dit-il en désignant du menton la casserole fumante. Et Frank ?

— Il est de nouveau sur pied.

Elle alla s'appuyer au réfrigérateur.

— Il va mettre sa famille en sécurité dès demain matin.

Sam cessa de remuer le chocolat.

— Pourquoi ? Ils ont reçu des menaces ?

— Oui. Les deux types qui ont enlevé Frank l'ont prévenu qu'ils s'en prendraient à sa famille, s'il ne laissait pas tomber l'affaire.

— Il faut qu'il demande l'aide de la police, Jenna. Il ne peut pas se battre seul contre ces gens-là.

— C'est, pourtant, ce qu'il a l'intention de faire.

— Mais pourquoi refuse-t-il de s'adresser aux autorités ? Il a confiance en l'inspecteur Stavos, tout de même ?

— En Stavos, oui. Mais il se méfie des autres. Il pense

qu'un complice de *Bratstvo* s'est infiltré dans les forces de police.

Sam hocha lentement la tête.

— Ça ne serait pas la première fois qu'un truc comme ça se produirait. Et il suffit d'une pomme pourrie pour tout fiche par terre.

Il prit deux tasses dans le placard et les posa sur le comptoir, près du pot de marshmallows.

— S'il insiste tant pour travailler en solo, c'est qu'il a l'intention d'employer des méthodes pas très conventionnelles, ajouta-t-il.

Jenna songea que son père était très perspicace. Frank avait confié à un employé de Johnny Caruso le soin de protéger les siens… Il voulait garder Vinnie près de lui pour être secondé. Il avait donc quelque chose de précis en tête.

— Tu as sûrement raison, papa.

Elle le regarda fixement.

— Mais je te demande de garder le silence. La vie de Frank est en jeu.

— Tu m'as fait une confidence, je ne te trahirai pas. Tu le sais bien.

Il versa le chocolat chaud et ajouta un marshmallow. Puis il alla s'asseoir à la table de la cuisine avec les tasses, et Jenna s'installa près de lui.

— Il y a tout de même quelque chose qui me tracasse, dit-il. Frank ne t'a pas demandé de partir avec sa famille ?

Du bout du doigt, Jenna enfonça son marshmallow dans le liquide fumant.

— Si, mais j'ai refusé.

— Pourquoi ?

— Parce que je ne veux pas le laisser seul à New York.

Sam secoua la tête.

— Vous faites un sacré duo ! Aussi têtus l'un que l'autre.

Puis, plus sérieusement, il ajouta :

— J'exige que tu sois extrêmement prudente, Jenna. Je veux que tu préviennes ton vieux père — ou Frank, si tu préfères — du moindre de tes déplacements.

— Je te le promets, dit-elle.

Ils se mirent ensuite à parler de l'amour, de la peur de s'engager, des plaisirs de la vie conjugale. Jenna était heureuse de se confier à son père, de lui parler à cœur ouvert de ses sentiments pour Frank. Elle se sentait proche de lui.

Un peu avant minuit, Sam réprima un bâillement.

— Je n'en peux plus, dit-il. Tu montes, toi aussi ?

Elle évita son regard.

— Dans un moment, répondit-elle. J'ai envie de reprendre une tasse de chocolat.

— Très bien.

Il l'embrassa sur le front.

— Dors bien, ma chérie. A demain matin.

Dès qu'elle l'entendit refermer la porte de sa chambre, elle se leva. Elle avait mauvaise conscience à l'idée de fouiller le sanctuaire de son père, et elle aurait préféré ne pas en arriver là. Mais, puisque Frank refusait de laisser tomber l'enquête, elle devait l'aider.

Elle traversa en silence le long couloir, à l'affût des bruits provenant de l'étage. Comme elle n'entendait rien, elle jugea que Sam devait être couché, et poussa la porte du bureau. Avec ses étagères en bois foncé couvertes de livres maintes fois lus et l'odeur du produit avec lequel la femme de ménage entretenait les fauteuils en cuir, la pièce avait tout d'une très vieille bibliothèque.

En entrant, elle eut une autre bouffée de culpabilité. Enfant, elle avait passé des heures à dessiner près de son père, tandis qu'il travaillait, le soir, après le repas. Elaine les rejoignait pour leur apporter un plateau avec une tasse de chocolat et des biscuits, puis ils montaient se coucher. Si la vie de Frank n'avait pas été en jeu, elle aurait fait demi-tour aussitôt.

Mais elle n'avait pas le choix, et elle se dirigea d'un pas décidé vers le meuble où Sam rangeait les papiers importants — un bureau ancien qu'il avait fait venir d'Angleterre. Le premier tiroir renfermait des stylos et diverses fournitures ; le deuxième, des cartes routières. Le contenu du troisième tiroir se révéla également décevant : il ne contenait que des factures, des papiers bancaires et le jugement de divorce de ses parents.

Quinze minutes plus tard, elle passa à l'imposante bibliothèque. Sam y rangeait ses livres de droit, quelques biographies de politiciens célèbres et divers souvenirs. Elle trouva dans deux des tiroirs les albums photos qu'elle aimait tant feuilleter, autrefois — ses parents le jour de leur mariage, leur lune de miel à Hawaii, l'anniversaire de ses trois ans, dans le jardin.

Ses yeux se remplirent de larmes. Que lui arrivait-il, en ce moment ? Elle craquait pour un rien.

Comme elle fouillait tout au fond d'une étagère, ses doigts rencontrèrent quelque chose. Ça n'était pas un album photo, mais une enveloppe en papier kraft, fermée par un trombone.

Elle l'ouvrit, le souffle court, et en sortit une chemise. Celle-ci contenait quatre pages sur les activités de *Bratstvo* à Brighton Beach, ainsi que la liste des criminels appartenant à cette organisation et dont Sam avait eu à instruire le procès : Mikhail Krychkov, Yuri Shokhin, Lev Mogilny. Leurs chefs d'inculpation allaient du racket au meurtre, en passant par le trafic de drogue.

Au bas de la troisième page, deux noms isolés attirèrent l'attention de Jenna : A. Plushenko et V. Orloff. Il n'était fait mention d'aucun procès les concernant, et l'on n'avait noté ni leur adresse ni leur numéro de téléphone. Il s'agissait peut-être des indicateurs qu'elle recherchait…

Elle mémorisa soigneusement les deux noms, puis ferma la chemise. Lorsqu'elle voulut la ranger, quelque chose s'échappa de l'enveloppe — une photo. Elle se baissa pour la ramasser.

Ce qu'elle découvrit lui fit l'effet d'un électrochoc.

Sur la photo, il y avait son père, au lit avec une magnifique brune qui se blottissait dans ses bras, un sourire indolent aux lèvres.

37.

Jenna contemplait l'image avec une sorte de fascination morbide. Elle se sentait partagée entre l'incrédulité et l'écœurement. Son père au lit avec une autre femme... Impossible... Il s'agissait sûrement d'une photo truquée, d'une blague de mauvais goût.

Soucieuse de vérifier sa théorie, Jenna approcha le cliché de la lampe de lecture installée près du fauteuil inclinable, et l'étudia soigneusement. Mais elle dut se rendre à l'évidence : il n'y avait aucun trucage.

Elle resta un long moment immobile, comme hébétée, le cœur battant, puis elle eut l'idée de retourner la photographie. On avait écrit quelque chose au dos :

« Cher juge Meyerson. Comme vous le voyez, les puissants ne sont pas à l'abri du danger. Mais nous pouvons nous rencontrer pour en parler. »

Pas de signature ni de date. Aucun moyen de savoir si la photo avait été prise avant ou après le divorce de ses parents.

Elle se rappela brusquement le soir où ils lui avaient annoncé leur divorce. Il lui semblait encore entendre la voix de sa mère, froide et blanche, qui contrastait tellement avec le regard accablé de son père.

Jenna eut un haut-le-cœur, puis tout se mit à tourner autour d'elle. En voulant s'asseoir dans le fauteuil, elle heurta la lampe qui tomba sur le sol avec un grand fracas.

En haut, une porte s'ouvrit.

— Jenna ? appela son père. C'est toi qui as fait ce bruit ? Tu vas bien ?

Elle ne répondit pas. Elle ne voulait pas l'affronter en cet instant. Mais elle comprit qu'elle n'aurait pas le choix car elle entendit son pas dans l'escalier.

Il apparut bientôt dans l'embrasure de la porte, vêtu de son pyjama bleu à rayures. Il paraissait perplexe.

— Jenna ? Qu'est-ce que tu fais ici ?

Puis il aperçut la photo qu'elle tenait toujours à la main, et son visage prit un teint de cendres.

Les épaules de Jenna s'affaissèrent. Même s'il lui était resté un espoir, un doute, l'expression affolée de son père les aurait balayés. Il respirait la culpabilité. Elle attendit une protestation, mais il restait muet et immobile comme une statue. Cet homme qui avait plaidé toute sa carrière avec éloquence demeurait sans voix devant sa fille.

Quand Jenna parvint enfin à parler, il lui sembla que sa voix appartenait à quelqu'un d'autre.

— Ça date de quand ? demanda-t-elle.

— Jenna, non…

Mais elle avait besoin de savoir.

— La question est simple, papa. J'attends une réponse simple. Cette photo a été prise quand ? La semaine dernière ? Il y a un an ?

Elle prit un ton cinglant, et frappa le cliché du dos de la main.

— Ça ne s'oublie pas, ce genre de chose.

— Le 5 avril.

— De quelle année ?

Sam ferma les yeux, résigné.

— 1999.

Jenna eut l'impression que le plafond lui tombait sur la tête. Sa mère était partie le 8 avril de la même année. Et, en décembre, dans le Connecticut, sa voiture avait dérapé dans un virage, sur une route rendue glissante par la pluie.

— Tu as trompé maman.

La phrase lui parut irréelle, vidée de sens.

— Non ! Enfin…

Sam passa une main tremblante dans ses cheveux.

— Ce n'est pas tout à fait ça.

— *Ce n'est pas tout à fait ça ?* répéta Jenna d'un ton sarcastique. Tu ne songes tout de même pas à nier que tu étais au lit avec cette femme ? Pour qui me prends-tu ?

— Je veux dire que…

Il jeta un rapide coup d'œil sur la photo, et détourna le regard.

— Ce n'était pas une liaison. Cette femme ne représentait rien pour moi.

— Je t'en prie, épargne-moi tes salades. Tu insultes mon intelligence. Apparemment, cette femme tenait une place suffisamment importante dans ta vie pour que tu prennes le risque de briser ton couple et ta famille à cause d'elle.

— Je ne pensais pas que les conséquences seraient si terribles. C'était juste une…

Il laissa sa phrase en suspens.

— Une folie, c'est ça ? demanda Jenna en contemplant

avec un plaisir pervers la tristesse et l'angoisse qui se lisaient dans les yeux de son père. Tu as foutu en l'air trente-trois ans de mariage et tu as trahi une femme qui t'aimait et te respectait pour une histoire de cul ?

Sam fit la grimace. Ce langage ordurier était choquant dans la bouche de sa fille.

— Je sais très bien ce que j'ai perdu, Jenna. Il n'est pas un jour où je ne sois hanté par le remords, où je ne songe avec regret à la vie merveilleuse que j'ai vécue avec ta mère.

— Elle ne devait pas être si merveilleuse que ça, puisque tu as éprouvé le besoin d'aller chercher ailleurs !

Jenna relut le message inscrit au dos de la photographie.

— Ta maîtresse d'un soir te faisait chanter, à ce que je vois.

— Il s'agissait, en effet, d'une tentative de chantage.

— Une *tentative* ?

— Je n'ai pas cédé à leur pression.

Jenna plissa les yeux.

— De qui parles-tu ?

Sam s'avança jusqu'à la bibliothèque et s'arrêta devant la photo encadrée d'Elaine.

— J'étais sur le point de rendre ma sentence dans un procès concernant un homme d'affaires russe inculpé pour extorsion de fonds et soupçonné d'entretenir des liens avec *Bratstvo*. Il savait déjà par la rumeur que j'allais lui donner le maximum.

Il prit le cadre contenant la photo d'Elaine, et le contempla pendant un instant avant de le reposer.

— Quelques jours avant la fin du procès, j'ai reçu cette photo. Je ne savais même pas qui l'avait prise. Il y avait aussi un mot m'indiquant la sentence que je devais prononcer si je voulais éviter que ta mère reçoive cette cochonnerie : une centaine d'heures de travaux d'intérêt public.

Jenna se rappelait parfaitement ce procès. A l'époque, les médias l'avaient suivi de près.

— Je me rappelle qu'il a écopé de quatre ans de prison, dit-elle.

— Oui, c'est exact. Ils ont voulu me piéger, mais ils se sont rendu compte qu'ils avaient fait fausse route, que je refusais d'entrer dans leur jeu.

— Cette femme était une prostituée payée par *Bratstvo* ?

Elle ne put s'empêcher de ressentir de la compassion pour lui, mais sa colère reprit aussitôt le dessus.

— Bientôt, tu vas me dire qu'on t'a obligé à coucher avec elle en te mettant un revolver sur la tempe.

— Non. Ta mère et moi, nous traversions une passe difficile. Mon entourage professionnel me poussait à me présenter à l'élection pour la mairie de New York. Ta mère n'était pas d'accord. Elle craignait que ça nous oblige à changer notre façon de vivre ; elle disait que nous n'aurions plus d'intimité. Elle estimait que ce ne serait pas bon pour toi.

— Et c'est pour ça que tu t'es jeté dans le lit de la première femme venue ? dit Jenna d'un ton moqueur. Elle s'est sûrement montrée plus compréhensive que maman. Elle a dû flatter ton ego, te trouver merveilleux, te dire que tu ferais un maire formidable.

A sa grande satisfaction, Sam prit un air misérable. Elle voulait qu'il souffre.

— Je ne me rappelle pas ce qui s'est exactement passé.

J'étais fragilisé, et ces gens le savaient. Ils avaient les moyens de se tenir au courant de tout.

— Mais comment pouvaient-ils deviner que ça n'allait pas dans ton couple ?

Sam parut hésiter, puis, d'un pas lourd, il se dirigea vers la fenêtre, et poursuivit, le dos tourné :

— J'avais pris l'habitude de m'arrêter tous les soirs au Plaza Oak Bar pour boire un verre. Cette femme était une habituée, elle aussi, et nous avons engagé la conversation. Un soir, j'avais bu un peu plus que de raison, et j'ai eu peur de reprendre le volant. Elle m'a dit qu'elle occupait une suite dans un hôtel, pas loin du bar, et elle m'a proposé de venir m'y reposer, le temps de dessoûler. J'ai accepté sans méfiance.

Jenna eut un petit rire ironique.

— Une fois qu'on s'est retrouvés dans la suite, son comportement a changé, reprit Sam.

— Elle a tout fait pour te séduire, c'est ça ?

Il hocha la tête.

— Et toi, le juge le plus intelligent et le plus compétent de New York, tu n'as rien vu venir ? Tu ne t'es pas aperçu qu'elle était en train de te piéger ?

— J'étais soûl.

— Ah oui ! — Elle posa un doigt sur son front. — J'oubliais l'alcool.

Elle marqua un temps d'arrêt pour mieux souligner le sarcasme, et ajouta :

— Donc, tu leur as dit que tu ne marchais pas, et l'histoire s'est arrêtée là.

Sam eut un rire forcé, et se tourna vers sa fille.

— Si seulement ça avait pu se passer comme ça !

Jenna attendit la suite avec appréhension.

— Ils ne s'attendaient pas à un refus, et ils me l'ont fait payer cher. Pour commencer, ils ont envoyé la photo au parquet, et on m'a aussitôt rétrogradé.

Jenna retint sa respiration.

— Ensuite, j'ai dû tout avouer à ta mère.

La photographie glissa des mains de Jenna. Ces mots la transperçaient.

— Maman l'a su ?

— Il fallait bien que je le lui dise. De toute façon, ils allaient le faire.

Une fois encore, Jenna revit ses parents, le jour où ils lui avaient annoncé leur séparation. A présent, elle comprenait le ton froid et détaché de sa mère, celui d'une femme assommée de douleur. Comme elle l'était elle-même en ce moment.

— Dire que j'ai toujours cru…

Elle avala sa salive pour refouler les sanglots qu'elle sentait monter dans sa gorge.

— … que c'était maman qui t'avait quitté pour quelqu'un d'autre. Je n'ai pas cessé de lui poser la question, en la suppliant de se confier à moi. Elle s'est toujours contentée de me répondre qu'il n'y avait personne d'autre que toi dans sa vie. Et personne d'autre qu'elle dans la tienne.

— Elle voulait te ménager…

— Elle continuait à te protéger ! hurla Jenna. Tu l'avais humiliée, tu lui avais fait du mal, et pourtant, elle te protégeait.

Elle ravala un nouveau sanglot.

— Elle savait que je la soupçonnais de t'avoir trompé,

mais elle n'a jamais dit un mot, pour ne pas me monter contre toi.

— Je ne voulais pas lui faire de mal, je te le jure.

— Tu crois que ça va me consoler ? Tu trouvais normal de coucher avec n'importe quelle pute ? Tu croyais vraiment que ça ne blesserait personne ? Qu'il n'y aurait pas de conséquences ?

Elle vint se placer en face de lui.

— Tu l'as détruite, papa. Au point qu'elle n'avait même plus envie de vivre.

— Ne dis pas ça !

— C'est la vérité. Il suffisait de la regarder pour comprendre qu'elle ne tenait plus à rien. Elle s'était mise à boire ; elle sortait tout le temps dans des fêtes stupides et vulgaires qu'elle aurait détestées, en temps normal. Je l'ai suppliée d'arrêter, mais elle ne m'a pas écoutée.

Jenna avait un goût amer dans la bouche, celui de la haine.

— Tu l'as tuée, papa ! Et tu le sais. C'est à cause de toi qu'elle est morte.

Sam baissa la tête. Il semblait très abattu.

— Pourquoi ne m'as-tu jamais dit la vérité ? hurla Jenna. Pourquoi m'as-tu laissée croire que c'était maman, la fautive ?

Le désarroi se lisait dans les yeux du vieil homme, mais elle n'éprouvait aucune pitié pour lui.

— J'avais peur de te perdre. J'avais peur que tu me regardes comme tu le fais en ce moment — avec mépris et dégoût.

Comme attirée par un aimant, Jenna se pencha pour

ramasser la photographie. Puis elle l'agita sous le nez de son père.

— Et pourquoi ne l'as-tu pas jetée ?

— Pour ne pas oublier à quel point j'ai été stupide et comme ça m'a coûté cher.

Jenna soutint son regard, en essayant de se souvenir de l'image qu'elle avait de lui jusqu'à ce soir — celle d'un homme droit et honnête, dont elle avait toujours admiré l'intégrité, qui lui avait servi de modèle. Elle avait été fière de lui pendant toutes ces années, et voilà qu'aujourd'hui, elle apprenait qu'il n'était qu'un menteur.

Sam fit un pas vers elle.

— Je comprends que tu sois bouleversée…

Jenna leva une main pour l'arrêter. Elle en avait assez entendu. Elle jeta un dernier regard sur la photo, et la lança sur le bureau. Puis, après un silence long et pesant, elle déclara froidement :

— Je ne te pardonnerai jamais. Tu m'entends ? Jamais.

Et, avant que les larmes tièdes qui lui emplissaient les yeux ne coulent sur son visage, elle quitta la pièce en courant.

38.

Sam n'essaya pas de l'arrêter. Elle était encore sous le choc ; il fallait attendre que sa colère et sa douleur s'apaisent. Ce n'était pas la première fois que sa fille claquait la porte de la maison. Adolescente, elle avait eu sa période de révolte : elle partait en jurant de ne plus revenir, et rentrait quelques heures plus tard, en s'excusant de s'être emportée.

Cette fois, pourtant, Sam avait l'impression qu'il ne s'agissait pas d'un coup de tête. Le regard que sa fille lui avait lancé laissait présager qu'il l'avait perdue pour toujours.

Ses yeux furent soudain attirés par le dossier qui se trouvait encore devant la bibliothèque. C'était celui de *Bratstvo.* Il ne contenait rien de très important, juste les noms de quelques criminels russes dont il avait instruit les procès. Pourquoi Jenna avait-elle consulté ce dossier en cachette ? Si elle se posait des questions sur ce sujet, pourquoi ne s'était-elle pas adressée directement à lui ?

Son regard tomba sur la liste, puis, à la fin, sur les noms de ses indicateurs. Brusquement, il eut peur. Et si c'était cela que sa fille était venue chercher ? Elle avait peut-être l'ambition de contacter Plushenko et Orloff pour leur demander des renseignements…

Sans se soucier de l'heure tardive, Sam chercha le numéro de Frank dans l'annuaire.

Frank répondit à la troisième sonnerie. Il avait l'air dans les vapes.

— Allô ?

— Frank, c'est Sam. Désolé de vous appeler si tard, mais il fallait absolument que je vous pose une question. C'est vous qui avez demandé à Jenna de consulter mon dossier *Bratstvo* ?

Cette fois, Frank était complètement réveillé.

— Quoi ? Le dossier *Bratstvo* ?

Il paraissait sincèrement étonné.

— Où est-elle ?

— Elle est partie.

— Comment ça, partie ?

Sam entendit un bruit qui ressemblait à celui d'un coup de poing sur un meuble en bois. Puis il y eut un juron.

— A cette heure de la nuit ? brailla-t-il. Comment avez-vous pu la laisser sortir, Sam ? J'ai accepté de ne pas l'envoyer au vert avec ma famille, uniquement parce que j'étais sûr qu'elle resterait chez vous.

— Calmez-vous, Frank. Je suis certain qu'il ne lui est rien arrivé.

Mais sa voix trahissait le doute.

— Vous devriez essayer de l'appeler, ajouta-t-il doucement. Elle acceptera de vous parler.

— Et pas à vous ?

— J'en doute.

— Pourquoi ? Que s'est-il passé ?

— Elle m'en veut terriblement. Mais je ne peux pas vous dire pourquoi.

— C'est super, Sam. Vraiment super.

Il n'y eut plus que la tonalité.

Sam s'assit et raccrocha à son tour. Il resta un moment immobile, puis enfouit la tête dans ses mains et se mit à pleurer.

Jenna roulait depuis vingt minutes sur la I-95 lorsqu'elle remarqua de nouveau les lumières de cette camionnette dans son rétroviseur. Elles étaient faciles à reconnaître : les phares mal réglés n'éclairaient pas tous les deux à la même hauteur, et elle les avait déjà repérés en quittant la maison de son père.

Le véhicule gardait ses distances. Est-ce qu'il la suivait réellement ? Elle appuya sur la pédale d'accélérateur, et surveilla le compteur qui grimpait jusqu'à soixante-dix, quatre-vingts, cent. Derrière, le conducteur se cala sur sa vitesse et conserva son écart. Jenna ralentit, il fit de même. Pas de doute, il la suivait.

Elle songea un instant à appeler le 911, puis y renonça. Pour l'instant, elle ne se sentait pas vraiment menacée. Elle prit la bifurcation vers East River, et les phares disparurent. Presque au même moment, son portable sonna. D'une main, elle le chercha dans son sac, et reconnut le numéro de Frank qui s'affichait à l'écran. Pourquoi était-il debout en pleine nuit ? Il était censé dormir et se reposer.

— Allô ? dit-elle.

— Qu'est-ce que tu fabriques ? Tu m'avais dit que tu restais chez ton père.

Il savait. Sam l'avait prévenu…

— J'ai changé mes plans, dit-elle d'un ton neutre.

— Jenna, je te rappelle que nous avions passé un accord.

— Je sais. Mais je n'avais pas le choix.

— Pourquoi ? Que s'est-il passé pour que tu partes aussi brusquement ?

— Je ne peux pas en parler.

— Dis-moi, au moins, pourquoi tu as fouillé dans les dossiers de Sam. Il s'est aperçu que tu avais consulté celui de *Bratstvo.*

— Je cherchais un renseignement.

Elle hésita légèrement, et opta pour le mensonge.

— Je n'ai rien trouvé, de toute façon.

— Peut-être, mais tu as trahi la promesse que tu m'avais faite. Tu devais me prévenir avant d'agir. Tu t'en souviens ?

— Bon, tu as fini ?

— Non, pas encore. Où es-tu ?

— Je roule vers mon appartement.

— Je veux que tu reviennes ici.

Elle était au trente-sixième dessous, et l'idée de se retrouver seule chez elle, à ruminer les événements de ces dernières heures, était loin de la séduire. D'un autre côté, Frank était mal en point : il lui fallait du calme, pas une femme hystérique à ses côtés.

— J'ai besoin d'air, Frank, prétendit-elle. Je veux être seule, ce soir. Tu peux tout de même comprendre ça !

Elle jeta de nouveau un coup d'œil à son rétroviseur. Les phares n'étaient pas en vue. Elle s'était peut-être trompée, après tout.

— Je t'appelle demain matin, lui dit Frank. Je t'aime.

Elle sourit.

— Je préfère ça.

Elle se tut et, comme il attendait la suite sans rien dire, elle ajouta :

— Moi aussi, je t'aime.

La patience n'était pas le fort de Pincho. Il avait remué de fond en comble l'appartement de cette femme. Il avait ouvert chaque placard, chaque tiroir, regardé sous les éviers, la baignoire, le lavabo et la cuvette des toilettes. Impossible de mettre la main sur les photos qui intéressaient son client. Elles ne se trouvaient ni dans cet appartement ni dans l'atelier du centre-ville qu'il avait déjà visité.

Il retourna un grille-pain, regarda les miettes tomber, et l'envoya valdinguer avec une rage impuissante. Il regrettait d'avoir accepté cette stupide mission qui n'avait rien à voir avec ses compétences. Bon sang ! Il était tueur à gages, tout de même ! Le temps où il fouillait les chambres d'hôtel pour dévaliser les clients était révolu. Mais le type qui lui avait demandé ce service savait se montrer généreux, et ça valait le coup de faire une exception.

Pincho parcourut encore la cuisine du regard. Un paquet de photos de cette dimension n'était pas si facile à dissimuler, pourtant. Après tout, elle n'en possédait peut-être pas de copie.

Son portable sonna. Merde, il ne manquait plus que ça !

Il répondit.

— Kravitz.

— Partez d'ici au plus vite.

— Quoi ?

— Vous m'avez parfaitement entendu. Barrez-vous ! Elle arrive !

Pincho fit volte-face, comme s'il s'attendait à voir surgir Jenna derrière lui.

— Vous m'aviez dit que j'aurais le champ libre toute la nuit.

— Vous avez entendu ? Foutez le camp !

Il y eut un bruit sec, puis plus personne au bout du fil.

Jenna sentait toujours ce nœud à l'estomac. Ni l'appel de Frank ni le trajet en voiture depuis Katomah n'avaient réussi à la calmer. Elle en voulait à Sam, et aussi aux salauds qui lui avaient tendu ce piège.

Bratstvo. Ils menaçaient Frank, ils avaient vraisemblablement fait tuer Adam, et elle venait de découvrir qu'ils étaient indirectement responsables de la mort de sa mère.

Plus que jamais, elle désirait voir les coupables derrière les barreaux. Demain matin, à la première heure, elle se mettrait à la recherche de A. Plushenko et de V. Orloff. Elle n'avait pas encore réfléchi à la manière dont elle allait s'y prendre. Ce soir, elle ne pouvait penser à rien d'autre qu'aux terribles aveux qu'elle venait d'entendre de la bouche même de Sam.

Elle entrait dans le hall de son immeuble quand les portes de l'ascenseur s'ouvrirent. Un homme vêtu de noir en sortit en courant. Lorsqu'il la vit, il s'immobilisa un instant, comme un daim hypnotisé par les phares d'une voiture.

Jenna lui trouva un air vaguement familier : ces cheveux noirs, ces longues pattes, ce visage séduisant… S'agissait-il d'un nouveau locataire ? Non, à bien y réfléchir, elle ne l'avait jamais vu.

— Bonsoir, dit-elle.

Il ne prit pas la peine de la saluer, et fila à toute allure en baissant la tête. Au passage, Jenna sentit son eau de toilette citronnée et, dessous, une autre odeur, moins perceptible, qu'elle ne parvint pas à identifier.

Pressée de se retrouver seule, elle se dépêcha de s'engouffrer dans la cage d'ascenseur où flottaient les mêmes effluves. Puis elle appuya sur le bouton du vingt et unième étage.

A sa grande surprise, Magdi apparut devant elle lorsque les portes s'ouvrirent. C'était donc vrai que les gens ne dormaient jamais, à New York !

— Magdi, que faites-vous debout à cette heure-ci ?

— Elvis était là, dit Magdi avec un mélange de respect et de terreur. Elvis est vivant !

39.

Jenna refréna un soupir agacé. En d'autres circonstances, elle aurait volontiers joué le jeu avec la vieille dame, mais, ce soir, elle ne se sentait pas d'assez bonne humeur.

— Il est tard, Magdi. Je suis fatiguée.

— Tu ne me crois pas, je le vois bien ! Pourtant, c'est la vérité.

Le ton de Magdi s'était fait pressant.

— Elvis était là. Je te dis que je l'ai vu !

Elle jeta un coup d'œil autour d'elle, comme si elle s'attendait à le voir surgir de l'ombre.

— Il est entré dans ton appartement.

Jenna fut aussitôt sur le qui-vive.

— Qu'est-ce que vous dites ?

— Elvis est entré chez toi.

— Comment le savez-vous ?

— Je l'ai vu, par l'œilleton.

L'homme que Jenna avait croisé dans le hall présentait une vague ressemblance avec Elvis. Mais pourquoi aurait-il pénétré dans son appartement ? On n'avait encore jamais forcé sa porte : elle ne possédait aucun objet de valeur et elle laissait son matériel photo dans son atelier du centre-ville…

Les photos ! Bien sûr ! Comment n'y avait-elle pas pensé plus tôt ? Elle fouilla fébrilement dans son sac pour sortir ses clés, en priant pour que le voleur n'eût pas découvert sa cachette.

Elle finit par mettre la main sur son trousseau, introduisit la clé dans la serrure et ouvrit sans difficulté. Apparemment, on n'avait pas forcé la porte. Est-ce que Magdi avait complètement perdu la tête ?

— Tu comptes prévenir la police ? demanda la vieille dame en la suivant à l'intérieur.

— Je veux d'abord voir s'il manque quelque chose.

Jenna s'immobilisa. Elle sentait cette même odeur douceâtre... Sa voisine n'avait rien inventé. Quelqu'un s'était introduit chez elle. Et ce quelqu'un ne pouvait être que l'homme qu'elle avait croisé dans le hall.

Elle fila directement vers le comptoir de la cuisine. La boîte à recettes n'avait pas bougé. Elle chercha fébrilement l'enveloppe en plastique contenant la recette du coq au vin... Les clichés étaient là. Il n'en manquait pas un seul.

Magdi suivait ses gestes avec attention.

— Il t'a pris de l'argent, Jenna ?

Jenna se souvint que Magdi cachait son argent dans une boîte à gâteaux, et elle sourit :

— Non, Magdi. Je crois qu'il ne manque rien.

La vieille femme lui emboîta le pas et fit le tour de l'appartement avec elle.

— Qu'est-ce qu'il voulait ? Pourquoi est-il entré ici ?

— Je n'en sais rien, répondit Jenna.

Elle essaya de sourire pour rassurer sa voisine, mais le cœur n'y était pas.

On n'avait rien emporté, rien dérangé, mais elle se sentait violée dans son intimité, et plus vulnérable que jamais.

— Merci de votre vigilance, Magdi.

Elle prit gentiment le bras de la vieille dame, et la raccompagna jusqu'à la porte.

— Il vaudrait mieux que vous ne parliez à personne de… de la visite d'Elvis. Vous me le promettez ?

Magdi prit un air songeur.

— Puis-je, au moins, le dire à Sandor ?

— D'accord. Mais à personne d'autre.

— C'est entendu.

Une fois seule, Jenna ressentit encore plus fortement la présence et l'odeur de l'homme. Qui était-ce ? Venait-il chercher les photos pour lui-même ou travaillait-il pour le compte d'une autre personne ? Ses yeux lui rappelaient quelqu'un…

Pour l'instant, elle n'avait aucune réponse à ces questions, et elle avait surtout hâte de se débarrasser des effluves de l'intrus. Elle fit donc le tour des pièces pour ouvrir les fenêtres en grand. Comme l'odeur semblait persister sur sa peau et ses vêtements, elle décida de prendre une douche. Elle resta un long moment sous le jet tiède qui coulait sur son visage en emportant avec lui sa peur, sa sensation d'impuissance, son angoisse. Puis elle se sécha et enfila un pyjama.

En refermant les fenêtres, elle songea brusquement que l'homme pouvait décider de revenir. Elle prit donc une chaise de cuisine et la cala contre la porte d'entrée.

Après, seulement, elle se décida à aller au lit.

*
* *

Depuis sa fenêtre, Pincho regardait clignoter l'enseigne au néon d'une publicité pour des montres japonaises. Elle passait du rouge au bleu, du bleu au vert, puis au jaune, dans un ordre invariable qu'il connaissait par cœur.

Cette salope l'avait vu. Et pas qu'un peu. Elle l'avait dévisagé longuement, avec attention. Comme la première fois, dans la rue, quand il l'avait surprise avec son ex-mari, à la sortie de la galerie. Serait-elle capable de l'identifier ?

Il ne lui fallut que quelques minutes de réflexion pour en arriver à la conclusion qui s'imposait : Jenna Meyerson devenait dangereuse. Il fallait l'éliminer.

Son téléphone était sur la table. Il le prit et composa un numéro.

— Qu'est-ce qu'elle conduisait comme voiture, quand elle est rentrée chez elle ? demanda-t-il sans préambule.

— Quoi ?

— Répondez à ma question, c'est tout. Quelle voiture ?

— Celle de son petit ami : une Thunderbird rouge. Kravitz, j'exige de savoir…

Pincho lui raccrocha au nez et fila dans sa chambre pour ouvrir le coffre blindé qu'il dissimulait dans une armoire — la première chose qu'il avait fait installer en arrivant ici.

Il y enfermait ses outils de travail — des couteaux, des revolvers, des poinçons à glace, un rouleau de corde de Nylon. Il passa la main à l'intérieur. Tout au fond, se trouvait un bloc doux et moelleux comme de la pâte, très facile à dissimuler sous un siège de voiture.

Il prit le pain de plastic et le tint entre deux doigts, avec une sorte de respect. Cela faisait longtemps qu'il n'avait pas fabriqué une bombe, et l'idée de s'y remettre enflammait son imagination.

Le téléphone de Jenna sonnait depuis un moment quand elle se décida enfin à répondre, avec l'intention de raccrocher aussitôt s'il s'agissait de son père. Elle devait lui faire comprendre qu'il perdait son temps en essayant de l'amadouer.

— Allô ?

— Aïe !

— Frank ?

Elle se dressa d'un bond dans son lit, en position assise.

— Qu'est-ce qui se passe ? Tu as un problème ?

— Non, ça va. C'est à cause de la façon dont tu as répondu. Tranchante comme une lame de rasoir.

— Désolée, dit-elle en se passant la main dans les cheveux.

Le souvenir des événements de la veille lui paraissait encore vif et douloureux.

— Je croyais qu'il s'agissait de quelqu'un d'autre.

Elle jeta un coup d'œil à son réveil : il était 8 heures.

— Je suppose que tu veux que je te ramène ta voiture.

— Ce n'est pas à la voiture que je pense, mais à toi. Il ne faut pas que tu restes seule. Tu peux être là dans combien de temps ?

Elle repoussa les couvertures du pied, et se leva.

— Dans une heure, si je me dépêche. Tu crois que tu es en état de me préparer un café ? Parce que je vais en avoir besoin.

— Viens ici, et tu vas voir si je suis en état.

Elle s'habilla en un temps record. Avant de partir, elle sortit les photos de leur cachette et les glissa dans son sac.

Elle avait eu de la chance une fois, mais il ne fallait pas tenter le diable.

La pluie de la nuit dernière avait cessé, laissant le ciel parfaitement dégagé, mais l'air sentait encore la terre humide. Elle prit la direction de Central Park, en essayant de ne pas penser à son père, à ses mensonges et à la culpabilité qu'elle-même ressentait lorsqu'elle se rappelait avoir soupçonné sa mère d'infidélité.

Comme elle atteignait la 62e Rue, elle poussa un cri étouffé en apercevant, au loin, la Thunderbird. Un homme venait de poser la main sur la poignée de la portière.

— Oh non !

Elle se mit à courir, incapable de se rappeler si elle avait fermé la voiture à clé, la veille au soir.

— Hé, vous ! cria-t-elle. Qu'est-ce que vous faites ?

Un jeune homme qui s'apprêtait à entrer dans le parc pour son jogging matinal s'arrêta et regarda dans la même direction qu'elle.

— Arrêtez cet homme ! hurla Jenna. Il essaye de voler ma voiture.

Comme le garçon paraissait hésiter, le malfaiteur jeta un regard affolé autour de lui. Jenna crut un instant qu'il allait s'enfuir, mais il ouvrit la portière.

Elle ne l'avait donc pas fermée ! Elle accéléra, en espérant arriver à temps.

— Sortez de là ! cria-t-elle encore.

Pour toute réponse, l'homme se glissa derrière le volant.

— J'appelle la poli…

Elle n'eut pas le temps de finir sa phrase : le souffle d'une explosion la projeta au sol.

40.

Allongée face contre terre, Jenna n'osait pas bouger. Elle n'aurait pas su dire si elle était blessée ou non, mais elle avait conscience que des débris tombaient autour d'elle, que les vitres avaient explosé, que les gens hurlaient.

En évitant tout mouvement brusque, elle testa prudemment la mobilité de ses bras et de ses jambes, et parvint à se mettre à quatre pattes. Mais elle se sentit aussitôt chavirer. Elle allait s'évanouir, quand deux bras musclés l'empoignèrent.

— Venez, laissez-moi vous aider.

On la souleva, et elle se retrouva en position assise.

— Mademoiselle ? Vous m'entendez ?

Elle hocha la tête.

— Que s'est-il passé ? demanda-t-elle.

L'homme leva les yeux vers la rue.

— Une voiture a explosé.

Elle suivit son regard, et découvrit avec horreur le spectacle de la Thunderbird en flammes.

— C'est la mienne, murmura-t-elle.

— La vôtre ?

Il l'aida à se mettre debout.

— Enfin… Un ami me l'avait prêtée. J'allais, justement, la lui rapporter.

Elle se mit à trembler de la tête aux pieds.

— Seigneur ! Mais il y a un homme à l'intérieur. Il voulait la voler.

— J'appelle le 911. Vous pouvez tenir toute seule sur vos jambes ?

— Je crois, oui.

Il lui lâcha la main et sortit son téléphone portable.

— Jackson Biddle à l'appareil, dit-il sans préambule. Je me trouve en ce moment à l'intersection de Central Park West et de la 42e Rue. Une voiture vient d'exploser. Je pense qu'elle était piégée… Oui, à l'instant… La propriétaire de la voiture est près de moi…

Il jeta un coup d'œil à Jenna.

— Non, seulement quelques blessures superficielles au visage. Mais il y avait quelqu'un dans le véhicule.

Il hocha la tête.

— Très bien, c'est entendu.

Il referma son téléphone et le rangea dans sa poche.

— La police arrive, avec les pompiers et une ambulance.

Son regard revint se poser sur la voiture en flammes.

— Mais j'ai bien peur qu'il ne soit trop tard pour celui qui se trouve là-dedans.

Jenna regardait brûler la Thunderbird. Des badauds s'étaient groupés pour contempler le spectacle à distance, avec une expression incrédule. Ils paraissaient sous le choc.

Jackson Biddle dévisagea Jenna.

— Vous avez eu de la chance, mademoiselle, lui dit-il. Si vous étiez arrivée quelques secondes plus tôt, c'est vous qui auriez brûlé dans cette voiture.

Jenna commençait à mesurer la gravité de la situation. Elle

avait d'abord pensé qu'il s'agissait d'un accident, que l'explosion était due à un dysfonctionnement du moteur — cela arrivait parfois avec les très vieux modèles. Mais Jackson Biddle avait probablement raison, et c'était effrayant. Néanmoins, Jenna ne voyait pas pourquoi on aurait voulu la tuer. Ce qu'elle savait de l'affaire d'Adam ne pesait pas lourd. La preuve, c'est que la police n'en avait pas fait grand cas.

Tout à coup, elle se rappela combien la visite de J.B. Collins l'avait impressionnée, quelques jours plus tôt. Elle revit la camionnette qui l'avait peut-être suivie, la veille, et l'homme qu'elle avait croisé dans le hall de son immeuble, en rentrant chez elle — le sosie d'Elvis qui était parti en courant, comme s'il avait le diable à ses trousses. Pris isolément, ces incidents étaient déjà inquiétants, mais mis bout à bout, ils ne pouvaient signifier qu'une seule chose : quelqu'un la trouvait suffisamment gênante pour chercher à l'éliminer.

Elle se mit à scruter la foule. Si l'homme qui avait posé la bombe se trouvait parmi les badauds, il devait fulminer d'avoir raté son coup, et réfléchir au moyen de rectifier son erreur.

Un taxi jaune au toit ouvrant arrivait en roulant au pas. Quand le conducteur comprit que la rue était bloquée et qu'il n'irait pas plus loin, il entreprit de faire demi-tour.

Jenna courut dans sa direction.

— Hé, mademoiselle ! appela Jackson Biddle. Attendez ! La police voudrait…

Mais Jenna était déjà montée dans le taxi.

— Hôtel Freemont, dit-elle au chauffeur qui la contemplait d'un air abasourdi. Faites vite, je vous prie.

En regardant par-dessus son épaule, elle vit deux camions

de pompiers qui arrivaient sur les lieux, sirènes hurlantes, suivis par trois voitures de patrouille et une ambulance. Puis le taxi prit le rond-point Columbus, et cette vision infernale disparut.

A en juger par l'odeur familière du bacon qui grésillait dans la poêle, on aurait pu croire que les Renaldi s'apprêtaient à prendre leur petit déjeuner ensemble, comme chaque matin. Et pourtant, ce jour n'était pas comme les autres : une partie de la famille avait fui pour se mettre à l'abri de la mafia russe, et l'autre était restée ici pour se battre.

Deux heures plus tôt, la maison ressemblait à une ruche, avec Mia, Lydia et Danny qui s'activaient pour les derniers préparatifs du départ, en s'apostrophant au passage.

Lydia avait insisté pour emprunter la télévision portative de Vinnie : elle ne voulait à aucun prix subir les stupides matchs de hockey de son neveu et les émissions de cuisine lénifiantes de sa mère. Elle comptait mettre cette retraite forcée à profit pour étudier le jeu des acteurs dans les séries télévisées — en particulier *The Guiding Light* — car elle espérait encore être de retour à temps pour l'audition.

— Si je ne me présente pas à ma convocation, avait-elle déclaré d'un ton lugubre, je suis grillée dans le métier. On ne me donnera pas de deuxième chance.

Frank avait passé un bras autour de ses épaules.

— Warren Lear connaît du monde dans ce milieu. Sa dernière femme a joué à Hollywood. Je lui demanderai de te donner un coup de pouce.

Cette perspective avait un peu consolé Lydia.

Danny, lui, n'avait pas eu besoin de consolation. Son attitude avait radicalement changé. Frank s'en étonnait encore. Le match qu'il risquait de rater représentait énormément pour lui et pour son équipe. Et il y avait aussi Janice, sa petite amie. La veille au soir, il avait fait jurer à son père de la prévenir qu'une importante affaire de famille l'obligeait à partir sur-le-champ et qu'il l'appellerait dès que possible.

Mais, ce matin, Danny n'avait pensé ni à son match ni à Janice. Il avait demandé d'une voix qui se voulait assurée :

— Tu es sûr que ça ira, papa ?

Frank s'était mis en garde, les poings levés, comme un boxeur :

— Regarde-moi ! avait-il répliqué. Qu'en penses-tu ?

— Je ne plaisante pas, papa !

— Je le sais, mon petit, avait dit Frank en le serrant dans ses bras. Je serai très prudent, je te le jure. De ton côté, promets-moi de te montrer raisonnable, d'obéir à Ricco et de veiller sur ta mère et ta sœur.

Danny avait promis, puis il avait posé la question que Frank attendait depuis un moment.

— Pourquoi tu as permis à Jenna de rester ? Tu n'es pas inquiet pour elle ?

— Bien sûr que si ! Seulement, je ne peux pas l'obliger à partir. Je vais la surveiller et la protéger de mon mieux.

Sur ces entrefaites, une Lincoln noire était arrivée, et ils avaient chargé leurs affaires. Le chauffeur s'appelait Ricco Benini, et il les emmenait dans la cabane de chasse de Johnny, au nord de l'Etat de New York. Mais ça, ils le découvriraient en arrivant.

Sur place, deux autres hommes les attendaient, envoyés,

eux aussi, par Johnny. Ils avaient apporté des provisions en quantité suffisante pour soutenir un siège.

Johnny avait assuré à Frank que personne n'irait chercher les Renaldi dans ce coin. Il possédait cette cabane de chasse depuis cinq ans, mais seul l'agent immobilier qui s'était occupé de la transaction à Prattsville en connaissait l'existence, avec quelques amis sûrs. Il avait tout de même consenti à dépêcher deux hommes supplémentaires sur place, par mesure de précaution. Frank était rassuré. S'il se produisait quelque chose de grave, ils sauraient prendre la situation en main.

— On peut leur faire confiance, avait dit fièrement Johnny. Ils travaillaient pour mon ami Sonny le poisson.

La situation était tout de même cocasse. Frank sortit le bacon de la poêle, posa les tranches sur du papier et attendit que le gras fût un peu absorbé. Que diraient les gars du FBI s'ils apprenaient que la mafia italienne assurait la protection des Renaldi ? Il entendait déjà leurs commentaires, autour du distributeur d'eau fraîche… Il les voyait hocher la tête d'un air incrédule. Les fédéraux pouvaient dire ce qu'ils voulaient. Son devoir était de protéger sa famille, et peu lui importait ce que pensaient les imbéciles.

Il jeta un coup d'œil à sa montre. Il était 9 h 30. Pourquoi Jenna n'arrivait-elle pas ?

Le téléphone sonna, et il se précipita pour décrocher. Ce geste brusque lui arracha une grimace.

— Allô ?

Il reconnut la voix de Carlos.

— Je crois que tu vas être content de moi, Frank, dit-il. J'ai trouvé le type qui a réalisé le tatouage.

Frank en oublia sa douleur.

— Bon boulot, Carlos. Où puis-je le trouver ?

— Il travaille dans le Bronx. Il s'appelle Rudy Seigel.

Frank nota le numéro de téléphone que Carlos lui dictait, puis, après l'avoir chaleureusement remercié, il appela Seigel.

Celui-ci se montra très amical.

— D'ordinaire, je ne divulgue pas le nom de mes clients, dit-il. Mais, comme vous venez de la part de Carlos, c'est différent.

Frank l'entendit taper sur les touches de son ordinateur.

— J'ai le nom de votre client sous les yeux, dit enfin Rudy. Et je me souviens très bien de lui. Il savait exactement ce qu'il voulait. Il avait même fait un dessin. Il disait que l'ours représentait la force, et l'émeraude, la fortune. Les deux réunis étaient censés attirer le pouvoir.

— C'est intéressant. Et peut-on savoir comment s'appelle ce client ?

— Sergueï Chekhov.

Frank remercia Rudy, et raccrocha vivement. Sergueï. L'enfant de chœur... Pas croyable !

Vinnie entra, vêtu de son pantalon de docker et de sa veste de bûcheron.

— Avec qui parlais-tu ? demanda-t-il.

— Un tatoueur.

Vinnie se versa une tasse de café.

— Si j'en crois ta mine réjouie, il était porteur de bonnes nouvelles. Tu vas me dire ce que c'est, ou tu comptes me faire languir encore longtemps ?

— Tu te souviens du poignet sur la photo prise par Jenna ? Eh bien, c'est celui de Sergueï Chekhov.

Ce fut au tour de Vinnie d'être abasourdi.

— Le frère d'Alexis ? Il assistait à cette soirée de lancement chez Faxel ?

— Il est probablement le seul à porter ce tatouage : il l'a dessiné lui-même. Je viens de parler au type qui le lui a fait. Il se souvenait parfaitement de Chekhov. Quand je pense que j'ai surveillé ce salaud de près et que je ne me suis aperçu de rien. Comment ai-je pu me montrer aussi stupide ?

— Tu n'as pas de reproches à te faire. Il était plus malin que tu ne le croyais, c'est tout. L'important, c'est que tu l'aies démasqué et que tu saches, maintenant, à qui tu as affaire.

— Malheureusement, je ne peux rien prouver.

— Qu'est-ce que tu racontes ? Il était à cette fête, ça, tu peux le prouver. Comment va-t-il le justifier ?

— Justement, il n'a rien à justifier. Lui aussi est un homme d'affaires qui a réussi. Ça n'avait rien d'étonnant qu'on le mette sur la liste des invités.

— Donc, tu n'as pas l'intention de réagir ?

— Je n'ai pas dit ça. Je vais inspecter Sergueï Chekhov à la loupe, depuis la racine de ses impeccables cheveux blonds jusqu'à la pointe de ses chaussures Bruno Maglis si bien cirées.

Il prit la tasse vide de Vinnie et la posa dans l'évier.

— Où vas-tu, ce matin ? lui demanda-t-il.

— A Brooklyn, rejoindre mon pote qui travaille sur le port. Ils sont toujours en grève : ils manifestent pour obtenir des négociations. Quelqu'un a pu voir tes deux gars, là-bas, on ne sait jamais. Avec leur gabarit, ils sont peut-être dockers.

Il boutonna sa veste.

— Pas de nouvelles de Jenna ?

— Non. Et elle ne répond pas au téléphone.

— Elle est sûrement coincée dans les embouteillages. Elle ne va pas tarder à arriver.

Frank accompagna Vinnie sur le pas de la porte, et le regarda partir dans sa vieille GMC — une bagnole solide, qui ne l'avait jamais lâché. A peine avait-il disparu que la Buick de Stavos se gara le long du trottoir. L'inspecteur sortit de sa voiture et s'arrêta au pied des marches, le nez en l'air.

— Merde ! s'exclama-t-il. Qu'est-ce qui t'est arrivé ? On dirait que tu as disputé un match de six reprises contre Mike Tyson.

— Je suis rentré dans une porte. Qu'est-ce que tu veux ?

— Cette porte, elle a un nom ?

— Tu perds ton temps, dit Frank en regardant Paul Stavos monter les marches. Dis-moi plutôt ce qui t'amène ici. Il ne te restait plus de beignets, c'est ça ?

— Je viens te rendre une petite visite de courtoisie.

Il suivit le regard de Frank qui surveillait toujours la rue.

— Tu attends quelqu'un ? demanda-t-il.

— Jenna, répondit Frank en se retournant vers l'inspecteur. Bon... Dis-moi ce qu'il y a.

— Je pensais que ça t'intéresserait de savoir que ton tuyau de l'autre jour s'était révélé très intéressant.

— Et tu viens les mains vides ? Sans même un beignet ? Quel ami tu fais !

Frank redevint sérieux.

— Et alors, qu'as-tu appris ?

— Pas mal de choses. L'inspecteur qui a arrêté Billy Ray, voilà trois ans, a jugé que ces nouvelles informations justifiaient de rouvrir le dossier. De toute façon, il n'avait jamais été satisfait de cette enquête. Il sentait le coup fourré.

— Pourquoi a-t-il arrêté Billy, dans ce cas ?

— Parce que Billy a signé des aveux. Qu'est-ce qu'il pouvait faire contre ça ? Sans compter qu'il avait des raisons personnelles de lui en vouloir et que ça ne lui déplaisait pas de le voir derrière les barreaux.

— Pourquoi ?

— Je ne te l'ai pas dit ? Cet inspecteur est le père d'Angie : Anthony Delano. Il était furieux pour l'histoire des photos envoyées au jury de Miss Jersey City.

— Et voilà que, brusquement, il se soucie de réhabiliter Billy Ray ? C'est un peu bizarre, tu ne trouves pas ?

— On dirait que sa fille fait pression sur lui. J'ai l'impression qu'elle est toujours amoureuse de Billy, en dépit de tout ce qu'elle t'a dit.

— Elle oublie un léger détail, tout de même. C'est que Billy Ray ne cherche pas du tout à être innocenté.

— Oui, mais combien de temps tiendra-t-il le coup si Delano se met à le cuisiner ? Amber Lear peut craquer, elle aussi. Cet inspecteur a la réputation d'être un acharné.

— Tu as vérifié les mouvements d'argent sur le compte d'Amber ?

— Elle a effectué quatre retraits de mille dollars en deux mois. Je parie un mois de salaire qu'ils auront changé de disque après que Delano se sera occupé d'eux.

— Est-ce qu'Amber sait que Delano veut reprendre l'enquête ?

— J'ai eu l'immense plaisir de le lui annoncer moi-même, juste avant de venir ici.

Il ricana.

— Figure-toi qu'elle t'en tient pour responsable... A ta place, je me tiendrais sur mes gardes. Tu n'as déjà pas l'air en grande forme, mais si elle te tombe dessus, ça risque d'être pire.

— Le jour où j'aurai besoin de la protection de la police, je te le ferai savoir.

Frank scruta de nouveau le bout de la rue. Jenna et sa Thunderbird n'étaient pas en vue, et il commençait à s'inquiéter sérieusement.

— Qu'est-ce qui t'arrive, ce mat...

Paul fut interrompu par la sonnerie de son téléphone portable. Il tâta ses poches et sortit l'appareil.

— Stavos, dit-il.

Il écouta d'un air impassible, mais sa mâchoire serrée trahissait sa contrariété.

— Merci, Val, dit-il enfin. Oui, j'ai compris.

Puis il referma le portable d'un coup sec. Frank n'aimait pas beaucoup l'expression de son visage.

— Qu'est-ce qui se passe ? demanda-t-il.

— Une voiture piégée.

Frank se raidit.

— Quelle voiture ?

— Une Thunderbird rouge. Ça s'est passé au rond-point Colombus.

41.

Jenna s'appuya au dossier de la banquette et respira profondément. Jusque-là, elle avait mené une existence protégée, à l'abri de la violence et des effusions de sang. Depuis la mort d'Adam, tout avait basculé. Elle s'était mise à pourchasser un meurtrier.

Et aujourd'hui, les rôles s'inversaient : la proie devenait chasseur.

Que devait-elle faire ? Prévenir la police, demander de l'aide ou se débrouiller seule ?

Elle se rappela la mise en garde de Frank. *Bratstvo* avait le bras long, et l'on ne pouvait faire confiance à personne. Mieux valait donc se débrouiller seule. Vingt-quatre heures plus tôt, elle avait supplié Frank d'abandonner l'enquête et de confier ce qu'ils savaient à la police. Mais la police serait impuissante à la protéger contre *Bratstvo* ou contre un flic véreux qui renseignait l'organisation mafieuse.

Pour le moment, elle était en vie, et elle entendait le rester le plus longtemps possible. Pour cela, elle devait se montrer plus subtile que l'homme qui cherchait à l'éliminer.

Cette idée la fit presque rire. Comment allait-elle s'y prendre pour empêcher un tueur de la retrouver ? Elle avait échappé par miracle à un attentat à la bombe, mais elle n'aurait peut-être pas toujours autant de chance… Et elle n'avait pas une grande expérience en la matière.

— Mademoiselle…

Le chauffeur s'était retourné et l'observait avec une curiosité non dissimulée.

— Nous sommes arrivés à l'hôtel Freemont.

— Oh !

Elle lui tendit un billet de vingt dollars et lui laissa la monnaie. Un groupe bruyant de touristes japonais s'agglutinait devant la porte tournante de l'hôtel et en bloquait l'accès, mais un portier en grande tenue lui désigna une entrée plus petite sur le côté.

— Vous pouvez passer par là, mademoiselle, dit-il.

— Merci.

Elle se dirigea vers la réception en s'efforçant de prendre un air dégagé. Elle avait choisi cet hôtel parce qu'il était grand, très fréquenté, et que l'on y passait facilement inaperçu. Elle n'avait aucune envie que le personnel soit aux petits soins pour elle.

— Bonjour.

Elle espéra que le sourire qu'elle adressait à l'employé derrière le comptoir ne ressemblait pas trop à celui d'une évadée de prison.

— Je voudrais une chambre, s'il vous plaît, dit-elle.

— Certainement.

L'employé se mit à tapoter sur son clavier.

— Fumeur ou non fumeur ?

— De préférence non fumeur, à proximité de l'ascenseur et à un étage pas trop élevé.

Ce serait plus facile si elle avait à déguerpir en vitesse.

— Il nous reste une chambre, non fumeur, au troisième étage, avec lit double et tout près de l'ascenseur. Ça ira ?

— Parfait, dit-elle en lui tendant sa carte Visa.

— Avez-vous des bagages, mademoiselle Meyerson ?

— Un collègue doit me les apporter plus tard.

Une fois dans sa chambre, elle s'enferma à clé et mit la chaîne de sécurité. Elle se sentait enfin à l'abri. Elle alla dans la salle de bains pour boire un grand verre d'eau fraîche. Le tremblement intérieur qui l'agitait depuis l'explosion commençait à s'apaiser…

Son verre à la main, elle marcha jusqu'à la fenêtre qui donnait sur la Cinquième Avenue. L'hôtel n'avait pas de balcons, juste une façade de béton lisse qui rendait périlleuse, voire impossible, toute tentative d'escalade. Même un grimpeur chevronné aurait eu du mal à atteindre la fenêtre du troisième étage.

Epuisée par toutes ces émotions, Jenna ferma les yeux et posa son front contre la vitre fraîche.

Assis dans la Buick près de Stavos, Frank s'agrippait au tableau de bord, tandis que l'inspecteur se faufilait habilement dans les rues de Manhattan, en faisant hurler sa sirène pour dégager la route — autant que possible dans une ville encombrée comme New York. Un deuxième appel leur avait appris deux choses : le corps retrouvé dans la Thunderbird n'était pas celui d'une femme, mais celui d'un homme qui avait essayé de voler le véhicule. D'autre part, Jenna avait assisté à la scène, puis elle avait disparu dans la nature.

— Qu'est-ce qui lui est encore passé par la tête ? murmura Stavos.

Frank essayait de la joindre depuis vingt minutes. Il raccrocha d'un air inquiet.

— Vous n'auriez pas fichu le camp en vitesse, si vous aviez brusquement compris qu'on voulait vous tuer ?

— On ne peut pas la protéger si elle erre dans les rues.

Frank pria silencieusement pour que ce ne fût pas le cas.

Quand ils arrivèrent à l'intersection de Central Park Avenue et de la 62e Rue, l'incendie était maîtrisé. Une foule de badauds et des équipes de télévision avaient rejoint les voitures de police, les pompiers et l'ambulance.

Une équipe d'experts en explosifs était déjà sur les lieux et s'activait autour de la Thunderbird, ou plutôt de ce qu'il en restait, pour récolter des indices à l'intérieur de la carcasse brûlée. Frank ne put retenir une grimace de contrariété en contemplant les restes de sa belle voiture. Elle était irremplaçable. Mais Jenna était en vie, et c'était le plus important.

Contrairement aux habitudes de la maison, Stavos permit à Frank de le suivre quand il franchit le cordon jaune.

— Il y a trois victimes, leur dit un officier de police. Le voleur qui était assis au volant, un type qui venait courir dans le parc, et un passant. Les deux derniers étaient à moins de huit mètres du véhicule : ils n'avaient aucune chance de s'en tirer.

— Mlle Meyerson n'a pas été blessée ? demanda Frank.

L'officier secoua la tête et consulta ses notes.

— D'après un témoin du nom de Jackson Biddle, elle ne présentait que quelques blessures superficielles au visage. Rien de sérieux.

— C'est lui qui l'a vue monter dans le taxi ?

— Oui. Il est aussi le seul à lui avoir parlé. Elle lui a dit que la voiture ne lui appartenait pas et qu'elle s'apprêtait à la rapporter à un ami.

Stavos pointa un doigt vers Frank.

— Le voilà, l'ami.

— Oh !

L'officier se retourna pour contempler l'épave noircie.

— Désolé pour vous.

Frank avait voué un culte à cette voiture, mais, en ce moment, elle représentait le cadet de ses soucis.

— Il est parti, votre témoin ? demanda-t-il.

L'officier désigna un véhicule de secours. Un homme en costume, la cravate à la main, se faisait soigner, assis sur le pare-chocs.

— Qu'est-ce qu'il a ? demanda Stavos.

— Juste quelques coupures.

Jackson Biddle leur confirma ce que l'officier leur avait appris. Jenna avait pris brusquement la fuite dans un taxi, juste après qu'il eut appelé la police. Il avait tenté en vain de l'en dissuader, et il n'avait pas eu la présence d'esprit de relever le numéro du taxi ni même le nom de la compagnie à laquelle appartenait la voiture.

Lorsque Paul eut fini d'interroger Biddle, il se dirigea vers sa Thunderbird.

— Allons voir ce qu'ont trouvé les démineurs. Leur chef s'appelle Ted Brunnel. Nous avons déjà travaillé ensemble. Il connaît son boulot.

Brunnel était un homme grand, avec des yeux vifs qui brillaient dans son visage noirci par la fumée.

— On rassemble des fragments de la bombe, expliqua-t-il après que Paul lui eut présenté Frank. A vue de nez, comme ça, je dirais que notre homme a utilisé du plastic. C'est facile à se procurer, ça se conserve bien et ça se manipule aisément. Un fil, un détonateur, et le tour est joué.

Il lança un regard contrit à Frank.

— Désolé. Je crois que je ne suis pas très délicat. Il s'agissait tout de même de votre voiture.

Frank fit signe que ça n'avait pas d'importance.

— Vous croyez que vous pourrez trouver des indices sur l'identité du type quand vous aurez analysé vos fragments ?

— Il est vrai que chacun a sa façon de procéder, mais, à moins que le gars ne confectionne toujours la même bombe, avec les mêmes matériaux, l'identification est difficile. Cela dit, peut-être que notre base de données pourra nous aider.

Il jeta un coup d'œil à son équipe qui s'affairait toujours.

— Il faut que j'y retourne, dit-il.

Les trois hommes se serrèrent la main. Dès que Brunnel se fut éloigné, Frank se tourna vers les gens qui restaient là, à contempler la carcasse d'un air hébété, probablement en remerciant le ciel parce qu'ils n'étaient pas passés devant la voiture au moment de l'explosion.

Il détailla chaque personne. L'une d'elles pouvait être l'assassin. Comme les artificiers, les poseurs de bombe étaient fiers de leur savoir-faire, et n'hésitaient pas à traîner sur le lieu de leur forfait pour admirer le résultat de leurs efforts.

Heureusement, ce salaud avait manqué sa cible. Jenna était en vie…

Mais la prochaine fois ?

*
* *

Après une légère hésitation, Jenna prit son portable et composa le numéro de Frank.

Lorsqu'il répondit, sa voix exprimait un tel soulagement qu'elle regretta de ne pas l'avoir appelé plus tôt.

— Jenna ! Dieu soit loué ! Tu vas bien ? Tu es blessée ? Tu as besoin d'un médecin ?

— Je vais bien. Juste un peu secouée… Je suis vraiment désolée pour ta voiture.

— Je me fiche de cette voiture. Dis-moi où tu es : je viens te chercher.

— Et toi ? Où es-tu ?

— Au carrefour où a eu lieu l'explosion. Avec Stavos…

— Mais qu'est-ce que tu fais dehors ? Tu devrais être au lit !

— N'essaye pas de noyer le poisson, et réponds-moi. Où es-tu ?

— Je ne peux pas te le dire. Je ne veux pas que tu prennes de risques.

— Jenna, ils ont voulu te tuer ! Seule, tu es en danger. Ils te trouveront, où que tu te caches.

Elle n'avait aucune envie qu'il le lui rappelle, même si c'était la vérité.

— Je ne t'ai pas appelé pour me disputer avec toi, Frank. Je voulais juste te dire que j'étais en sécurité.

— Tu te crois en sécurité ? Mais tu n'as aucune idée des ressources dont *Bratstvo* dispose. Ils vont te retrouver… Tu entends ce que je te dis ?

Jenna raccrocha tranquillement.

42.

Assise sur le bord de son lit, Jenna pointa la commande à distance vers le poste de télévision. Quelques secondes plus tard, elle écoutait un envoyé spécial dépêché sur place qui commentait en direct les dernières informations sur la voiture piégée du rond-point Colombus. Avant d'être maîtrisé, le feu avait eu le temps de faire des dégâts, brûlant une douzaine d'arbres du parc tout proche, et la bombe avait causé la mort de trois personnes — dont le voleur malchanceux.

La Thunderbird se trouvait encore sur place, et Jenna contempla la carcasse noire et déformée qui lui rappelait la scène horrible dont elle avait été témoin.

Soudain, son visage apparut à l'écran.

« La police recherche Jenna Meyerson. On l'a vue quitter le lieu de l'explosion dans un taxi jaune. Toute personne l'ayant aperçue, depuis, est priée de contacter le commissariat de New York au numéro qui s'affiche… »

Jenna poussa un gémissement. La police — ou pire, le tueur — ne tarderait pas à retrouver le taxi. Et l'hôtel dans lequel elle s'était réfugiée.

Elle se massa la tempe droite qui commençait à la lancer. L'idée de quitter sa chambre ne l'enchantait guère, mais elle n'avait pas le choix. Elle devait changer d'hôtel, aller dans un endroit discret, où elle paierait en liquide, cette fois, car il était facile de suivre sa trace avec la carte bleue.

Il ne lui restait plus qu'à modifier son apparence. Ce n'était pas très compliqué : il suffisait de changer de façon de s'habiller et de porter une perruque et des lunettes noires.

Elle coupa le son de la télévision, et reprit son téléphone, cette fois pour appeler TriBeCa. L'assistante de Beckie lui répondit. Elle semblait, comme Frank, incroyablement soulagée d'entendre sa voix.

— Beckie est derrière, dit Lori. Je vais la chercher. Elle va être tellement contente… Nous avions peur que…

La voix de Beckie l'interrompit.

— Jen ! C'est vraiment toi ?

Elle était partagée entre le rire et les larmes.

— J'étais désespérée. Quand j'ai vu les images de la voiture à la télévision, j'ai d'abord cru que tu te trouvais à l'intérieur. Puis Frank m'a appelée pour me rassurer. Tu ne peux pas savoir comme j'étais contente. Tu vas bien, n'est-ce pas, Jen ? Tu as eu Frank ? Lui aussi est fou d'inquiétude.

— Je lui ai parlé, il y a un petit moment de ça. Ne t'en fais pas pour moi, Beck, je vais très bien. Je suis toujours prête à me battre.

— Comment peux-tu plaisanter dans un moment pareil ?

Il n'y avait pas de quoi, en effet. Jenna se rendit compte que cette aventure l'avait secouée plus qu'elle ne l'aurait cru. Mais sans doute était-ce une réaction normale.

— Tout le monde te cherche, dit Beckie d'un ton de reproche. Ton père, Marcie, ta voisine hongroise.

— Magdi ? Je vais lui téléphoner.

— Appelle ton père, aussi.

— Non.

— Mais, Jen…

— Ecoute, Beck, je n'ai pas le temps de t'expliquer. Je peux compter sur toi, oui ou non ?

— Bien sûr !

Elle paraissait blessée, et Jenna se sentit aussitôt coupable.

— Je suis désolée, Beckie. Je ne voulais pas m'énerver.

— Ce n'est rien, dit Beckie d'une voix plus douce. Tu viens de traverser des moments particulièrement difficiles. Qu'est-ce que je peux faire pour t'aider ?

— Il me faut des vêtements — pantalon, pull, veste chaude. Prends-les une ou deux tailles au-dessus. Quarante, c'est bien. Et choisis des couleurs sombres : noir, marron, gris.

— Des vêtements sombres en taille quarante, répéta Beckie avec application. C'est tout ?

— Non. Des lunettes de soleil, aussi. Des grosses. J'ai besoin aussi d'une perruque courte, noire ou rousse. Oh, et ajoute des sous-vêtements, un pyjama, des affaires de toilette et du maquillage, avec un sac pour transporter tout ça. Je te rembourserai dès que j'aurai retiré de l'argent au distributeur.

— Je me fiche pas mal de l'argent. Qu'est-ce qui se passe, Jen ? Qu'est-ce que tu trafiques ?

La télévision diffusait, à présent, des images de la carcasse qu'on chargeait sur un camion à plateau.

— Si tu es mon amie, fais ce que je te demande et ne me pose pas de questions, Beckie.

— Tu me fais peur.

— Il n'y a pas de quoi avoir peur. Je t'ai dit que j'allais parfaitement bien.

— Est-ce que Frank est au courant de… de tes projets ?

— Non, et je ne veux pas que tu lui en parles. Ni à personne d'autre, Beckie. Cette conversation doit rester entre toi et moi.

— Tout ça ne me plaît pas beaucoup.

— Et tu crois que ça me plaît, à moi, d'avoir un tueur à mes trousses ? J'ai peur, figure-toi ! Je n'ai jamais eu aussi peur de ma vie. Si je voyais un autre moyen de me mettre à l'abri, crois-moi, je n'hésiterais pas.

— Si je fais ce que tu me demandes et qu'il t'arrive quelque chose, je ne me le pardonnerai jamais.

— Ecoute, Beckie. Le type qui est à mes trousses sait que j'ai survécu à l'explosion et que je me cache. Si je suis déguisée, il lui sera impossible de m'identifier. Tu crois que tu te sentirais bien s'il me tuait parce que tu aurais refusé de me procurer ces vêtements ?

Beckie se mit à sangloter à l'autre bout du fil, et Jenna eut pitié d'elle.

— Ne pleure pas. Sois gentille, fais ce que je te demande. Ne m'oblige pas à y aller moi-même.

Beckie renifla.

— Il te faut ça pour quand ?

— Le plus tôt possible.

Elle lui donna le nom de l'hôtel et le numéro de sa chambre, puis raccrocha pour appeler Magdi.

Jenna faisait les cent pas dans sa chambre d'hôtel lorsqu'elle entendit enfin gratter à la porte.

— Jenna ? murmura une voix.

Elle ouvrit. Beckie se tenait devant elle, avec deux grands sacs, un dans chaque main. Elle l'attrapa par le bras et la tira à l'intérieur.

— J'ai cru que tu n'arriverais jamais !

— Ça m'a pris du temps d'acheter tout ça.

Elle contempla le visage égratigné de Jenna.

— Seigneur, mais tu es blessée !

— Ce n'est rien. Quelques coupures superficielles. Un peu de maquillage et il n'y paraîtra plus.

— C'est de la folie, Jenna. Je sais que ça ne va pas te plaire, mais j'ai eu le temps de réfléchir, dans le métro. Je pense que tu devrais te placer sous la protection de la police.

— La police ne peut pas me protéger de *Bratstvo.*

— Pourquoi dis-tu ça ?

— Crois-moi, je fais exactement ce qu'il faut pour rester en vie.

Elle ouvrit l'un des sacs et en sortit un pantalon en velours côtelé, très large, un col roulé noir et une veste gris foncé matelassée. L'autre sac contenait les affaires de toilette, les sous-vêtements, un pyjama et deux perruques — une brune, courte, et une deuxième plus longue, d'une subtile nuance auburn.

— Je vais d'abord essayer celle-ci, dit Jenna en contemplant la perruque qu'elle tenait à bout de bras. Ça m'aurait plu, d'être rousse.

— Où est Jenna Meyerson ? Qu'est-ce que vous lui avez fait ?

Pincho fit la grimace et éloigna le téléphone de son oreille.

Il n'appréciait pas beaucoup qu'on l'engueule comme un vulgaire amateur. Ce n'était pas sa faute si quelqu'un avait voulu faucher la voiture.

— J'ignore où elle se trouve. Et qu'est-ce que ça peut vous foutre, d'ailleurs ?

— Vous avez failli la tuer, espèce de crétin !

— C'était l'idée, oui.

— Vous êtes dingue ou quoi ? Vous vous rendez compte dans quel pétrin vous m'auriez mis ?

— Vous ne pouvez vous en prendre qu'à vous-même. Si vous m'aviez prévenu plus tôt, je ne l'aurais pas croisée dans le hall de son immeuble. Je suis tombé pile sur elle. Vous comprenez ce que ça veut dire ? Elle pourrait m'identifier.

A l'autre bout du fil, la voix n'était plus qu'un léger murmure.

— Ecoutez-moi bien, Kravitz. Tant que nous n'avons pas trouvé les photos, je la veux vivante. C'est compris ? Retrouvez-la et amenez-la-moi intacte.

Il raccrocha.

Jenna sortit de l'ascenseur. Avec ses vêtements neufs, sa perruque et ses lunettes noires, elle se sentait protégée par l'anonymat. Elle traversa tranquillement le hall de l'hôtel Freemont, et franchit les portes tournantes, en jetant à peine un regard au garçon qui l'avait si gentiment accueillie, deux heures plus tôt.

Après avoir retiré trois cents dollars à un distributeur automatique, elle se mit en quête d'un endroit pour dormir. Dix minutes plus tard, elle avait trouvé exactement ce qu'elle cherchait : un établissement miteux qui devait probablement servir d'hôtel de passe. L'intérieur se révéla encore plus désolant que la façade, mais l'employé de la réception empocha trente dollars d'avance et ne posa aucune question. Il ne leva même pas les yeux vers elle en lui glissant la clé par-dessus le comptoir.

Sa nouvelle chambre n'était pas plus grande que la cuisine de son appartement, et l'on n'avait pas dû y faire le ménage depuis des semaines. Mais il fallait bien qu'elle s'en contente en attendant de trouver mieux. Pour l'instant, elle avait besoin d'une tasse de café bien fort et d'un peu de temps pour réfléchir à la manière dont elle allait procéder.

Après avoir jeté un rapide coup d'œil à sa silhouette dans le miroir et rajusté sa perruque, elle sortit.

Elle remarqua l'enseigne d'un Starbucks sur le trottoir d'en face. Le délicieux arôme du café l'enveloppait déjà. Elle s'apprêtait à traverser, lorsqu'un frisson la parcourut. Elle s'arrêta net.

L'odeur du café lui rappelait quelque chose. Elle songea au sosie d'Elvis qui était sorti de l'ascenseur, aux effluves d'eau de toilette qui dissimulaient une autre odeur — qu'elle avait aussi remarquée dans son appartement, sans pouvoir l'identifier. Du café ?

Mais comment pouvait-on sentir le café à ce point-là ? Même si on en buvait toute la journée, cela n'imprégnait pas vos vêtements. Ce n'était pas comme le tabac, qui s'accrochait à chaque fibre.

Tout en s'efforçant de mettre de l'ordre dans ses idées, Jenna se décida à traverser la rue, et entra dans le Starbucks. Une douzaine de clients faisaient la queue, attendant leur tour, et trois serveurs s'activaient derrière le comptoir sur lequel s'alignaient des piles de gobelets portant le logo de l'établissement.

Un gobelet avec un logo.

Frank en cherchait un, et il l'avait trouvé à l'Insomnia, le café tenu par ce Brésilien tellement serviable. Jenna se rappela ce que Frank lui avait raconté au sujet de Pincho Figueras : celui-ci s'était excusé parce qu'il torréfiait du café et que l'odeur lui collait à la peau.

Les idées se bousculaient dans la tête de Jenna. Le regard de l'homme du hall lui avait paru vaguement familier. Elle comprenait enfin pourquoi. Elle avait déjà vu ses yeux. De très près. A présent, elle en était sûre : il s'agissait de ceux du clochard qui les avait apostrophés dans la Cinquième Avenue, le soir de l'assassinat d'Adam.

— Mademoiselle, vous faites la queue ? demanda une jeune femme derrière elle.

Jenna se rendit compte qu'elle avait oublié d'avancer.

— Non… Euh… Non.

Elle sortit précipitamment. Frank lui avait dit que l'Insomnia se trouvait dans la 42e Rue, au cœur de Times Square, c'est-à-dire pas très loin d'ici. Elle s'y rendit d'un pas rapide, et ne ralentit que lorsqu'elle fut presque arrivée.

L'endroit était charmant, tout à fait comme Frank le lui avait décrit. Et ça sentait le café, bien plus qu'au Starbucks.

Elle commanda un cappuccino au garçon qui se tenait derrière le bar. Son badge indiquait qu'il était chef d'équipe et qu'il s'appelait Ricardo. Le propriétaire ne se montrait pas. La plupart des clients s'installaient dans les fauteuils disséminés dans la salle. Jenna prit un journal sur le comptoir, et choisit, elle aussi, une place confortable.

Elle sirotait son café en feignant de lire depuis dix minutes lorsqu'un homme de taille et de corpulence moyennes rejoignit le serveur pour le seconder. Jenna faillit lâcher son gobelet.

Elle venait de reconnaître l'homme qu'elle avait vu sortir de l'ascenseur, la veille au soir. Elle n'eut même pas besoin de l'imaginer avec une perruque noire et des pattes, ni de s'approcher pour vérifier l'odeur de son eau de toilette. C'était lui, elle aurait pu le jurer.

43.

Les mains dans les poches, Stavos regardait fixement à travers la vitrine de TriBeCa.

— Elle a des clientes. Tu ferais mieux de rester dehors. Tu vas les effrayer, avec ta tête.

— Si tu crois que tu peux t'en sortir seul avec Beckie, tu te trompes. Elle ne se laissera impressionner ni par ton badge ni par ton attitude.

Avant que Stavos ait pu protester, Frank poussa la porte du salon de beauté et entra. La sonnette tinta, et deux femmes assises sous un sèche-cheveux levèrent la tête en affichant aussitôt un air alarmé.

L'une d'elles appela d'une voix tremblante :

— Beckie ?

Beckie, qui préparait une coloration, se retourna. Elle parut d'abord surprise, puis reconnut Frank.

— Ne vous inquiétez pas, madame Stavich : ce sont des amis.

Elle alla à la rencontre des deux hommes, en jetant un vague coup d'œil à Stavos.

— Frank, tu veux faire fuir les clients ?

— Je suis si moche que ça ?

— Non, ça va. C'est juste quand tu essayes de sourire.

Beckie se surprit elle-même. Vingt minutes plus tôt, elle était encore complètement déboussolée et, à présent, elle parvenait à plaisanter. Elle ne se serait jamais crue capable d'un tel sang-froid.

Elle ôta ses gants en caoutchouc et les posa dans le bac le plus proche. Puis elle s'intéressa à Paul Stavos.

— Qui êtes-vous ?

Paul s'apprêtait à sortir son badge, mais Frank l'arrêta d'un geste.

— Je te présente l'inspecteur Paul Stavos. Il recherche Jenna avec moi.

— Vous l'avez vue ? demanda Paul.

— Non.

Comme les deux femmes tendaient une oreille indiscrète, Frank désigna du menton une porte qui donnait sur l'arrière-boutique.

— On ne pourrait pas parler dans un endroit plus tranquille ?

Beckie haussa les épaules.

— Bien sûr que si !

Elle les conduisit dans une petite pièce où se trouvaient une échelle, quelques pots de peinture, un balai, un vieil aspirateur, une table et un four à micro-ondes. Elle referma soigneusement la porte derrière elle, et contempla Frank.

— Tu ne crois pas que tu devrais rester au lit, dans l'état où tu es ?

Il comprit aussitôt qu'elle lui cachait quelque chose. Elle n'aurait pas dû s'apitoyer sur son sort, alors que Jenna avait disparu, mais lui demander où il en était de ses recherches.

— Quand lui as-tu parlé pour la dernière fois ? demanda-t-il.

— Hier.

— Et depuis, plus rien ?

Elle baissa les yeux vers ses ongles mauves.

— Non.

Elle mentait. Et plutôt mal.

— Ecoute-moi, Beckie.

Il la prit par les épaules et constata avec satisfaction qu'elle paraissait impressionnée.

— Tu es la meilleure amie de Jenna, et il est tout naturel que tu sois la première personne vers qui elle se soit tournée. Tu sais où elle se trouve, mais tu lui as juré de ne le révéler à personne. Je me trompe ?

— C'est un interrogatoire ? demanda Beckie d'un ton dégagé.

Mais Frank sentit ses épaules qui se raidissaient.

Paul, qui ne savait pas s'y prendre avec les témoins réticents, intervint avec brusquerie.

— Si vous voulez un interrogatoire en règle, je peux vous arranger ça.

Frank lui jeta un regard mauvais.

— Non, Beckie, il ne s'agit pas d'un interrogatoire. Jenna est réellement en danger. Voilà pourquoi il faut que je la trouve.

— Mais elle n'est pas idiote, tout de même ! Fais-lui un peu confiance.

— Elle ne sait pas à qui elle a affaire. Et toi non plus, tu ne le sais pas. Ils ont essayé de la tuer, aujourd'hui, Beckie. J'ignore pourquoi, mais je suis certain qu'ils ne vont pas s'arrêter là et qu'ils feront en sorte de ne pas rater leur coup, la prochaine fois.

— Mais de quoi parles-tu ? Qui veut sa peau ?

Au cours de sa carrière dans le FBI, Frank avait appris qu'il fallait parfois accepter de répondre aux questions des témoins réticents pour obtenir leur coopération. Il semblait que ce fût le cas avec Beckie.

— La mafia russe, dit-il en la lâchant.

Paul lui jeta un regard courroucé, mais Frank n'y prêta pas attention. Il ne quittait pas des yeux Beckie qui semblait plongée dans les affres du doute. Finalement, elle courba le dos.

— Je lui ai apporté des affaires, dit-elle d'une toute petite voix.

Paul s'apprêtait à dire quelque chose, mais il se ravisa et pinça les lèvres.

— Quelles affaires ? demanda Frank.

— Des vêtements, une perruque.

— Où ça ?

— Dans un hôtel du centre-ville. Le Freemont.

— Quand ?

— Il y a environ une heure.

Elle se mit à débiter la suite à toute vitesse.

— Je lui ai dit qu'il fallait te prévenir, Frank, je te le jure. Mais elle a refusé de m'écouter. Elle voulait que tu te tiennes tranquille. Elle craignait que tu ne sois de nouveau blessé.

Beckie fit un effort pour ne pas pleurer.

— J'ai peur.

— Je le sais.

— J'ai eu tort de faire ce qu'elle me demandait.

— Tu as agi comme une amie, dit Frank avec un sourire encourageant. Sèche tes larmes, et dis-moi à quoi elle ressemble, maintenant.

— Qu'est-ce que c'est que cette histoire de mafia russe ? demanda Paul, tandis qu'ils roulaient vers l'hôtel Freemont.

Frank s'attendait à cette question ; il avait déjà préparé sa réponse. Pouvait-il faire entièrement confiance à l'inspecteur Stavos ? Son instinct lui disait que l'homme qui était assis à côté de lui n'était pas celui qui renseignait la mafia. De toute façon, il ne le quittait pas d'une semelle... Si c'était lui, il finirait bien par s'en rendre compte.

Le visage impassible, les yeux fixés sur les voitures devant lui, Paul écouta ses explications jusqu'au bout. Il ne lui reprocha pas de ne pas lui avoir tout révélé plus tôt. Il se borna à ajouter quelques commentaires, de temps en temps.

— Ce n'est pas parce que Sergueï assistait à la réception de Faxel qu'il fréquentait J.B., dit-il lorsque Frank eut terminé.

— Ça vaut tout de même le coup de vérifier.

— C'est vrai. Je m'en occuperai.

Il jeta un coup d'œil du côté de Frank.

— Tu as pigé, Frank ? J'ai dit *moi.* Pas *nous.* Moi. Tout seul.

— Tu vas avoir besoin d'aide.

— J'en aurai. Pas besoin de toi. Surtout quand je vois ce qu'ils t'ont fait ! Licence de détective ou pas, tu restes un civil. Et les civils n'ont pas à se mêler des affaires de la police.

Frank allait répondre, mais ils arrivaient devant l'hôtel Freemont.

— Police, dit Paul en montrant son badge à un portier qui accourait vers lui. Laissez la voiture ici.

— Bien, monsieur.

A la réception, le badge de Paul produisit le même effet, et l'employé ne se fit pas prier pour coopérer.

— Nous avons bien une Mlle Meyerson, dit-il. Elle est arrivée à 9 h 47.

— Quelle chambre ?

— Quatre cent treize, troisième étage.

— Il faut que quelqu'un nous accompagne avec un passe.

— Certainement.

Quelques instants plus tard, Frank frappait à la porte de la chambre quatre cent treize, avec le désagréable sentiment d'arriver trop tard. Comme l'avait fait remarquer Beckie, Jenna n'était pas idiote. Elle savait qu'elle ne pouvait pas rester longtemps au même endroit.

— Jenna, c'est Frank ! Ouvre la porte.

Paul ne perdit pas de temps. Il fit un signe de tête à l'employé de maintenance qui les accompagnait, et celui-ci ouvrit avec son passe. Comme Frank s'y attendait, la chambre était vide. Les sacs que Beckie leur avait décrits se trouvaient dans la salle de bains, vides eux aussi.

Frank resta debout au milieu de la chambre. Il ne s'était jamais senti aussi impuissant.

— Où es-tu, Jenna ? murmura-t-il tout bas.

*
* *

Installée dans un restaurant en face de l'Insomnia, Jenna s'était préparée à une longue attente. Elle avait demandé à la serveuse une table donnant sur la rue, et avait commandé un sandwich de dinde et une tasse de café.

Pincho Figueras se montra un peu avant 14 heures, et Jenna le suivit discrètement. Il descendit la 42e Rue d'un bon pas. Juste avant Bryant Park, il bifurqua dans la Sixième Avenue, puis tourna de nouveau un peu plus loin, dans la 40e. Enfin, il s'arrêta devant un immeuble de quatre étages dont le rez-de-chaussée était occupé par une épicerie, et serra la main d'un homme dont le tablier portait le nom de son magasin : Armando's.

Après un bref conciliabule, Pincho disparut à l'intérieur du bâtiment. Jenna attendit un peu avant de s'engouffrer, elle aussi, dans le hall qu'elle jugea minuscule mais étonnamment propre et bien éclairé. L'ascenseur montait, ses poulies grinçaient bruyamment. Quand il s'arrêta, elle surveilla la cage d'escalier, mais elle n'aurait pas su dire s'il se trouvait au troisième ou au quatrième étage.

Elle jeta un regard frustré autour d'elle. Sur l'un des murs s'alignaient une quinzaine de boîtes aux lettres, avec les noms des locataires, mais pas les numéros d'appartements. Quinze boîtes et quatre étages plus le rez-de-chaussée, ça signifiait qu'il y avait trois appartements par étage. Et elle n'avait aucun moyen de savoir dans lequel était entré le Brésilien.

Elle retourna sur le trottoir, soulagée de constater que personne ne prêtait attention à elle. Elle n'était pas très attirante avec ces vêtements trop grands. Il ne suffisait donc pas d'être rousse pour séduire les hommes…

Sans trop savoir pourquoi, elle se posta sous un porche en

face de l'immeuble, pour surveiller les deux étages qui l'intéressaient. Pourvu que Pincho ressorte ! Sinon, elle devrait revenir le lendemain.

Elle se demandait si ça valait encore la peine d'attendre, lorsqu'il franchit la porte. Il s'était changé et portait, à présent, un jean, une veste de cuir noir et des baskets. Il avait jeté négligemment sur son épaule un sac de sport avec l'inscription *Body by Jake*.

Cette fois, Jenna ne le suivit pas et le regarda disparaître au bout de la 40e Rue. Une camionnette se gara devant elle, et le conducteur descendit d'un bond. Elle s'approcha de lui.

— Excusez-moi, je cherche un club de gymnastique qui doit se trouver dans le coin. Ça s'appelle *Body by Jake*.

L'homme pointa le doigt vers la direction qu'avait prise Pincho.

— Ce n'est qu'à trois carrefours : vous ne pouvez pas le rater.

Parfait ! Pincho resterait au moins une heure sur place. Maintenant, elle n'avait plus qu'à trouver son appartement.

Sur le trottoir d'en face, une femme poussant un landau entra dans l'épicerie. Le cœur de Jenna fit un bond. Elle venait de songer à un moyen d'obtenir le numéro de l'appartement. Elle n'était pas certaine que son stratagème fonctionne, mais elle ne risquait rien en essayant.

Elle essuya ses mains moites contre le gros velours de son pantalon, et traversa la rue en courant. A l'entrée du magasin, elle s'arrêta pour prendre un panier et s'engagea dans une allée. Armando coupait du fromage pour la femme au bébé, tandis qu'elle le félicitait pour le mariage de sa fille.

Pendant ce temps, Jenna faisait le tour des rayons et remplissait son panier. Elle attendit que la femme soit partie pour déposer ses achats sur le tapis de caisse.

— Bonjour, dit-elle avec un grand sourire. Je suis Marie Figueras.

L'homme leva les sourcils d'un air interrogateur.

— Vous êtes de la famille de mon ami Pincho ?

Elle posa un paquet de six yaourts devant lui.

— Je suis sa sœur. Je viens d'Atlanta pour le voir. Je compte passer quelques jours ici.

Elle débita sa tirade d'un trait. Il ne fallait pas laisser à l'épicier le temps de se demander si Pincho lui avait déjà parlé d'une sœur habitant Atlanta.

— Il n'a rien de bon dans son réfrigérateur.

Elle sortit une poignée de billets.

— Ça ne vous ennuierait pas de livrer tout ça chez lui ? Il est parti à son club de gym, et il faut que j'aille acheter du vin un peu plus loin. Vous n'avez qu'à tout déposer devant sa porte. Je n'en ai pas pour longtemps.

— Avec plaisir, dit l'épicier qui avait fini d'enregistrer les articles. Ça vous fait trente-trois dollars. Je ne vous compte pas la livraison.

Jenna paya en ajoutant cinq dollars de pourboire.

— Merci beaucoup, dit-elle.

— C'est moi qui vous remercie. Et bienvenue à New York, Marie.

Elle sortit, le cœur battant, et fit mine de se diriger vers le magasin d'alcool qui se trouvait un peu plus bas dans la rue. Une fois devant la vitrine, elle se rendit compte qu'elle était au bord de l'asphyxie, et se força à respirer plus calmement.

Elle avait fait une bonne partie du chemin : pas question de renoncer maintenant.

Une minute plus tard, un adolescent entra dans l'immeuble de Pincho avec une cagette remplie de victuailles. Jenna fit les cent pas sur le trottoir en attendant qu'il réapparaisse. Il revint enfin. Il avait terminé sa livraison.

Jenna retourna sur ses pas et prit l'ascenseur jusqu'au quatrième étage. Pas de sac. Elle descendit l'escalier en courant. Ses achats l'attendaient devant la porte 3-C.

— Bingo !

Il y avait deux autres appartements sur le palier et des œilletons à toutes les portes. Avec des mains tremblantes, Jenna sortit sa carte bleue de son sac. Que se passerait-il si un voisin sortait de chez lui et la voyait forcer la porte du 3-C ?

Elle préféra ne pas s'appesantir sur cette éventualité, et essaya de glisser la carte Visa dans l'interstice entre le mur et la serrure. Elle s'était retrouvée à la porte de chez elle, quelques mois plus tôt, et le serrurier avait ouvert aisément en employant cette technique… Mais, cette fois, la porte ne céda pas. Elle essaya de nouveau, en forçant un peu plus, au risque d'endommager sa carte bleue. Elle espérait que Pincho n'avait pas installé un verrou, auquel cas elle n'aurait aucune chance d'entrer.

Soudain, la serrure céda. La porte s'ouvrit en grand. Elle rangea sa carte Visa toute déformée, et pénétra dans l'appartement en refermant précipitamment.

L'endroit était très différent de ce qu'elle s'attendait à trouver dans le quartier de Times Square. Elle parcourut du regard le canapé et les fauteuils en daim marron, les tables en teck et les reproductions de tableaux impressionnistes. Un grand écran plat encastré occupait presque tout un mur, et le parquet de bois récemment ciré était recouvert d'un magnifique tapis oriental dans les tons de rouge-orangé.

Jenna décida de commencer par visiter la chambre, luxueusement meublée, elle aussi, avec un lit immense et un tapis de fourrure blanc. L'armoire contenait une impressionnante collection de pantalons, chemises et vestes de marque — Ralph Lauren, Armani, Bill Blass. Apparemment, Pincho Figueras gagnait bien sa vie.

Sur l'unique étagère au-dessus de la penderie, s'entassaient des boîtes de rangement. En se hissant sur la pointe des pieds, Jenna parvint à atteindre celle de gauche et à la tirer vers elle, jusqu'à ce qu'elle tombe par terre.

Pincho se sentait d'une humeur de chien. Depuis onze ans qu'il exerçait le dangereux métier de tueur, c'était la première fois que les choses tournaient mal et qu'il décevait un client. A présent, il fallait retrouver Jenna Meyerson... Dans une grande ville comme New York, cela équivalait à chercher une aiguille dans une botte de foin.

Il n'avait pas l'esprit à torréfier du café, aujourd'hui, et il avait quitté l'Insomnia plus tôt que de coutume, dans l'intention de se rendre au club de gym. Il avait besoin de se défouler. L'exercice lui éclaircirait les idées et lui inspirerait peut-être une solution géniale.

Mais ce n'était pas son jour de chance. Au premier coup d'œil, il vit qu'il ne restait pas une machine disponible dans la salle d'entraînement. Qu'est-ce qu'ils avaient tous à vouloir transpirer, aujourd'hui ?

Déçu, il sortit et prit le chemin du retour en se demandant comment il allait occuper son après-midi. Pas question de retourner à l'Insomnia... La perspective de se lancer à la recherche de Jenna Meyerson ne l'enchantait guère... Il songea à appeler cette jolie danseuse qui était venue boire un café dans son établissement, la semaine précédente. L'image de ses longues jambes galbées, enroulées autour de sa taille, l'obsédait depuis plusieurs jours. Le moment n'était pas trop mal choisi pour réaliser ce fantasme.

Armando se tenait, comme toujours, sur le pas de sa boutique, à reluquer les passants. Pincho aurait préféré monter directement chez lui, mais l'autre le héla.

— Hé, Pincho ! Tu ne m'avais pas dit que tu avais une sœur aussi jolie.

Pincho s'arrêta net.

— De qui parles-tu ?

— De ta sœur Marie, celle qui vit à Atlanta. Elle est venue ici faire quelques courses.

Il rit.

— Qu'est-ce qu'il y a ? Tu voulais la cacher ?

Pincho ne voyait pas de qui Armando pouvait bien parler, mais il entra dans le jeu.

— J'ai huit sœurs, dit-il. Je ne peux pas les avoir toutes en tête.

Il chercha du regard autour de lui.

— Où est-elle ?

— Je suppose qu'elle est montée chez toi. Elle m'a demandé de déposer ses achats devant ta porte pendant qu'elle allait chercher du vin. On dirait qu'elle va te préparer un petit dîner.

Pincho passa en revue les femmes qu'il fréquentait. Il hésita à peine. Il n'avait confié sa clé qu'à Cheryl. Elle savait qu'il aimait les surprises, et elle cherchait toujours à lui plaire.

Il sourit. Apparemment, son destin n'était pas de passer l'après-midi avec la danseuse.

Lorsqu'il arriva sur son palier, une autre surprise l'attendait. Le sac de courses était toujours là. Cheryl avait dû changer d'avis. Zut ! Il avait déjà une énorme érection…

Il ouvrit la porte et sourit en entendant du bruit dans la chambre. Cette petite coquine était bien là, et elle ne paraissait pas avoir l'esprit aux fourneaux. Pincho avança sans bruit dans le couloir, tout en se débarrassant de sa veste.

Une femme inconnue était assise par terre, au beau milieu de sa chambre. Apparemment, elle fouillait dans ses boîtes de rangement.

Il claqua la porte derrière lui.

— Putain ! s'exclama-t-il. Mais qui êtes-vous ?

44.

Vinnie appela un peu avant midi, au moment où Frank sortait avec Paul de l'hôtel Crowne Plaza, un établissement suffisamment proche du Freemont pour que Jenna ait eu l'idée de s'y réfugier.

— Je viens d'apprendre, pour l'explosion ! dit-il en criant.

Frank entendit un brouhaha de rires et de musique derrière lui.

— Tu as des nouvelles de Jenna ? A la télévision, ils disent qu'elle a disparu.

La voiture de Paul attendait devant l'hôtel. Frank donna un pourboire au portier, et se glissa sur le siège du passager.

— C'est plus compliqué que ça, Vinnie. Il y a deux heures, elle m'a appelé de l'hôtel Freemont. Mais le temps que je retrouve sa trace, elle avait disparu. En tout cas, elle va bien : elle souffre seulement de quelques égratignures au visage. Nous écumons tous les hôtels du coin pour la retrouver, et j'espère t'annoncer bientôt une bonne nouvelle.

— A propos de bonne nouvelle… Les deux hommes de main qui t'ont cassé la figure sont employés comme dockers au terminal Red Hook du port. Raul se nomme Raul Santana et Slim, Doug Crowley. Ils sont grévistes, alors ils ont élu domicile dans un pub, Indigo, sur le port de Brooklyn.

— Ils y sont, en ce moment ?

— Ils boivent et ils s'amusent comme des petits fous.

— Ils rigoleront moins dans un moment, tu vas voir ! Donne-moi l'adresse de ce pub.

— Si tu veux leur tomber dessus, tu vas avoir besoin d'aide. Johnny est prêt à nous prêter une poignée d'hommes — des routiers, des costauds qui te fichent la trouille rien qu'en te regardant.

Frank rit.

— Tu remercieras Johnny de ma part, mais je ne peux pas accepter. Paul m'accompagne, et tu sais à quel point il est à cheval sur le règlement.

Paul, qui conduisait, esquissa un vague sourire.

Frank répéta l'adresse en même temps qu'il la notait sur un bout de papier trouvé dans la boîte à gants. Paul prit aussitôt la direction du port de Brooklyn, tout en contactant le central par radio pour demander des renforts.

Le pub était bondé, et le juke-box jouait *Stand By Your Man* lorsque Frank et Paul entrèrent. Les officiers de police arrivés en même temps qu'eux s'étaient postés à l'extérieur, deux près de la porte de secours et deux autres en face de l'établissement. Ils attendaient le signal de Paul pour intervenir.

Vinnie et Johnny se trouvaient au bar et sirotaient une bière en mangeant des bretzels. Vinnie aperçut Frank et lui désigna discrètement du menton une grande table dans le fond, autour de laquelle se trouvaient six hommes. Ils avaient déjà éclusé plusieurs pichets, et on leur en apportait justement deux autres.

Raul enlaça la taille de la serveuse et l'attira sur ses genoux. Frank n'entendit pas ce qu'il dit, mais ça devait être particulièrement salace parce que la tablée entière partit d'un grand éclat de rire.

Paul se tourna vers Frank.

— Alors ?

— Ce sont eux, dit Frank d'une voix tendue.

— Tu en es certain, Frank ? Tu sais que je n'ai pas de mandat d'arrêt. Il ne s'agit pas de te tromper.

— Pas le moindre doute, ce sont eux. Celui qui a une entaille au menton, c'est Raul. Le grand, c'est Slim…

— Frank, qu'est-ce que tu fous ? Où vas-tu ? Reviens tout de suite !

Il voulut l'arrêter, mais Frank le repoussa et se faufila au milieu des clients pour rejoindre la table de ses agresseurs.

Slim fut le premier à lever la tête, et l'expression de son visage fit oublier à Frank ce qu'il avait enduré depuis mardi. Raul réagit une seconde plus tard. Lui aussi paraissait extrêmement surpris de voir Frank.

— Qu'est-ce que…

— Salut, Raul ! Salut, Slim ! lança Frank en les regardant tour à tour. Ça va, depuis l'autre jour ?

Ils se levèrent lentement, comme s'ils s'apprêtaient à se battre. La serveuse sentit qu'il allait y avoir du grabuge, et elle se leva précipitamment.

— Qu'est-ce qu'il y a, mon gars ? dit Slim d'une voix mauvaise, en détachant bien ses mots. Tu as des tendances suicidaires ?

Un homme se leva, à droite de Frank. Il n'était pas aussi grand que Slim et Raul, mais il paraissait tout aussi teigneux.

— Ecoute un peu, *gringo*, dit-il d'un ton menaçant. Si t'as un problème avec mon copain, il va falloir compter avec moi. *Comprendes ?*

Slim le tira par la manche.

— Ça va, Luis, il va s'en aller. Pas vrai, Renaldi ?

Frank rit. Slim venait de se trahir.

— Tu me facilites drôlement la tâche ! dit-il.

— Quoi ?

Pendant que Slim essayait de comprendre, Paul fit signe au deux officiers de police.

— C'est bon, les gars. Passez-leur les menottes.

Puis il ajouta d'une seule traite :

— Raul Santana et Douglas Crowley, vous êtes en état d'arrestation pour enlèvement et agression caractérisée sur la personne de Frank Renaldi.

Il se tourna vers Luis.

— Quant à vous, je vous conseille de vous asseoir.

L'homme s'exécuta aussitôt.

Mais Slim avait déjà recouvré ses esprits.

— Qu'est-ce que c'est que cette histoire d'enlèvement ? protesta-t-il avec une véhémence qui paraissait sincère. Je ne connais même pas de Frank Renaldi.

— Te fatigue pas, Crowley : je t'ai entendu l'appeler par son nom.

Il hocha la tête en direction des officiers de police.

— N'oubliez pas de leur lire leurs droits avant de les embarquer au commissariat de Central Park. Je vous suis.

*
* *

Paul se révéla meilleur stratège que Frank ne l'avait jugé. Pendant vingt minutes, il laissa mijoter les deux lascars chacun dans une pièce, et profita de ce laps de temps pour convenir avec Frank de la technique à employer avec eux. Ils n'avoueraient certainement pas spontanément, mais ils n'avaient pas inventé la poudre. Le mieux était d'appliquer avec eux une vieille méthode pas très orthodoxe, mais qui avait fait ses preuves : diviser pour mieux régner. Restait à obtenir le feu vert du lieutenant O'Dell, le supérieur hiérarchique de Paul.

Pressenti pour devenir le futur chef de la police, O'Dell était un homme solidement bâti qui illustrait à merveille l'adjectif *coriace*. Lorsque Paul lui expliqua ce qu'il attendait de lui, il prit un air sceptique.

— Je ne sais pas trop, Stavos... Ce que vous demandez est à la limite de l'illégalité.

— Mais on ne tirera rien de ces deux-là avec les méthodes habituelles, intervint Frank. Ce sont des durs à cuire. Heureusement pour nous, ils ont un pois chiche à la place du cerveau.

— Et si ça ne marche pas ?

— Ça marchera. Vous vous souvenez des frères Dougherty ?

Cette fois, le lieutenant parut impressionné.

— C'est vous qui les avez interrogés ?

— Je faisais partie de l'équipe, oui.

— Frank est trop modeste, lieutenant, déclara Paul. C'est lui qui les a fait craquer.

Le lieutenant regarda Frank d'un air entendu.

— Lequel des deux flanchera le plus facilement, d'après vous ?

— Slim ! répondit Paul sans hésiter.

Frank sourit. C'était la bonne réponse.

O'Dell prit encore un temps de réflexion, puis il acquiesça.

— Très bien. Allez-y.

Frank avait suivi le lieutenant O'Dell et un inspecteur répondant au nom de Leroy Washington. Ils assistaient à l'interrogatoire derrière un miroir sans tain.

Stavos commença par demander à Slim s'il souhaitait la présence d'un avocat. Slim secoua la tête.

— Exprimez-vous à voix haute, s'il vous plaît, monsieur Crowley. Notre conversation est enregistrée.

— Non, je ne veux pas de putain d'avocat. Je peux me défendre tout seul.

— Très bien, dit Stavos en se renversant sur sa chaise. Qui vous a payé pour passer Frank Renaldi à tabac ?

Pendant dix minutes, Slim ne voulut pas démordre de sa première version, à savoir qu'il ne connaissait pas de Frank Renaldi.

— Mon ami pourra, d'ailleurs, vous le confirmer, conclut-il d'un ton assuré.

Paul se tourna discrètement vers le miroir, et se gratta le nez. O'Dell regarda Washington.

— C'est le signal. A vous !

Leroy pénétra dans la pièce où Stavos se trouvait avec Slim, et lui murmura quelque chose à l'oreille. Slim ne les quittait pas des yeux et, comme leur conciliabule se prolongeait, il commença à manifester des signes d'inquiétude et se raidit sur sa chaise.

Stavos arborait un grand sourire, comme s'il venait de recevoir une excellente nouvelle.

— Bien, bien, dit-il.

Il attendit que le sergent Washington fût sorti pour s'adresser de nouveau à Slim.

— On dirait que ton copain Raul est devenu bavard.

Slim ricana doucement.

— Vous ne me ferez pas gober une connerie pareille.

— Cette connerie pourrait bien te coûter vingt-cinq ans de placard, mon vieux. A toi de voir.

Slim parut amusé.

— Voyez-vous ça…

— On peut faire le compte, si tu veux. D'abord, inculpation d'enlèvement. Tu sais que ça ne pardonne pas. Si l'on y ajoute l'agression de Frank Renaldi et les menaces contre sa famille, je dirai que tu es sacrément dans la merde.

— Je vous ai déjà dit que je ne connaissais aucun Frank Renaldi.

— Vois-tu, dit Paul avec douceur, c'est là que ta version diffère de celle de ton copain. Il a avoué que vous aviez enlevé Renaldi, que vous l'aviez emmené dans un entrepôt abandonné et que vous lui aviez fait passer un sale quart d'heure.

En entendant parler de l'entrepôt, Slim tiqua légèrement, mais il n'était pas encore prêt à tout lâcher. Loin de là.

— Qu'est-ce que vous avez fait à Raul pour l'obliger à mentir ? Vous l'avez tabassé avec une lance à incendie ?

— On ne tape pas sur les gens, ici, Crowley. On leur

propose un marché. Il faut croire que Raul a trouvé notre proposition intéressante.

Cette fois, Slim parut douter.

— Quelle proposition ? De quoi parlez-vous ?

— Je croyais qu'un malin comme toi aurait déjà compris. Raul est libre, Slim. En échange de ses aveux signés — des aveux complets dans lesquels tu es nommément cité —, nous avons accepté de retirer toutes les charges qui pesaient contre lui.

— Qu'est-ce que c'est que ces foutaises ? Je n'en crois pas un mot.

— Bien. Puisqu'il te faut une preuve.

Stavos jeta un coup d'œil à sa montre, puis se leva pour appuyer sur le bouton d'Interphone, près de la porte.

La voix de baryton de Leroy Washington retentit dans la pièce, claire et forte. Depuis la pièce où il suivait la scène avec O'Dell, Frank pouvait l'entendre distinctement.

« Signez ici, je vous prie. »

Il y eut un bruit de papier, le grincement d'un stylo, puis Washington parla de nouveau.

« Voici vos affaires personnelles. Vérifiez le contenu de l'enveloppe. »

Il y eut encore un froissement de papier, puis le tintement d'un trousseau de clés.

« Tout est là », dit Raul.

Il paraissait déconcerté. Il y avait de quoi car il ignorait pourquoi on le relâchait si facilement.

« Je suis vraiment libre de partir ? »

« Un marché est un marché, Raul. Quand nous aurons besoin de votre témoignage, nous vous le ferons savoir. L'audition préliminaire de Crowley aura lieu dans une semaine environ. Merci de votre aide. Sans vous, on n'aurait jamais pu… »

Avant que Raul ait pu répondre, Paul coupa l'Interphone. Blanc de rage, Slim voulut se jeter sur lui, mais il était menotté à sa chaise, et elle le fit trébucher.

Les deux agents en uniforme près de la porte se précipitèrent pour l'obliger à se rasseoir.

— Espèce de traître ! Salaud ! hurla Slim en direction de l'Interphone. Je te tuerai, tu m'entends ? J'écraserai ton crâne à mains nues.

— Tu devrais économiser ton souffle, lui dit calmement Stavos. Il ne peut pas t'entendre.

Slim retomba sur sa chaise et renversa la tête en fermant les yeux.

Stavos avait des nerfs d'acier. Il se tourna tranquillement vers l'un des agents.

— Prévenez le lieutenant qu'on va inculper Crowley.

L'agent sortait déjà lorsque Slim l'arrêta.

— Attendez une minute ! dit-il.

Stavos leva un sourcil.

Slim lui jeta un regard noir.

— Qu'est-ce que vous voulez de moi ?

— Rien. Raul nous en a dit assez pour te mettre hors d'état de nuire un bon moment.

— Ce que je vous demande, dit Slim en se tortillant sur sa chaise, c'est ce que vous voulez de moi, en échange de ma liberté.

— Je n'ai aucun marché à te proposer.

Assis près de Frank, O'Dell s'agita.

— Il en fait un peu trop, dit-il d'un air inquiet.

— Non. Il a raison de ne pas céder tout de suite. Attendez de voir.

— Et pourquoi pas ? dit Slim.

— La seule chose qui pourrait nous intéresser, c'est le nom de ton patron. Mais je ne pense pas que tu veuilles nous le donner.

— Pourquoi vous ne l'avez pas demandé à Raul ?

— Il a dit qu'il n'en savait rien, que c'était toi qui avais le contact.

— Et si je vous disais son nom ?

— Je suis prêt à t'écouter, dit Paul en se penchant vers lui. Vas-y.

Slim secoua la tête.

— Pas si vite ! Je veux savoir ce que vous me proposez en échange.

— Je ne peux rien te proposer, tant que je n'ai pas entendu ce que tu as à me dire.

— Je ne vous fais pas confiance.

— Raul a été plus malin que toi. Il est libre.

— Et moi ?

Paul leva les épaules d'un air évasif.

— Comme je te l'ai déjà expliqué, Slim, ça dépend uniquement de toi. Il me semble que c'est suffisamment clair.

L'homme jeta un coup d'œil en direction du miroir.

— Qui se cache derrière ce truc-là ?

— Mon chef, le lieutenant O'Dell, et Frank Renaldi.

— Je veux une protection rapprochée, dit-il en direction du miroir.

Puis il ajouta à l'adresse de Paul :

— Je ne dirai pas un mot tant que vous ne m'aurez pas assuré de votre protection.

— Nous ne laissons pas tomber nos informateurs, dit Paul.

Il y eut un long silence. Slim réfléchissait. Puis il parut se décider et remua de nouveau sur sa chaise.

— Je travaille pour *Bratstvo*, dit-il enfin.

— C'est pas très nouveau, ça. Je m'en doutais. Ce qui m'intéresse, c'est le nom de ton patron.

— Mon contact s'appelle Alexander Ivankov. Mais ce n'est pas le patron. Le patron, personne ne le connaît.

— C'est Ivankov qui t'a donné l'ordre de casser la gueule à Frank ?

— Oui.

— Que sais-tu d'autre ?

— Rien.

Paul secoua la tête d'un air désolé.

— Je regrette, Slim, mais ça ne suffit pas. Il nous faut le nom de celui qui commande.

— Je vous ai dit que je ne le connaissais pas.

O'Dell se tourna vers Frank.

— Qu'en pensez-vous ? demanda-t-il.

Frank ne dissimulait pas sa déception.

— Il dit la vérité, j'en ai bien peur.

— On pourrait arrêter Ivankov.

— Il n'en saura peut-être pas plus. La hiérarchie est très cloisonnée dans ce genre d'organisation. Comme au FBI ou à la CIA. Chacun a ses propres contacts et des consignes de sécurité très strictes. Plus vous vous trouvez à un haut niveau, moins vous vous montrez. Je connais cet Ivankov, et je pense qu'il n'est qu'un simple intermédiaire. Nous n'en tirerons rien de plus.

Dans la pièce de l'autre côté du miroir, Slim se penchait par-dessus la table, en regardant Stavos droit dans les yeux.

— J'ai peut-être une information intéressante, quelque chose qui vaut le coup.

— Je t'écoute.

— C'est au sujet de la nana que vous cherchez : Jenna Meyerson.

Frank se raidit.

— Eh bien ? demanda Paul.

— Je sais où elle se trouve.

Paul fit un effort surhumain pour conserver son calme.

— Et où ça ?

— Elle est prisonnière à bord de l'*Arzamas*.

45.

Le téléphone de Marcie sonnait sans interruption, et Sam avait bien du mal à ne pas perdre le fil de son histoire. Il se sentait encore plus impatient d'agir que lorsqu'il était entré dans son bureau. Pourquoi répondait-elle à tous ces appels ? Que pouvait-il y avoir de plus important que de retrouver Jenna ?

— Je suis désolée, dit Marcie en raccrochant. Je ne voudrais pas te paraître indifférente. Je sais à quel point tu es inquiet. Moi aussi, Sam. Si je pouvais faire quelque chose de plus…

— Justement, que fais-tu, concrètement, pour retrouver ma fille ? Tu n'es pas très claire à ce sujet, Marcie.

— Tu n'as pas parlé à Paul ?

— Je suis en contact avec lui. Aux dernières nouvelles, il écumait les hôtels de Manhattan avec Frank, mais ça n'est pas suffisant. Il faut chercher partout, mettre toute la police de New York sur l'affaire. Nous devons absolument la retrouver avant *Bratstvo.*

Il n'avait pas eu le choix : il avait bien fallu raconter à Marcie qu'il avait surpris Jenna en train de fouiller dans ses dossiers et qu'elle était probablement à la recherche d'Anton

Plushenko et Viktor Orloff, les deux indicateurs qui avaient travaillé pour lui, autrefois.

— Tu demandes l'impossible, déclara Marcie. La police de New York manque d'effectifs. Je ne peux pas me permettre de mobiliser une centaine d'hommes pour une seule personne. Ce ne serait pas une attitude responsable.

— Donc, tu vas la laisser mourir sans lever le petit doigt.

— Fais-lui un peu confiance, Sam. Elle est intelligente et pleine de ressources. Si Paul et Frank ne l'ont pas trouvée, c'est qu'elle est bien à l'abri dans une chambre d'hôtel.

— Si c'était le cas, elle aurait appelé Frank pour le rassurer. Ou au moins Beckie. Elle ne laisserait pas les gens qu'elle aime sans nouvelles. Or, depuis ce matin 10 heures, elle n'a pas donné signe de vie.

Il consulta sa montre.

— Il est 17 heures, à présent, et on est toujours sans nouvelles.

— Calme-toi, Sam. Ça n'avance à rien de te mettre dans cet état…

— Tu serais calme, à ma place, si c'était Wayne ou Matt qui avait disparu pour fuir la mafia ? demanda-t-il en haussant le ton.

— Non, répondit-elle tranquillement. Je serais encore plus secouée que toi.

Il se renversa contre le dossier de son fauteuil, furieux de s'être laissé emporter.

— Je suis désolé, dit-il. Mais tu me comprends, n'est-ce pas ? Quand on touche à votre enfant…

— Je comprends.

Elle se tut et l'observa en silence.

— Tu ne m'as toujours pas expliqué pourquoi elle avait quitté si brusquement ta maison, hier, dit-elle enfin.

— Nous avons un désaccord.

Elle haussa les sourcils.

— Ça devait être sérieux.

— Ça l'était.

— Et tu ne veux pas en parler ?

— Non.

Elle n'insista pas.

— Très bien. Revenons à Jenna. Tu as appelé ses amis, récemment ? L'un d'entre eux a peut-être eu de ses nouvelles.

— Elle n'a contacté que Beckie.

Marcie hocha la tête.

— La fameuse Beckie… Celle qui lui a apporté des vêtements trop grands et une perruque.

Elle se pencha en avant.

— Tu vois bien, Sam, dit-elle d'une voix radoucie. Elle a de la jugeote…

Son téléphone sonna de nouveau et, cette fois, Sam patienta plus calmement. Marcie avait le don d'apaiser les gens… Sam la dévisagea. Elle répondait, comme toujours, avec ce calme froid et autoritaire qui intimidait ses jeunes assistants. Puis, brusquement, son visage se décomposa.

— J'arrive tout de suite, dit-elle d'un ton hésitant.

Sam sentit son ventre se nouer.

— Qu'est-ce qui se passe ? demanda-t-il.

Mais il savait déjà qu'il ne s'agissait pas d'une bonne nouvelle.

— C'était Paul. Jenna est prisonnière sur un bateau russe

amarré sur le port de Brooklyn, près du terminal de fret Red Hook.

Sam était déjà debout.

— Pas question que tu m'accompagnes ! lui lança Marcie.

— Essaye donc de m'en empêcher !

Bercée par un doux roulis, Jenna sortait lentement de sa torpeur lorsque la mémoire lui revint brusquement. Elle se dressa d'un bond en position assise. La petite pièce froide et humide sentait l'essence. Le mobilier se résumait à l'étroite couchette où elle avait dormi, une table, et, sur le mur opposé, une double rangée d'étagères.

Où se trouvait-elle ? Et quel était ce bruit qu'elle entendait ? Elle reconnut le clapotis de l'eau contre la coque, et tourna la tête vers le hublot. Un bateau…

Elle sentait un goût de sang dans sa bouche et une douleur sourde à la mâchoire, là où Pincho l'avait frappée. Il était rentré plus tôt que prévu du club de gymnastique, et l'avait surprise en train de fouiller dans ses boîtes de rangement. L'une d'elles contenait les hardes que portait le clochard qui les avait abordés, Adam et elle, le soir du meurtre. Ainsi, il s'agissait bien de Pincho. Elle revoyait encore son visage blanc de rage quand il était entré dans la chambre et qu'il l'avait regardée sans savoir qui elle était — du moins pas encore. Puis il l'avait reconnue et s'était jeté sur elle pour la gifler, si violemment qu'il l'avait à moitié assommée. Lorsqu'elle avait rouvert les yeux, le Brésilien se penchait sur elle, un tampon imbibé de chloroforme à la main.

Ensuite, plus rien… Combien de temps avait-elle dormi ?

Impossible à dire. Elle jeta un coup d'œil à son poignet et, contrairement à son attente, elle constata qu'on ne lui avait pas enlevé sa montre. Elle paraissait fonctionner, et affichait 18 heures.

Jenna se leva en se tenant à la couchette pour conserver son équilibre, et se rendit compte avec soulagement que les effets du chloroforme semblaient s'être dissipés car elle n'avait pas mal à la tête et tenait bon sur ses jambes. Elle alla vers la porte, et essaya de l'ouvrir, sans se faire beaucoup d'illusions. Effectivement, elle était fermée à clé.

Son regard glissa jusqu'au hublot. Il devait mesurer dans les cinquante centimètres de diamètre. Allait-elle pouvoir se faufiler par là ? Il y avait trois boulons de cuivre… Depuis combien de temps n'y avait-on pas touché ? Parviendrait-elle à les dévisser ? Avec l'air marin, les métaux rouillaient vite…

Il n'y avait qu'un moyen de le savoir.

Elle agrippa le premier boulon à deux mains, et tourna de toutes ses forces, en gémissant sous l'effort. Elle recommença plusieurs fois, jusqu'à ne plus sentir ses mains. Peine perdue.

Après avoir soufflé sur ses doigts endoloris, elle revint à la charge, cette fois en utilisant le coin de sa veste pour ne pas se blesser. Mais elle n'avait plus aucune prise à travers l'épais tissu, et elle n'obtint pas plus de résultats que la première fois.

Elle recula d'un pas pour examiner le hublot. Il était trop haut, et elle ne pouvait pas manœuvrer correctement. En se hissant à sa hauteur, elle aurait sûrement plus de succès. Tous les espoirs n'étaient pas perdus.

Avec une ardeur renouvelée, elle poussa la table sous le

hublot, et grimpa dessus. Cette fois, elle utilisa tout son poids pour faire tourner le boulon, et faillit pousser un cri de victoire en le sentant bouger sous ses doigts. Ensuite, ce fut un jeu d'enfant de le dévisser complètement. Les deux suivants étaient aussi serrés que le premier, mais, au bout de cinq minutes qui lui parurent durer une heure, elle en vint à bout, et la lourde vitre s'ouvrit.

A présent, elle entendait des voix d'hommes qui venaient du pont. Elle ne comprenait pas la langue, mais il lui sembla que c'était du russe. Elle passa prudemment la tête par l'ouverture, et se rendit compte qu'elle se trouvait sur un gros bateau — un cargo, probablement, à en juger par les rangées de containers géants qu'elle apercevait sur toute la longueur du pont.

Elle se pencha pour observer le quai. Il n'y avait personne, juste douze containers qui attendaient encore d'être chargés et une immense grue à l'arrêt.

Sans se préoccuper du vent glacial qui entrait par le hublot, Jenna enleva ses vêtements épais, aussi vite que le lui permettaient ses mains glacées, ne conservant sur elle que sa culotte et son soutien-gorge. Elle roula son pantalon et son pull dans sa veste et jeta le ballot sur le pont, avec ses bottes.

— Allons-y ! dit-elle pour se donner du courage.

Elle inspira profondément, et se hissa jusqu'à l'ouverture pour passer les bras et les épaules, en priant pour ne pas rester coincée à mi-chemin.

Elle se faufila assez aisément par le hublot, mais le moment vint où elle rencontra la résistance qu'elle craignait. Ses hanches. En se tortillant, elle parvint à gagner un centimètre. Encore un peu… Elle posa ses mains sur la coque froide, et parvint à se glisser jusqu'à une position accroupie. Avant de se mettre debout, elle regarda prudemment à droite et à gauche. Maintenant qu'elle se trouvait au milieu des containers, elle se rendait compte qu'ils mesuraient deux fois sa taille en hauteur et plusieurs mètres de côté à la base. Ils dessinaient sur le pont un véritable labyrinthe.

Elle ramassa ses affaires et s'habilla rapidement, à l'affût des voix qui se rapprochaient. Elle entendait distinctement des rires et un tintement de verres. Les marins avaient la réputation de boire, mais elle s'étonna qu'ils fussent aussi décontractés avec une prisonnière à bord.

Jenna avança, à la recherche d'une passerelle ou d'une échelle reliée au quai. Elle découvrit bientôt un escalier au bout du pont avant — juste sous la timonerie. Elle s'apprêtait à piquer un sprint pour dévaler les marches, lorsqu'elle aperçut les deux types qui montaient la garde, en bas. Debout, les mains le long du corps, ils tenaient chacun un fusil-mitrailleur. A présent, Jenna comprenait pourquoi les marins s'amusaient tranquillement sans s'inquiéter de surveiller leur prisonnière. Le bateau était bien gardé. Elle avait réussi à sortir de sa cabine, mais elle ne voyait aucun moyen de descendre à terre.

— Merde... murmura-t-elle.

Les marins de la timonerie chahutaient et lançaient des plaisanteries aux deux hommes postés en dessous. Les gardes levèrent une seconde la tête pour crier quelque chose en réponse, puis ils reprirent leur pose et tournèrent de nouveau les yeux vers le quai. Avec des baskets, Jenna aurait pu essayer d'atteindre la passerelle en tablant sur l'effet de surprise, mais elle portait des bottes à talons, et il ne fallait pas y songer.

Elle décida donc de ne pas prendre de risques inutiles, et chercha une autre voie. L'alignement des containers la protégeait des regards et, sur sa droite, permettait un accès vers le bastingage. Elle emprunta cette allée, et alla se pencher par-dessus la rambarde en se demandant si elle pouvait envisager de sauter du pont. Non. Un plongeon depuis cette hauteur dans une eau froide lui paraissait trop risqué.

Une exclamation quelque part au-dessus d'elle la fit sursauter. Elle se figea. L'avait-on repérée ?

Elle s'aplatit contre un container en retenant son souffle, tandis que les hommes couraient et criaient. Un pas résonna sur le pont en fer… Il se rapprocha… Elle se mit à courir à perdre haleine au milieu du dédale dans lequel elle perdit aussitôt tout sens de l'orientation.

Elle s'arrêta au détour d'une allée en poussant un cri étouffé. Elle venait de se heurter à un canon de mitraillette.

46.

Le terminal Red Hook du port de Brooklyn — une zone de fret réservée aux gros cargos — voyait passer plus de soixante-cinq mille containers chaque année. Habituellement, le quai fourmillait d'employés et de dockers qui s'activaient presque vingt-quatre heures sur vingt-quatre. Mais, aujourd'hui, la grève paralysait tout le complexe portuaire New York/New Jersey. Les grues ne fonctionnaient pas, et il était impossible de savoir quand le gros bateau qui était amarré ici pourrait repartir.

Quand Paul et Frank arrivèrent sur le quai, plusieurs équipes des forces d'intervention encerclaient déjà le cargo russe, avec une vingtaine d'hommes de la police locale, équipés, eux aussi, de gilets pare-balles et de fusils à longue portée. Ils étaient à leur poste, attendant les ordres pour intervenir.

Comme ils approchaient de l'*Arzamas*, Frank dénombra douze hommes armés disséminés sur le pont. Leurs AK-47 étaient braqués sur les policiers.

Paul désigna du doigt une voiture de patrouille près de laquelle se tenait une femme en imperméable vert.

— C'est Marcie, dit-il. Allons voir où ils en sont.

Au passage, il demanda à l'un des agents deux vestes Kevlar, et il en tendit une à Frank.

— Mets ce truc-là, ordonna-t-il.

Tout en enfilant la veste, Frank remarqua la présence de Sam, un peu plus loin.

— Qu'est-ce que vous faites là ? lui demanda-t-il en s'approchant.

— Je suis venu avec Marcie. J'étais dans son bureau quand Paul a appelé.

Il parcourut du regard l'énorme bateau.

— Vous croyez qu'elle est là-dedans, Frank ? Vous croyez qu'elle est vivante ?

— Espérons-le, répondit Frank.

Marcie Hollander était telle que Jenna la lui avait décrite — pas vraiment belle mais étrangement attirante et, surtout, efficace. Dès que Paul eut fait les présentations, il lui posa la question qui lui brûlait les lèvres.

— Vous avez des nouvelles de Jenna ?

— Pas encore.

Elle pointa le doigt vers la droite.

— Un interprète leur a demandé si elle se trouvait à bord. Ils ont répondu qu'il n'y avait que l'équipage, pas de femme. S'il s'agit d'une fausse piste, je vais me faire remonter les bretelles par le maire.

Elle détacha les yeux du bateau et se tourna vers Paul.

— Vous croyez qu'on peut croire ce que raconte ce Doug Crowley ?

— Je ne lui confierais pas ma poubelle à sortir, mais je le crois quand il jure avoir entendu deux marins parler de la femme qu'on a fait monter sur ce bateau, dans l'après-midi. Il a trop à perdre à ce petit jeu. Et rien à gagner.

Tandis qu'il parlait, deux hommes sortirent sur le pont

pour se placer bien en vue. Frank reconnut aussitôt Alexis Chekhov. Lui aussi pointait son AK-47 sur eux, et, en le voyant, Frank songea à l'agent du KGB qu'il avait été, autrefois. Celui qui l'accompagnait était Sergueï, bien entendu. Il n'était pas armé, mais il tenait Jenna contre lui, comme un bouclier.

Frank aurait voulu la délivrer sur-le-champ, courir pour l'arracher aux griffes de ces salauds, mais il parvint à se contenir. Il avait affronté assez de situations comme celle-ci pour savoir qu'un seul faux pas pouvait déclencher une catastrophe. C'était le moment de rester calme et concentré.

A leur grande surprise, c'est à Frank que s'adressa le plus âgé des Chekhov.

— Tu m'entends, Renaldi ? hurla-t-il en approchant de la rambarde.

— Oui, je t'entends, répondit Frank.

— Alors, écoute-moi bien. Tu nous laisses partir tranquillement, mon frère et moi. Mlle Meyerson va nous accompagner jusqu'à l'aéroport de Franklin où un avion sera mis à notre disposition. Dès que nous serons à l'abri dans la carlingue, nous la relâcherons. Mais si je vois une seule voiture de police, ou quoi que ce soit de suspect sur la piste ou du côté des hangars, je la descends aussitôt. Tu as compris ?

Pourquoi était-ce lui qui parlait, et pas Sergueï, l'homme qui tenait Jenna ?

— Je ne peux pas conclure ce genre de marché avec toi, Chekhov, répondit Frank. Je ne suis qu'un simple détective privé, l'aurais-tu oublié ? Je n'ai plus aucun pouvoir.

— C'est avec toi que je veux négocier. Tâche de les convaincre ! Pense à la fille.

Soudain, Marcie avança à découvert.

— Sergueï ! cria-t-elle. Non ! Pas la fille !

Les hommes sur le bateau ne regardaient plus qu'elle, et Frank put voir, même de loin, l'expression d'intense surprise qui se peignait sur le visage de Sergueï. Il était rare qu'une femme manifeste autant d'autorité et de courage, et l'intervention de Marcie avait de quoi déconcerter.

— Pas question de la relâcher ! hurla Sergueï. Elle est notre seule monnaie d'échange. Si nous partons libres, elle s'en sortira.

— Ne soyez pas stupide, Sergueï ! On ne vous laissera jamais partir. Vous le savez, et moi aussi. Tâchons, au moins, d'éviter les effusions de sang.

— *Ouchodi atsuda ! Niè vmièchivaysia !*

Frank lança un regard aigu en direction de Marcie.

— Vous comprenez le russe ? lui demanda-t-il.

— Non, dit-elle d'une voix qui tremblait. Bien sûr que non !

— Ça vous serait pourtant utile. Il vient de vous demander de ne pas vous mêler de ça et de foutre le camp.

Elle se tourna vers lui. Ses yeux brillaient d'un éclat étrange.

— Laissez-moi faire, Frank. Je crois que je peux le convaincre de se rendre.

Elle avança vers le bateau, en présentant ses mains ouvertes pour montrer qu'elles étaient vides.

— Je ne suis pas armée, Sergueï. Je viens chercher Jenna. Ne faites pas de bêtises.

— Marcie ! hurla Paul. Pour l'amour du Ciel ! Qu'est-ce que vous fichez ? Revenez ici !

Les deux frères échangèrent rapidement quelques mots. Ils avaient l'air de se disputer, mais Frank ne parvint pas à entendre ce qu'ils se disaient. Derrière eux, quelqu'un vida son chargeur.

Paul réagit aussitôt.

— Ne tirez pas ! hurla-t-il aux hommes postés sur le quai.

Sur le pont, Alexis Chekhov leva son fusil-mitrailleur.

— Pas un pas de plus, madame le procureur.

Marcie ignora son avertissement et continua à avancer.

— Mais où veut-elle en venir, bon sang ? murmura Paul. Elle n'espère tout de même pas arrêter seule la mafia russe !

Frank pensa brusquement à l'avertissement de Vinnie, quelques jours plus tôt.

Ils ont quelqu'un dans la police de New York qui les renseigne.

Il ne fallait pas chercher cet informateur du côté du commissariat : il se trouvait dans le bureau du procureur.

Marcie Hollander…

— Elle vous a bien eus, murmura-t-il. Elle vous a tous menés en bateau.

Une rafale résonna, et la poitrine de Marcie éclata sous les balles du AK-47 d'Alexis. Elle tomba à genoux, puis s'écroula, face contre terre.

— Marcie !

Le cri qui sortit de la gorge de Sergueï ressemblait à celui d'une bête blessée. Sans lâcher Jenna, il se tourna vers son frère, le visage déformé par le désespoir et la colère.

— Salaud !

— Elle t'avait trahi, répondit Alexis sur le même ton. Elle aurait dû te prévenir que les flics arrivaient.

De sa main libre, Sergueï fouilla dans la poche intérieure de sa veste, sortit un revolver et tira sur Alexis. Une balle en plein cœur. Puis, comme si cela n'avait plus aucune importance pour lui, il jeta son arme sur le pont, repoussa Jenna sur le côté et se précipita pour rejoindre Marcie qui gisait sur le sol.

Ce fut comme un signal, et on se mit à tirer des deux côtés. L'un des hommes de l'*Arzamas* tomba sur le quai en se tenant la poitrine. Quelques minutes plus tard, l'équipe d'intervention prenait le cargo d'assaut et maîtrisait les marins à l'intérieur, pendant que les hommes du pont se rendaient déjà.

Sergueï ne parvint jamais jusqu'à Marcie : deux agents l'attrapèrent par les bras, au bas de la passerelle.

Il se débattit comme un fou furieux.

— Laissez-moi voir Marcie ! Je veux la voir ! Elle a besoin de moi !

Ils parvinrent à l'immobiliser au sol, et un troisième homme vint à la rescousse pour le menotter par-derrière.

Ignorant les avertissements d'un policier qui lui ordonnait de rester à l'écart, Frank courut vers le cargo et monta à bord. Il avait vu Jenna se mettre à l'abri quand les coups de feu avaient commencé. Où était-elle ?

— Jenna ! appela-t-il.

Affolé, il se lança dans le dédale des containers.

— Je suis là ! dit-elle en se jetant dans ses bras. Tu en as mis du temps à venir…

47.

L'inspecteur Stavos avait assuré à Jenna que son témoignage pouvait attendre le lendemain, mais elle avait insisté pour le suivre au commissariat. Elle préférait agir sur le vif. Aussi calmement que possible, elle lui avait raconté en détail le déroulement de cette journée qui avait mal commencé et s'était terminée encore plus mal.

Une fois au commissariat, ils avaient appris que l'*Arzamas* appartenait à un ami d'Alexis, un armateur qui transportait des marchandises entre la Russie et les Etats-Unis, depuis une dizaine d'années.

Loin d'être achevée, l'opération *Bratstvo* ne faisait que commencer, et d'autres arrestations allaient suivre. Le procureur général avait donc décidé, d'un commun accord avec l'inspecteur Stavos et le lieutenant O'Dell, de remettre en liberté Raul et Slim, dont la collaboration leur avait été tellement précieuse.

On avait, bien sûr, relaxé Roy Ballard. En apprenant qu'il devait sa liberté à la ténacité de Jenna qui n'avait jamais cru à sa culpabilité, il avait insisté pour venir la remercier en personne.

Les milieux financiers avaient été secoués par la nouvelle des agissements frauduleux de J.B. Collins, et le cours des actions Faxel avait brutalement chuté, ce qui avait obligé la société à suspendre les transactions boursières, afin d'éviter la faillite.

Frank n'avait pas voulu que Jenna rentre seule chez elle après avoir signé sa déposition, et il l'avait emmenée chez Vinnie. Apparemment, il n'avait plus l'intention de la quitter des yeux. Cela augurait une amitié très... rapprochée.

A présent, près de vingt-quatre heures après les terribles événements qui avaient bouleversé une famille et défrayé la chronique, Jenna se reposait chez Vinnie, confortablement installée sur le canapé du salon, pendant que Frank lui préparait du thé dans la cuisine. La maison était silencieuse. Plus pour longtemps : Ricco et la famille Renaldi avaient quitté leur refuge vers midi, et devaient arriver dans la soirée.

Jenna ignorait où se trouvait son père. Elle l'avait aperçu sur le pont du bateau et, l'espace d'une seconde, en le voyant debout devant elle, avec dans les yeux des larmes de soulagement, elle avait eu l'impulsion de se jeter dans ses bras. Mais quelque chose l'avait fait hésiter. Le chagrin... La rancœur... Ou la peur de ne plus pouvoir communiquer avec lui, à présent qu'ils partageaient ce lourd secret... Lorsqu'elle avait de nouveau tourné la tête vers lui, il n'était plus là.

Frank entra avec une tasse de thé et une pizza. Depuis qu'ils étaient revenus du commissariat, il ne lâchait pas la jeune femme d'une semelle. Il était aux petits soins pour elle. Avait-elle chaud ? Avait-elle soif ? Faim ?

— On dirait ta mère ! lui disait-elle pour le taquiner.

Comme il le leur avait promis, l'inspecteur Stavos arriva à 15 heures pour leur apporter les nouvelles. Il refusa poliment une tasse de thé, mais accepta volontiers une bière. Il semblait avoir oublié le ton bougon qui faisait sa réputation. Il se montra calme, et ravi de constater que Jenna se rétablissait si bien.

Frank lui tendit une bouteille de Heineken, et posa un bol de noix de cajou sur la table basse.

— Ils se sont mis à table ? demanda Frank.

— J.B. Collins ne desserre pas les dents. Il dit qu'il ne parlera qu'en présence de son avocat, mais ce cher maître est actuellement en déplacement. Sergueï, lui, ne s'est pas fait prier. C'est un homme brisé : il n'a plus rien à perdre.

— Il était réellement amoureux de Marcie ? demanda Jenna.

— Oui. Et c'était réciproque. Ils se sont rencontrés à la fameuse réception de Faxel, il y a quatre ans. A ce moment-là, Marcie ne se doutait pas qu'il était le chef de *Bratstvo*. Quand elle l'a appris, le mal était fait. Ils étaient bien accrochés.

Jenna avait toujours vu Marcie comme une femme heureuse en ménage et équilibrée. Les apparences se révélaient parfois décevantes.

Stavos baissa le nez vers sa bière. Il paraissait triste.

— Ça faisait près de quatre ans qu'elle renseignait Sergueï. Elle le tenait au courant des faits et gestes de la police, et le prévenait aussitôt que la moindre information concernant *Bratstvo* filtrait jusqu'au bureau du procureur.

— Mais hier, pourquoi ne lui a-t-elle pas dit que la police allait cerner le bateau ?

Il haussa les épaules.

— Je n'en sais rien. Peut-être que la gravité de la situation lui a fait comprendre que ça ne pouvait pas continuer. La fille d'un vieil ami kidnappée et promise à une mort certaine, c'était tout de même beaucoup. Elle devait bien se douter que la vérité ne tarderait pas à éclater, et elle a eu envie de se rattraper, de faire enfin une bonne action. Et puis, elle craignait sûrement que Sergueï ne se fasse tuer, lors de l'assaut de la police, et elle préférait le voir en prison que dans un cercueil.

— On ne le saura jamais, de toute façon, dit Frank d'un air résigné.

— Dire que tout est parti du dossier d'Adam sur Faxel… Mais ce que je ne comprends pas, inspecteur, c'est comment *Bratstvo* a su qu'Adam détenait des informations sur la filière du blanchiment d'argent.

— Nous l'apprendrons bientôt, je suppose. Ce qui est sûr, c'est qu'ils ne pouvaient pas laisser un type mener une croisade contre Faxel sans réagir. Dès qu'ils l'ont appris, Adam était un homme mort.

Il regarda un instant avec envie le bol de noix de cajou, et se décida à en prendre une pleine poignée.

— Quand Marcie a montré à Sergueï la photographie du tatouage, il n'a plus songé qu'à récupérer l'exemplaire que vous aviez gardé.

— Mais comment pouvait-il savoir que j'avais fait des copies ?

— Vous preniez l'affaire à cœur… Ça lui a semblé logique, tout simplement. Ces photos vous ont sauvé la vie, Jenna. Tant qu'ils ne les avaient pas retrouvées, ils n'osaient pas vous tuer.

— Pourtant, la voiture avec laquelle je circulais a explosé. Ce jour-là, c'était bien moi que l'on visait.

— Il s'agissait d'une initiative personnelle de Pincho

Figueras. Il avait peur que vous puissiez l'identifier. Vous l'aviez vu deux fois : près du parc, peu avant le crime, et dans le hall de votre immeuble, le soir où vous avez failli le surprendre dans votre appartement.

— Dire que c'est son odeur qui l'a trahi !

Frank passa un bras autour des épaules de Jenna.

— Je t'avais bien dit qu'elle savait ce qu'elle disait, dit-il à Paul. Et aussi qu'elle possédait un sixième sens…

— Oui, c'est vrai. A ce propos, je vous présente des excuses, Jenna.

Mais Jenna était préoccupée par le cas de Pincho. La veille, la police ne l'avait pas trouvé chez lui.

— Lui aussi travaillait pour *Bratstvo* ?

— Pas exactement. Il ne faisait pas partie des hommes d'Alexis. Normalement, pour descendre un gêneur, ces gens-là envoient quelqu'un de chez eux, dont ils sont sûrs. Mais, dans le cas d'Adam, ils ont préféré engager un type dont ils connaissaient la réputation mais qui n'avait aucun lien avec eux. Pour qu'il soit plus difficile de remonter jusqu'au commanditaire du meurtre. Pincho était un vrai professionnel et un as du déguisement. Nous l'avons découvert en fouillant ses affaires. Il possédait même un costume de gardien, sans doute celui qu'il portait, le jour où il a assassiné Claire. C'est pour ça que nous n'avons jamais pu retrouver le type de la sécurité que le gardien avait aperçu.

— Où se cache Pincho, d'après vous ?

Elle espéra que Stavos lui annoncerait qu'il se trouvait déjà sous les verrous, hors d'état de nuire.

— Il est parti.

— Et vous ignorez où…

Paul haussa les épaules.

— Alexis le savait peut-être... Mais il est mort, à présent. Il se pourrait que nous ne retrouvions jamais ce Pincho Figueras. C'est sur l'ordre d'Alexis qu'il vous a amenée sur ce bateau. Ensuite, il s'est évanoui dans la nature. Je suppose qu'il avait suffisamment d'argent de côté pour vivre paisiblement le restant de ses jours.

Vivre paisiblement le restant de ses jours... Il ne le méritait pas. Jenna aurait préféré le savoir sous les verrous.

Stavos continuait à mastiquer ses noix de cajou.

— Vous disiez que vous aviez trouvé les noms de deux indicateurs, dans les dossiers de votre père.

— Oui. Je me suis dit qu'ils connaîtraient peut-être le nom de celui qui en voulait à Frank.

Stavos sourit d'un air amusé, comme si la naïveté de la jeune femme l'attendrissait.

— Vous ne les auriez jamais trouvés. Marcie avait donné leur nom à Sergueï depuis longtemps. Anton Plushenko s'est noyé pendant une partie de pêche le long des côtes du New Jersey, et Viktor Orloff est passé sous un train, un soir où il promenait son chien.

— C'est Sergueï qui les a fait exécuter ?

— Non. C'est son frère, Alexis.

Jenna leva les yeux vers Frank. Il paraissait aussi étonné qu'elle.

— Eh oui ! dit Stavos. Plutôt malin... Officiellement, Sergueï était le chef. Mais, derrière lui, Alexis tirait discrètement les ficelles. Il décidait de tout.

— Mais pourquoi cette manœuvre ?

— Parce que l'organisation avait décidé de recruter dans

ses rangs des gens haut placés. *Bratstvo* voulait soigner la façade. Les huiles ont pensé que Sergueï convenait parfaitement : ancien officier de l'armée soviétique, courageux héros de guerre, capable de dévouement et suffisamment charismatique. Parfait pour l'image de marque, mais trop sensible, en réalité. Il manquait de poigne pour diriger une organisation comme *Bratstvo*. Alors, Alexis est venu compléter ses défaillances. Il se montrait dur pour deux, et il prenait les décisions.

— Sergueï n'était donc qu'un fantoche.

— On peut dire ça, oui.

— Comment la société Faxel en est-elle arrivée à se compromettre avec la mafia russe ?

— D'après Sergueï, Faxel traversait une crise, et *Bratstvo* en a profité pour s'infiltrer.

— Et J.B. a laissé faire.

— J.B. aime la grande vie. Il collectionne les œuvres d'art, il possède un avion privé et plusieurs maisons. Quand il s'est trouvé à court d'argent, il a pioché dans le coffre de la société. Une erreur qui lui a attiré de gros ennuis. Les Russes guettaient un faux pas depuis longtemps. Ils en ont profité. Ils ont proposé de payer sa dette en échange du contrôle de la compagnie.

Jenna se rappela l'attitude de J.B., le jour où il était venu lui rendre visite sur le toit en terrasse de son immeuble. Elle avait senti qu'il était capable de tuer.

— C'est lui qui a fait assassiner Adam ? demanda-t-elle.

— Non. C'est encore Alexis. Il a commandité tous les meurtres.

— Celui de Claire aussi ?

— Oh oui ! Elle avait trouvé dans le bureau de votre ex-mari un dossier qui pouvait réduire à néant tous leurs efforts pour s'emparer de Faxel.

— Mais Adam disait qu'il ne possédait pas assez de preuves pour confier le dossier aux autorités. C'était même à cause de cela qu'il était venu me demander les photos.

— Adam ne s'est pas rendu compte de l'importance de ce qu'il avait en main. Ce dossier contenait une liste de faux numéros de téléphone qui étaient, en fait, des numéros de comptes en banque dans le désordre. C'est par là que transitait l'argent sale.

Paul se leva.

— Nous en apprendrons sûrement plus dans les mois à venir.

Il sourit.

— Oh, j'allais oublier ! L'inspecteur Delano de Jersey City m'a appelé. Il a réussi à faire craquer Billy Ray, comme je l'avais prévu. Amber conduisait la voiture, le soir de l'accident, et cet abruti de Billy avait accepté de porter le chapeau.

— Il la faisait chanter ?

— Oui, mais je ne pense pas que Delano l'inculpe pour extorsion de fonds. S'il faisait ça, sa fille ne lui adresserait plus la parole.

Frank haussa les épaules.

— Amber n'a eu que ce qu'elle méritait. Où se trouve-t-elle, à présent ?

— Dans une prison du New Jersey. Et elle ne pourra jamais toucher son héritage.

Frank se mit à rire.

— Warren Lear doit jubiler.

Paul Stavos prit congé, et ils le raccompagnèrent tous deux jusqu'à la porte. Ils rentraient lorsque le téléphone sonna. Frank alla décrocher dans la cuisine.

— Qui était-ce ? demanda Jenna lorsqu'il la rejoignit dans le salon.

— Ton père. Il voulait de tes nouvelles. Je lui ai conseillé de venir constater par lui-même que tu te portais à merveille.

Elle lui lança un regard alarmé.

— Tu lui as dit de venir ici ? Pourquoi ?

— C'est ton père, Jenna. Il t'aime, et il supporte mal la situation. Ça le tue à petit feu, crois-moi. Je ne sais pas ce que tu lui reproches, et ça ne me regarde pas. Mais je veux ton bonheur, et je vois bien que toi aussi, tu es malheureuse. Il faut que tu acceptes de lui parler. Il pense être là vers 18 heures. Ah ! Et Beckie passera, elle aussi. Elle a laissé un message, tout à l'heure.

Il se rapprocha de Jenna, et la prit dans ses bras.

— Il nous reste deux heures de tranquillité. A quoi pourrait-on les occuper ? Tu as une idée ?

— Oui, j'en ai une, dit-elle en se serrant contre lui. Mais je ne suis pas sûre que tu relèves le défi.

Il était en meilleure forme qu'elle ne le pensait, car il la souleva aisément et la porta vers l'escalier.

— C'est ce qu'on va voir ! répondit-il avec un grand sourire.

Allongée sur le lit, les yeux clos, les cheveux en désordre, Jenna était adorable. Frank fut tenté de se glisser sous les couvertures et de la réveiller pour lui faire l'amour encore une fois. Mais il se rappela à temps que sa petite famille risquait d'arriver d'une minute à l'autre, et il se pencha simplement au-dessus du corps de la belle endormie pour lui déposer sagement un baiser sur le front. Puis il se rhabilla rapidement, et sortit de la chambre sur la pointe des pieds.

Une fois dans la cuisine, il lui écrivit un mot.

« J'ai dû sortir en vitesse acheter du vin. Tu peux toujours mettre la table en m'attendant. On sera sept — huit si ton père dîne avec nous, comme je l'espère. »

Dans le parking, il appela Ricco.

— Où êtes-vous ? lui demanda-t-il.

— On vient de sortir de Hoboken, dans le New Jersey. Je vous passe votre fils : il veut vous parler.

— Papa ! dit Danny. Pourquoi tu ne viens pas à notre rencontre ? Comme ça, je ferais le reste du trajet dans ta voiture. J'en ai marre. Lydia et Oma se disputent tout le temps : elles me donnent mal à la tête.

Frank ne put s'empêcher de rire. Apparemment, elles avaient repris leurs bonnes habitudes.

— D'accord. Passe-moi Ricco, s'il te plaît.

Ils convinrent d'un point de rendez-vous, et Frank appela Jenna pour l'informer de ce changement de programme.

Elle était réveillée.

— Excellente idée ! dit-elle joyeusement. Ne t'inquiète pas. Je m'occupe de tout.

Il raccrocha en se demandant ce qu'elle entendait par là.

Il eut la réponse une heure plus tard, lorsqu'il arriva chez Vinnie avec toute la famille. Sa mère fut la première à remarquer le fumet qui s'échappait de la cuisine.

— Qu'est-ce que ça sent ? demanda-t-elle.

Jenna vint à leur rencontre. Elle avait enfilé le beau tablier de cuisine de Vinnie qui était, à présent, maculé de sauce tomate et d'un autre mélange non identifiable. Elle avait aussi de la tomate sur le visage, et l'on aurait dit que… Oui, elle s'était brûlé une mèche de cheveux.

— J'espère que vous ne m'en voudrez pas…

Son regard alla de Mia à Vinnie.

— Frank me reproche de trop réfléchir avant d'agir, alors, pour une fois, j'ai suivi mon impulsion.

— C'est-à-dire ? demanda Mia.

Jenna lui adressa un grand sourire.

— Je me suis dit que vous arriveriez fatiguée de ce long voyage. Alors, j'ai pris l'initiative de préparer le dîner.

DANS LA MÊME COLLECTION
Par ordre alphabétique d'auteur

LAURIE BRETON	*Ne vois-tu pas la mort venir ?*
BARBARA BRETTON	*Le lien brisé*
JAN COFFEY	*La dernière victime*
JASMINE CRESSWELL	*La Manipulatrice*
JASMINE CRESSWELL	*Le secret brisé*
JASMINE CRESSWELL	*La mort pour héritage*
JASMINE CRESSWELL	*Soupçons mortels*
JASMINE CRESSWELL	*Je saurai te retrouver*
MARGOT DALTON	*Amnésie*
MARGOT DALTON	*Kidnapping*
MARGOT DALTON	*Le sceau du mal*
MARGOT DALTON	*Crimes inavoués*
WINSLOW ELIOT	*L'innocence du mal*
LYNN ERICKSON	*Le Prédateur*
TESS GERRITSEN	*Présumée coupable*
TESS GERRITSEN	*Crimes masqués*
HEATHER GRAHAM	*L'invitation*
HEATHER GRAHAM	*L'ennemi sans visage*
HEATHER GRAHAM	*Le complot*
HEATHER GRAHAM	*Soupçons*
HEATHER GRAHAM	*La griffe de l'assassin*
HEATHER GRAHAM	*Prémonition*
GINNA GRAY	*Le voile du secret*
GINNA GRAY	*La cavale*
KAREN HARPER	*Testament mortel*
KAREN HARPER	*Le saut du diable*
KATHRYN HARVEY	*La clé du passé*
BONNIE HEARN HILL	*La disparue de Sacramento*
BONNIE HEARN HILL	*Mortelle perfection*
CHRISTIANE HEGGAN	*Miami Confidential*
CHRISTIANE HEGGAN	*L'Alibi*
CHRISTIANE HEGGAN	*Intime conviction*
CHRISTIANE HEGGAN	*Labyrinthe meurtrier*
CHRISTIANE HEGGAN	*Troublantes révélations*
CHRISTIANE HEGGAN	*Intention de tuer*
CHRISTIANE HEGGAN	*Meurtre à New York*
METSY HINGLE	*Le masque de la mort*

.../...

DANS LA MÊME COLLECTION

Par ordre alphabétique d'auteur

GWEN HUNTER	*Faux diagnostic*
GWEN HUNTER	*Virus*
GWEN HUNTER	*Les mains du diable*
GWEN HUNTER	*Le triangle du mal*
GWEN HUNTER	*La piste du mal*
PENNY JORDAN	*De mémoire de femme*
PENNY JORDAN	*La femme bafouée*
R.J. KAISER	*Qui a tué Jane Doe ?*
ALEX KAVA	*Sang Froid*
ALEX KAVA	*Le collectionneur*
ALEX KAVA	*Les âmes piégées*
ALEX KAVA	*Obsession meurtrière*
RACHEL LEE	*Neige de sang*
RACHEL LEE	*Le lien du mal*
CARLA NEGGERS	*L'énigme de Cold Spring*
CARLA NEGGERS	*Piège invisible*
MEG O'BRIEN	*Le piège*
MEG O'BRIEN	*En lettres de sang*
MEG O'BRIEN	*Pluie de sang*
MEG O'BRIEN	*La déchirure*
MEG O'BRIEN	*Spirale meurtrière*
SHIRLEY PALMER	*Zone d'ombre*
EMILIE RICHARDS	*Le refuge irlandais*
EMILIE RICHARDS	*Mémoires de Louisiane*
EMILIE RICHARDS	*Le testament des Gerritsen*
EMILIE RICHARDS	*L'héritage des Robeson*
EMILIE RICHARDS	*L'écho de la rivière*
EMILIE RICHARDS	*Promesse d'Irlande*
EMILIE RICHARDS	*Du côté de Georgetown*
HELEN R. MYERS	*Mortelle impasse*
HELEN R. MYERS	*Les ombres du doute*
HELEN R. MYERS	*Mort suspecte*
NORA ROBERTS	*Le cercle brisé*
NORA ROBERTS	*Possession*
NORA ROBERTS	*Et vos péchés seront pardonnés*

.../...

DANS LA MÊME COLLECTION

Par ordre alphabétique d'auteur

NORA ROBERTS	*Tabous*
NORA ROBERTS	*Coupable innocence*
NORA ROBERTS	*Maléfice*
NORA ROBERTS	*Enquêtes à Denver*
NORA ROBERTS	*Crimes à Denver*
NORA ROBERTS	*L'ultime refuge*
NORA ROBERTS	*Une femme dans la tourmente*
FRANCIS ROE	*L'engrenage*
FRANCIS ROE	*Soins intensifs*
M. J. ROSE	*Rédemption*
JOANN ROSS	*La femme de l'ombre*
SHARON SALA	*Sang de glace*
SHARON SALA	*Le soupir des roses*
SHARON SALA	*Meurtre en eaux troubles*
MAGGIE SHAYNE	*Noir paradis*
MAGGIE SHAYNE	*Un parfait coupable*
TAYLOR SMITH	*Le carnet noir*
TAYLOR SMITH	*La mémoire assassinée*
ERICA SPINDLER	*Rapt*
ERICA SPINDLER	*Black Rose*
ERICA SPINDLER	*Le venin*
ERICA SPINDLER	*La griffe du mal*
ERICA SPINDLER	*Trahison*
ERICA SPINDLER	*Cauchemar*
ERICA SPINDLER	*Pulsion meurtrière*
ERICA SPINDLER	*Le silence du mal*
ERICA SPINDLER	*Jeux macabres*
TARA TAYLOR QUINN	*Enlèvement*
ELISE TITLE	*Obsession*
CHARLOTTE VALE ALLEN	*L'enfance volée*
LAURA VAN WORMER	*La proie du tueur*

7 TITRES À PARAÎTRE EN JUILLET 2007

MIRA

Composé et édité par les
éditions Harlequin
Achevé d'imprimer en avril 2007

par

LIBERDÚPLEX

Dépôt légal : mai 2007
N° d'éditeur : 12785

Imprimé en Espagne